Under Your Skin

Wildes Blut

Ich traute meinen Augen nicht.
Mein Herz machte einen schmerzhaften Satz.
Er konnte es nicht sein.
Er *durfte* es nicht sein.

Neelia kann sich seit einem Autounfall vor zehn Jahren an zwei Jahre ihres Lebens nicht erinnern und kämpft damit, ihre Vergangenheit zu akzeptieren. Eines Tages trifft sie auf Rob, der ihre Welt auf den Kopf stellt. Es funkt sofort zwischen ihnen und Neelia spürt, dass sie ihm vertrauen kann.

Doch Neelias Leben nimmt eine dramatische Wendung, denn Albträume von einem Kampf um Leben und Tod verfolgen sie Als sie bei einem Raubüberfall verletzt wird, verändert sich ihr ganzes Leben. Und alles wird noch komplizierter, als sie erkennen muss, dass Rob ein Geheimnis hat, das sie das Leben kosten kann. Neelia ist zerrissen zwischen ihrer Liebe zu Rob und dem Wunsch, sie selbst zu sein. Schafft sie es, oder muss sie zwischen Liebe und Überleben wählen?

Ein packender Romantic-Fantasy-Roman über Liebe, Freundschaft und die Suche nach sich selbst.

Kristin Wöllmer-Bergmann

UNDER YOUR SKIN

Wildes Blut

Bibliografische Information der Deutschen Nationalbibliothek: Die Deutsche Nationalbibliothek verzeichnet diese Publikation in der Deutschen National-bibliografie; detaillierte bibliografische Daten sind im Internet über dnb.dnb.de abrufbar.

© 2023 Kristin Wöllmer-Bergmann

Herstellung und Verlag: BoD – Books on Demand, Norderstedt

Umschlaggestaltung und Buchgestaltung: K. Wöllmer-Bergmann
Fotos von: AB Photographie (Panther), LightField Studios (Paar), Lizenzen über Shutterstock

ISBN: 9783756884902

Teil 1

Dunkle Versprechen

KAPITEL 1

Ich gehe eben zur Bank, Neelia. Hältst du die Stellung?«, fragte Helmut von der Tür aus.

Ich sah an den Regalen vorbei und winkte. »Natürlich. Weißt du doch. Bis gleich!«

Mein Chef verließ das Antiquariat und die altmodische Türklingel läutete. Ich liebte dieses Geräusch, es war wie aus einem alten Film. Wenn ich die Augen schloss und den Geruch des Papiers und der alten Ledereinbände einatmete, fühlte ich mich in eine andere Zeit versetzt. Jedes Mal erwartete ich fast, dass der nächste Kunde einen Zylinder trug, oder eine Dame im Spitzenkleid hereinkam.

Das mochte ich so an meinem Job. Ich könnte auch in einer modernen Buchhandlung arbeiten, bei einer Kette oder in einem anderen Laden. Es wäre kein Problem für mich, einen Job zu bekommen, der auch besser bezahlt wurde. Aber ich wollte nicht.

Ich wollte genau hier sein, bei *Helmut Hilmers' Buchantiquariat* in Hamburg-Barmbek. Wenn ich in die Kisten mit den ›neuen‹ Büchern schaute, die Helmut von seiner letzten Einkaufstour mitgebracht hatte, hob sich mein Herz. Liebevoll strich ich über die ledernen Buchrücken.

Es war kein einfaches Geschäft in Zeiten von Internethandel und Second-Hand-Büchern, aber wir hatten uns darauf eingestellt. Deswegen bot das Antiquariat noch andere Sachen an, die Geld hereinbrachten: Handgefertigte

Taschen von einer Modedesignerin aus dem Viertel, besonderer Tee und Kaffee, besondere Lesezeichen und kleinere Accessoires ... alles, was das Herz von Buchverrückten höherschlagen ließ.

Dazu kamen Themenabende, Lesungen und noch ein paar andere Sachen, von denen wir immer mehr ausprobierten. Helmut ging auf die sechzig zu, es war nicht so leicht gewesen, ihn davon zu überzeugen, doch mittlerweile war er Feuer und Flamme. Und dankbar für jede Idee, die das Überleben des Ladens und der vier Leute, die hier arbeiteten, sicherte.

Wir brauchten jeden Cent, das war uns klar, doch das Kerngeschäft blieben die Bücher, die ich jetzt vorsichtig aus dem ersten Karton hob. Ich zog den Laptop heran, um sie in unseren digitalen Bestand einzupflegen. Auch das hatte ich eingeführt. Helmut stand eher auf Karteikarten.

»Wie lange brauchst du noch?«, fragte Klara. Sie war Literaturstudentin und half ein- bis zweimal die Woche aus. Ich mochte sie sehr und war froh, dass sie sich wieder gefangen hatte. Vor zwei Monaten machte sie eine schwere Zeit durch und es sah kurz so aus, als würde sie kündigen[1].

Schwere Zeiten kannte ich leider auch. Umso besser, dass sich bei ihr alles eingerenkt hatte.

»Ich fange gerade erst an«, sagte ich geheimnisvoll und schwenkte die Erstausgabe in meiner Hand. Klara lächelte und ging zur Kasse, damit man sie gleich sah, wenn jemand den Laden betrat. Noch eine Buchverliebte. Ich umgab mich gern mit solchen Leuten.

Lächelnd betrachtete ich das Buch in meiner Hand und streichelte den Einband.

---

[1] Klaras Geschichte wird in *„ 27 Roses – die Seelensammlerin"* erzählt.

Immer, wenn ich ein Buch in den Händen hielt, musste ich mich zügeln, um mich nicht damit in einen der bequemen Sessel zu verziehen und mich darin zu vertiefen. So etwas dauerte bei mir mindestens mehrere Stunden.

Meine Eltern hatte ich damit schon als Kind zur Verzweiflung gebracht, aber ich kannte meine Schwäche mittlerweile. Ich wusste, wann ich es mir erlauben konnte, mich mit einer Emily Bronte oder einem Charles Dickens einzulassen.

Mein Lächeln verrutschte, als ein weiteres, bekanntes und sehr unwillkommenes Gefühl aufkam. Schnell legte ich das Buch beiseite und klammerte mich an dem antiken Schreibpult fest, auf dem der Laptop stand. Mein Schädel dröhnte und mir wurde schlecht. Dann setzte das Zittern meiner Beine ein. Verdammt, warum jetzt?

Schwarze Flecken tanzten vor meinen Augen und ich bekam schlecht Luft. Meine Kehle schnürte sich zu und das Gefühl wich aus meinen Händen, die schrecklich zu kribbeln begannen.

»Klara!«, rief ich, doch ich wusste nicht, ob ich es gedacht oder wirklich gerufen hatte.

Vorsichtig und so langsam ich konnte, ging ich in die Knie und versuchte, einen Sturz zu vermeiden. Wenn ich mich hinsetzen und meinen Kopf auf meine Knie legen konnte, hatte ich es fast geschafft. Nur noch ein kleines bisschen. Nur noch ein paar Zentimeter.

Meine Finger rutschten vom Pult ab und ich knallte auf mein Steißbein. Vor Schmerz blieb mir die Luft weg, ich konnte nicht einmal schreien.

»Neelia?« Endlich hörte ich Schritte. Klara kam um das Regal herum und ging vor mir in die Knie. »Oh Mist, ist es wieder so weit?« Sie nahm meine Hand und streichelte meinen Rücken.

Es war gut, wenn jemand bei mir war, auch wenn mir niemand helfen konnte. Es gab keinen Grund für diese Anfälle. Für das Schädeldröhnen und die tauben Glieder. Für die Blitze, die vor meinen Augen tanzten, und die weichen Knie. Ich konnte immer nur hoffen, dass jemand in meiner Nähe war und aufpasste, dass ich mich nicht verletzte. Und falls ich doch allein war, dass mir nichts passierte, wenn ich umfiel.

Klara legte die Arme um mich und hielt mich fest. Ich schnappte nach Luft und atmete gegen den Schmerz. Der Sturz war übel gewesen, trotz der geringen Höhe.

Die Türklingel ertönte, als jemand hereinkam.

Ein Kunde. Ausgerechnet jetzt.

»Ich komme gleich!«, rief Klara erstickt.

Ein Mann sah um das Regal herum und entdeckte uns auf dem Boden. »Ist alles in Ordnung?«

»Meiner Kollegin geht es nicht gut. Ich bin gleich bei Ihnen«, sagte Klara. Er kam zu uns und gemeinsam hievten sie mich auf einen Sessel. Ich konnte nicht einmal widersprechen, so matt war ich.

»Damit sollten Sie zum Arzt gehen«, sagte er besorgt.

Ich lächelte schwach. Als wäre ich auf diese Idee nicht schon selbst gekommen!

Klara lotste den Kunden von mir weg und beriet ihn, während ich die Augen schloss und mich schwer gegen das Polster lehnte. Es dauerte immer eine Weile, bis die Anfälle vorbei waren. Sie kamen schnell und überfallartig, dafür gingen sie umso langsamer.

Das Kribbeln in meinen Händen nahm ab und ich atmete durch. Das hatte ich jetzt seit elf Jahren. Elf verdammte Jahre, in denen die Ärzte nichts feststellen konnten.

»Posttraumatische Belastungsstörung«, lautete die Diagnose, die aus der Ratlosigkeit kam.

Bis zu einem gewissen Grad machte das Sinn, denn das erste Mal trat der Schwindel nach dem Unfall auf. Der Unfall, der meine Mutter das Leben gekostet hatte. Seit dem mein Vater im Rollstuhl saß. Seit dem mir zwei Jahre meines Lebens im Gedächtnis fehlten.

Ich war im Krankenhaus aufgewacht, dachte, ich wäre fünfzehn, dabei war ich schon siebzehn, und musste erfahren, dass meine Mutter tot war und mein Vater querschnittsgelähmt.

Und dann das Tattoo, das seitdem meinen Rücken verzierte. Vom Schulterblatt bis zur Hüfte zog es sich. Ich konnte mir beim besten Willen nicht erklären, warum ich es hatte stechen lassen. Ja, es war schön, bestand aus Schriftzeichen in Sanskrit, Blumen und Linien, die eindeutig indischen Stiles waren (meine Mutter kam aus Indien), aber es war riesig. Wer tätowierte einer Siebzehnjährigen so was?

Ich verdrängte die Gedanken, streckte meine Wirbelsäule durch und rundete sie wieder, um meine Muskeln zu entspannen. Langsam wurde es besser. Ich bekam wieder Gefühl in den Händen und meine Beine fühlten sich nicht mehr wie Gummi an.

Klara stellte mir im Vorbeigehen ein Glas Wasser hin, das ich dankbar austrank. Dadurch nahm auch der Dröhnschädel ab und es ging mir besser. Endlich.

»Neelia, ist alles in Ordnung?« Helmut war wieder da. Er zog sich einen Stuhl heran und setzte sich neben mich.

»Geht wieder«, sagte ich. »Nur das übliche, leider.«

Er tätschelte meine Hand. »Tut mir leid. Brauchst du etwas? Einen Tee?«

»Tee nehme ich gerne. Ich kann gleich weiterarbeiten«, sagte ich und schloss noch einmal die Augen, weil mir wieder schwindelig wurde.

»Das sehen wir gleich. Erstmal Tee«, sagte Helmut und sah sich um. Klara verabschiedete gerade den Kunden, der mir geholfen hatte. Er hatte eine Tasche dabei, also konnte sie etwas verkaufen. Zum Glück, sonst wäre mein schlechtes Gewissen noch größer.

Helmut kochte Tee, rief Klara zu uns und legte noch ein paar Kekse dazu. »Wir machen in zehn Minuten weiter«, meinte er, doch ich bemerkte, dass er die Tür im Auge behielt. Auch er wollte keinen Kunden verpassen.

»Ich weiß, wie schlimm es ist, wenn man sich so ausgelaugt fühlt«, sagte Klara und pustete in ihre Tasse. »So ging es mir im November dauernd. Wenn ich mir jetzt vorstelle, dass du das seit zehn Jahren hast ...«

»Meistens ist es nicht so schlimm«, winkte ich ab, weil ich nicht wollte, dass sich das Gespräch nur darum drehte. »Ich habe das nur ein- oder zweimal im Monat. Ihr seht ja, wie schnell das vorbeigeht. Ich kann damit leben.« Besser als mit den flackernden bruchstückhaften Erinnerungen an den Unfall und dem Gedanken an alles, was mir fehlte.

Ich zog den Ärmel meiner Tunika über meinen rechten Arm. Dort hatte ich eine Narbe, fast so lang wie meine Hand. Die an meiner Hüfte war doppelt so lang. Auch darüber wollte ich nicht nachdenken, also trank ich meinen Tee und ging wieder an die Arbeit.

Ich verbrachte den Abend auf der Couch. Allein.

Manchmal nervte es mich, Single zu sein. Vor allem an den Tagen, an denen die Anfälle kamen. Es wäre schön, wenn dann jemand bei mir wäre, der mich einfach im Arm hielt und mir ein Gefühl von Geborgenheit vermittelte.

Ich war jetzt seit drei Jahren Single. Zwischendurch hatte ich immer mal Dates, aber in letzter Zeit waren auch die weniger geworden. Ein paar Reinfälle machten klug.

Morgen Abend war ich bei meiner Freundin Skadi eingeladen. Sie und ihr Freund Emil hatten sich letztes Jahr verlobt und wollten jetzt endlich ihre Freundeskreise verbinden, bevor die Hochzeit stattfand.

»Außerdem«, hatte Skadi gesagt, als sie Mira und mich einlud, »hat Emil ein paar Freunde, die ganz süß sind. Vielleicht funkt's ja bei einer von euch.«

Das Dumme war nur, dass Mira morgen nicht dabei war und ich außer Skadi und Emil niemanden kannte. Ich tat mich immer schwer mit Small Talk. Das war einfach nicht mein Ding und manchmal sagte ich furchtbar dämliche Sachen, weil es mich stresste, mit Fremden zu reden.

Mira an meiner Seite zu haben wäre ein Trost, denn sie konnte ohne Punkt und Komma reden und war dabei sogar witzig. Allerdings war sie ausgerechnet morgen verplant und konnte den Termin auch nicht schieben. Ich musste allein mit Emils ›süßen‹ Freunden klarkommen.

Mürrisch kuschelte ich mich in meine Sofakissen und zog meine Wolldecke bis zum Kinn hoch. Würde schon schiefgehen, Skadi ließ mich sicher nicht hängen.

Den Freitag brachte ich problemlos auf der Arbeit herum. Das war auch ein Phänomen an meinen Anfällen: Sie verschwanden spurlos, als hätte es sie nie gegeben, nicht einmal Muskelkater hatte ich meistens, sondern höchstens blaue Flecke vom Fallen. Leider galt das nicht für die Erinnerungen und die Angst vor neuen Anfällen.

Ich machte pünktlich um sechs Feierabend und fuhr nach Hause. ›Nur noch ein Kapitel‹, sagte ich mir und verzog mich mit meinem Buch aufs Sofa. Vorher stellte ich mir einen Wecker, damit ich die Zeit nicht verpennte.

Es dauerte wie immer nur Sekunden, um mich in der Geschichte zu verlieren.

Ich schreckte zusammen, als der Wecker klingelte. Ich hatte alles um mich herum vergessen.

›Nur noch eine Seite‹, dachte ich und las schnell weiter. Da klingelte er das zweite Mal. Jetzt wurde es Zeit. Ich legte das Buch seufzend beiseite.

›Dann auf in den Kampf.‹

Ich sollte anders an die Sache herangehen und mich auf einen netten Abend freuen und aufgeschlossen sein.

Damit stand ich vor dem nächsten Problem: meinem Kleiderschrank. Was meine Kleidung anging, war ich praktisch veranlagt: Jeans, T-Shirts, Tuniken oder Pullover hatte ich massenweise im Schrank, aber Partyoutfits? Röcke, Kleider, Glitzeroberteile? Nada.

Ich rollte mit den Augen. Als gäbe es keine Alternativen! Ich musste sie nur finden und irgendwie sinnvoll kombinieren. Das bekam ich hin. Hoffentlich.

Ich zog schließlich eine schwarze Jeans und ein schwarzes Tanktop an, darüber eine rote Lederjacke. Ich kämmte mein langes schwarzes Haar und tuschte meine Wimpern. Nach kurzem Zögern trug ich auch einen leicht getönten Lippenstift auf. Gar nicht schlecht.

Ich zog meine schwarzen Lederstiefel an und warf meinen Mantel über, dann machte ich mich auf den Weg.

Emil und Skadi wohnten fußläufig von mir, ich brauchte nur knapp zwanzig Minuten. Es war kalt heute, natürlich, es war Mitte Januar. Ich fröstelte trotz meines warmen Mantels und wünschte mir, ich hätte eine Mütze mitgenommen. Meinen Schal hatte ich natürlich auch vergessen.

Das war typisch für mich. Den Kopf in den Büchern. Das ließ oft zu wenig Platz für die Realität. Manchmal konnte ich Gelesenes und Erlebtes kaum voneinander trennen.

Mein Vater und meine Freundinnen lächelten dann immer nur nachsichtig. Sie kannten das schon.

Ich beeilte mich, sodass mir trotz der Kälte der Schweiß ausbrach, und ich mich über mich selbst ärgerte. Wäre ich bloß eher losgegangen! Hätte ich mir doch schon Sachen rausgelegt!

Jetzt war es zu spät.

Endlich erreichte ich Skadis Wohnhaus und klingelte an der Tür. Im Hausflur musste ich erstmal meine Jacke aufmachen und ein bisschen ausdampfen.

»Neelia!« Skadi stand in der Tür, als ich die Treppe hochschnaufte. Meine Freundin zog die blonden Augenbrauen hoch. Sie sah natürlich wie aus dem Ei gepellt aus, das war Skadis besondere Gabe. Ihr blondes Haar saß akkurat und ihre Bluse war nicht im Mindesten zerknittert.

»Badezimmer, es ist ein Notfall«, sagte sie und zerrte mich durch die entsprechende Tür. Im Spiegel sah ich das Problem auch: Durch das Schwitzen war mein Make-up quer über mein Gesicht verteilt. Ich ging beinahe als Joker bei Batman durch.

Skadi gab mir ein Abschminktuch und reichte mir dann die entsprechenden Teile an: Rouge, Lidschatten, Eyeliner, Mascara, Lippenstift. »Darf ich?«, fragte sie und machte das Finish mit einem kleinen Pinsel.

»Danke, aber war das nötig?«, fragte ich.

»Süße, du solltest immer so gut wie möglich aussehen, das hast du verdient. Du bist so schön, dass alles andere Verschwendung ist, und verschwitzt lasse ich dich nicht unter Leute.« Sie nickte zufrieden. »Diese Augen .... Deine Haut ... Du weißt gar nicht, wie hübsch du bist.« Sie lächelte und warf das Make-up in ihre Schminktasche. Ich fand, dass sie maßlos übertrieb, war aber trotzdem geschmeichelt. Komplimente taten immer gut.

»Schade, dass Mira heute nicht kann«, meinte ich.

Sie lächelte noch etwas breiter. »Das schaffst du auch allein, mach dir keine Sorgen. Emils Freunde sind sehr nett. Es ist schade, dass ihr euch in all den Jahren noch nie begegnet seid.«

»An mir liegt's nicht«, meinte ich achselzuckend, denn Emils Freunde waren oft bei Partys verhindert. Reisen, Familienangelegenheiten ... Mira und mir waren sie so oft angekündigt worden, nur um sie dann doch nicht kennenzulernen, dass wir uns schon darüber lustig gemacht hatten und meinten, Emil hätte gar keine Freunde.

Skadi wusste das. Sie hatte mitgemacht.

»Sie sind also wirklich da?«, fragte ich vorsichtshalber.

Skadi nickte und betrachtete ihre manikürten Nägel. »Jupp. Sie existieren. Versprochen.«

»Was hast du vor?«, fragte ich misstrauisch. Ich kannte sie zu gut, als dass sie mir etwas vormachen konnte.

»Nichts weiter. Komm einfach mit und sei artig, ja?« Sie stieß die Tür auf und ich folgte ihr ins Wohnzimmer. Dort waren schon vier Männer und zwei Frauen anwesend. Ich begrüßte Emil und die anderen Gäste, doch ich war noch nie gut darin, mir Namen zu merken.

Nur den meines Sitznachbarn prägte ich mir ein: Rob. Der war so kurz, dass ich ihn mir merken konnte.

»Woher kennst du Skadi?«, fragte er.

»Aus der Schule. Wir haben zusammen Abi gemacht«, antwortete ich. Skadi stellte mir lächelnd etwas zu trinken hin. »Und woher kennst du Emil?«

»Unsere Familien sind befreundet, wir sind quasi zusammen aufgewachsen«, meinte er. »Und wir arbeiten sogar zusammen.«

»Im Möbelhandel«, trumpfte ich auf. Es hatte gedauert, bis ich verstand, was Emil machte: Er reiste auf der Suche nach besonderen Stücken durch die ganze Welt und versorgte damit das Unternehmen, für das er arbeitete, entweder auf Verdacht, oder im Kundenauftrag.

Ich war schon mal in dem Geschäft, als ich mit Skadi unterwegs war. Die Möbel waren wunderschön. Antik oder handwerklich hergestellt. Fast alles Unikate. Aufbauanleitungen und Pappkartons gab es nicht. Ich verliebte mich in eine Kommode, bis ich den Preis sah. Zwei Monatseinkommen. Brutto. Das konnte ich mir nicht leisten.

Seitdem war meine Begeisterung etwas abgekühlt, aber im Prinzip war es wie mit den Büchern im Antiquariat: je seltener und älter, desto besser.

»Richtig«, nickte Rob. »Ich mache ihm Konkurrenz im Finden der besten Stücke.«

Ich musste wegen der Formulierung schmunzeln. »Dafür braucht man natürlich ein geschultes Auge, sonst entgeht einem noch ein bestes Stück.«

Er stutzte und brauchte zwei Sekunden, dann lachte er. »So ist es. Das wäre doch jammerschade.« Wenn er lachte, wurde eine Narbe an seinem Kinn sichtbar. Davor war sie mir wegen des gedämpften Lichts gar nicht aufgefallen.

Ich mochte ihn. Er war nett und lustig. Und sein Humor war meinem anscheinend ähnlich.

Ich erzählte ihm auf Nachfrage von meinem Job. Meistens fanden die Leute ihn langweilig. Das kannte ich zur Genüge, doch seine Augen leuchteten auf.

»Ein Buchantiquariat? Welches?«, wollte er wissen.

»*Hilmers' Buchantiquariat* in Barmbek«, sagte ich. »Wir sitzen in der Schmuckhöhe.«

»Da war ich schon ein paar Mal«, er stutzte. »Versteckst du dich, wenn Kunden reinkommen?«

»Nein, aber ich bin ja auch nicht rund um die Uhr da«, meinte ich. »Sonst musst du vorher anrufen.«

»Mache ich«, versprach er grinsend und zückte sein Smartphone. »Nummer bitte.«

Ich starrte ihn an. »Der war jetzt nicht schlecht.«

»Vorlage, verwandelt, würde ich sagen«, meinte er und sah mich aufmerksam an. »Also? Darf ich dich auf der Arbeit besuchen, Neelia?« Ich ergriff zögernd das Telefon und tippte meine Nummer ein. Es war nichts dabei. Er war nett. Ich mochte ihn. Und wenn ich Skadis triumphierenden Blick sah, hatte ich den Verdacht, dass ich gerade verkuppelt wurde.

Das war typisch für sie. Darauf wartete sie schon ewig.

Rob erzählte mir, dass seine Familie ein Möbelantiquariat besaß.

»Warum arbeitest du nicht dort?«, fragte ich stirnrunzelnd. »Das wäre doch logisch, oder?«

»Etwas Abstand tut meinem Vater und mir gut«, sagte er leichthin. »Meine Schwester arbeitet da, das reicht. Ich kann später immer noch einsteigen, wenn ich möchte.«

Das verstand ich. Ich hatte ein sehr gutes Verhältnis zu meinem Vater, aber ich wusste nicht, ob es auch so wäre, wenn wir zusammen arbeiten würden. Wenn jeder seinen eigenen Bereich hatte, war das am besten.

»Seid ihr nicht eigentlich immer zu dritt?«, fragte Rob.

»Ja. Mira konnte heute nicht kommen. Sie ist auf einer Veranstaltung«, erzählte ich. Skadi, die mir gegenübersaß, rollte mit den Augen.

»Nicht deine Band?«, mutmaßte Rob.

»Nicht mein Geschmack«, erwiderte sie. »Es ist auch kein Konzert. Mira beschäftigt sich mit Esoterik und Okkultismus. Ist ihr Hobby. Wenn sie hier wäre, hätte sie schon in deiner Hand gelesen.«

Ich wusste, dass Skadi es Mira übel nahm, dass sie heute nicht da war. Skadi war so pragmatisch, dass sie Miras

Passion, wie diese es selbst nannte, überhaupt nicht nachvollziehen konnte.

Ich stieg auch an einem bestimmten Punkt aus, aber bis dahin war es manchmal echt spannend, was sie so erzählte.

»Sie ist auf einem Wicca-Kongress«, erklärte ich Rob.

Der hob verblüfft die Augenbrauen, zuckte dann aber mit den Achseln. »Jeder so, wie er es mag.«

Dem war nichts hinzuzufügen, fand ich.

Blaulicht schimmerte durch meine geschlossenen Lider.

Ich hörte die Sirenen. Stimmen. Rufe.

Das Kreischen einer Flex, die Metall zerbiss.

Ich spürte die Vibration in meinem ganzen Körper. Sie drang sogar durch den Schmerz hindurch.

Schmerz. Er war überall. Er durchflutete mich und riss alles andere mit sich. Nur nicht die Vibration. Sie blieb.

Es war ein Strudel. Ein unendlicher Strudel aus Finsternis, Schmerz und der Vibration.

Ich öffnete meine Augen. Ich schloss sie gleich wieder.

Das Blaulicht schmerzte auf meinen Netzhäuten.

Und ich hatte das Blut gesehen. Das Blut, das aus den schwarzen Haaren meiner Mutter tropfte.

Der Schmerz wurde noch stärker.

So stark, dass die Finsternis mich verschlang.

Ich wachte mit Kopfschmerzen auf. Sie begleiteten die Erinnerungen an den Autounfall immer und hielten den ganzen Tag an.

Langsam setzte ich mich auf und rollte den Kopf von links nach rechts. Das half manchmal. Heute nicht.

Ich quälte mich aus dem Bett und ging duschen. Wie so oft blieb mein Blick im Spiegel hängen, als ich mich ausgezogen hatte. An meinem Rücken. An der Narbe und dem Tattoo. Meine Augen saugten sich an den Linien fest, an den Schattierungen. An den Symbolen und an den Blüten, die so echt aussahen, als könnte ich sie pflücken. Dann die menschlichen Augen, die mich an meine Mutter erinnerten. Und die tierischen, die lauernd wie eine Raubkatze meinen Blick im Spiegel verfolgten.

Ich hatte mir in den letzten Jahren die Mühe gemacht, die Buchstaben in Sanskrit übersetzen zu lassen. Ich wusste, dass es Segenssprüche waren und etwas, das sich wie ein Gebet um Schutz las. Ich wusste bis heute nicht, warum ich mich für diese Motive entschieden hatte. Und wann.

Mein Vater sagte, ich habe damit angefangen, als ich siebzehn wurde, das Tattoo sei kurz vor dem Unfall fertig geworden. Doch das konnte nicht stimmen, denn es war so gesetzt, dass es schien, als würde es die Narbe, die ich seit dem Unfall hatte, umschmeicheln. Wie könnte das sein?

Ich fürchtete seitdem, dass nur meine Mutter mir darauf eine Antwort hätte geben können. Ich wusste nicht einmal, wo ich die Tätowierung hatte stechen lassen. Meine Mutter hatte selbst Tattoos, die meinem ähnelten. Das Wissen war mit ihr gestorben. Jetzt war mein Rücken ein einziges Rätsel. Es verband sich mit den Lücken in meinem Kopf zu einem Geflecht, das mich traurig und ratlos machte.

Schnell ging ich unter die Dusche, drehte dem Spiegel den Rücken zu und schloss trotzig die Augen. Ich hatte diese Gedanken schon so oft in meinem Kopf umhergewälzt. Sie hatten mich nie ein Stück weitergebracht.

Daran würde sich auch heute nichts ändern.

Als ich ins Schlafzimmer kam, blinkte eine Nachricht auf meinem Smartphone. Sie war von Skadi in unserem Gruppenchat mit Mira: ›*Neelia, ihr habt Nummern getauscht, oder? Trefft ihr euch?*‹, schrieb sie. Skadi verwendete nie Emojis, sie hasste die Dinger.

Im Gegensatz zu Mira, die unter die Nachricht bereits eine ganze Meute mit verwirrten, aufgeregten Gesichtern, Herzen und Fragezeichen gesetzt hatte.

›Mit wem?‹, lautete ihre Klarbotschaft.

›Das wüsstest du, wenn du nicht lieber Kristalle gezüchtet hättest‹, war Skadis bissige Antwort.

›Sehr lustig. Mit wem hat Neelia Nummern getauscht? Einem Freund von Emaille?‹, schrieb Mira. ›Sorry, Kack-Auto-Korrektur.‹ Ich musste grinsen. Dieser Fehler passierte ihr so oft, dass es fast nach Absicht aussah.

›Mit Rob. Ja und ja‹, schrieb ich, bevor die beiden sich streiten konnten. Ich kannte keine Freundinnen, die so oft unterschiedlicher Meinung waren wie Skadi und Mira.

Zum Glück vertrugen sie sich genauso schnell wieder.

›Trefft ihr euch? Wann und wo?‹, fragte Skadi.

›Wir haben nichts ausgemacht‹, antwortete ich.

›Schreib ihm!‹, schrieb Mira mit Herzen und Muskelarm.

›So'n Quatsch, wie sieht das denn aus?‹, meinte Skadi.

›Hey Leute, wir haben uns einfach nett unterhalten. Von einem Date war keine Rede‹, tippte ich schnell.

›Von wegen. Ihr hattet euch so festgequatscht, dass da niemand zwischen kam. Ich musste dich dreimal fragen, ob du noch was trinken willst.‹ Skadi übertrieb, fand ich. Sie hatte nur zweimal gefragt.

›Sehen wir uns heute Nachmittag?‹, schrieb Mira.

›Ja‹, antwortete ich. Ich hatte noch nichts vor und war gespannt, was Mira von ihrem Wicca-Treffen berichtete. Diese Events waren immer für eine Geschichte gut.

›Ich kann nicht, wir müssen zur Location‹, schrieb Skadi.

›Dann hebe ich dir den geheimen Hexendrink auf. Vielleicht kannst du ja nachkommen‹, antwortete Mira und fügte ein paar Herzen und Cocktailgläser hinzu.

›Ich versuch's‹, antwortete Skadi.

Ich versprach Mira, um siebzehn Uhr bei ihr zu sein, und machte mich dann fertig.

An meinen freien Samstagen besuchte ich immer meinen Vater zum Frühstück. Das war auch für heute geplant.

Papa wohnte in der Nähe des Antiquariats, ich legte den Weg quasi im Schlaf zurück. Ich klingelte und schloss mir dann selbst die Tür auf.

Er wartete in der Küche auf mich, wo er gerade Rührei briet. »Guten Morgen, Schatz!«

Ich beugte mich zu ihm hinunter und küsste seine stoppelige Wange. »Guten Morgen, wie geht es dir heute?«

»Gut wie immer.« Er schwenkte die Pfanne. Die barrierefreie Küche war eine teure, aber absolut gute Anschaffung gewesen. Ich bewunderte meinen Vater für seinen Lebensmut. Es hatte ein wenig gedauert, doch jetzt hatte er sein Schicksal angenommen. Er haderte nicht mehr mit seiner Querschnittslähmung, sondern akzeptierte sie und verbrachte seine Zeit damit, herauszufinden, was trotzdem ging. Basketball war seine Leidenschaft.

Im Wohnzimmer hing ein Bild, das ihn, meine Mutter und mich zeigte. Ich erinnerte mich nicht daran, wie es entstanden war, aber wir drei sahen glücklich aus.

Das Bild war sein »Anker«, wie er es nannte. Das, was ihn an sein früheres Leben erinnerte. Alles andere hatte er losgelassen. Seit drei Jahren hatte er eine neue Beziehung. Auch darüber war ich froh. Ich mochte Annaya, sie tat ihm gut. Mehr konnte ich mir für ihn nicht wünschen.

Wir frühstückten und erzählten uns von den letzten Tagen, dabei klangen meine Kopfschmerzen ab. Rührei und Kaffee halfen eigentlich immer.

Mein Vater arbeitete als vereidigter Wirtschaftsprüfer und nahm die Bilanzen von Unternehmen unter die Lupe. Was langweilig klang, war manchmal ein echter Detektiv-

Job, mit dem er mich wunderbar unterhalten konnte. Gerade berichtete er von einem besonders haarigen Fall in einem Hundesalon (den Witz hatte er selbst gebracht), als ich einen Anruf bekam.

»Hallo Helmut«, begrüßte ich meinen Chef und ahnte schon, worum es ging. Es war Samstag um halb zwölf. Das konnte nur bedeuten, dass Amira, die Teilzeitkraft, die samstags arbeitete, ausfiel.

»Hallo Neelia. Bitte entschuldige die Störung. Amiras Tochter ist krank und sie kann nicht kommen. Könntest du für drei, vier Stunden einspringen? Heute ist viel los, ich weiß auch nicht, wieso.«

»Das liegt am Quartierfest«, meinte ich. Das Quartier 21, wie der szenige Umbau des ehemaligen Krankenhausgeländes genannt wurde, war zwar ein paar Hundert Meter vom Antiquariat entfernt, aber wenn das Fest für Kunden sorgte, nahmen wir das gern mit. Ich sah auf meine Uhr.

»Ich kann in einer halben Stunde bei dir sein.« Dabei sah ich meinen Vater entschuldigend an, doch er nickte nur verständnisvoll. Er wusste, dass Helmut nur anrief, wenn es ernst war.

Ich trank meinen Kaffee aus und machte mich auf den Weg ins Antiquariat. Um kurz vor zwölf war ich da und half Helmut bis sechzehn Uhr, als es ruhiger wurde.

»Ich danke dir«, meinte er und wischte sich den Schweiß von der Stirn. Die letzte Kundin war anspruchsvoll, aber er hatte einen Verkauf machen können. Das bewunderte ich an ihm: Im letzten Moment kam ihm meistens die geniale Idee, wie er die Leute doch noch glücklich machen konnte. In diesem Fall war es eine kolorierte Ausgabe von Goethes Liebesgedichten.

»Du weißt, dass das selbstverständlich für mich ist«, sagte ich. »Ich liebe das Antiquariat auch.«

»Deswegen möchte ich ja auch, dass du es übernimmst, wenn ich zu tattrig dafür bin«, meinte er. Mein Herz hüpfte, wann immer er das sagte. Ich wollte das wirklich unbedingt, aber bis dahin sollten gern noch ein paar Jahre verstreichen, in denen ich viel von ihm lernen konnte.

»Lass dir Zeit damit, tattrig zu werden«, meinte ich. »Es läuft doch gut.«

»Wir werden sehen. Aber jetzt hab einen schönen Nachmittag. Montag gebe ich Kuchen aus.«

»Aber den Guten aus der Konditorei«, sagte ich. Er versprach es und ich machte mich auf den Weg zu Mira. Auch sie wohnte in der Nähe, genau zwischen Skadi und mir, aber ich bummelte ein bisschen und kaufte auf dem Weg noch ein paar Snacks für den Abend ein.

Ich war um viertel vor fünf da und musste grinsen, als Mira mich mit einem Longdrink begrüßte.

»Es ist schließlich Samstag«, meinte sie achselzuckend.

»Ist das der Hexendrink, den du angekündigt hast?«, erkundigte ich mich und streifte meine Stiefel ab.

»Nee, den hebe ich mir für Skadi auf«, winkte sie ab. »Sie wird ihn brauchen. Er besteht halb aus Absinth.«

»Oh Gott, das kann nur böse enden. Ich bin meine Kopfschmerzen gerade erst losgeworden. Egal.« Ich hängte meinen Mantel auf und nahm das Kristallglas mit dem tiefblauen Inhalt entgegen. »Blue Curaçao?«

»Zu einfach, oder? Er heißt *Orientalische Nacht*. Riechst du die Nelken und den Zimt?«, fragte sie enthusiastisch.

Tat ich und er schmeckte gut. Wir gingen ins Wohnzimmer, wo es wie immer schwer nach Räucherstäbchen roch. Ich rückte einen Untersetzer aus Bergkristall zurecht und kuschelte mich in ihre handgenähten Kissen. Der Geruch nach Zimt und Nelken erinnerte mich an meine Mutter. Diese Gewürze hatte sie oft beim Kochen verwendet. Sie lösten in mir traurigschöne Erinnerungen an meine Kindheit aus, die ich wegatmen musste.

»Wie war's auf der Arbeit?«, fragte Mira. Ich hatte ihr nachmittags geschrieben, damit sie Bescheid wusste, falls es später wurde.

»Gut. Viel zu tun heute. Und bei deinem Kongress?«

»Ach, weißt du, ich gehe ja wirklich gern da hin, weil die meisten Leute echt cool sind«, meinte sie und spielte mit ihren silbernen Ringen. Sie trug an jedem Finger mindestens einen. Mir fiel eine neue kleine Tätowierung an ihrem linken Handgelenk auf. Eine Rune, wahrscheinlich ein Souvenir von gestern. Davon hatte sie schon etliche.

»Aber manche übertreiben es etwas«, fuhr sie fort. »Ich tauche ja auch gern in diese mystische Welt ein, aber man muss auch den Weg zurückfinden.« Sie schob ihr rotgefärbtes Haar zurück und sah nachdenklich aus. Dann feixte sie. »Aber der Hexenmeister, der mir seine Zaubertrankbrauerei gezeigt hat, war trotzdem süß.«

»Ist ›Brauerei‹ ein Wicca-Code für Sex?«, fragte ich.

»Jepp. Bot sich an und war nötig.« Mira nippte entspannt an ihrem Drink.

»Und, trefft ihr euch noch mal?«, wollte ich wissen.

»Nein, er ist so ein *Abgetauchter*, aber das ist okay. Er hat sich Mühe gegeben.« Sie zuckte mit den Schultern. »Ich denke auch nicht, dass ich mir in der Szene einen Partner suchen sollte. Das wäre wahrscheinlich auch der letzte Beweis für Skadi, um mich einweisen zu lassen.«

»Möglich. Wenn du der irdischen Welt dann auch so entrückt bist«, meinte ich lächelnd.

»So ist es. Deswegen lasse ich es lieber. Und wie sieht es bei dir mit dem mysteriösen Rob aus? Erzähl mir mehr.« Sie beugte sich vor und hielt ihren Drink wie den Heiligen Gral vor sich.

»Er ist kein *Abgetauchter*«, berichtete ich grinsend. »Er arbeitet in der gleichen Firma wie Emil. Seine Familie hat ein Möbelantiquariat. Und er liebt Bücher, so wie ich. Wir haben uns ziemlich lange über Fontane unterhalten.« Ich spürte, dass meine Wangen sich unter ihrem Blick röteten. »Ich weiß, das findest du merkwürdig.«

»Ich? Merkwürdig? Von wegen«, winkte sie ab. »Ich hab mich mit dem Hexenmeister immerhin ernsthaft über Zaubertränke unterhalten. Wobei wir vermutlich über unterschiedliche Sachen gesprochen haben. Ich war da eher bei wirklich wirkungsvollen Kräutern und Pflanzen statt bei Lustzaubern aus Jungfrauenhaaren. Egal. Wenn der Weg zu deinem Herzen über Fontane führt, ist das so.«

Mein Handy vibrierte. »Bestimmt Skadi«, meinte ich. Es wäre schön, wenn sie noch käme. Unsere Mädelsabende waren rar derzeit wegen ihrer Hochzeitsvorbereitungen.

Die Nachricht war von Rob, wie ich mit Herzklopfen feststellte: ›*Ich war eben im Antiquariat, aber dein Chef sagte, du seist schon weg. Ärgerlich, ich wollte dich doch überraschen. Hast du nächste Woche Zeit für ein Essen?*‹

»Rob?«, fragte Mira. Ich nickte und winkte sie heran. Sie rutschte neben mich und las die Nachricht mit. Ihre Augen leuchteten. »Oh, das mag ich. Der Mann hat Humor und Stil. Willst du ihn treffen?«

»Ja.« Ich lächelte. »Die Zeit kann ich investieren, oder was meinst du?«

»Er hat bestimmt keine Zaubertrankbrauerei, also ran da. Ich mixe mal die nächsten Drinks. Ich hoffe, du hast heute Nacht nichts mehr vor.«

»Nein, die nächsten zwölf Stunden sind für dich reserviert«, meinte ich und antwortete Rob, dass ich am Mittwoch Zeit hatte. In der Küche lachte Mira laut.

»Zwölf Stunden? Schaffe ich!«

KAPITEL 2

E
s ist Nacht. Ich gehe durch die leeren Straßen.
Es ist still. Ich bin allein.

Die Bewegung tut mir gut. Während des Laufens strecke
ich mich. Meine Wirbel reihen sich auf wie Perlen an einer
Kette. Ich wiege den Kopf und dehne meine Seiten.

Ein wohliger Schauder läuft über meinen Rücken und
wie ein warmes Rinnsal durch meinen ganzen Körper.

Der Asphalt unter meinen Füßen ist kalt. Feucht. Die
Luft ist kristallklar und füllt meine Lungen mit wohltuen-
der Kühle.

In der Ferne höre ich ein Geräusch. Ich neige den Kopf
ein wenig in seine Richtung, verliere aber das Interesse.
Es ist weit weg. Es bedroht mich nicht.

Über mir am Himmel steht der Vollmond.

Mein Blick bleibt an ihm hängen. Er ist magisch. Es ist
lange her, dass wir uns begegneten, der Mond und ich. Es
ist wie ein heimliches Rendezvous. Ich kokettiere noch ein
wenig, wende meinen Blick ab und tue so, als bemerke ich
ihn gar nicht. Dabei lausche ich den Versprechungen, die
er mir macht.

›Wir haben uns viel zu lange nicht gesehen. Komm zu
mir. Du weißt, was ich dir geben kann. Du weißt, was ich
dir zeigen kann. Du weißt, wozu ich dich machen kann.‹

Ja, das weiß ich. Irgendwo tief in mir drin ist diese Ahnung, die genau versteht, was er mir sagt.

Mein Verstand weiß mit seinen Worten nichts anzufangen, aber wer braucht Verstand, wenn er fühlen kann? Und ich fühle mich gut in seiner Gegenwart. Zu gut, um dieses Gefühl, mit dem er mich erfüllt, zu hinterfragen.

Eine Brise frischt auf und ich schließe kurz die Augen, um sie zu genießen.

›Du und ich, Neelia, wir haben eine Verabredung. Zur Jagd.‹ Ich lächle in mich hinein. Das klingt gut. Noch intimer. Noch mehr nach dem, was ich will. Was ich tief in mir brauche.

Wieder ein Geräusch.

Ich verharre mitten im Schritt und lausche. Wende mich um, um festzustellen, woher es kam. Was es ist.

Die Haare in meinem Nacken stellen sich auf.

Gefahr.

Gefahr!

Und sie ist nahe.

Mein Instinkt sagt mir, dass ich schon entdeckt wurde.

Dass ich ins Visier genommen wurde.

Ich blicke hinauf zum Mond.

›Wir haben eine Verabredung. Zur Jagd.‹

Ich freue mich darauf, herauszufinden, ob ich Jägerin oder Gejagte bin.

Ich erwachte mit einem schrecklichen Kater.

Mira machte ernst und füllte sowohl mich, als auch Skadi, die gegen zwanzig Uhr dazu kam, gnadenlos mit ihren Hexencocktails ab. Wir saßen bis drei Uhr nachts zusammen, tranken die Drinks mit klangvollen Namen wie ›Walpurgisnacht‹, ›Vergifteter Apfel‹, ›Lustzauber‹ und ›Wonnemond‹ und holten die versäumten Treffen der letzten Wochen nach.

»Gib es zu, du warst auf einem Cocktailseminar für Harry-Potter-Fans«, stöhnte Skadi um ein Uhr nachts. Sie schielte schon leicht. Das musste am Absinth liegen.

»Dann hießen die nicht ›Lustzauber‹, sondern ›Trollrotz‹«, winkte Mira vergnügt ab und mixte den nächsten. Und dann den übernächsten.

Entsprechend ging es mir am Sonntag. Ich brauchte den ganzen Tag, um mich von meinem Kater zu erholen. Und noch den Montag. Zum Glück fand mein Date mit Rob erst am Mittwoch statt. Bis dahin sollte ich in der Lage sein, ein Glas Wein zum Essen zu trinken, ohne vor Kopfschmerz zu stöhnen.

Über die Kopfschmerzen vergaß ich meinen Traum, obwohl er sich so real angefühlt hatte. Erst am Dienstagabend im Bett fiel er mir wieder ein, als ich aus dem Fenster schaute und den zunehmenden Mond entdeckte.

So ausgefallene Träume hatte ich nur selten. Er hatte mir gefallen. War aufregend. Ich hatte mich so gut gefühlt. So ausgeglichen und erwartungsvoll.

Vielleicht sollte ich im Antiquariat nach einem Buch über Traumdeutungen schauen. Manchmal kaufte Helmut so was aus Versehen ein. Es landete dann in unserer sogenannten Esoterik-Ecke in der Mira Stammkundin war.

Vielleicht war der Mond eine Metapher für Rob und die Jagd bezog sich auf unser Date. Vielleicht wollte mir mein Unterbewusstsein sagen, dass ich bereit für etwas neues war und es wagen sollte, mich darauf einzulassen. Dass ich mutig sein und mich wohl in meiner Haut fühlen sollte.

Ich kuschelte mich in meine Bettdecke und lächelte. Das klang nach einem guten Plan.

Am nächsten Tag wunderte ich mich, wie aufgeregt ich wegen des Dates war.

Rob und ich hatten seit Samstag noch ein paar Mal geschrieben. Ich mochte seine Art, sogar im Chat kam sein Humor rüber und ich war froh, dass er mit Worten kommunizierte und nicht mit Emojis. Seine Wortwahl sagte mir viel mehr über ihn, als runde gelbe Gesichter.

Wir trafen uns in einer Tapas-Bar, die er vorgeschlagen hatte. Ich war sofort Feuer und Flamme. Ich liebte Tapas und von dieser Bar hatte ich schon gehört, es aber noch nie dorthin geschafft. Jetzt, wo mein Kater abgeklungen war, freute ich mich auf spanischen Wein und gutes Essen.

Trotzdem hatte ich wieder ein Problem, das Skadi auf den Plan rief, eine halbe Stunde, bevor ich losmusste.

»Warum hast du denn am Samstag nichts gesagt?«, fragte sie, als sie in der Tür stand. »Das hätten wir längst erledigen können. Jetzt haben wir Zeitdruck.«

»Der ›vergiftete Apfel‹ war schuld«, meinte ich und ging zu meinem Kleiderschrank.

»Ja, das kann sein«, murmelte sie. »Ich bin am Sonntag nicht aus dem Bett gekommen. Emil musste zur Apotheke deswegen.« Sie öffnete die Schiebetüren und ließ die Schultern knacken. »Dann mal los.«

Ich kam pünktlich beim Restaurant an und strich mein Haar zurück, als ich durch die Tür ging. Skadi hatte ganze Arbeit geleistet: In meinem Outfit aus schwarzer Jeans und einer purpurfarbenen Bluse, deren Existenz ich verdrängt hatte, fühlte ich mich wohl. Skadi hatte mich beim Schminken unterstützt, sodass ich mich hübsch, aber nicht verkleidet fühlte. Sollte sie ihren Job in der Bank jemals aufgeben, konnte sie Stylistin werden. Talent hatte sie.

Rob wartete schon auf mich. Er sah mich hereinkommen und stand vom Tisch auf. Das mochte ich, als wäre er ein Gentleman. Ich las eindeutig zu viele alte Bücher.

Er küsste mich zur Begrüßung auf die Wange. Mir wurde warm und mein Gesicht prickelte. Ich freute mich wirklich auf das Date. Auf den schönen Abend, den wir hoffentlich zusammen hatten. Und auf das, was daraus werden könnte.

Nach den drei Jahren als Single wünschte ich mir eine neue Beziehung und die Aufregung von guten Dates und einem intensiven Kennenlernen.

»Schön, dass du da bist«, sagte Rob entspannt und lotste mich zum Tisch.

Vielleicht war er ja der richtige dafür.

»Ich freu mich auch.« Wir setzten uns über Eck an den Tisch und ich betrachtete sein Gesicht. Es war schmal, mit ausgeprägtem Kiefer und hohen Wangenknochen. Sein dunkles Haar fiel ihm in die Stirn, aber das war zweifellos so gewollt. Seine braunen Augen blitzten schelmisch, als er mit großer Geste die Weinkarte aufschlug.

»Ist es okay, wenn ich den Wein aussuche, oder hast du einen Wunsch?«, fragte er.

»Normalerweise bleibe ich bei Tempranillo, aber wenn du etwas anderes empfehlen kannst, mach mal«, sagte ich.

Er studierte mit gespieltem Ernst die Karte. »Die Frau kennt sich aus.«

»Die Frau trinkt gern Wein«, korrigierte ich ihn.

»Das gefällt dem Mann.« Er lachte. »Und jetzt hören wir auf, uns wie eine Serie aus den Achtzigern anzuhören, okay? Oder legst du darauf Wert?«

»Nicht im Geringsten. Was die Dialoge angeht, sind die Achtziger nicht gerade Spitzenklasse«, erwiderte ich.

»Eben. Und bevor du mich nicht mehr ernst nimmst, muss ich dringend die Kurve kriegen.« Der Kellner kam und Rob bestellte einen Primitivo und eine gemischte Platte Tapas. Ich beobachtete ihn dabei. Er war freundlich und strahlte eine Selbstsicherheit aus, die mir gefiel. Er wirkte, als könne ihn nichts aus der Ruhe bringen. Das mochte ich, denn aufgekratzte Menschen (außer Mira) gingen mir schnell auf die Nerven.

Vor meinem geistigen Auge sah ich uns in anderen Restaurants sitzen. In Beachbars im gemeinsamen Urlaub. Abends zusammen am Esstisch und unserer Wohnung.

»Alles okay?«, fragte er und mir ging auf, dass ich ihn angestarrt hatte.

»Ja, klar.« Ich lächelte verlegen.

»Und ich dachte schon, ich hätte beim Rasieren eine Stelle übersehen, oder so.«

»Hast du auch. Da.« Ich stupste ein kleines Stoppelfeld auf seiner linken Wange an. Die Berührung elektrisierte mich und ich ertappte mich dabei, dass ich meinen Finger länger als nötig auf seiner Haut ließ.

Er nahm mein Handgelenk und hielt es fest. Seine Augen fesselten meinen Blick. »Gut aufgepasst. Danke.« Er lehnte sich ein wenig vor. Eine stumme Einladung, auf die ich eingehen konnte, wenn ich wollte.

Ich wollte. Ich legte auch meine andere Hand an seine Wange und küsste ihn.

Als unsere Lippen sich berührten, raste die Hitze wie eine Welle durch mich hindurch. Wir hatten uns am Freitag nicht geküsst. Hinterher hatte ich mich darüber geärgert. Jetzt war es egal.

Seine Lippen waren weich, doch die vergessenen Bartstoppeln an seinen Wangen kratzten über meine Haut. Sie prickelten an meinen Fingerspitzen. Mein Handgelenk hielt er noch immer fest. Ich schloss die Augen und sog seinen Geruch ein. Frisch und doch erdig. Wie ein Versprechen, dass mehr in ihm steckte, als auf den ersten Blick zu sehen war.

Ich wollte es herausfinden. Ich fühlte mich gut bei ihm.

Er berührte einen Punkt in mir, der länger vernachlässigt worden war. Ich wollte mehr über ihn wissen und sehen, wohin es uns brachte. Ob er jemand war, der zu mir passte. Ich hatte das Gefühl, dass das so war.

Wärme erfüllte meinen Brustkorb und mischte sich mit der Hitze in meinem restlichen Körper. Ich rutschte noch näher an ihn heran und wollte mehr von ihm spüren. Ich vergaß, wo ich war. Ich vergaß, dass noch nicht einmal die Getränke gekommen waren.

Jemand räusperte sich.

Erschrocken fuhr ich zurück und sah den Kellner an, der an unserem Tisch stand, die Weinflasche in der Hand, und sich ein Grinsen kaum verkneifen konnte.

»Das hätte gern noch drei Minuten dauern dürfen«, sagte Rob entspannt, während meine Wangen glühten.

»Sehe ich, aber ich muss leider weitermachen«, meinte der Kellner und schenkte den Wein ein. Schön, dass die beiden das so locker nahmen. Ich atmete durch und lächelte ebenfalls, vor allem, als Rob sich mir zuwandte und feierlich sein Glas hob.

Ich hob meins an die Lippen und kostete den Wein. Er war schwer und samtig, genau, wie ich ihn mochte. Die Aromen kitzelten meinen Gaumen und breiteten sich in meiner Nase aus. »Der ist gut«, lobte ich.

»Danke. Nur das Beste für eine tolle Frau«, sagte er mit wichtiger Miene, aber er grinste dabei.

»Mach dich nicht lustig.«

»Tu ich nicht. Ich ärgere mich seit Freitag, dass ich dich nicht geküsst habe und habe mich auf diesen Abend gefreut. Jetzt sind wir fünfzehn Minuten hier, haben das nachgeholt und es könnte mir nicht besser gehen.«

Meine Wangen wurden wieder warm. »Danke, das ist wirklich ...«

»Wenn du ›nett‹ sagst, trinke ich den Wein alleine und haue ab, um mich zu verkriechen«, informierte er mich.

Ich hob die Hand wie zum Schwur. »Wollte ich nicht, Ehrenwort.«

Er fing meine Finger mit seinen ein und lächelte. »Glück gehabt. Wie war dein Tag?«

Es war so leicht, mich mit ihm zu unterhalten. Wir sprangen von Thema zu Thema und kamen nie ins Stocken. Mein Herz flatterte, als er mich nach dem Essen fragte, ob wir uns wiedersahen.

»Natürlich.«

Er zog mich an sich und küsste mich erneut. Ich spürte den Kuss bis in die Zehenspitzen und schlang meine Arme um seinen Nacken.

»Wann denn?«, fragte ich. Ich wollte ihn am liebsten nicht gehen lassen.

»Nächste Woche Samstag? Ich würde dich gern früher sehen, aber ich muss morgen früh zum Flughafen. Mein nächster Kundenauftrag führt mich nach Kolumbien.«

»Kolumbien?« Ich riss die Augen auf.

»Ja. Spezialauftrag. Ein Kabinett.« Er zuckte mit den Schultern. »Das ist einer der Gründe, warum ich meinen Job mag. Er führt mich an die exotischsten Orte, um Möbelstücke abzuholen, die extra für unsere Kunden geschreinert wurden. Ich zeige dir beim nächsten Mal gern Fotos davon. Es ist wahnsinnig schön.«

»Muss es auch sein, wenn du dafür um die halbe Welt fliegst«, meinte ich.

»Wie gesagt: Deswegen mag ich meinen Job. Heute ausnahmsweise nicht. Ich hätte dich gern eher wiedergesehen. Eigentlich möchte ich dich gar nicht gehen lassen.«

Hitze flutete meinen Körper und steckte mich in Brand. Neue Bilder tauchten vor meinem geistigen Auge auf.

Wieder ein Esstisch, doch dieses Mal lagen wir eng umschlungen darauf. Nackt und schweißbedeckt.

Eigentlich hatte ich nie Sex beim ersten Date, aber mit Rob ... vielleicht hätte ich es sogar gemacht. Die Frage stellte sich jetzt aber frühestens nächsten Samstag.

»Dann also am Samstag, den vierten Februar«, hielt ich fest. »Ich suche ein Restaurant aus. Sei gespannt.«

Er küsste mich erneut und es fiel mir schwer, mich von ihm loszureißen. »Ich kann es kaum erwarten.«

Das Warten auf unser zweites Date fiel mir schwer.

Rob und ich hielten über den Messenger Kontakt, doch das war wegen der Zeitverschiebung nicht so leicht. Dafür unterhielt er mich mit Fotos aus Kolumbien und ich spürte, dass ich dieses Land eines Tages besuchen wollte.

Ein paar Fotos erinnerten mich an die Bilder aus der Kindheit meiner Mutter. Sie war in Madras aufgewachsen und die bunten Farben in Kolumbien erinnerten mich ein wenig an Indien.

Dort war ich erst einmal. Leider. Aber hoffentlich konnte ich das irgendwann wiederholen und meine Verwandten besuchen. Meine Großmutter und meine Tanten mit ihren Familien. Vielleicht würde es die Wunden wegen Mamas Tod etwas heilen lassen, wenn ich dort wäre.

Mit Rob?

Ich musste über mich selbst müde grinsen, als mir dieser Gedanke durch den Kopf schoss. Ich sollte erstmal das zweite Date abwarten, bevor ich Reisen ans andere Ende der Welt plante. Das Verrückte war, wie natürlich es sich anfühlte, über eine gemeinsame Reise nachzudenken.

»Das ist so, wenn man verknallt ist«, sagte Mira weise, als wir drei uns am Freitag bei Skadi trafen. Skadi war hellauf von unserem Date begeistert.

»Ich wusste es!«, rief sie triumphierend.

»Warum hast du ihn mir dann so lange vorenthalten?«, fragte ich.

Sie zuckte mit den Schultern. »Weil immer einer von euch nicht verfügbar war. Emil und ich sind seit zehn Jahren zusammen, trotzdem seid ihr euch nie begegnet. Dass es passen könnte, ist mir erst vor ein paar Wochen aufgefallen, als wir die Party geplant haben. Und was soll ich sagen: Mein Gefühl war richtig.« Sie sah Mira an. »Kommen wir zu dir.«

»Lass gut sein«, winkte sie ab. »Ich probiere mich selbst durch die ganzen Bekloppten da draußen. Oder hast du noch einen Rob, den du aus der Tasche zaubern kannst?«

»Nein, keinen Rob.« Skadi sah Mira gedankenverloren an, bis diese lachte.

»Siehst du? Ich suche mir selbst jemanden.«

»Einen Hexenmeister?«, neckte ich sie.

»Wer weiß? Oder einen Werwolf?«, sagte Mira grinsend.

Skadi verschluckte sich an ihrem Drink. »Gibt es Leute in der Community, die sich für Werwölfe halten?«

»Würd mich nicht wundern, ehrlich gesagt«, meinte Mira entspannt und rührte in ihrem Glas. »Aber bisher hat mir noch niemand angeboten, mir seinen Pelz zu zeigen.«

»Das klingt megagruselig, wenn du es so sagst«, sagte ich lachend.

»Und wenn man sich ausgegruselt hat, gruselt man sich weiter, und fragt sich, wie behaart der Typ sein muss.« Skadi schüttelte sich.

»Aber du würdest nachts nie frieren, wenn dein Wölfchen neben dir liegt.« Mira musste so lachen, dass Tränen über ihre Wangen liefen und ihren grünen Lidstrich verschmierten. Ich lachte mit, es war einfach zu ansteckend.

Mein Gehirn entwarf die entsprechenden Bilder dazu und es dauerte, bis wir uns von diesem Anfall erholten.

Am Samstag arbeitete ich und am Sonntag besuchte ich meinen Vater. Wir verbrachten einen entspannten Tag zusammen und ich erzählte ihm von Rob.

»Ich bin gespannt«, sagte er. »Wenn er ein Freund von Emil ist, muss ich mir keine Sorgen um dich machen.«

»Nein, du kannst deine imaginäre Pumpgun im Schrank lassen«, lächelte ich und küsste ihn auf die Wange. »Außerdem kann ich auf mich aufpassen.«

Ein Schatten huschte über sein Gesicht. Ich wusste, dass er sich bis heute wegen des Unfalls quälte, obwohl er bewiesenermaßen nicht schuld gewesen war. Es musste trotzdem schlimm sein, mit diesem Gefühl zu leben.

Meine Beeinträchtigung war so viel kleiner als seine und ich war so stolz auf ihn, weil er so lebensfroh war.

»Papa, echt. Solange ich dich habe, kann mir nichts passieren.« Ich nahm ihn in den Arm und hoffte, dass ihm das half. Ich war so froh, dass er bei mir war und ich ertrug es nicht, wenn er sich schlecht fühlte. Papa drückte mich und lächelte. »Geht mir auch so, mein Schatz. Ich bin für dich da. Und sollte ich doch eine Pumpgun brauchen … Ich glaube, ich habe gute Chancen vor Gericht.«

»Ach Papa, du spinnst«, sagte ich liebevoll und küsste seine Wange.

Im Antiquariat war viel zu tun. Am Montag bekamen wir eine riesige Lieferung. Amira und ich standen schweigend vor den zehn Kartons mit Helmuts Einkäufen.

»Was hat er sich dabei nur gedacht?«, murmelte sie schließlich. Ihr Blick glitt über die Schränke, deren Regale sich teilweise unter dem Gewicht der Bücher bogen.

»Ich weiß es nicht«, seufzte ich. »Und heute ist er auch auf Einkaufstour.«

»Ich ahne schreckliches«, meinte sie und seufzte abgrundtief. »Was machen wir denn jetzt?«

»Sichten und in den Bestand einpflegen« antwortete ich schicksalsergeben. »Vielleicht fällt uns dabei ein, wie wir sie unterbringen können.«

Also machten wir uns an die Arbeit und wurden damit weder am Montag, noch am Dienstag oder Mittwoch fertig. Am Donnerstag öffnete ich mit Klara die letzte Kiste. Helmut blieb stehen und kratzte sich reuig am Hinterkopf.

»Will ich wissen, wie viel du in den letzten Tagen eingekauft hast?«, fragte ich. Seine Augen wurden noch größer und sein Lächeln noch entschuldigender.

»Ich habe einen guten Rabatt bekommen«, sagte er. »Die Haushaltsauflösung war gigantisch und die Verkäufer wollten die Bücher einfach loswerden. Ich hatte beinahe ein schlechtes Gewissen, so wenig dafür zu bezahlen. Und dann noch die anderen Sachen ...«

Mir schwante Böses. »Was für andere Sachen?«, fragte ich vorsichtig nach. Neben mir hielt Klara den Atem an.

Helmut grinste gequält. »Naja, ein paar Artikel für die Esoterik-Ecke. Und ein paar Gläser. Und ...«

»Helmut!« Ich rang verzweifelt die Hände. »Hast du heimlich mehr Ladenfläche gemietet? Ich weiß nämlich nicht, wohin mit den Büchern und anderen Sachen!«

»Dir fällt schon etwas ein«, sagte er und machte ein paar Schritte zurück. Vorn klingelte es an der Tür. »Ich gehe mal schnell und kümmere mich.« Er rannte weg.

Klara atmete tief aus. »Mein Gott«, murmelte sie und rieb sich den Unterarm. Das machte sie seit kurzem ständig, als wäre da etwas unter ihrer Haut, das dort nicht hingehörte. Ich verstand dieses Gefühl nur zu gut.

Mutlos drehte ich mich zu der letzten Kiste um. »Machen wir erstmal weiter. Vielleicht kommt mir ja doch noch eine rettende Idee.«

»Zur Not machen wir einen Straßenverkauf«, meinte Klara. »Einen Sale für Antiquitäten und Kuriositäten.«

»Das ist eine coole Idee«, erwiderte ich und nahm den nächsten dicken Wälzer zur Hand. »Meinst du, wir können das mit Glühwein oder Gebäck verbinden? Dann können wir auch die Bäckerei nebenan fragen.«

»Warum nicht? Glühwein hat beim Einkaufen noch nie geschadet«, meinte sie.

Ich lächelte und trat an das Laptop, um das Buch in den Warenbestand einzupflegen. Plötzlich wurde mir schwarz vor Augen und meine Hände waren taub. Das Buch glitt aus meinen Fingern und fiel polternd zu Boden.

Ich schnappte nach Luft und versuchte, mich am Tisch festzuhalten, doch ich verfehlte die Kante. Meine Knie gaben nach und die Ecke des Tischs raste auf mich zu.

»Neelia!« Klara packte mich am Arm und bremste meinen Fall ab. Trotzdem stürzten wir beide auf den Boden. Mit einem Ächzen knallte ich auf die Knie und meinen linken Ellenbogen. Schmerz raste durch meinen Körper und vor meinen Augen drehte sich alles. Mein Kopf fühlte sich an, als würde er jeden Moment platzen.

Klara hievte mich hoch ins Sitzen. Ich versuchte, sie anzusehen, doch die schwarzen Flecken versperrten meine Sicht. Ich lehnte mich schweratmend an einen Verkaufstisch und schloss die Augen.

Nur noch einen Moment, dann war der Schwindel hoffentlich vorbei. Ruhig atmen. Ein. Aus. Ein. Aus.

»Neelia? Ist alles okay? Soll ich einen Arzt rufen?«, fragte Klara zaghaft.

»Gib mir zwei Minuten«, stöhnte ich und hielt meinen schmerzenden Arm. »Dann geht's wieder.«

»Bist du sicher? Du bist kreidebleich und der Schweiß läuft dir übers Gesicht.«

»Ich sah bestimmt schon besser aus.« Mir wurde übel, aber das wollte ich nicht zugeben. Ich wollte nicht mit einem RTW abgeholt werden. Ich hasste Krankenhäuser. Und ich hasste es, wie es mir in diesem Moment ging.

Gleich war es vorbei. Ganz sicher.

Ich ballte die Hände zu Fäusten und streckte dann die Finger, um die Taubheit zu vertreiben. Ich rotierte die Fußgelenke und bewegte meine Wirbelsäule. Irgendwo in mir war eine Blockade, die ich lösen musste, damit es mir besser ging. Zu Hause hatte ich eine Akupressur-Matte, die mir in solchen Fällen half. Sie war kilometerweit weg.

»Was ist passiert?«, hörte ich Helmut sagen. Dann legten sich warme Hände auf meine. »Kannst du aufstehen?«

»Zwei Minuten«, wiederholte ich.

»Wir sollten einen Krankenwagen rufen«, sagte Klara.

»Bitte nicht. Es geht gleich wieder.« Ich öffnete die Augen und konzentrierte mich auf die besorgten Gesichter vor mir. »Wirklich. Ich bin okay. Ihr wisst doch, dass das manchmal passiert.«

»Das heißt ja nicht, dass wir uns deswegen weniger Sorgen machen«, sagte Klara und rieb ihren Unterarm. »Du jagst mir jedes Mal einen Schrecken ein.« Sie war blass. Ich wusste, dass ihr Freund im Winter beinahe an einem allergischen Schock gestorben wäre. Der Schreck saß ihr noch in den Gliedern.

»Tut mir leid. Ich hoffe, dass das eines Tages aufhört.« Ich rappelte mich mühsam auf und schloss erneut die Augen, als der Raum sich wütend drehte.

»Kannst du damit noch mal zum Arzt gehen?«, fragte Helmut. »Vielleicht kann man etwas feststellen, wenn du nicht zu lange wartest.«

Das machte keinen Unterschied, ich hatte schon sämtliche Fachärzte durch. Ich wollte einfach nur, dass die beiden sich keine Sorgen mehr machten, also versprach ich ihnen, mit meiner Ärztin zu telefonieren. Dann schickte Helmut mich nach Hause.

Ausnahmsweise nahm ich das Angebot an.

Ich ging nach Hause und legte mich sofort ins Bett. Am Freitag ging es mir besser und ich erledigte die restlichen Arbeiten im Antiquariat. Abends war ich mit Mira und Skadi verabredet. Wurde auch Zeit.

Mira war die ganze Woche auf einer Floristik-Messe, Skadi und Emil hatten einen Kurztrip nach Oslo gemacht. Deswegen hatten wir uns auch noch nicht über mein erstes Date mit Rob ausgetauscht.

Mira kuschelte sich müde auf mein Sofa. Sie war direkt von der Messe zu mir gekommen. Morgen musste sie wieder hin. »Ich dachte eigentlich, ich hätte einen stressfreien Job, in dem ich meine Kreativität ausleben kann«, stöhnte sie. »Stattdessen strenge Vorgaben und Zeitdruck.«

»Du hast dich selbst als Teilnehmerin an dem Contest angemeldet«, meinte Skadi schulterzuckend. »Deine Chefinnen haben dich nicht gezwungen.«

»Das würden sie auch nie tun«, sagte Mira. »Und ja, ich habe es mir selbst ausgesucht. Aus gutem Grund, immerhin ist der erste Preis eine Reise nach Madeira.«

»Und?«, fragte ich.

Mira zuckte mit den Schultern. »Leider nur vierte, aber das bedeutet nicht, dass ich aufgebe. Die Gewinner waren echt gut. Ich bin auf den vierten Platz stolz. Das war ja mein erster Contest und irgendwie schaffe ich es zum Blumenfest nach Madeira.«

Ich lächelte sie an. Mira war begnadet in ihrem Job und ihre Sträuße und Gestecke ein gern genommenes Geschenk. Ich wusste, dass sie es weit bringen könnte, wenn sie sich traute, an weiteren Wettbewerben teilzunehmen. Das war ein guter Anfang.

»Und dass ich es mir selbst ausgesucht habe, bedeutet ja aber nicht, dass ich mich nicht über den Stress beschweren darf. Wenigstens war der Typ von der Elektrik echt süß«, schloss sie grinsend.

»Kann ich mir lebhaft vorstellen und hoffe, du hast dich vom Schaltkasten ferngehalten«, meinte Skadi trocken.

Mira lachte. »Das wäre doch mal ein prickelndes Abenteuer. Was du von mir denkst. Ich habe selbstverständlich nur mit ihm geflirtet. Kein Sex im Sicherungsraum.«

»Weil du es zeitlich nicht geschafft hast«, mutmaßte Skadi. Jetzt lachte Mira noch lauter. Volltreffer.

Ihr Lachen war ansteckend. Ich bewunderte, wie selbstbewusst sie alles machte, worauf sie Lust hatte. Mira mochte keine Zwänge und erlegte sich auch keine auf. Sie vertraute darauf, dass sie immer eine Lösung fand, und traute sich viel mehr als Skadi und ich. Wenn sie Lust auf ein Tattoo oder ein Piercing hatte, machte sie es einfach. Wenn sie am Bahnhof stand und plötzlich nach Berlin fahren wollte, kaufte sie sich ein Ticket und fuhr hin. Und in all den Jahren, die ich sie kannte, hatte sie noch nie etwas bereut, obwohl nicht immer alles glatt lief.

Ich verstand sie nicht immer, aber ich akzeptierte, dass Mira eben so war. Skadi, die viel strukturierter und auf Sicherheit bedacht war, hatte damit größere Probleme. Die beiden stritten sich manchmal, aber ich wusste, dass sie füreinander Sicherungsmechanismen waren.

Skadi sorgte dafür, dass Mira keine komplett verrückten Sachen machte. Mira wiederum brachte Skadi dazu, sich nicht jetzt schon wie eine alte Dame zu benehmen. Und ich genoss es, zwei so tolle unterschiedliche Frauen zu kennen. Ich war der ruhende Pol unseres Trios. Die Verlässliche, die überall mit dabei war, aber dafür sorgte, dass wir heil nach Hause kamen.

Hin und wieder würde ich auch gern meine Grenzen übertreten. Dann kam oft die Angst. Die Erinnerung an den Unfall und die Gewissheit, dass man sein Schicksal manchmal nicht in der Hand hatte. Dass eine Sekunde alles zerstören und einem Menschen wegnehmen konnte, von denen man dachte, dass sie immer bei einem sein würden.

Leider lähmte mich diese Angst. Ich konnte ihr nicht lachend ins Auge blicken, wie Mira es tat. Und ich konnte sie auch nicht stoisch kontrollieren wie Skadi. Ich nippte schnell an meinem Drink und schüttelte die Gedanken ab.

Skadi schüttelte den Kopf über Mira und wandte sich mir zu. »Ich möchte jetzt endlich wissen, wie es mit Rob war.«

Ich spürte, wie sich mein Mund zu einem breiten Grinsen verzog. Die beiden hingen an meinen Lippen. »Es war ein schöner Abend.«

»Hattet ihr Sex?«, fragte Mira atemlos. Skadi schnaubte. »Was denn? So wird jeder Abend noch besser!«

»Nein, hatten wir nicht. Er musste am nächsten Tag auf Dienstreise«, sagte ich. »Wir haben morgen unser zweites Date und man muss sich ja noch steigern können. Ich glaube zwar nicht, dass uns der Gesprächsstoff ausgeht, aber diesen Joker kann ich ja in der Hinterhand behalten.«

»Aber geküsst habt ihr euch hoffentlich«, sagte Mira.

Ich spürte, dass mein Grinsen breiter wurde. »Ja, gleich am Anfang. Der Kellner hat uns unterbrochen.«

Mira lachte. »So gefällt mir das.«

Skadi sah mich forschend an. »Du bist in ihn verknallt!«
Meine Wangen wurden warm und ich verlor die Kontrolle über meine Mundwinkel. Es fühlte sich an, als würden sie meine Ohrläppchen erreichen. »Ja, kann sein.«

»Ist so«, hielt sie dagegen.

»Ja, ist so«, gab ich zu.

Mira lächelte. »Wie schön, meine Süße. Da hat Skadi dir ja echt den richtigen Mann ausgesucht. Ich spüre auch Good Vibes bei euch. Vielleicht findest du im Kuppeln ja deine Berufung, Ska.«

Skadi schnaubte. »Du und ich, wir könnten die Welt beherrschen. Du pendelst und ich kupple.«

Wir mussten lachen.

»Ich freue mich, dass du ihn so magst«, sagte Skadi. »Ich habe mir gedacht, dass ihr euch mögt. Dass es so gut läuft, ist echt toll.«

»Schauen wir mal, wir haben uns ja erst zweimal gesehen«, winkte ich ab, auch wenn ich am liebsten zugegeben hätte, wie große Hoffnungen ich mir machte.

»Du musst am Sonntag auf jeden Fall anrufen und uns sagen, wie es war. Und zwar detailliert«, forderte Mira.

»Mache ich«, versprach ich und konnte es kaum noch erwarten, dass ich Rob endlich traf.

KAPITEL 3

*I*ch stehe auf der Straße. Wieder ist es Nacht.
Der Asphalt glitzert feucht zu meinen Füßen.
Die Härchen in meinem Nacken stellen sich auf.
Ich spüre die unsichtbare Gefahr. Ich rieche meinen Verfolger. Ich weiß, dass er da ist. Er hat mich im Visier.
Ich lausche, um ihn zu orten.
Ich bin stark und schnell.
Egal, was er versucht, ich werde ihn überlisten.
Er kann sich anstrengen. Anschleichen. Seine Waffe auf mich anlegen. Ich werde schneller sein als er.
Ein Geräusch verrät seinen Standort.
Ein hastiger Atemzug verrät seine Nervosität.
Ein Windhauch trägt seinen Geruch zu mir.
Ich verziehe den Mund, dann weiten sich meine Augen.
Ich kenne diesen Geruch. Doch woher?
Wer ist mein Verfolger?
Warum ist er jetzt hier?
Nach all den Jahren. Ausgerechnet jetzt will er zu Ende bringen, was er damals versäumt hat.
Meine Muskeln spannen sich zum Sprung an.
Dann wird er eben ein zweites Mal versagen.

Ich fuhr mit einem Ruck aus dem Schlaf hoch. Der Traum hing schwer in meinem Kopf. Ich legte die Hände an die Schläfen und versuchte, meine Gedanken zu klären.

Was zum Teufel war das?

Der Traum machte mich nervös. Untertreibung des Tages. Er machte mir Angst. Auf vielen Ebenen. Das Gefühl, verfolgt zu werden, ängstigte mich. Allein auf der Straße zu stehen und nicht zu wissen, was passierte, versetzte mich in Stress. Darauf zu warten, dass mich jemand angriff und versuchte, mich zu töten (denn das sagte mir mein Instinkt), verursachte eine untergründige Panik, die mir das Atmen schwer machte.

Solche Träume hatte ich schon seit Jahren nicht mehr.

Ich erinnerte mich, dass ich nach dem Unfall Albträume hatte. Die Psychologen, die mich betreuten, sagten, dass es mit der posttraumatischen Belastungsstörung zusammenhing. Mit dem Schock über den Tod meiner Mutter.

Sie waren verwirrend und ängstigten mich. Immer wieder hatte ich das Gefühl der Verfolgung. Eine latente Angst, die mich auch begleitete, wenn ich wach war. Es war schwer zu ertragen, vor allem zusammen mit der Trauer, den Schmerzen und der Amnesie.

Ich war zwei Jahre in Behandlung, bis es mir einigermaßen gut ging und ich mich mit dem neuen Leben, das meinen Vater an den Rollstuhl fesselte, arrangiert hatte.

Irgendwann verschwanden die Träume von allein und ich dachte nicht mehr darüber nach. Ich vergaß sie einfach oder verdrängte sie in die Tiefen meines Kopfes. Zusammen mit allem anderen, was wehtat.

Jetzt schleppte ich mich ins Badezimmer und betrachtete mich im Spiegel. Ich war blass und hatte dunkle Ringe unter den Augen. Keine gute Ausgangslage für mein Date heute Abend. Ich wollte mich darauf freuen. Seltsame Träume passten nicht dazu.

Ich duschte und streckte meine müden Glieder. Danach machte ich Yogaübungen, um meine Muskeln zu dehnen.

Anschließend legte ich mich auf meine Akupressurmatte. Der Schmerz verflog schnell, dann stellte sich die wohlige Wärme ein, als meine Durchblutung in Schwung kam.

Als ich nach einer halben Stunde aufstand, ging es mir besser. Ich kochte Tee und frühstückte in Ruhe. Eine Nachricht ging auf meinem Handy ein. Sie war von Rob.

Hoffentlich sagte er mir nicht ab!

›*Ich freue mich auf heute Abend. Ich schaffe es etwas eher, wenn dir das auch passt.*‹

Mein Herz machte einen kleinen Hüpfer. ›*Passt. Tisch ist reserviert, aber wir können uns ja trotzdem vorher sehen.*‹

›*Perfekt, das hatte ich gehofft. Ich hole dich um vier zu Hause ab. Bis später.*‹

Das ließ mir genug Zeit, um aufzuräumen. Ich hatte ein paar von Helmuts Einkäufen mit nach Hause genommen, um sie mir anzusehen und zu lesen. So lernte ich neue Bücher kennen und konnte die Kunden besser beraten. Allerdings bedeutete das, dass ich ständig über Bücherstapel klettern musste. Helmut sagte immer, meine Wohnung wäre sein Außenlager. Manchmal glaubte ich das auch.

Rob war pünktlich da. Zu pünktlich, sodass meine Haare ungekämmt waren und ich irgendeinen Pullover aus dem Schrank riss. Ich hatte den Fehler gemacht, mich noch ›kurz‹ mit einem der Bücher hinzusetzen. Die Geschichte fesselte mich derart, dass ich die Zeit vergaß und um viertel vor vier hochschreckte.

»Verdammt«, murmelte ich, als ich über meine Schuhe stolperte. »Immer das gleiche.« Ich öffnete die Tür und sah in Robs überraschtes Gesicht. »Hey.«

»Hey. Alles klar?«, fragte er.

»Ja, warum?«

»Du, ähm... hast zwei verschiedene Schuhe an.«

Ich sah an mir herunter. Ein brauner Winterstiefel und ein schwarzer Lederstiefel. »Ich würde ja sagen, dass man das jetzt so trägt, aber ...«

»Hätte ich das gewusst, dann hätte ich meinen Stiefel mit einem Flipflop kombiniert. So was musst du mir doch vorher schreiben.« Er schüttelte den Kopf und mir fiel ein Stein vom Herzen, weil er es so gelassen hinnahm, dass ich eine Meise hatte.

»Entschuldige bitte. Nächstes Mal.« Ich kickte den Lederstiefel in die Ecke und zerrte den zweiten Winterstiefel über meinen Fuß, dann riss ich meinen Mantel von der Garderobe und schlüpfte hinein. Im letzten Moment angelte ich noch nach Schal und Mütze. Rob wartete in der Tür und grinste, als ich endlich so weit war.

»Sehr schön. Eine Sache noch, bevor wir losgehen.«

Ich blieb stehen und sah ihn an. Er legte den Arm um mich und zog mich an sich. Ich stellte mich auf die Zehenspitzen, um ihn zu küssen. Wieder elektrisierte mich unser Kuss. Wärme schoss durch meinen Körper und ließ meine Hände und Füße kribbeln. Ich schmiegte mich an ihn und stellte mir vor, die ganzen nervigen Kleidungsstücke wären nicht mehr im Weg.

Ich könnte die Wohnungstür einfach aufschließen, ihn hineinzerren, die Kleider von seinem Leib reißen und ihn weiterküssen, wenn ich seine Haut an meiner spürte.

Seine Finger fuhren durch mein Haar, strichen es zurück und legten sich in meinen Nacken, um mich noch enger an ihn zu ziehen. Ich seufzte und lehnte mich an die Wand des Hausflurs. Meine Hand tastete schon nach meinen Wohnungsschlüsseln. Mira hatte recht: Ich sollte auch mal etwas riskieren. Warum nicht jetzt?

Ich wollte es. Und so, wie seine Hände über meine Hüften glitten, wollte er es auch.

Ich griff nach meinen Schlüsseln und tastete nach der Haustür. »Willst du ...«, begann ich und seufzte, als er mich noch fester an sich zog.

Da hörte ich Schritte. Ich erkannte sofort, zu wem sie gehörten. *Auch das noch.* Ich unterbrach den Kuss und sah Rob entschuldigend an. Er hörte es auch und löste sich langsam von mir, seine Augen glänzten.

»So hatte ich mir das vorgestellt. Ein guter Start in den Abend«, flüsterte er.

Meine Nachbarin von oben ging mit ihrem schweren Schritt an uns vorbei und sah uns neugierig an. Ich konnte sie nicht leiden. Sie war furchtbar pingelig und klebte wegen jeder Kleinigkeit bissige Zettel unten neben die Haustür. Außerdem war sie eine furchtbare Lästerschwester. Dass sie Rob gesehen hatte, gab ihr genug Munition für die nächsten drei Wochen. Jetzt würde sie mich jedes Mal ansprechen und ausquetschen, wenn sie mich sah.

Ich grüßte und zog Rob an der Hand die Treppe hinunter. Bloß weg hier, denn sie hatte schon Luft geholt, um uns vollzuquasseln. ›*Kein Bedarf*‹, dachte ich und verschwand durch die Haustür.

Rob sah mich mit hochgezogenen Augenbrauen an. »Solche Nachbarn gibt es in jedem Haus, oder?«

»Hast du auch so jemanden, der die Hausordnung auswendig kennt und alle damit nervt?«, fragte ich.

Er nickte. »Jetzt nicht mehr, weil ich eine Eigentumswohnung habe, aber davor wohnte ein Prachtexemplar unter mir. Die hat bei jedem Schritt mit einem Besen gegen die Decke geklopft. Hat nicht verstanden, dass bei Parkett immer was zu hören ist.«

»Das klingt ganz nach meiner Nachbarin.« Ich brach ab, als er meine Hand nahm. Mir wurde warm und mir fiel wieder ein, wobei sie uns unterbrochen hatte.

Ich war so kurz davor, ihn wieder mit raufzunehmen. Vielleicht später, nach dem Essen. Auch wenn ich gerade keinen Appetit mehr hatte. Zumindest nicht auf einen Restaurantbesuch.

›Nur die Ruhe. *Ein bisschen warten hat noch niemandem geschadet‹*, redete ich mir ein. Seine Hand in meiner fühlte sich gut an. Als wären wir ein Paar. Der Gedanke war schön. Er beflügelte meine Fantasie und zeigte mir wieder Bilder von uns beiden. Beim Frühstück, im Urlaub, an ganz normalen Tagen.

So war es mir schon ewig nicht mehr gegangen, wenn ich einen Mann kennengelernt hatte. Normalerweise war ich vorsichtig und wartete ab. Aber bei Rob war es, als fügten sich lose Teile zu einem Bild zusammen.

Ich sollte nicht zu viel hineininterpretieren. Das war erst unser zweites Date. Es konnte immer noch sein, dass es nicht passte. Auch wenn ich das nicht glaubte.

»Wollen wir uns einen Kaffee holen und ein bisschen spazieren gehen? Oder ist es dir zu kalt?«, fragte er.

Zu kalt! Mir war noch so heiß von dem Kuss, dass ich am liebsten meinen Mantel ausgezogen hätte!

»Kaffee klingt gut«, meinte ich.

Wir kauften uns einen Coffee-to-go und bummelten durchs Quartier. Rob wohnte in Eilbek. Das war zu weit, um zu Fuß zu gehen. Er war mit dem Auto da.

»Meine Wohnung hat zum Glück eine Tiefgarage«, sagte er. »Die Parkplatzsituation ist sonst unerträglich.«

»Das ist einer der Gründe, warum ich kein Auto habe«, sagte ich. Ich ging lieber zu Fuß. Ich hatte auch ein Fahrrad, war aber meist zu faul, um es aus dem Keller zu holen.

»Was sind die anderen Gründe?«, fragte Rob.

»Die Umwelt, das Geld und mein Unfall«, ratterte ich herunter. Er blieb stehen und sah mich erschrocken an.

»Dein Unfall?«

»Oh Mist, das ist kein gutes Thema für ein Date. Vergiss es einfach«, sagte ich.

»Magst du darüber reden?«

»Ja, aber nur kurz. Es ruiniert jede Stimmung: Kurz vor meinem achtzehnten Geburtstag hatte ich mit meinen Eltern einen Autounfall. Meine Mutter starb, mein Vater sitzt seitdem im Rollstuhl. Ich kann mich an die zwei Jahre vor dem Unfall kaum erinnern.« Ich zuckte mit den Schultern. »Das war's. Nächstes Thema, bitte.«

Rob sah mich sprachlos an. In seinem Gesicht arbeitete es. »Das tut mir wirklich leid.«

»Danke, das ist lieb. Es ist nicht mehr zu ändern.«

»Das muss schrecklich sein.«

»Ja, manchmal. Meistens habe ich mich daran gewöhnt.« Ich mied seinen Blick und suchte fieberhaft nach einer Möglichkeit, das Thema zu wechseln. Ich wollte nicht darüber sprechen. Ich wollte den Abend genießen und sehen, wohin er uns brachte.

Der Unfall war Teil meiner Geschichte, aber bei Weitem nicht das einzige, was man über mich wissen sollte. Und ich wollte nicht, dass Rob mich bedauerte. Damit kam ich nicht gut klar. Es gab mir ein Gefühl der Ohnmacht. Dass ich ein wehrloses Opfer der Umstände war. Das wollte ich nicht. Mich daraus zu befreien hatte mich in meiner Therapie viel Zeit und Kraft gekostet.

»Was macht deine Familie so?«, fragte ich.

Rob blinzelte, verstand aber. »Vom Antiquariat meiner Eltern habe ich dir ja schon erzählt«, meinte er. »Und von Cecilia auch.«

»Deine Schwester«, nickte ich.

»Ja. Wir verstehen uns gut. So gut, dass sie gerade bei mir wohnt, weil ihr Vermieter ihr gekündigt hat.«

Ich zog die Augenbrauen hoch. »Das muss man sich gut überlegen.«

»Das stimmt, aber wir sind die bessere Kombi als sie und meine Eltern. Wenn Kinder wieder zu Hause einziehen ...«

»Werden sie wieder zu Kindern«, nickte ich. »Kann ich mir gut vorstellen.« Obwohl mein Vater und ich uns so gut verstanden, war es gut, dass jeder sein eigenes Leben hatte. Eine WG wäre nur eine Notlösung.

Rob und ich drehten unsere Runde zu Ende und gingen dann ins Restaurant. Wieder verging die Zeit wie im Flug. Wir redeten, als würden wir uns schon ewig kennen. Ich fühlte mich unglaublich wohl in seiner Nähe.

Wir zogen gerade unsere Mäntel an und ich sammelte bereits meinen Mut, um ihn zu mir einzuladen, als sein Handy klingelte.

»Bitte entschuldige, das ist Cecilia.« Er nahm das Gespräch an. Die weibliche Stimme am anderen Ende klang aufgeregt, auch wenn ich nicht verstand, was sie sagte. »Hey, beruhige dich. Was ist los?« Er hörte zu und seufzte. »Ja, okay, ich komme zu dir. Richte ich aus.« Er legte auf und rollte mit den Augen. »Ich muss leider los. Cecilia braucht dringend meine Hilfe. Es kann nicht warten.«

»Klingt dramatisch für einen Samstagabend um halb zehn«, meinte ich und kämpfte mit meiner Enttäuschung.

»Ja, sie bittet vielmals um Entschuldigung.« Seine Miene wurde weicher und er zog mich an sich. »Ich hätte gern bei dir im Treppenhaus weitergemacht.«

»In meiner Wohnung ist es viel schöner«, hauchte ich.

Er grinste und küsste mich. »Beim nächsten Mal?«

»Unbedingt. Grüß deine Schwester von mir. Sie schuldet uns was.«

»Ich werde sie daran erinnern«, versprach er.

Mira und Skadi machten lange Gesichter, als ich sie am nächsten Tag im Videocall hatte.

»Das ist mir auch noch nicht passiert«, meinte Mira verblüfft. »Mir ist schon einiges in die Quere gekommen, aber nie eine kleine Schwester.«

»Das schaffst du auch noch«, sagte Skadi spitz. Mira lachte nur. »Das tut mir echt leid für dich, Neelia«, fuhr Skadi fort. »Das ist echt frustrierend.«

»Ach, halb so wild, echt. Wir treffen uns ja bald wieder«, winkte ich ab.

»Und wann?«, fragte Mira neugierig.

»Leider erst nächste Woche. Er muss morgen wieder auf Geschäftsreise und hat heute zu viel zu tun.«

»Gewöhn dich schon mal dran«, meinte Skadi und betrachtete ihre Haarspitzen. »Emil ist auch heute Morgen los nach Norwegen. Manchmal nervt sein Job echt. Wir wollten eigentlich die Einladungskarten aussuchen.«

»Brauchst du Hilfe?«, fragte ich.

»Ich könnte Sekt mitbringen«, bot Mira sofort an.

Skadi zögerte nur eine Sekunde, dann sagte sie zu. Tag gerettet.

Die Woche wurde lang. Ich hatte im Antiquariat viel zu tun, um Helmuts Einkäufe unterzubringen. Er war bei den letzten beiden Touren komplett eskaliert. Einen Teil der Bücher musste er bei sich zu Hause einlagern, weil ich sie nicht mehr unterbringen konnte. Das war typisch für ihn und ich machte mir wegen der Ausgaben Gedanken.

»Das holen wir alles wieder rein«, versprach er.

Ich war skeptisch. Helmut war ein begnadeter Buchhändler und ja, er fand für jeden, der durch die Tür kam, das passende Buch. Nur selten verließ jemand mit leeren Händen das Geschäft. Doch als Kaufmann schwächelte mein Chef. Finanzen waren nie meine Stärke, doch seinetwegen hatte ich sie dazu gemacht. Ich kümmerte mich um die Bilanzen und um die Bestände - manchmal so viel, dass ich kaum noch Zeit mit den Büchern verbrachte.

Es musste sein. Und das war der Grund, warum Helmut mir das Antiquariat geben wollte, wenn er in Rente ging. Eines fernen Tages, wenn ich hoffentlich alles gelernt hatte, was wichtig war. Von mir aus konnte er sich damit noch fünfzehn Jahre Zeit lassen.

Am Freitag traf ich mich mit meinen Freundinnen. Ich freute mich auf einen entspannten Abend, doch die Stimmung war angespannt, als ich durch Miras Tür kam. Ich war die letzte, im Antiquariat hatte es länger gedauert.

»Hey, was ist los?«, fragte ich. Skadi verzog das Gesicht, Mira zuckte mit den Schultern. »Wenn ihr nicht mit mir redet, kriegen wir das nicht geregelt«, sagte ich.

»Es gibt auch nichts zu regeln«, sagte Skadi gepresst.

»Ich finde schon, dass wir besprechen können, wie sinnlos und schwachsinnig du meinen Job und meine Berufung findest«, sagte Mira schnippisch. Ich ahnte Böses.

Skadi fuhr auf. »Ich habe nichts gegen deinen Job«, sagte sie und betonte das Wort ›Job‹ nachdrücklich. »Aber du musst mir zugestehen, dass ich dir ehrlich sage, was ich von deinem Esoterik-Spaß halte: Das ist für mich ein Hobby, weiter nichts. Ich verstehe das meiste nicht, womit du dich beschäftigst. Aber gut, du magst es und gehst darin auf, deswegen ist das fein für mich. Aber wenn du mir sagst, dass du eine Fortbildung im Runenlesen machst, darf ich doch sagen, dass ich ein Seminar in Unternehmensführung oder Floristik sinnvoller fände.«

»Es ist eine Fortbildung in *Traumdeutung*«, erwiderte Mira aufgebracht. »Und ich finde dein Makramee auch sterbenslangweilig.«

»Mein Hobby kostet wenigstens nicht Hunderte von Euros für irgendwelchen Humbug. Alles, was ich knote, habe ich hinterher in der Hand. Aber alles gut, du siehst die Sachen nie wieder, wenn du sie so ätzend findest.« Skadis Wangen waren vor Ärger gerötet und ihre Stimme wurde immer lauter.

Sprachlos sah ich von einer zur anderen. »Deswegen streitet ihr?«, fragte ich verdattert. »Weil Mira einen Kurs in Traumdeutung machen will? Ist das euer Ernst? Habt ihr keine anderen Probleme?«

Die beiden sahen mich zornig an, dann sah ich, wie in Miras Gesicht die Wut verrauchte. Skadi brauchte noch ein paar Sekunden länger, dann ließ sie den Kopf hängen.

»Ich ...«, begann sie und sah Mira an. »Ich finde dich nicht schwachsinnig.«

»Das wäre ja auch noch schöner«, meinte Mira.

»Ich verstehe deine Begeisterung für diese Themen einfach nicht. Das ist aber kein Grund, dich anzumachen. Tut mir leid.« Skadi zwirbelte eine blonde Strähne.

Mira holte tief Luft und warf dann ihr rotes Haar über ihre Schulter. »Danke. Schon vergessen. Ich weiß, dass du viel zu pragmatisch bist, um dich damit auseinanderzusetzen.« Sie verdrehte die Augen. »Was mache ich denn jetzt? Ich wollte doch auf deiner Hochzeit aus Handflächen lesen und Tarotkarten legen. Jetzt ist meine Geschenkidee futsch.«

Skadi sah sie entsetzt an. Es dauerte ein paar Sekunden, bis sie verstand, dass Mira einen Witz machte. Ich sah ihr die ehrliche Erleichterung darüber an. Jetzt setzte ich mich zu ihnen und war froh, dass sie sich vertragen hatten.

Der restliche Abend verlief entspannt. Wir beschäftigten uns mit den Vorbereitungen für Skadis Hochzeit, suchten Farben und Blumen für die Tischdeko aus und überlegten uns noch ein paar Details für die Deko. Dabei gab es reichlich Wein und die Stimmung war wieder gut.

Zum Glück, denn ich ertrug es nicht, wenn die beiden sich stritten.

Am Montag meldete sich Rob bei mir. »Ich komme morgen Abend zurück«, sagte er knisternd. Die Verbindung war schrecklich. »Leider erst so spät, dass wir den Valentinstag nicht mehr feiern können. Hast du am Mittwoch Zeit? Dann holen wir das nach.«

»Mittwoch passt«, erwiderte ich. »Und aus dem Valentinstag habe ich mir noch nie etwas gemacht. Ich kaufe das ganze Jahr über Blumen.«

Er lachte. »Vielleicht fällt uns ja noch etwas Besseres ein als Blumen und Schokolade.«

Mein Inneres vibrierte bei seinen Worten. »Bestimmt«, hauchte ich. Mein Gehirn entwarf die passenden Bilder dazu und mir wurde heiß. Ich konnte es kaum erwarten und musste mich zügeln. Ich durfte meine Erwartungen nicht zu hoch ansetzen, sonst konnte es nur eine Enttäuschung werden. Aber wie er küsste, verhieß schon viel. Wenn er im Bett genauso war ... Wieder schob mir mein Gehirn die entsprechende Storyline unter. Ich spürte schon seine Hände auf meiner Haut, seine Lippen, die über meinen Hals wanderten. Sein Atem, unter dem ich Gänsehaut bekam. Sein Blick, als unsere Körper zueinanderfanden ...

»Neelia?« Seine Stimme holte mich zurück.

»Ja?«, fragte ich zerstreut.

»Alles okay?«

»Ja, wieso?«

»Du hast gerade ein echt komisches Geräusch gemacht. Oder hast du eine Katze?«, fragte Rob.

Oh Gott, was hatte ich getan? Meine Wangen wurden heiß. Der Grat zwischen sexy und verrückt war manchmal schmal. Ich fürchtete, dass ich gerade darauf balancierte.

»Kommst du zu mir?«, wechselte ich schnell das Thema, bevor es noch peinlicher wurde. Mein Kopfkino sollte lieber Pause machen, schließlich war mein Leben kein Liebesroman. Auch wenn ich dazu bereit wäre.

»Gerne. Wollen wir Essen bestellen?«, schlug er vor.

»Mal schauen, vielleicht koche ich auch«, meinte ich.

Vielleicht half mir das dabei, cool zu bleiben. Außerdem kochte ich gern. Ob Rob indisches Essen mochte? Ich besaß eine Rezeptsammlung von meiner Mutter, die mehr Aufmerksamkeit verdiente.

»Ich bin gespannt und freue mich drauf. *Sehr.*« Seine Stimme wurde immer tiefer. Vielleicht lag das auch an der furchtbaren Verbindung.

»Ich mich auch«, sagte ich und mir wurde wieder heiß.

Wir legten auf und ich kuschelte mich zufrieden auf mein Sofa. Ich schloss die Augen und versuchte, mein Kopfkino im Schach zu halten. Klappte nicht, ich ging voll darin auf. War auch schön.

Am Mittwoch machte ich früh Feierabend und rang mich dazu durch, für Rob und mich zu kochen. Ich räumte sogar ein bisschen auf. Nur ein bisschen, dann fiel mir ein Buch in die Hände und ich vergaß die Zeit. Zum Glück war das Linsen-Dal auf dem Herd geduldig.

Er war um sieben da, als ich gerade verzweifelt nach einem Oberteil suchte. Die Zeit war mir wieder zum Verhängnis geworden. Das wurde zum Dauerzustand. Ich zog schnell eine Strickjacke über und öffnete.

Er kam lächelnd herein, dann wurden seine Augen groß und sein Lächeln noch breiter. »Hey.«

Ich sah an mir hinunter. Die Strickjacke hatte keine Knöpfe und der Ausschnitt des Spaghetti-Shirts, das ich drunter trug, saß gefährlich weit unten, weil ich am Bund gezerrt hatte. Meine Brüste schrien eindeutig nach seiner Aufmerksamkeit. Und Rob kostete es etwas Mühe, sich von ihnen loszureißen. So ähnlich ging es mir ehrlich gesagt mit seinem Hintern.

Ich küsste ihn, um die Situation aufzulösen und mein Top unauffällig hochzuziehen. Ich kam nicht weit, denn er schlang die Arme um mich und presste mich an sich.

»Wieder dieses Geräusch«, flüsterte er an meinen Lippen. Ich hatte nicht einmal bemerkt, dass ich einen Ton von mir gegeben hatte. »Das bedeutet es also.«

Ich lehnte mich gegen meine Flurwand und seufzte, als er die Jacke von meinen Schultern strich.

»Leg doch erst einmal ab«, sagte ich benommen.

Er ließ mich grinsend los und zog seinen Mantel und seine Stiefel aus. »Hast recht. Gut so, oder noch mehr?« Er trug eine schwarze Jeans und ein graues Langarmshirt mit Knopfleiste.

Meine Lippen öffneten sich und ich spürte, dass meine Wangen warm wurden. Er sah mir direkt in die Augen und wartete auf meine Antwort. Er machte keinen Witz. Wenn ich es wollte, reichte ein Wort und wir konnten direkt ins Schlafzimmer gehen.

Ich hatte noch das Dal auf dem Herd. »Mehr.«

Hatte ich das gerade gesagt?

Mit angehaltenem Atem beobachtete ich, wie er sein Shirt über den Kopf zog. Mein Herz klopfte heftig und ich sah ihn mir genau an. Rob war schlank und sein Körper definiert wie der eines Leichtathleten: Feste Muskeln, die sich an ihn schmiegten, biegsam und geschmeidig. Sein Bauch war flach. Ich stutzte, als ich die lange Narbe an seiner Flanke sah. Langsam streckte ich die Hand danach aus und fuhr mit dem Daumen darüber.

Rob zog mich an sich und ich saugte seinen Geruch ein, spürte die Wärme seiner Haut unter meinen Händen. »Ich habe auch schon ein bisschen was erlebt. Möchtest du noch mehr sehen?«

»Unbedingt.« Mein Gehirn hatte keine Kontrolle mehr über meinen Mund. Eigentlich wollte ich es anders angehen, doch ich sagte genau das Gegenteil von dem, was mein Verstand mir riet. Stattdessen machte ich das, was ich unbedingt tun wollte. Ich fühlte mich mutig und verwegen, weil ich ihm einfach sagte, was ich wollte.

Ich traute mich. Rob machte es mir leicht.

Ich zog ihn in mein Schlafzimmer und küsste ihn erneut. Seine Hände stahlen sich an den Saum meines Shirts und zogen es mir über den Kopf. Ich sah ihm ins Gesicht und streichelte seine Wange. Heute war er glattrasiert. Das mochte ich auch, obwohl ich die Bartstoppeln noch heißer an ihm fand.

Ich strich mit den Händen über seine Brust, seine Rippen, über die Narbe und seinen flachen Bauch zu seinen Hüftknochen. Seine Haut spannte sich weich über die festen Muskeln. Die Narbe war eine Kerbe, als sei er einem Angriff entkommen. Ich stellte mir vor, welche aufregende Geschichte dahinterstecken könnte.

Er streifte die Träger meines BHs von meinen Schultern und küsste mein Schlüsselbein. Dann meinen Nacken.

Er drehte mich um und schlang die Arme um mich. Da stutzte er und richtete sich auf. »Oh.«

Ich sah über meine Schulter in sein verblüfftes Gesicht. Er hatte das Tattoo entdeckt. »Alles okay?«, fragte ich.

»Ja. Ich hatte nur nicht damit gerechnet, dass du ...«

»So ein riesiges Tattoo hast?«, bot ich an. Damit rechneten die wenigsten bei mir.

»Ja«, gab er zu und ließ seinen Blick über die Muster und Bilder gleiten. »Aber es ist schön. Es passt zu dir.« Er strich mit den Fingern darüber und entdeckte auch die Narbe auf der anderen Seite. »Ist die von deinem Unfall?«

»Ja.« Ich drehte mich um und schlang die Arme um seinen Nacken. Auf keinen Fall wollte ich jetzt über den Unfall sprechen. Nicht, wenn wir halb nackt vor meinem Bett standen. Ich stellte mich auf die Zehenspitzen und küsste ihn. Gleichzeitig tastete ich nach seiner Gürtelschnalle und öffnete sie.

Er verlor keine Zeit und schnippte den Knopf meiner Jeans auf. Ich seufzte, als wir auf mein Bett fielen und ich seine nackte Haut an meiner spürte. Ich erkundete seinen Körper mit den Händen und den Augen, presste mich an ihn und genoss seine Berührungen.

Ich fand noch mehr Narben an seinen Armen, dem Rücken und sogar am linken Oberschenkel. Außerdem entdeckte ich, dass Rob auch ein Tattoo hatte: Ein verschlungenes Symbol auf seinem rechten Schulterblatt.

Bevor ich danach fragen konnte, richtete er sich auf und senkte seine Lippen auf meine Brüste. Wir hatten hinterher genug Zeit zum Reden. Jetzt konzentrierte ich mich auf das, was ich unbedingt tun wollte.

In mir regte sich etwas, das an die Oberfläche drängte. Es brachte mich dazu, auf die Knie zu kommen und auf seinen Schoß zu rutschen.

Ich schlang meine Beine um seine Taille und sah ihm tief in die Augen. »Noch mehr.«

Robs braune Augen verdunkelten sich. Er griff hinter sich und holte ein Päckchen aus seiner Hosentasche.

»Du hast das also geplant?«, fragte ich.

»Ich habe gehofft, dass ich es brauche«, erwiderte er und riss es auf. Dann packte er mich fester und positionierte mich. Ich stöhnte laut auf, als ich auf ihn hinunterglitt.

Wieder regte sich dieses Gefühl in mir, das die Kontrolle übernehmen wollte. Ich wollte ihm zeigen, wie er weitermachen sollte. Mich berühren sollte und welche Bewegungen mir besonders gefielen.

Das überraschte mich, denn normalerweise fiel es mir schwer, im Bett zu sagen, was ich wollte. Meist ließ ich meinen Partner machen. Heute nicht. Heute war ich voll dabei und wollte selbst bestimmen, was mit mir passierte. Ich wollte ihm zeigen, wie er mich behandeln musste, damit diese Nacht für uns beide unvergesslich wurde.

›Die erste Nacht von vielen‹, sagte ich mir und legte seine Hände an meine Hüften. Es gefiel ihm, das sah ich sofort.

Unsere Körper verschmolzen perfekt miteinander, ich wusste nicht mehr, wo er aufhörte und ich anfing. Hitze erfüllte mich und ich küsste ihn wild auf den Mund. Er hielt mich fest und wir fanden unseren Rhythmus. Mein Atem war zittrig und ging stoßweise. Schweiß rann über meinen Körper und all meine Muskeln spannten sich an.

Ich spürte jede seiner Bewegungen, versank in seinen Küssen und verlor mich in unserer Vereinigung. Mein Stöhnen heizte ihm ein und ich genoss jeden Laut, den er von sich gab, mit dem er zeigte, wie sehr es ihm gefiel.

Es kam mir vor, als hätte ich ewig auf ihn gewartet. Auf diese erste Nacht, die wir gemeinsam verbrachten.

Ich krallte mich an seinen Schultern fest, als sich die Hitze in mir zusammenballte und dann zerbarst. Ich stieß einen lauten Schrei aus und musste von ihm gehalten werden. Mein Schädel dröhnte und ich hatte keine Kontrolle mehr über meinen Körper.

Rob packte mich fester und erhöhte das Tempo noch. Ich kam fast nicht mehr mit. Vor meinen Augen tanzten Sterne, meine Arme und Beine fühlten sich taub an.

Er hielt noch kurz durch, dann wurde sein Griff beinahe schmerzhaft fest und er stieß einen unterdrückten Schrei aus. Ich hielt ihn fest, schloss meine Augen und verlor mich in diesem Moment, der ewig dauern sollte.

»Neelia«, flüsterte er. Ich schmiegte mich an ihn und spürte seinen Herzschlag an meiner Brust. Oder war es mein eigener? Ich konnte es nicht mit Sicherheit sagen.

»Eigentlich wollte ich nicht jetzt fragen, aber egal.« Seine Stimme war träge, doch sein Blick war wach, als er mir jetzt ins Gesicht sah. »Ich weiß, es geht schnell, aber ich fühle mich einfach so wohl mit dir. Ich möchte dich dauernd bei mir haben. Ich möchte das hier ständig mit dir machen, am besten mehrmals täglich. Ich möchte dich allen zeigen, stolz erzählen, dass du zu mir gehörst. Wenn du das möchtest.«

»Du meinst, du möchtest, dass wir ein Paar sind? Ganz offiziell?«, fragte ich vorsichtshalber nach. Er nickte und ich sah eine Spur Unsicherheit in seinem Gesicht.

Ja, es ging schnell.

Ja, wir kannten uns noch nicht sehr gut.

Und nein, nach dem Sex war nicht die optimale Zeit für so eine Frage.

Egal. Es fühlte sich einfach richtig an.

»Das möchte ich auch«, sagte ich und küsste ihn, dabei ließ ich mich auf die Matratze fallen. Rob beugte sich über mich und legte mein Bein wieder um seine Hüfte.

»Dann lass uns das gebührend feiern.«

KAPITEL 4

Mein Atem steigt in Wölkchen auf.
Jeder meiner Sinne ist beinahe schmerzhaft geschärft.
All meine Muskeln sind angespannt. Mein Blick sucht
jeden Winkel meiner Umgebung ab.

›Wo bist du, mein unsichtbarer Beobachter? Wie nah bist
du mir schon gekommen? Wie schwer wiegt die Waffe in
deiner Hand? Gefällt dir, was du siehst? Bist du dir sicher,
dass du es tun kannst? Und glaubst du wirklich, dass du
schneller und gefährlicher bist als ich?‹

Ich spüre, dass seine Augen auf mich gerichtet sind. Er
wartet auf den richtigen Moment. Ein Schauder läuft über
meinen Körper. Ich halte es kaum noch aus. Warten und
Geduld waren noch nie meine Stärken.

Ich bin bereit. Bereit für ihn. Bereit für den Kampf auf
Leben und Tod.

Ich will herausfinden, wer stärker ist. Gerissener.

Wer wird überleben? Und wie?

Ich höre Schritte. Endlich offenbart er sich mir. Endlich
tritt er aus seinem Versteck.

Meine Mundwinkel verziehen sich zu einem Lächeln.

Ich weiß, dass ich diejenige sein werde, die triumphiert.
Er denkt sicher das gleiche über sich.

Er irrt sich.

Ich nicht.

Die Schritte kommen näher.

Ich ziehe die Mundwinkel hoch und knurre.
Endlich.
Endlich bringen wir es zu Ende.
Das Mondlicht bricht sich auf der Klinge seines Messers.
Diese Waffenwahl wird er bereuen.
Er hat keine Chance.
Ich knurre noch tiefer und Vorfreude erfüllt mich.
Es ist so weit. Die Rache ist mein.

Ich blinzelte in fahles Licht und zuckte zusammen, als ich den Arm bemerkte, der über meiner nackten Taille lag. Dann spürte ich den Atem in meinem Nacken.

›Oh Gott, wo bin ich? Wer ist hier bei mir?‹

Erschrocken machte ich mich los und drehte mich um.

Mein Herz machte einen Hüpfer, als ich Rob erkannte. Natürlich war er es. Natürlich lag er hier in meinem Bett.

Mein Freund.

Seit gestern Nacht war es offiziell. Ich wollte mich darüber freuen, doch der Traum hielt mich noch gefangen.

Vorsichtig rutschte ich von der Matratze und schlich in die Küche. Auf dem Weg angelte ich meinen Bademantel vom Haken neben der Tür. In der Wohnung war es kalt, ein Blick auf die Uhr sagte mir, dass es fünf Uhr morgens war. Draußen war noch tiefe Nacht, das Licht kam von der Straßenlaterne vor dem Haus.

Fröstelnd holte ich mir etwas zu trinken aus dem Kühlschrank und setzte mich an meinen Tisch. Mein Körper fühlte sich wie nach einem intensiven Work-out an. Normalerweise wäre ich davon ausgegangen, dass das vom Sex kam, doch nach diesem Traum war ich mir unsicher.

Ich fühlte mich verspannt, als säße die Anspannung, die ich im Traum gespürt hatte, noch in jedem Muskel. Tief durchatmen half, die innere Unruhe etwas loszulassen.

Ich merkte, dass ich auf jedes kleine Geräusch lauschte. Als wäre der Jäger hier irgendwo.

Der Jäger. Ich wusste nicht einmal, ob er wirklich ein Mann war. Ich ging einfach davon aus.

Diese Träume waren mir ein Rätsel. Ich hatte keinen Schimmer, was sie bedeuteten. Sie machten mir Angst. Wegen ihres Inhalts, aber auch wegen der Intensität, mit der ich sie erlebte.

Heute Abend traf ich mich mit Mira und Skadi. Zwar hatte Mira ihren Traumdeuter-Workshop noch nicht, aber vielleicht hatte sie trotzdem einen Tipp für mich.

Ich rollte mit den Augen. Das konnte ja heiter werden, wenn Skadi das mitbekam.

Nebenan hörte ich ein Geräusch und stand auf. Das war Rob. Ich schob die Gedanken an meinen Traum nach hinten und ging wieder ins Schlafzimmer.

Viel wichtiger als Fantasien war doch das, was vor uns lag. Ich öffnete die Schlafzimmertür. Vor mir lag mein neuer Freund und streckte die Arme nach mir aus.

Ich ließ meinen Bademantel zu Boden gleiten und ging lächelnd zu ihm.

Skadi strahlte mich an, als ich ihr vom letzten Abend erzählte. »Oh mein Gott, das freut mich so!«, jubelte sie. »Das ist ja noch besser als gedacht.«

»Der Junge muss ja eine Granate im Bett sein. Habt ihr es hier auch getrieben? Wo kann ich mich noch hinsetzen?«, feixte Mira und tänzelte um mein Sofa herum.

Ich warf lachend ein Sofakissen nach ihr. »Das heben wir uns fürs nächste Mal auf, wenn du mir verraten hast, wo du am liebsten sitzt«, erwiderte ich.

Mira lachte sich schlapp und stieß mit mir an. »Freut mich, dass es so gut läuft. Du verdienst den besten Mann.«

»Schauen wir mal«, erwiderte ich und trank einen Schluck Wein. »Aber der Anfang war ziemlich gut.«

Skadi nippte zufrieden an ihrem Glas. Das hatte sie sich verdient. Ihre Intuition war goldrichtig und ich war ihr dankbar für den Schubs, den sie mir gegeben hatte.

»Da ist aber noch etwas, das ich dich fragen wollte, Mira«, begann ich mit dem zweiten Thema.

»Bitte, immer gern«, sagte Mira entspannt.

»Ich habe seit ein paar Tagen merkwürdige Träume, die ich nicht verstehe«, fuhr ich fort.

Aus dem Augenwinkel sah ich Skadi die Augenbrauen hochziehen. »Ich hole mal Wein aus der Küche«, murmelte sie und stand auf.

Mira verfolgte sie mit den Augen und wandte sich dann wieder mir zu. »Ich höre.«

Ich schilderte ihr schnell, worum es in den Träumen ging. Vom Jäger, von meiner Lust, mich mit ihm zu duellieren. Von meiner Gewissheit, dass ich gefährlicher war als er. Miras Augen wurden immer größer.

»Also damit habe ich nicht gerechnet«, gab sie zu.

»Ich dachte als Erstes, die Träume hätten etwas mit Rob zu tun«, sagte ich. »Dass sie mir unterbewusst sagen, ich solle mich auf die Beziehung einlassen und mutig sein. Mittlerweile glaube ich das aber nicht mehr.«

Mira schüttelte langsam den Kopf. »Nein, so hätte ich das auch nicht gedeutet«, sagte sie. »Ich finde, das Ganze klingt nach einer Gefahr, die du noch nicht wahrnimmst.«

»Gefahr?«, fragte ich nach. Skadi kam zurück und setzte sich mit angespannter Miene. »Sorry, ich weiß, dass das nicht dein Lieblingsthema ist«, sagte ich zu ihr.

Skadi zuckte mit den Schultern. »Musst du ja selbst wissen. Ich denke immer, dass das Unterbewusstsein nur verarbeiten kann, was das Bewusstsein einmal wahrge-nommen hat - ob es nun einen Eindruck hinterlassen hat oder nicht. Ich glaube nicht an Omen oder Ähnliches.«

»Ich doch auch nicht«, sagte Mira wegwerfend. »Aber es ist nicht immer so einfach, herauszufinden, was dahinter-steckt. Deswegen ja der Kurs demnächst. Traumdeutung hat auch viel mit Psychologie zu tun.«

»Und was kommt danach? Hypnose?«, fragte Skadi trocken. Noch etwas, woran sie nicht glaubte.

»Ja, das wäre der nächste Schritt, du hast recht.« Mira wandte sich mir wieder zu. »Gibt es etwas, das dir Angst macht?«

»Nichts, was neu wäre«, meinte ich. »Ich habe auch neulich vom Unfall geträumt, aber das kann es nicht sein. Den habe ich gut aufgearbeitet.«

»Das heißt nicht, dass er nicht unterbewusst noch eine Rolle spielen kann«, meinte Mira und ausnahmsweise nickte Skadi. Wie schön, dass die beiden sich einig waren.

Mira seufzte. »Vielleicht hilft es, ein Tagebuch zu führen. Wenn du dich abends vor dem Schlafengehen hinsetzt und den Tag noch einmal reflektierst, könnte das helfen, die Ursache zu finden. Ich denke aber, dass es doch mit Rob zu tun haben könnte. Ich sehe, wie verliebt du in ihn bist. Vielleicht macht dir das ein bisschen Angst. Das legt sich sicher in den nächsten Tagen und Wochen.«

Wieder nickte Skadi bestätigend. »Das klingt plausibel.«

»Dann versuche ich das mit dem Tagebuch«, meinte ich. »Und warte einfach ab, was passiert. Es sind nur Träume. Sie haben keinen Einfluss auf mein tatsächliches Leben.«

»Gute Idee. Und apropos Einfluss: Ich fahre nach Ma-deira!«, verkündete Mira so laut, dass ich zusammenfuhr.

»Herzlichen Glückwunsch«, sagte Skadi und umarmte sie. »Wie kommt das so plötzlich?«

»Verdammtes unverdientes Glück«, erwiderte Mira und ließ sich auch von mir umarmen. »Der Gewinner des Wettbewerbs auf der Messe wurde disqualifiziert. Er hat wohl geschummelt, was weiß ich. Den Zweitplatzierten konnten sie nicht erreichen und die Dritte hat den Preis abgelehnt, weil sie die Reise nicht antreten kann. Also bin ich die Glückliche und darf im April zum Festival der Blumen nach Madeira. Ein Traum wird wahr!«

Skadi schenkte nach und wir prosteten uns zu.

»Das freut mich wahnsinnig für dich«, sagte ich. »Ich weiß, wie lange du schon dorthin möchtest.«

»Und *lange* ist gar kein Ausdruck«, erwiderte Mira gut gelaunt. »Danke, Mädels. Ich wusste, dass wir das gebührend feiern können. Ich habe eine Flasche *Mondscheinliebe* dabei. Ihr werdet den Shot lieben, das spüre ich.«

Ich wusste, dass wir uns dagegen nicht wehren konnten, und holte die Shot-Gläser. Gleichzeitig ahnte ich, dass wir es bereuen würden.

Am nächsten Morgen wachte ich völlig verkatert auf.

Meine Ahnung war richtig: Die *Mondscheinliebe* schoss uns allen die Lampen aus. Und gemeinerweise war dieses Gesöff so lecker, dass man nicht aufhören konnte. Mira hatte einfach nachgeschenkt. Als die erste Flasche leer war, hatte sie ›zufällig‹ noch eine zweite in ihrer Tasche ›gefunden‹. Skadi und ich hatten das lauthals gefeiert und mit ihr weitergetrunken.

Ich wusste noch, dass mir schwindelig wurde und wir Miras Idee, nackt eine Mondscheinsession auf meinem Balkon abzuhalten, nur dank Skadis Restverstand nicht umgesetzt hatten. Ansonsten hätten wir alle drei jetzt wahrscheinlich eine Lungenentzündung. Wir hatten den achtzehnten Februar, das wäre Wahnsinn.

Also hatten wir angezogen weitergetrunken und so viel gelacht, dass mir noch schwindeliger wurde. Wir hatten Lieder mitgesungen, zu denen wir als Teenager feiern waren und tanzten dazu. Es erinnerte uns an die Zeit, als wir noch dachten, dass wir alles schaffen konnten. Für mich war das die Zeit, in der ich weder wusste, wer ich war, noch, was ich wollte. Mein ganzes Leben war ein Riesenhaufen Scheiße, mit dem ich erstmal klarkommen musste. Papa und ich waren eine Weile nach Berlin gegangen, aber den Kontakt zu Skadi und Mira hatte ich immer gehalten. Dank meiner beiden Freundinnen hatte ich es geschafft, aus dieser Phase herauszukommen. Sie hatten mich so oft besucht, wie es ging. Und dann hatten wir es richtig krachen lassen. Sie waren meine Anker.

Als ich ihnen das noch einmal mit schwerer Zunge sagte, weinten wir und umarmten uns. Dann schenkte Mira noch einmal nach. Was danach kam, wusste ich nicht mehr so genau. Vielleicht war das auch besser so.

Ich setzte mich auf und rieb mir den schmerzenden Schädel. Anscheinend wurde ich niemals klug, wenn es um meine Mädels ging. Wir eskalierten beinahe jedes Mal. Und das waren immer die besten Abende und Nächte.

Ich wüsste nicht, was ich ohne die beiden täte.

Skadi lag neben mir im Bett, Mira war auf der Couch eingeschlafen. Ich hörte sie durch die offene Zimmertür. Mira schnarchte nicht, aber sie gab immer drollige Geräusche von sich, wie ich sie sonst noch nie gehört hatte. Man könnte denken, eine kleine Katze läge nebenan.

Skadi lag wie immer da wie eine Statue.

»Oh Gott«, murmelte ich und rieb mir die Augen. Jeder Lichtstrahl schmerzte wie ein Messerstich.

Skadi zuckte und wachte auf. Die Reste ihre Make-ups waren in ihrem Gesicht verteilt. Ihre Augen waren gerötet, als sie jetzt blinzelte. »Ich bringe Mira um«, flüsterte sie und presste die Hände auf die Lider. »Wenn sie nochmal mit so einem Gesöff kommt, kippe ich es ins Klo.«

»Geschmeckt hat es aber«, wandte ich ein.

Skadi schauderte. »Schon bei dem Gedanken wird mir schlecht.« Ja, mir ging es ähnlich.

»Die Aspirin sind in der Küche. Ich schmeiße eine Runde«, sagte ich und kam ächzend ins Sitzen.

Skadi kroch aus dem Bett und strich ihr verstrubbeltes Haar zurück. »Nie wieder«, murmelte sie.

Als ich in den Flur kam, stutzte ich. Kaffeeduft kam uns entgegen und in der Küche lief die Dunstabzugshaube. Vorsichtig schaute ich um die Ecke und machte große Augen: Mira stand am Herd und briet Rührei. Sie sah mich und winkte vergnügt. Hatte ich mir nur eingebildet, sie im Wohnzimmer zu hören?

»Lag sie nicht eben noch im Bett?«, flüsterte Skadi. Sie schielte immer noch leicht. »Was zum Teufel«, knurrte sie dann und stapfte in die Küche. »Wieso bist du so fit?«

»Weil ich das *Elixier der fröhlichen Gesundheit* getrunken habe, das ihr beide blöderweise abgelehnt habt«, sagte Mira entspannt und goss Kaffee in drei Becher. »Ich habe euch gesagt, dass es den Kater verhindert.«

Skadi ging schnaubend ins Badezimmer und zog die Tür nachdrücklich hinter sich zu. Kurz darauf hörte ich das Rauschen der Dusche.

»Ich dachte, du machst einen Witz«, sagte ich müde und nahm dankend meinen Kaffeebecher entgegen.

»Ach, Süße, so gut solltest du mich kennen. Wenn es um Kater geht, mache ich nie Witze.« Mira nippte an ihrem Becher und rührte in der Pfanne.

»Das merke ich mir«, versprach ich und warf eine Aspirin ein. »Es war aber trotz allem ein toller Abend.«

»Finde ich auch. Ich habe wegen deiner Träume nachgedacht«, sagte Mira über ihre Schulter. »Wenn dich etwas bedrückt, rede bitte mit uns darüber. An deinem Traum ist etwas seltsam, ich weiß nur nicht, was. Das macht mich verrückt. Diese ganze Kampfgeschichte. Ein Duell auf Leben und Tod. Wenn du das nur einmal geträumt hättest, würde es mir keine Sorgen machen, aber es sind ja quasi Episoden. Eine Fortsetzungsgeschichte.«

»Das habe ich auch schon bemerkt. Manche Dinge wiederholen sich, aber es läuft immer weiter auf dieses Duell hinaus. Ich frage mich, was passiert, wenn ich meinen Verfolger treffe«, sagte ich und starrte auf meinen Kaffee.

»Ja, ich mich auch«, gab Mira zurück. Sie sah mich ernst an. »Neelia, sei bitte vorsichtig. Ich glaube auch nicht an Omen, aber es ist nie verkehrt, wachsam zu sein.«

»Versprochen.« Mein Handy klingelte. Rob rief mich an. Wir waren für heute Abend verabredet. Ich fieberte dem Treffen entgegen und hoffte, dass ich bis dahin wieder fit war. Ich wollte jeden Moment mit ihm genießen.

»Hey Neelia.« Wo auch immer er war, es war laut. Trotzdem merkte ich, dass er gestresst war. Hoffentlich war nichts schlimmes passiert.

»Hey. Wo bist du? Ist alles okay?«

»Ja, mir gehts gut. Ich bin am Flughafen, weil ich spontan nach Casablanca muss. Ein wichtiger Auftrag ist reingekommen, den ich nicht ablehnen durfte. Tut mir leid, ich schaffe es heute nicht.« Rob klang furchtbar frustriert.

Enttäuschung breitete sich in mir aus. War das jetzt immer so? Musste ich ständig damit rechnen, versetzt zu werden?

»Es tut mir wirklich leid«, sagte Rob und ich glaubte ihm. »Ich weiß, dass du dich auf heute Abend gefreut hast. Ich mich ja auch. Ich mache es wieder gut. Am Dienstag komme ich schon zurück, wenn alles glatt läuft. Reservier mir die restlichen Abende der Woche. Ich werde mich sehr ausführlich mit meiner Buße beschäftigen.«

Jetzt musste ich lachen. »Na gut, da du deinen Fehler einsiehst, will ich mal nicht so sein. Und abgesehen von Freitag kannst du jeden Abend haben.«

»Dann kümmere ich mich um einen Tisch am Dienstag. Und für Donnerstag habe ich auch eine Idee.«

»Was ist mit Mittwoch?«, wollte ich wissen.

»Mittwoch wirst du es leider nicht vor die Tür schaffen.«

Mir lief ein wohliger kleiner Schauer über den Rücken. So was konnte er doch nicht sagen, wenn ich ihn erst am Dienstag sehen konnte. Bis dahin waren es drei Abende, an denen wir uns nicht sahen und drei Nächte, in denen ich allein schlief und auf diese ›Buße‹ warten musste.

»Versprich nicht zu viel«, warnte ich ihn.

»Niemals. Ich muss los, mein Boarding beginnt. Ich melde mich, wenn ich gelandet bin. Vielleicht haben wir ja Zeit für ein heißes Telefonat.«

»Mal sehen. Bring mir was aus Casablanca mit.«

»Solange es nicht Humphrey Bogart ist ...« Rob verabschiedete sich und legte auf. Ich starrte auf mein Telefon und versuchte, es nicht so schwer zu nehmen. Mira tätschelte meine Hand und holte Luft, um etwas zu sagen.

»Gewöhn dich schon mal dran«, hörte ich Skadi, bevor Mira etwas sagen konnte. Sie stand mit nassen Haaren in der Tür und packte gerade eine Aspirin aus. »Das ist leider der Preis, wenn man sich einen Mann mit einem solchen Job aussucht. Ich kenne das ja auch nicht anders.«

»Ich weiß.« Ich schüttelte den Rest der Enttäuschung ab. Es hatte keinen Sinn und ich musste mich damit abfinden. »Es gibt schlimmeres als einen Freund, der beruflich viel unterwegs ist. Damit komme ich klar.«

»Auf jeden Fall!«, sagte Mira fröhlich und füllte Berge von Rührei auf Teller. »So, dann genießt mal euer Anti-Kater-Wunder-Rührei!«

Mira und Skadi hatten am Samstag nichts vor, also sagte ich meinem Vater Bescheid, dass ich am Sonntag bei ihm vorbeischaute. Wir drei verbrachten einen entspannten Tag und ich tankte Kraft und Ruhe. Wir frühstückten ausgiebig, gingen shoppen und entschieden uns spontan für einen halben Wellnesstag. Hinterher ging es mir so gut wie schon lange nicht mehr. Ich gönnte mir eine Massage, die zusammen mit einem Saunagang alle Anspannungen in meinem Körper beseitigte.

»Das sollten wir viel öfter machen«, seufzte Mira im Pool auf dem Rücken treibend. Sie hatte vollkommen recht. Solche Auszeiten gönnten wir uns viel zu selten.

Später bestellten wir uns etwas zu essen und verbrachten den Abend auf Skadis Couch bei einem Film, von dem wir das meiste verpassten, weil wir ununterbrochen redeten.

Ohne Alkohol, obwohl Mira mehrfach danach fragte.

»Langweilig!«, meinte sie.

»Vernünftig«, konterte Skadi.

»Vernünftig *ist* langweilig«, hielt Mira dagegen.

»Mag sein, aber so haben wir noch was vom Sonntag«, sagte ich.

»Schön, dann eben ohne«, gab Mira nach.

»Ich hoffe, du bist nicht immer so leicht zu überreden«, stichelte Skadi. Mira streckte ihr die Zunge raus.

»Wenn man mir glaubhaft erklärt, dass der Verhütungszauber auch gegen Tripper hilft, gebe ich meistens nach.«

»Du bist unmöglich«, sagte Skadi.

»Du hast angefangen.«

»Lasst gut sein, sonst brauche ich doch noch Wein«, sagte ich. Die beiden lachten und wir schafften es, uns für weitere fünf Minuten auf den Film zu konzentrieren.

Am Sonntag lief ich zu meinem Vater und kochte mit ihm und Annaya zusammen. Ich mochte die Freundin meines Vaters, sie war genau die richtige für ihn: ausgeglichen und lebenslustig. Beide freuten sich, als ich ihnen die Neuigkeiten von Rob und mir erzählte.

»Wann lernen wir ihn kennen?«, wollte Papa wissen.

Annaya lachte. »Und du behauptest immer, du wärst so ein entspannter Vater, Abel. Die Illusion hast du uns jetzt leider genommen.«

Mein Vater lächelte reuig und rieb sich den Nacken. »Du hast ja recht. Lass dir Zeit, Neelia, wir haben ja keine Eile. Ich weiß, dass du ihn sorgfältig ausgesucht hast.«

Jetzt lachte Annaya noch lauter. »Du machst es leider nicht besser, mein Lieber.« Sie sah mich mit blitzenden Augen an. »Dein Vater ist nervöser als du.«

»Ich merke es schon«, sagte ich entspannt und tätschelte seine Hand. »Mach dir keine Sorgen um mich.«

»Leichter gesagt als getan«, brummte er. »Ich bin dein Vater, das ist mein Job.«

»Hast recht, aber wegen Rob kannst du dich entspannen. Er ist absolut ungefährlich und tut mir gut. Und ansonsten kann dir Skadi versichern, dass er kein Verrückter ist.«

»Ich denke darüber nach«, sagte er lächelnd.

»Ist er denn viel beruflich unterwegs?«, fragte Annaya und holte die Teller aus dem Küchenschrank.

»Ja, das ist der einzige Haken an der Sache. Andererseits bekomme ich coole Fotos von ihm.« Ich holte mein Smartphone heraus und zeigte ihnen das letzte Bild, das er geschickt hatte. »Er ist gerade in Casablanca.«

Die anderen Fotos behielt ich lieber für mich. Genau wie den Chatverlauf. Beides war nichts für Väter.

»So ein Job hat natürlich auch was.« Annaya lachte, weil Papa sie vorwurfsvoll anschaute. »Mach dir keine Sorgen, ich haue dir nicht ab. Ich weiß, dass du mich brauchst.«

»Ist ja gut«, grummelte er. »Ich weiß, dass ich mich auf dich verlassen kann.«

Ich füllte das Essen auf die Teller und freute mich für die beiden. So eine Beziehung wünschte ich mir auch. Und ich war mir sicher, dass das mit Rob möglich war.

Abends fiel ich müde ins Bett. Rob schrieb mir und schickte noch ein paar Bilder aus Marokko. ›*Es ist schön hier, das solltest du unbedingt auch einmal sehen.*‹

›*Eines Tages bestimmt*‹, antwortete ich und fragte mich, ob es übertrieben wäre, ihn zu fragen, ob er mit mir noch einmal hinreisen würde.

›*Ich mache dir den Reiseleiter*‹, schrieb er gerade.

Ich kuschelte mich lächelnd in mein Kissen. ›*Das wäre toll. Weißt du schon, wann du wiederkommst?*‹

›*Morgen Abend. Steht Dienstag?*‹, fragte er.

›*Unbedingt. Du hast noch einige Versprechen zu erfüllen*‹, textete ich und schickte einen kleinen Teufel mit.

Werde ich, mach dich auf was gefasst. Kommst du bei mir vorbei? Ich vermisse dich.

Meine Wangen wurden vor Freude warm, als ich das las. ›*Das mache ich. Ich freu mich, wenn du wieder da bist.*‹ Ich dachte kurz nach, dann schob ich hinterher: ›*Ich soll mich auf was gefasst machen? Worauf denn?*‹

Das kann ich dir nicht schreiben, sonst werde ich sofort verhaftet. In manchen Ländern ist das verboten, was ich mit dir vorhabe.

Klingt ja gefährlich. Brauche ich ein Safe-Word?

Jetzt schickte er einen grinsenden Teufel. ›*Lass dich überraschen, Chéri.*‹

Wir schrieben noch ein bisschen hin und her, doch es war schon spät und wir mussten beide am nächsten Tag früh raus. Bedauernd wünschten wir uns eine gute Nacht.

Ich legte das Telefon weg und schloss die Augen. Mit einem Lächeln im Gesicht schlief ich ein.

Es ist wieder dieser Traum.

Ich erkenne die Szenerie sofort. Den Platz, auf dem ich mich befinde. Vor allem aber, wie sich mein Körper anfühlt: Geschmeidig, stark. Als könne mich nichts besiegen.

Niemand, außer einem. Einen ebenbürtigen Gegner habe ich. Und er ist hier.

Dampf steigt vom Asphalt auf. Mein Nacken prickelt vor Vorfreude. Ich mache ein paar Schritte und kontrolliere noch einmal die Umgebung.

Ich weiß, wo er lauert. Ich erahne, wie er mich angreifen wird. Ich rieche seine Erregung.

Sie vermischt sich mit meiner. Mein Herz klopft laut.

Er macht wieder einen Schritt.

Ich höre, wie er Atem schöpft.

›Ich weiß, was du vorhast. Ich werde dir zuvorkommen.‹

Mein Herz klopft, doch trotz der Gefahr spüre ich keine Angst. Das zwischen uns muss passieren. Wir müssen es zu Ende bringen.

Noch ein Schritt. Jetzt tritt er aus dem Schatten.

Meine scharfen Augen erkennen seinen Umriss. Er trägt einen langen Mantel. Sein Gesicht liegt im Halbschatten, doch ich sehe das Glitzern seiner Augen.

Sein Gesicht ist egal. Genau wie sein Name. Seine Herkunft. Das alles interessiert weder ihn noch mich.

Wir wissen, warum wir hier sind. Am Ende unserer Begegnung wird von ihm nur noch seine Geschichte übrig sein. Ich räume ihm keine Zukunft ein, denn das tut er für mich auch nicht. Das wichtigste ist das Messer in seiner Hand. Deswegen muss er zu mir kommen. Ich habe mit einer Schusswaffe gerechnet. Wie dumm von ihm. Im Nahkampf hat er keine Chance gegen mich.

»Da bist du ja«, sagt er. Seine Stimme passt nicht zu ihm. Ihre Melodik passt nicht zu einem eiskalten Killer.

Er und ich, wir täuschen unsere Gegner beide.

Wir sind zu klug, um darauf hereinzufallen.

Es wird geschehen. Jetzt.

Wir beide wissen es.

Ich ducke mich leicht, bereit zum Sprung. Meine Augen behalten die Klinge im Blick.

Ich darf keinen Fehler machen.

Ich werde keinen Fehler machen.

Ich stoße mich vom Boden ab und springe auf ihn zu.

Ich wachte schweißgebadet auf.

Der Traum war so real, dass alle Eindrücke noch präsent waren. Der Kampf um Leben und Tod hatte begonnen. Ich fürchtete mich davor, den Traum weiter zu träumen.

Ich wollte nicht sehen, wie er ausging. Ich hatte Angst vor dem Blutbad, in dem diese Begegnung enden würde.

Er oder ich. Es gab keine Alternative.

Schweratmend sah ich an die Decke. Ich verstand diese Träume nicht. Was bedeuteten sie? Warum liefen sie immer wieder in meinem Kopf ab?

Wenn das so weiterging und ich allein nicht klarkam, musste ich zu Dr. Singh gehen. Sie hatte mir damals nach dem Unfall geholfen. Vielleicht zeigte sie mir auch dieses Mal einen Weg hinaus aus der Hilflosigkeit.

Es tat gut, eine Option zu haben. Langsam beruhigte sich mein Herzschlag. Ich sah auf meine Uhr. Es war bald Zeit, aufzustehen, liegen zu bleiben hatte keinen Sinn.

Außerdem wollte ich den Traum abschütteln.

Ich schwang die Beine über die Bettkante und stand auf. Zu spät bemerkte ich das taube Gefühl. Die Enge kam in meinen Brustkorb wie eine Welle. Sie presste die Luft aus meinen Lungen und ließ mich japsen.

Meine Beine gaben unter mir nach und ich verlor die Kontrolle über meinen Körper. Mit einem dumpfen Poltern knallte ich auf den Boden, nur durch Glück prallte mein Rücken vom Bett ab und bremste meinen Sturz.

Dann lag ich würgend auf dem Boden. Mir war schlecht und mein ganzer Körper kribbelte. Mein Kopf fühlte sich an, als bekäme ich nicht genug Luft.

Panik stieg in mir auf. Ich war allein. Niemand konnte mir helfen. Ich wusste nicht, wie lange der Anfall dauerte. Mein Atem ging stoßweise, trotzdem hatte ich das Gefühl zu ersticken. ›*Atme!*‹, dachte ich verzweifelt. ›*Langsam. Kontrolliert. Beruhige dich.*‹ Ich versuchte es und verlängerte meine Atemzüge, soweit es ging. Doch die Enge in meinem Brustkorb wurde schlimmer, als läge ein eisernes Band darum und wurde immer enger.

Meine Rippen schmerzten. Die Panik lähmte mich.

Was, wenn es dieses Mal nicht aufhörte?

Atme!

Mein Atem ging schwer und pfeifend, ich machte dabei ein schreckliches Geräusch. Ich musste husten, doch davon wurde es nicht besser. Wieder überrollte mich Panik.

Atme!

Ich hustete wieder, dann holte ich so tief Luft, wie ich konnte. Es kostete mich unendlich viel Kraft, diese Kontrolle zehrte alles auf.

Dann, endlich, wurde es etwas leichter. Der Druck auf meinen Brustkorb nahm ab. Das Dröhnen in meinem Schädel wurde weniger.

Die Taubheit war noch da, doch die Panik klang etwas ab. Ich musste aushalten und abwarten, bis ich meinen Körper zurückbekam. Das würde passieren. Je ruhiger ich war, desto eher. Zumindest hoffte ich das.

Meine Lider wurden schwer vor Erschöpfung, doch ich musste unbedingt verhindern, dass ich wegdämmerte. Ein weiterer Traum machte alles nur noch schlimmer und ich ahnte, dass er in meinem Unterbewusstsein lauerte.

Der Boden meines Schlafzimmers war kalt. Ich lag nur mit der Hüfte und dem linken Bein auf meinem Teppich vor dem Bett, der Rest lag auf dem Parkett.

›Ich sollte den ganzen Raum mit Teppich auslegen lassen‹, dachte ich dumpf. Wieder wurde mir schlecht und ich atmete gegen die Übelkeit an.

Die Zeit verstrich und endlich spürte ich, wie die Taubheit aus meinen Gliedern wich. Ich wartete, bis ich meine Hände und Füße wieder bewegen konnte, dann versuchte ich es vorsichtig mit meinen Armen und Beinen.

Stöhnend drückte ich mich schließlich hoch ins Sitzen und lehnte mich erschöpft gegen mein Bett. Meine Beine trugen mich noch nicht, trotzdem zog ich mich irgendwie auf die Matratze.

Meine Zähne klapperten vor Erschöpfung und Kälte. Ich schaffte es auf keinen Fall, aufzustehen. Der Anfall hatte mir alle Kraft geraubt, ich fühlte mich wie eine leere Hülle.

Mit letzter Kraft angelte ich nach meinem Handy und rief Helmut an. Es ging nur die Mailbox dran.

»Ich schaffe es heute nicht« flüsterte ich. »Tut mir leid.« Dann rutschte mir das Telefon aus der Hand. Ich dämmerte weg. So tief, dass ich nicht einmal träumte.

KAPITEL 5

Am späten Abend wachte ich auf und fühlte mich etwas besser, obwohl meine Muskeln schmerzten und ich vom Sturz todsicher einen blauen Fleck hatte.

Müde rappelte ich mich auf und stellte vorsichtig die Füße auf den Boden. Auf keinen Fall wollte ich noch einen Sturz riskieren. Dieses Mal trugen mich meine Beine, dennoch setzte ich mich auf die Bettkante und atmete durch. Auf meinem Nachttisch lag mein Smartphone. Mit schweren Gliedern nahm ich es und sah, dass zwanzig Nachrichten angekommen waren. Helmut hatte auch angerufen. Ich rief zurück und erklärte, was passiert war.

»Ich mache mir Sorgen um dich«, sagte er. »Dass es dich so umhaut und du allein zuhause bist, kann nicht gut sein.«

»Das ist lieb, aber es ist nichts passiert«, meinte ich. »Und wer soll auf mich aufpassen? Von einem Pflegedienst bin ich hoffentlich weit entfernt. Ich komme allein klar. Morgen bin ich wieder an Bord. Versprochen.«

»Nur, wenn es dir gut geht. Sonst geh lieber zum Arzt.«

Ich versprach, darüber nachzudenken, doch ich hatte fest vor, morgen wieder ins Antiquariat zu gehen. Ein Arzt konnte mir eh nicht helfen.

Nach dem Gespräch machte ich mir etwas zu essen, mein Magen meldete sich nachdrücklich zu Wort. Mit Nudeln und Pesto setzte ich mich auf die Couch und versuchte, wenigstens ein bisschen wach zu sein.

Danach schleppte ich mich wieder ins Bett.

Am nächsten Morgen ging es mir besser und ich war pünktlich auf der Arbeit. Ich machte langsam und alles war in Ordnung. Das sah auch Helmut ein, der die ganze Zeit nervös um mich herumschlich und dauernd fragte, wie es mir ging. Ich versicherte ihm und auch Klara, als sie nachmittags dazu kam, dass es mir gut ging.

Abends machte ich pünktlich Feierabend und fuhr mit dem Bus zu Rob. Er war mein Lichtblick, ich freute mich schon den ganzen Tag auf ihn. Ich fieberte auf unsere Berührungen hin. Auf seine Küsse. Meine Zahnbürste und frische Sachen für morgen hatte ich dabei.

Es war ein schönes Gefühl, zu meinem Freund zu fahren.

Mithilfe meiner Navigationsapp fand ich sein Wohnhaus und klingelte bei ›R. von Lindenstein‹. Was für ein cooler Nachname. Auf jeden Fall cooler als meiner, Jacobi.

Es war noch viel zu früh, um über so was nachzudenken.

Der Summer ging und ich stieg die Treppe zum dritten Stock hinauf, weil ich mir beweisen wollte, dass ich zu fit für den Fahrstuhl war. Als ich oben ankam, war ich schweißgebadet und musste einsehen, dass ich mich überschätzt hatte.

Rob stand verblüfft in seiner Wohnungstür. »Ist alles okay? Warum nimmst du nicht den Aufzug?«

»Weil ich schweißnass am besten aussehe«, japste ich.

Er schloss mich in seine Arme und küsste mich. Jetzt bekam ich noch weniger Luft, trotzdem es fühlte sich gut an.

Er nahm mich mit rein und gab mir ein Glas Wasser. Ich lehnte an seiner Küchenzeile und sah mich um. Der Raum war schön. Modern und hochwertig eingerichtet. Ich erinnerte mich, dass Robs Wohnung ihm gehörte.

Natürlich war sie schöner als meine Mietwohnung.

Meine Küche war schon in die Jahre gekommen.

»Gefällt dir meine Küche?«, fragte Rob, als ich den Druckmechanismus der Schranktüren ausprobierte.

Ich verkniff mir ein Grinsen. »Ist das ein Macho-Spruch? Kommt jetzt gleich, dass ich hier gut reinpasse?«

»Niemals. Ich habe nur ewig gebraucht, um mich für die hier zu entscheiden, und bin stolz darauf. Deswegen hoffe ich auf ein Lob für meinen guten Geschmack.«

»Tja dann: Deine Küche gefällt mir, Rob. Du hast einen tollen Küchen-Geschmack. Fast, als hättest du beruflich mit Möbeln zu tun«, lobte ich ihn überschwänglich.

Er knuffte mich liebevoll. »Ich bin selbst schuld, wenn ich solches Fishing for Compliments mache.«

»Jupp, das bist du. Zeigst du mir auch den Rest, damit ich ihn angemessen bewundern und deinen exzellenten Geschmack weiter loben kann?«, fragte ich fröhlich.

Er nahm mich in den Arm und küsste mich erneut. »Sehr gerne. Ich mache noch einen Wein auf, damit es sich wie eine Soirée in einem Künstleratelier anfühlt.«

»Gute Idee.« Ich nahm das Glas entgegen und Rob zeigte mir seine Vier-Zimmer-Wohnung.

Ich war tief beeindruckt. Allein, dass ihm die Wohnung gehörte, war toll. Ich hatte mein ganzes Leben immer in Mietwohnungen gelebt und konnte mir nicht vorstellen, wie es war, wenn einem so etwas wertvolles gehörte.

Rob führte mich ins Wohnzimmer und ich merkte durchaus, dass er mich am Schlafzimmer vorbei lotste.

»Das zeige ich dir später.« Mir wurde heiß, weil ich mir vorstellen konnte, *wie* er es mir zeigen wollte.

Jetzt standen wir vor seiner großen Couch und er zog mich mit sich. »Ich habe Essen für acht Uhr bestellt. Bis dahin haben wir noch ein bisschen Zeit.« Er schlang die Arme um mich und ich küsste ihn.

»Deine Wohnung gefällt mir sehr. Muss toll sein, wenn einem etwas ganz allein gehört«, meinte ich.

»Ja, nicht ganz so allein, wie ich es normalerweise gewöhnt bin«, begann er, da öffnete sich wie aufs Stichwort die Wohnungstür und jemand kam herein.

»Rob? Bist du da? Wie war Marokko? Hast du das Ding bekommen? War es schwer? Bist du ...« Die Frau kam ins Wohnzimmer und blieb mit großen Augen stehen. Rob und ich ließen einander los. »Oh, fuck, sorry.«

Ich war einen kurzen Moment ratlos, was ich von ihrem Auftauchen halten sollte. Die Situation überforderte mich.

»Cilly, ich dachte, du bist heute unterwegs«, sagte Rob mit einem komischen Unterton. »Neelia, das ist meine Schwester Cecilia.«

»Hi!« Cecilia winkte mir. Jetzt fiel es mir wieder ein: Rob hatte erzählt, dass sie momentan bei ihm wohnte, weil ihr die eigene Wohnung gekündigt worden war. Ich winkte zurück und bemerkte jetzt auch die Ähnlichkeit der beiden: Die Augenpartie und das Kinn waren ähnlich und als sie ihn jetzt angrinste, verstärkte sich der Eindruck noch.

»Hättest ja sagen können, dass deine Freundin hier ist.«

»Dann wärst du erst recht hier«, konterte er.

Sie lachte. »Stimmt. Freut mich, dich kennenzulernen, Neelia. Dann treffen wir uns eben außerplanmäßig heute schon. Rob macht immer ein Riesengeheimnis daraus, wenn er jemanden kennenlernt.«

»Immer?«, fragte ich mit hochgezogenen Augenbrauen. Rob rieb sich unbehaglich den Nacken. Erzählte seine Schwester mir jetzt, dass er ein Frauenheld war?

»Klingt nach mehr, als es ist. Trotzdem ist mein Bruder ein ziemlicher Geheimniskrämer«, sagte sie lapidar.

»Danke, dass du dich nach Leibeskräften bemühst, dass sie schlecht von mir denkt, Cilly.« Rob verzog den Mund.

Cecilia zuckte mit den Schultern. »Sorry, war nicht meine Absicht. Vielleicht ist Neelia ja die Frau, der du dich anvertrauen möchtest. Okay«, sie streckte sich. »Ich will auch gar nicht stören. Ich hole nur ein paar Sachen und lasse euch allein. Vergesst einfach, dass ich da war.«

»Also meinetwegen ...«, setzte ich an. Ich wollte nicht, dass sie sich gekränkt fühlte.

»Bleibst du über Nacht weg?«, fragte Rob.

Ihre Augen blitzten. »Wenn du so fragst, ja. Und nein, es geht dich nichts an, wo ich übernachte, Bruderherz.«

Rob beobachtete mit schmalen Augen, wie sie in sein Arbeitszimmer ging. Es war so akkurat aufgeräumt, dass ich bei der Besichtigung nicht bemerkt hatte, dass dort jemand wohnte.

»Ich möchte nicht, dass sie sich unerwünscht fühlt«, sagte ich zu Rob.

»Hey, mach dir darüber keinen Kopf. Eigentlich sollte sie heute unterwegs sein«, erwiderte er schulterzuckend.

»Hat sie einen Freund?«, wollte ich wissen.

»Keinen, von dem ich wüsste, aber bei irgendwem wird sie wohl schlafen«, knurrte er.

»Tja, nicht nur du hast Geheimnisse, Bruderherz.« Cecilia kam zurück und warf uns eine Kusshand zu. »Dann viel Spaß, ihr beiden. Lasst euch nicht stören.« Sie lachte und zog die Tür hinter sich ins Schloss. Ich sah ihr mit schlechtem Gewissen nach. Ich hatte mir immer Geschwister gewünscht. In meiner Vorstellung war es einfach toll, einen Bruder oder eine Schwester zu haben.

Wenn meinetwegen die Beziehung zwischen Rob und Cecilia gestört wäre, würde mich das sehr belasten.

Rob jedoch sah entspannt aus und zog mich wieder an sich. »Ich hatte nicht vor, mich stören zu lassen.«

»Ist es wirklich okay für sie?«, fragte ich.

»Ja, mach dir keine Sorgen. Ich wollte nicht, dass ihr euch so zwischen Tür und Angel kennenlernt, aber das lässt sich nicht mehr ändern. Wir holen das nach. Geplant. Dann ist es nicht so merkwürdig.«

»Ich fand sie nett«, sagte ich kläglich. Ich fühlte mich mit der Situation immer noch unwohl. Als hätte ich Cecilia aus ihrem Zuhause vertrieben.

Rob lächelte. »Ist sie auch. Ihr werdet euch mögen. Und jetzt mach dir keine Sorgen, es ist alles okay.«

Er reichte mir mein Glas und ich trank einen Schluck. Langsam beruhigte ich mich. Er hatte sicher recht und kannte seine Schwester am besten. Ich lächelte ihn an und beschloss, den Abend zu genießen. Rob küsste mich und ich schlang die Arme um seinen Nacken. »Wie lange noch, bis das Essen geliefert wird?«

Er grinste. »Noch eine knappe Stunde.«

»Dann können wir unser Wiedersehen ja schon feiern, oder?«, fragte ich.

»Auf jeden Fall.« Er ging rückwärts zur Couch und zog mich mit sich, sodass ich mich auf seinem Schoß wiederfand. Seine Hände fuhren über meinen Körper. Ich schmiegte mich an ihn und genoss es. Meine Lippen fanden seine und ich ließ meine Finger durch sein dichtes Haar gleiten. Ich liebte es, wie sich seine Haut an meiner anfühlte. Wie er roch. Ich hatte seinen Geruch vermisst. Heute kratzten Bartstoppeln über meine Wange. Auch dieses Gefühl liebte ich.

Seine warmen Hände schoben sich unter den Saum meines Shirts und streichelten meine Flanken, meine Rippen, meinen Rücken. Bei Rob störte es mich nicht, als er meine Narbe berührte. Und das Tattoo. Ich wollte mich ihm völlig öffnen. Ich rutschte noch enger an ihn heran, daraufhin packte er mich fester.

Ein Lächeln huschte über mein Gesicht. Es gefiel mir, wenn er mich so anfasste, dadurch fühlte ich mich noch begehrter. Als könnte er sich kaum noch zurückhalten. Meinetwegen.

»Eine Stunde ist wenig Zeit für das, was ich alles mit dir vorhabe«, flüsterte er in mein Ohr. Ich bekam Gänsehaut.

»Wir haben die ganze Nacht Zeit«, hauchte ich. Es war, als regte sich etwas von meinem gefährlichen Traum-Ich in mir. Ich spürte einen Ehrgeiz, der mutig dafür sorgen wollte, dass er diese Nacht niemals vergaß. Das Traum-Ich war anscheinend etwas größenwahnsinnig.

Trotzdem spornte es mich an.

Ich zog ihm kurz entschlossen das Shirt über den Kopf und machte dann bei mir weiter. Ich wand mich aus meiner Jeans und öffnete seine. Robs Augen wurden groß, doch er ließ mich machen. Ich sah ihm an, dass es ihm gefiel.

»Du steckst voller Überraschungen. Ich finde das toll«, sagte er und streichelte meine Schulter. Dann schlüpften seine Finger in meinen BH. Ich seufzte und fuhr erneut durch seine Haare, doch dann machte ich bei seiner Hose weiter. Ich wollte heute die Führung übernehmen.

Rob beobachtete mich, seine Augen blitzten. Ich schlang meine Beine um seine Taille und presste mich an ihn. Dabei streifte ich etwas Weiches an seinem Rücken. Ich stutzte und sah es mir an.

»Was ist passiert?«, fragte ich und betastete die Ränder des Verbandes in seiner Nierengegend.

»Marokko ist ein gefährliches Land«, sagte er scherzhaft. Ich riss die Augen auf. »Bist du angegriffen worden?«

»Nein«, wehrte er ab und nahm meine Hände. »Ich war ungeschickt und bin ausgerutscht. Leider zusammen mit einer Teetasse. Frag mich nicht, wie ich das hinbekommen habe, aber ich bin genau auf eine Scherbe gefallen. Pech, aber nichts, was eine Tetanusspritze nicht wieder hinbekommt. Und die hingebungsvollen Hände meiner Freundin, natürlich.« Er zog mich wieder an sich und küsste mich, bis mir schwindelig wurde.

Ich schmiegte mich an ihn und sagte mir, dass manche Geschichten, vor allem wenn sie komplett merkwürdig klangen, einfach nur wahr sein konnten. Es gab keinen Grund, sie nicht zu glauben.

Rob zog mir den BH aus und küsste mich weiter. Ich verwarf die Grübeleien wegen seiner Verletzung und konzentrierte mich auf ihn. Vor allem jetzt, weil er auch noch unsere letzten Kleidungsstücke entfernte.

Gleich darauf, als ich noch tiefer auf seinen Schoß sank und ihn ganz spürte, war sowieso alles andere egal und ich musste mich an seinem Blick festhalten. Es fühlte sich so gut mit ihm an.

Ich war unendlich froh, dass wir uns begegnet waren.

Am nächsten Morgen schlug ich die Augen auf und bemerkte den Arm um meine Taille. Lächelnd drehte ich mich zu Rob um. Es war schön, neben ihm aufzuwachen.

Mit den Fingerspitzen strich ich über seinen Arm, glättete die Härchen darauf, die durch den Schlaf durcheinander waren. Der Abend war wunderbar. Das Essen, der Sex ... und auch, dass wir danach lange eng umschlungen auf dem Sofa gelegen und miteinander gesprochen hatten.

Ich wollte nichts anderes.

Rob wurde wach und lächelte. »Hey, gut geschlafen?«

»Ja. Du auch?«, flüsterte ich.

»Wie könnte ich nicht, wenn du neben mir liegst?«

»Schleimer«, sagte ich liebevoll und küsste ihn. »Kann ich als Erstes ins Bad?«

»Ich kann auch mitkommen«, bot er mit blitzenden Augen an. Ich warf einen Blick auf die Uhr. Wir hatten noch genug Zeit. »Einverstanden.«

Er sprang auf und zerrte mich unter die Dusche. Noch ein Punkt mehr auf der Liste der Dinge, die ich nicht mehr missen wollte.

»Heute Abend bin ich mit Skadi und Mira verabredet«, sagte ich später beim Kaffee. »Hast du morgen Zeit?«

»Eigentlich hatte ich mir ja die ganze Woche reserviert. Aber ein bisschen Warten erhöht natürlich die Vorfreude«, meinte er. »Ich suche ein Restaurant aus, okay? Was hältst du von marokkanisch?«

»Ich kanns dir ja nicht zu leicht machen. Ein bisschen Kokettieren muss sein. Marokkanisch passt. Bist du auf den Geschmack gekommen?«, meinte ich schmunzelnd.

»Natürlich, die Dame. Ich werde jegliche Koketterie bewundernd beobachten«, sagte er. Ich lachte. Ich mochte es, dass er auf den Scherz einstieg. Er schnappte sich meine Hand und küsste den Handrücken wie ein Gentleman. »Und was das Restaurant angeht: Warte es ab, bis du authentisches marokkanisches Essen gegessen hast. Dann lachst du mich nicht mehr aus.«

»Ich bin für alles offen«, erwiderte ich und trank meinen Kaffee. Ich musste los, unser Abenteuer unter der Dusche hatte länger gedauert. Ich würde mich nie beschweren, aber so hatten wir weniger Zeit fürs Frühstück.

Ich ging ungern, aber ich wollte nicht zu spät kommen. Helmut war unterwegs und ich musste aufschließen. Außerdem standen noch Kisten mit Einkäufen im Hinterzimmer, für die ich mir etwas einfallen lassen musste.

Ich hatte Helmut gedroht, nicht mehr so inflationär einzukaufen. »Nur Bücher, die wir auch verkaufen können«, mahnte ich. »Denk dran, dass wir die anderen nicht loswerden und sie unsere Regale verstopfen.«

Helmut versprach es und ich hoffte, dass er sich dieses Mal daran hielt.

Ein wenig Zeit holte ich auf, denn Rob fuhr mich zur Arbeit. Das Antiquariat lag auf seinem Weg.

Dort angekommen machte ich mich an die Arbeit. Vorsichtshalber schrieb ich Helmut noch einmal, um ihn an sein Versprechen zu erinnern.

Der Tag verstrich und ich hatte einen schönen Abend mit Skadi und Mira. Heute vertrugen die beiden sich und bei einem Glas Wein (Oder zwei. Oder drei) tauschten wir uns über die latest News in unseren Leben aus.

Skadi hatte immer noch Stress wegen der Hochzeit. Wir bemühten uns nach Leibeskräften, sie zu unterstützen. Unterm Strich konnten wir das Menü nicht festlegen, ohne dass Emil einen Blutsturz bekam, hatten aber eine Menge Spaß, die Gänge immer wieder durcheinander zu werfen.

Ich genoss den Abend, auch wenn ich Rob ebenfalls gern gesehen hätte.

Am Donnerstag war Helmut wieder da. »Ich habe fast nichts gekauft«, sagte er beinahe vorwurfsvoll. »Nur die echten Schätze. Es hätte aber noch viel mehr gegeben.«

»Das glaube ich, aber du weißt doch ...«, begann ich.

»Ich weiß und du hast recht. Es fällt mir nur schwer, den Menschen abzusagen.« Er zuckte mit den Schultern, dann zog er ein Buch aus der Tasche. »Für dich.«

Ergriffen betrachtete ich die deutsche Erstausgabe von *Sturmhöhe*, die er mir hinhielt. »Oh mein Gott ...«

Helmut grinste. »Gern geschehen. Ich weiß ja, dass du ein echtes Fan-Girl der Brontë-Geschwister bist.«

Das stimmte. Als Teenager war ich geradezu besessen von Emily und Charlotte, später ergänzte ich um Branwell und Anne. Ich war sogar in England und besichtigte das Haus, in dem die Geschwister aufgewachsen waren und das heute ein Museum war. Eine ganze Vitrine in meinem Wohnzimmer beinhaltete ausschließlich Brontë-Werke und alles, was ich ansonsten über die vier gesammelt hatte.

›Jeder braucht Helden‹, dachte ich und betrachtete das alte Büchlein in meiner Hand. Es war ein kostbares Geschenk. Nicht nur wegen des materiellen Wertes, sondern weil Helmut an mich dachte. Das bedeutete mir viel.

Heute war nicht viel los im Antiquariat und als Helmut mitbekam, dass ich mit Rob verabredet war, schickte er mich früher nach Hause.

Dieses Mal hatte ich für unser Date vorgesorgt und mir bereits Sachen herausgelegt, die ich zum Essen anziehen wollte, damit ich nicht wieder in Zeitnot kam. Dabei hatte mir Skadi Tipps gegeben, aber es klappte auch allein. Wahrscheinlich hielt das noch ein paar Wochen an, dann musste Rob sich an meinen normalen Kleidungsstil gewöhnen. Ich nahm an, dass das kein Problem war.

Wir trafen uns beim Restaurant, also machte ich mich pünktlich auf den Weg. Es war immer noch kalt, es wurde Zeit, dass der Frühling endlich kam.

Ich blinzelte in die Dämmerung und wünschte mir, es wäre mindestens April. Am Winter mochte ich die Weihnachtszeit, ansonsten war es mir zu dunkel und zu trist. Allein, dass es morgens beim Weckerklingeln noch nicht einmal dämmerte, machte es mir schwer, aufzustehen.

Rob wartete bereits auf mich, als ich das marokkanische Restaurant erreichte.

»Ich bin sehr gespannt auf das Essen«, sagte ich. »Warst du hier schon einmal?«

»Ja, ist aber schon eine Weile her. Und ich gebe zu, dass ich das Essen damals noch nicht so zu schätzen wusste wie heute. Reisen erweitert bekanntlich den Horizont.« Er küsste mich und zog mich eng an sich. »Kommst du heute Abend wieder mit zu mir?«

»Gerne. Ich sollte vielleicht ein paar Sachen bei dir lassen, damit ich nicht immer alles dabeihaben muss, oder?« Ich lächelte und sprach schnell, weil ich nicht wusste, ob das okay war. Vielleicht war ihm das auch zu früh.

Doch Rob nickte. »Klar. Ich schreibe deinen Namen drauf, damit Cecilia die Finger davon lässt.«

»Sie wirkt auf mich gar nicht wie jemand, der anderer Leute Zahnbürste benutzt«, meinte ich und trat durch die Tür, die er mir aufhielt.

Rob lachte. »Das nicht, aber ich wundere mich manchmal, was sie alles von meinen Sachen benutzt, wenn sie in Gedanken ist. Neulich hat sie sich mit meinem Aftershave eingecremt und sich dann über den Geruch gewundert. Morgens braucht sie ewig, um wach zu werden. Das muss man berücksichtigen.«

»Okay, ich denke daran, wenn ich Ersatzkleidung bei dir deponiere«, sagte ich lächelnd. Der Kellner wies uns einen Tisch zu und wir nahmen auf den Bodenkissen platz. Ich sah mich um. Die Einrichtung gefiel mir. Alles war golden und bunt. Es roch nach Gewürzen und Behaglichkeit, sodass es mich an die indische Küche erinnerte.

Wieder war da dieser kleine Stachel in meiner Brust, der mich mit liebevollem Schmerz an meine Mutter erinnerte. In solchen Momenten vermisste ich sie ganz besonders.

Rob legte seine Hand auf meine. »Alles okay?«

»Ja. Ich musste nur an meine Mutter denken.« Ich erklärte es ihm kurz und seine Augen weiteten sich.

»Das tut mir leid. Ich wollte dich nicht traurig machen.«

»Es ist alles in Ordnung. Dann dürfte ich das Bett nicht mehr verlassen, denn überall erinnern mich Sachen und Orte an sie. Weißt du, manchmal ist das sogar ganz schön. Es beweist mir, dass ich sie noch nicht vergessen habe.«

»Ich glaube nicht, dass man seine Mutter vergessen kann«, meinte er. Der Kellner brachte einen Aperitif und Rob hob sein Glas. »Auf deine Mom. Ich hätte sie gern kennengelernt.«

Ich lächelte und prostete ihm zu. »Sie dich sicherlich auch. Freu dich auf meinen Vater. Er ist schon ganz ungeduldig, mit wem seine Tochter so abhängt.«

»Der Druck steigt«, meinte Rob nur halb im Scherz. Mir ging es in Bezug auf seine Familie genauso. Ich wollte gern Cecilia besser kennenlernen, unser erstes Treffen war suboptimal verlaufen. Und Eltern waren sowieso noch mal etwas völlig anderes.

Ich bat Rob, mir ein bisschen von ihnen zu erzählen. Das tat er auch und ich erfuhr mehr über seine Kindheit und das Geschäft, das seine Familie hatte. Die von Lindensteins waren eine traditionelle Familie. Sie hatten sogar ein eigenes Familienwappen, das Rob mir auf seinem Handy zeigte: ein Eichenkranz und zwei gekreuzte Schwerter. Darüber die Köpfe eines Hirschs und eines Bären.

»In meiner Familie hat die Jagd eine lange Tradition, deswegen die Tierköpfe«, erklärte Rob. »Mein Vater ist übertrieben stolz auf das Wappen. Es ist beinahe peinlich, aber er platziert es überall in meinem Elternhaus, damit es auch ja jeder sehen kann. Ich glaube, er denkt, wir wären ein altes Adelsgeschlecht.«

»Ist doch ein schönes Motiv für ein Tattoo«, meinte ich. »Du hast ja noch einen zweiten Arm. Das würde ihm bestimmt gefallen.«

»Absolut nicht. Er findet Tattoos unmöglich«, sagte Rob. »Meines hat ihn tierisch aufgeregt und er weiß bis heute nicht, dass Cecilia sogar mehrere hat.«

»Dann sollte ich wohl kein rückenfreies Kleid tragen, wenn deine Eltern dabei sind«, erwiderte ich nervös.

Rob zog mich an sich und küsste mich. »Mach dir keinen Kopf. Es gibt wichtigeres im Leben als die Meinung meines Vaters zu Tätowierungen.« Damit konnte ich leben und wir konzentrierten uns auf das köstliche Essen, das serviert wurde. Ich tauchte in die Aromenwelt Nordafrikas ein und genoss jeden Bissen. Rob hatte recht: Es war großartig und ich bekam Fernweh. Meine letzte Reise war eine Weile her. Jetzt kamen tausend Ideen für die nächste. Ich hoffte, dass ich sie mit Rob umsetzen konnte.

Nach dem Essen streckte ich mich und seufzte. »Ich bin dermaßen satt. Können wir noch ein bisschen spazieren gehen? Ich fürchte, sonst kann ich später nicht schlafen.«

»Natürlich«, sagte Rob. »Der Weg ist lang genug. Ein Taxi können wir auch spontan nehmen.«

Also machten wir uns auf den Weg und ich genoss den Spaziergang trotz der Kälte. Rob schlang den Arm um mich und ich freute mich über diesen Abend.

Unauffällig sah ich in sein Gesicht. Ich war glücklich. Es war schon eine Weile her, dass es mir so gut ging.

»Bei mir können wir uns aufwärmen«, versprach Rob. »Am besten nackt in meinem Bett. Oder möchtest du vorher noch einmal duschen?«

»Ich überlege es mir«, erwiderte ich lächelnd. »Haben wir noch Zeit für ein Glas Wein?«

»Ich finde, dafür ist immer Zeit.« Rob wollte gerade etwas sagen, als von vorn ein Mann kam und ihm einen Stoß versetzte.

Erschrocken beobachtete ich, wie Rob gegen die Hauswand prallte. Der Kerl hatte ein Messer.

»Handys und Geld her«, knurrte er und hielt es mir unter die Nase. Ich war vor Schreck wie erstarrt. Neben mir rappelte Rob sich auf und packte mich am Handgelenk.

»Verzieh dich, du Spinner.«

Ich bekam es mit der Angst zu tun. Der Kerl war groß und sein Gesicht pure Aggression. Er meinte es todernst.

»Wir sollten ihm die Sachen lieber geben«, flüsterte ich. Es war doch sinnlos, den Helden zu spielen. Doch mein Freund schüttelte grimmig den Kopf. »Auf keinen Fall.«

»Letzte Chance«, schnauzte der Angreifer. Das Messer glitzerte im Licht der Straßenlaterne. Ich bekam Panik und klammerte mich an Rob fest. Der jedoch war merkwürdig gelassen. Er ballte die Hände zu Fäusten und ging leicht in die Knie. Wollte er sich mit dem Typen anlegen?

»Bitte lass es!«, flüsterte ich erstickt und krallte meine Finger in den Ärmel seines Mantels.

Dann ging alles schneller, als ich es begreifen konnte: Der Angreifer machte einen Schritt nach vorn und holte mit seinem Messer aus. Rob stieß mich beiseite und duckte sich unter dem Hieb weg. Er verpasste dem Typen einen Schlag mit der Handkante, der ihn aufjaulen ließ. Ich taumelte und versuchte, mich an irgendwas festzuhalten. Ich griff ins Leere und stieß einen Schrei aus, als ich fiel.

Rob wirbelte herum und versuchte, mich zu packen, doch ich verlor die Kontrolle über meinen Fall. Mit einem Ächzen gingen wir beide zu Boden.

Der Mann ragte über uns auf, das Messer in der Hand.

Er knurrte eine Beleidigung und versetzte Rob einen Tritt in die Rippen. Der stöhnte, kam aber wieder auf die Beine. Ich brauchte länger, Schmerz schoss von meiner Hüfte durch meinen Körper und mein Schädel brummte.

Undeutlich bekam ich mit, dass Rob sich auf den Mann stürzte. Wieder sah ich die Klinge des Messers. Meine Augen weiteten sich.

In meinem Kopf setzte etwas aus. Plötzlich stand ich auf meinen Füßen und sprang auf den Angreifer zu. Der kalte Nachtwind blies mir ins Gesicht, erst daran merkte ich, dass ich mich bewegte. Dann gruben sich meine Fingernägel in seine Wangen und fügten ihm lange Kratzer zu. Er heulte auf und warf mich ab.

Ich fiel, doch dieses Mal landete ich auf den Füßen. Ich ließ ihn keine Sekunde aus den Augen.

»Neelia!« Robs Stimme störte meine Konzentration.

Er griff nach mir, wollte mich beschützen. Stattdessen verpasste ich die Attacke des Mannes, der erneut mit seinem Messer ausholte und nach mir stach. Erst im letzten Moment wich ich aus. Ich drehte mich weg, dann kam der Schmerz. Er hatte mich voll erwischt.

Rob schrie auf und ich hörte, wie etwas klappernd zu Boden fiel. Ich ging in die Knie und umklammerte meinen Oberkörper. Das war nicht die Quelle des Schmerzes. Mir war heiß und kalt, vor meinen Augen drehte sich alles.

Neben mir griff Rob den Mann an, doch die Geräusche drangen kaum bis zu mir durch. Ich sackte zusammen und stützte mich mit den Händen vom Boden ab. Schritte.

Ich sah über meine Schulter. Der Mann rannte weg.

Rob stürzte zu mir und packte mich. »Scheiße, Neelia!« Mir wurde schlecht. Mein Rücken war nass. Er war warm und kalt zugleich. Hier hatte er mich also erwischt.

Ich hielt mich an Robs Blick fest, während er den Notruf wählte. »Der RTW kommt!«, sagte er. »Bleib bei mir!«

Tat ich, doch ich konnte keinen klaren Gedanken fassen. Der Schmerz verhinderte es. Und gleichzeitig konnte ich nicht fassen, was ich getan hatte.

Teil 2

Das Auge der Bestie

KAPITEL 6

Der Rettungswagen kam schnell und brachte uns ins Barmbeker Krankenhaus. Rob stand die ganze Zeit bei mir, und hielt meine Hand. Er war kreidebleich und sagte keinen Ton, bis die Notärztin ihn ansprach. Ich lag auf dem Bauch auf der Trage und spürte, wie sie mir einen Verband auf die Stichwunde presste.

»Was ist passiert?«, wollte die Notärztin wissen.

»Wir sind angegriffen worden. Raubüberfall. Der Kerl hatte ein Messer. Meine Freundin wollte mich beschützen, da hat er sie erwischt«, sagte Rob gepresst.

Die Ärztin drückte meine Hand. »Sehr mutig von Ihnen.« Ihr Blick huschte hinüber zu Rob, als hätte er auf ganzer Linie versagt. Ich lächelte kläglich und sagte lieber nichts. Ich musste mit einer wildfremden Frau nicht über den Mut meines Freundes diskutieren. Ich wusste, wie mutig (und unvorsichtig) Rob gewesen war. Die Ärztin musste den Verband wechseln, weil mein Rücken so stark blutete.

Rob saß vor mir wie ein Häufchen Unglück. Ich drückte seine Hand und spürte den Wunsch, doch etwas zu sagen. »Du kannst nichts dafür. Du hast versucht, den Kerl zu verjagen. So schnell konntest du gar nicht sein«, sagte ich.

Die Ärztin zog schweigend eine Augenbraue hoch.

Rob schüttelte den Kopf. »Fühlt sich gerade anders an. Ich hätte dafür sorgen müssen, dass dir nichts passiert.«

Ich drückte seine Hand erneut. Verrückt, dass er jetzt Trost brauchte, aber ich sah, dass er sich große Vorwürfe machte. »Hast du starke Schmerzen?«, wollte er wissen.

»Nein.« Sie hatten mir Schmerzmittel gegeben, die schon voll reinhauten. »Wie ist es bei dir?« Rob musste auch untersucht werden, wegen des Tritts in die Rippen. Er hatte eine Schonhaltung eingenommen, es aber abgelehnt, auch auf einer Trage transportiert zu werden.

»Alles okay«, sagte er knapp. Ich vermutete, dass er log. Ich hatte den Tritt gesehen, er war brutal.

Ich schlug die Augen nieder und sah auf unsere Hände. »Das wird ein Date, dass wir nicht so schnell vergessen.«

»Sie hatten Glück«, sagte der Sanitäter neben der Ärztin. »Das Messer ist von Ihrem Schulterblatt abgeprallt und nicht tief eingetreten.« Ich spürte, wie er an der Kompresse nestelte. »Das kriegen wir wieder hin. Auch mit Ihrem Tattoo.« Ich wollte lieber nicht darüber nachdenken, was das bedeuten sollte.

Ich erfuhr es später, als ich untersucht wurde. Rob machte auf meine Bitte ein Foto von der Wunde, als wir kurz allein waren und auf den Arzt warteten. Der Schnitt verlief quer über linkes Schulterblatt und damit auch durch mein Tattoo. Das musste genäht werden. Der Arzt hatte mir versprochen, dass er sich bemühte, damit es hinterher nicht furchtbar aussah, aber er konnte für nichts garantieren. Ich rechnete nicht damit, dass es zu retten war. Gerade wurde die örtliche Betäubung gesetzt, gleich ging es los.

Blut hatten sie mir auch schon abgenommen und ich hatte bereits eine Tetanus-Spritze bekommen. Rob sah so betroffen aus, dass ich ihn beinahe weggeschickt hätte. Es rührte mich, dass er mich beschützen wollte, aber es ließ sich nicht mehr ändern.

Sich selbst zu zerfleischen brachte niemanden weiter.

Der Arzt kam und nähte mich wieder zusammen. Dabei beteuerte er mehrfach, dass er sich die größte Mühe gab. Ich fand heraus, dass er plastischer Chirurg war und extra geholt worden war, um mein Tattoo zu retten.

»Ich hatte gerade Zeit und fand, dass ist das Mindeste, nach dem, was Ihnen passiert ist«, sagte er und setzte den nächsten Stich. »Sie müssen ja eine Riesenangst gehabt haben, als der Kerl Sie mit einem Messer attackierte.«

»Uns beide«, korrigierte ich. Rob war gerade in einem anderen Raum, damit seine Rippen geröntgt werden konnten. Ich hoffte, dass er die Zeit nutzte, um runterzukommen. »Mein Freund hat auch einiges abbekommen.«

»Es ist in solchen Moment nie schlau, den Helden zu spielen«, meinte der Arzt und ich erriet, dass er Rob damit meinte. Das fand ich unfair, denn er war nicht dabei und es war ziemlich altmodisch, davon auszugehen, dass ich mich selbst nicht schützen konnte. Gut, wenn man meinen Rücken ansah, konnte man auf diese Idee kommen.

»Das passiert uns sicher auch nie wieder«, sagte ich und war froh, dass er kurz darauf fertig war.

»Es sieht gut aus«, sagte er. »Man wird die Narbe sehen, aber das Motiv ist nicht zerstört.«

Ich bedankte mich, da kam Rob schon herein. Seine Rippen waren nicht gebrochen, zum Glück. Jetzt mussten wir nur noch auf unsere Entlassungspapiere warten. Rob entschuldigte sich noch einmal bei mir und sah elend aus.

»Es ist okay. Wirklich. Ich weiß selbst nicht, was passiert ist. Und dich hat es auch ganz schön erwischt«, sagte ich.

»Die geprellten Rippen sind in ein paar Tagen verheilt. Das kann man von deiner Wunde leider nicht sagen. Die Narbe wird dich immer daran erinnern. Und das Tattoo ...«

»Warten wir es ab, der Arzt sagte, es sieht gut aus. Ansonsten suche ich mir jemanden, der sich um das Motiv kümmert. Ein Cover-Up ist kein Problem«, sagte ich tapfer. Ich hatte Angst vor Nadeln. Riesige Angst. Bis heute war mir schleierhaft, wie ich das Stechen überstanden hatte. Damals. Wann auch immer *damals* war.

Der Arzt kam zurück und brachte uns unsere Papiere. Ich war froh, dass wir zu Rob fuhren. Mit dem Taxi. Ich würde es mir in Zukunft zweimal überlegen, ob ich so spät noch zu Fuß ging.

Ich bekam Gänsehaut bei diesem Gedanken. Was für eine schreckliche Erfahrung. Das war mir vorher noch nie passiert. Unsicherheit in der Nacht kannte ich, doch vorhin hatte ich riesige Angst um Rob und mich. Kurz hatte ich nicht damit gerechnet, dass wir lebend da raus kamen.

»Wir hatten großes Glück, dass nicht mehr passiert ist«, sagte ich. Rob zuckte zusammen, sein Mund verzog sich grimmig. Ich mochte es nicht, wenn er so aussah.

»Ich wünschte, es wäre gar nicht passiert«, meinte er.

»Es bringt nichts, sich deswegen schlecht zu fühlen«, sagte ich. »Das ändert nichts mehr und verdirbt nur die Laune.« Ich küsste ihn auf den Mund. »Okay?«

Er atmete tief durch, dann erwiderte er den Kuss. »Okay. Aber mit Bauchschmerzen.«

»Der Einzige, der Schuld an der Sache trägt, ist der Kerl mit dem Messer.« Sein Griff an meiner Taille wurde fester. Ich küsste ihn schnell noch mal. »Aber hey, wenn uns das nicht zusammenschweißt, weiß ich es auch nicht.«

Rob umarmte mich vorsichtig. »Ich hatte große Angst um dich. Als er mit dem Messer ausgeholt hat …«

»Ich auch. Lass uns erstmal nicht mehr spazieren gehen, okay? Zumindest nicht im Dunkeln«, bat ich.

»Auf gar keinen Fall«, sagte Rob. Denn uns beiden war bewusst, wie schlecht die Chancen standen, dass der Kerl geschnappt wurde. Anzeige hatten wir zwar erstattet, aber die Beamten machten uns wenig Hoffnung.

Endlich konnten wir gehen. Wir nahmen ein Taxi und fuhren zu Rob. Ich konnte nur einschlafen, als er mich fest in den Arm nahm. Ich ahnte, dass es dauern würde, bis ich dieses Erlebnis verarbeiten konnte.

Ich starre auf die Messerklinge in seiner Hand. Sie glänzt im Schein der Straßenlaterne.

Vor diesem Mann mit Messer habe ich keine Angst. Ich werde ihn besiegen. Er kann mir wehtun, mehr nicht.

Sein Ziel wird er nicht erreichen. Ich meins schon.

Ich genieße, wie ich mich fühle. Sicher, selbstbewusst.

Ein Knurren sammelt sich in meiner Kehle.

Er wird bereuen, dass er mir begegnet ist. Er wird bedauern, dass er nach mir gesucht hat. Leider wird er niemandem berichten können, wie dumm die Idee war.

»Hab ich dich«, sagt er leise. Er verkennt die Situation. Er weiß nicht, dass er schon so gut wie tot ist.

Ich habe keine Waffe. Ich brauche keine. Mein Körper ist Waffe genug. Das wird er gleich spüren.

Er stellt sich breitbeiniger hin, das Messer erhoben.

Ich spanne alle Muskeln an. Ich springe.

Am nächsten Morgen bestand Rob darauf, mich zur Arbeit zu bringen. Wie ein Bodyguard eskortierte er mich zur Tür und wartete, bis ich das Antiquariat aufgeschlossen hatte. Ich winkte ihm zu, als er ging. Das sollte er sich nicht zur Gewohnheit machen. Ich mochte es zwar, dass er aufmerksam war, aber ich wollte nicht, dass er mich bewachte wie ein Hund seinen Knochen.

Hoffentlich ließ das schnell wieder nach.

Helmut kam später, also hatte ich Zeit, meinen Vater, Skadi und Mira zu informieren, was passiert war.

›Es geht mir gut‹, fügte ich im Chat mit Mira und Skadi hinzu. ›Wir hatten Glück im Unglück.‹

›Das tröstet mich kein Bisschen‹, schrieb Skadi. ›Wir kommen heute Abend vorbei. Du solltest nicht allein sein.‹

›Was für eine verkackte Drecksscheiße‹, lautete Miras Kommentar. ›Ich hole dich von der Arbeit ab.‹

Ich sagte zu und rief dann meinen Vater an. Er war auf einer Fortbildung, doch ich erwischte ihn, bevor es losging. Wie erwartet war er völlig aus dem Häuschen.

»Papa, es geht mir gut«, sagte ich zum dritten Mal. »Es war ein Riesenschreck, aber außer einer Fleischwunde ist mir nichts passiert.«

»Ich komme morgen zu dir. Es tut mir so leid, dass ich nicht da bin«, sagte er ebenfalls zum dritten Mal.

Ich wusste, dass alle es nur gut meinten, aber mittlerweile nervte es mich, wie sie um mich herumflatterten. Ich war kein rohes Ei. Ich schaffte das.

Helmut und Amira sagte ich nichts, als sie kamen. Dank der Schmerzmittel merkte ich die Wunde kaum. Wenn ich langsam machte, bekam niemand etwas mit. Trotzdem merkte ich, dass ich nicht auf der Höhe war. Ich musste mehrere Pausen machen, weil mir etwas hinunterfiel oder Kleinigkeiten passierten, die mich aufwühlten. Ich flüchtete in den Pausenraum und atmete durch.

Anscheinend setzte mir der Stress doch zu. Das konnte ja heiter werden. Helmut und Amira konnten nichts dafür, deswegen wollte ich sie nicht anfahren, als erneut etwas bei der Abrechnung schiefging.

Alles fiel mir viel zu schwer. Am liebsten wäre ich eher gegangen, doch es war viel zu tun und Mira konnte frühestens um sechs Feierabend machen. Endlich war es so weit und sie holte mich ab. Draußen schloss sie mich fest in die Arme. »Wie geht es dir?«

Ich zuckte mit den Schultern. »Es geht, denke ich.«

»Das muss ein Riesenschock gewesen sein«, sagte sie, doch sie war ruhig dabei. Ich war ihr dankbar dafür. »Wenn du reden möchtest, bin ich für dich da. Und auch sonst immer.«

»Das weiß ich, danke.«

Danach ließ sie es gut sein. Im Gegensatz zu Skadi, deren Problem aber anders gelagert war. Sie konnte nicht fassen, dass Rob mich nicht beschützt hatte.

»Hat er aber«, sagte ich. »Er war nur eine Sekunde zu spät und ich wollte ihn auch beschützen.«

Skadi presste die Lippen zusammen. »Es ist einfach furchtbar, wie viel Sicherheit einem so ein Zwischenfall nimmt. Ich habe jetzt auch Angst und mir ist es nicht mal passiert. Du bist unglaublich tapfer, weißt du das? Ich läge jetzt im Bett und würde heulen.«

»Danach ist mir auch zumute, aber es ändert ja nichts«, meinte ich.

Das Gleiche sagte ich am nächsten Tag auch meinem Vater. Er machte sich grundlos Vorwürfe, weil er nicht da gewesen war.

»Es kann niemand etwas dafür«, wiederholte ich. »Nur der Kerl, der uns angegriffen hat. Es ist nicht deine Schuld, nicht meine und auch nicht Robs. Das war einfach Pech und ich hoffe, dass sie den Mistkerl schnappen.«

Papa nickte betrübt. »Darf ich mir die Wunde ansehen? Damit ich mir einreden kann, es wäre nicht so schlimm?«

»Wenn es dir dann besser geht, klar.« Ich setzte mich zu ihm und zog den Pullover hoch.

Vorsichtig entfernte er den Verband ein Stück. Seine Hände verharrten.

»Papa? Alles klar?«, fragte ich, als er nichts sagte.

»Das ist doch schlimmer als gedacht«, murmelte er und klebte den Verband wieder fest.

»Was soll das heißen? Ich finde, es sieht okay aus. Der plastische Chirurg hat alles gegeben«, sagte ich stirnrunzelnd, doch Papa sah noch gestresster aus als vorher.

Jetzt lächelte er künstlich. »Natürlich. Es wird besser aussehen, wenn es verheilt ist. Wie geht es dir?«

»Hab ich doch schon gesagt«, erwiderte ich ungeduldig.

»Ich weiß. Aber wie *fühlst* du dich?«, fragte Papa. Ich hatte keine Ahnung, worauf er hinaus wollte. Wie sollte es mir schon gehen?

»Unausgeglichen, schreckhaft und ängstlich«, zählte ich auf. »Ich habe schon bei Dr. Singh angerufen und einen Termin ausgemacht. Zusammen kriegen wir mich wieder hin.« Ich küsste ihn auf die Wange. »Mach dir keine Sorgen, okay? Ich schaffe das.«

»Das weiß ich«, sagte er, doch seine Augen sagten etwas anderes. Seine Hand fuhr vorsichtig über meinen Rücken. »Ich hoffe es.«

Papa bestand darauf, dass ich von Samstag auf Sonntag bei ihm übernachtete. Ich gab nach, weil ich sah, wie durcheinander er war. Wenn er sich dadurch besser fühlte, machte ich es eben. Rob musste ich deswegen vertrösten. Das gefiel ihm nicht, aber ich versprach, dass wir uns am Sonntag sahen.

Ich war froh, als ich am Sonntagvormittag nach dem Frühstück auf dem Nachhauseweg war. Papa irritierte mich. Es kam mir vor, als ließe er mich keine Sekunde aus den Augen. Als erwarte er, dass ich einen Nervenzusammenbruch bekam, oder ähnliches. Das machte mich wiederum nervös und reizbar. Schon wieder.

Das wollte ich gar nicht. Ich wollte das Ganze möglichst schnell vergessen und wieder draußen herumlaufen, ohne Herzklopfen zu bekommen. Das gelang mir nicht, wenn alle um mich herum so ein Theater machten. Ich wollte wieder zur Tagesordnung übergehen. Und daran glauben, dass mir so ein Mist nicht wieder passierte.

Der Fußweg war bei Tageslicht okay und die frische Luft tat mir gut. Ich kam zu Hause an und setzte mich mit einem Buch in meinem Lesesessel, um herunter zu kommen und mich in eine andere Welt zu flüchten. Die Wunde auf meinem Rücken ziepte im Sitzen, doch die Schmerzmittel machten das erträglich.

Ich wollte nicht mehr über den Überfall nachdenken. Es war sowieso sinnlos. Vergangen war vergangen. Egal, wie sehr ich mich gedanklich daran klammerte und es immer wieder durchkaute, es ließ sich nicht rückgängig machen.

Das hatte ich in meiner Therapie nach dem Unfall gelernt. Ich musste akzeptieren und loslassen. Ich war bereit dazu. Jetzt mussten mich alle anderen nur noch lassen.

Aber da war noch etwas anderes, das ich am liebsten aus meinem Kopf verbannen wollte: Der Traum von vorletzter Nacht beunruhigte mich zutiefst. Ich hatte mich gut gefühlt. Unbesiegbar. Als könnte ich einen Mann mit einem Messer problemlos mit bloßen Händen abwehren. Gerade wenige Stunden nach dem Überfall war das verrückt.

Töten. Ich schloss die Augen und atmete tief durch.

In meinem Traum ging es um Leben und Tod. In meinem Traum war ich wild entschlossen, meinen Verfolger zu töten. Ich scheute vor diesem Gedanken zurück.

Der Überfall hätte auch tödlich enden können. Sowohl für mich als auch für Rob. Dieser Gedanke war am schlimmsten. Ich konnte mich nicht mehr auf mein Buch konzentrieren und legte es frustriert beiseite.

»Das kriege ich geregelt«, murmelte ich und legte meine Hände flach auf meine Beine. »Davon lasse ich mir nicht das Leben kaputtmachen. Ich bin glücklich. Das ist nur ein Rückschlag, der mich nicht aus der Bahn wirft.« Ich stand auf und ging mit langen Schritten durch meine Wohnung, damit ich meinen Körper spürte. Damit sich meine Muskeln so geschmeidig anfühlten wie in meinem Traum.

Ich blieb vor meinem Flurspiegel stehen und sah mir ins Gesicht. Das war doch dämlich, oder? *Oder?*

Wieder atmete ich tief durch.

Das war heute nicht mein Tag. Ich war aus dem Gleichgewicht. Leider. Verständlich, aber ich wollte das nicht. Ich wollte mich darauf konzentrieren, dass es mir gut ging. Dass ich endlich jemanden gefunden hatte, mit dem ich glücklich sein konnte.

Ich hoffte, dass Rob es mir nachher leichter machte. Wir mussten uns gegenseitig aufmuntern und helfen, über die Sache hinwegzukommen. Das schafften wir nur zu zweit. Ich hoffte, dass er verstand, dass wir aufeinander angewiesen waren. Wenn wir einander unterstützten und nicht mit negativen Gefühlen behinderten, schafften wir es.

Ich hoffte, dass er mir schon so vertraute, dass er mich anhörte und diesem Weg folgte, damit es uns beiden besser ging. Ich rieb mir das Gesicht und bemühte mich um Zuversicht. ›*Das bekomme ich hin.*‹

Ich überbrückte die Zeit mit duschen und machte mich viel langsamer und sorgfältiger fertig als sonst. Ich kontrollierte jede Bewegung und konzentrierte mich auf das, was ich tun wollte. Andere Gedanken ließ ich nicht zu.

›Ich habe alles im Griff. Ich komme klar.‹

Untypisch für mich war ich eine knappe Stunde vor unserer Verabredung fertig und hatte sogar Zeit, das Essen vorzubereiten.

›Nicht schlecht. Du kannst es ja doch‹, dachte ich und schenkte mir Wein ein, während ich das Curry umrührte.

Rob war pünktlich. Lächelnd öffnete ich und war zuversichtlich, dass wir jetzt einen schönen Abend verbrachten. Als ich sein angespanntes Gesicht sah, verschwand dieses warme Gefühl. »Alles okay?«, fragte ich.

»Geht so.« Er schloss mich in seine Arme. Ich schmiegte mich an ihn und versuchte, wieder fröhlich zu werden. Er brauchte meine Unterstützung. »Wie geht es dir?«, fragte er in meine Haare und atmete tief ein.

Ich lehnte mich an ihn, um ihm Halt zu geben. »Gut.«

»Was macht deine Verletzung?« Seine Hand fuhr vorsichtig über meinen Rücken.

»Ist okay, dank der Schmerzmittel.« Ich drückte mich an ihn. »Schön, dass du da bist.« Er atmete tief durch. Langsam machte ich mir Sorgen. »Was hast du?«, fragte ich.

»Ich war heute bei der Polizei und habe versucht, die Ermittlungen voranzutreiben. Ich kenne jemanden auf dem zuständigen Revier. Es sieht nicht gut aus mit unserem Fall.« Rob war so niedergeschlagen, dass sich mein Magen wie ein kalter Klumpen anfühlte.

»Das habe ich mir gedacht. Dadurch, dass wir nicht wissen, wie der Kerl heißt, wird es schwierig«, nickte ich.

»Das macht mich noch verrückt. Ich habe letzte Nacht schlecht geschlafen. Die Sache lässt mir keine Ruhe.« Er begann, unruhig in meinem Flur auf und ab zu laufen.

Ich hielt ihn auf. »Rob«, sagte ich leise und legte meine Hand auf seine Brust. Endlich sah er mir in die Augen. »Ich bin so froh, dass du bei mir bist. Darauf habe ich mich den ganzen Tag gefreut. Der Überfall war ätzend, ja, und ich bin genauso geschockt und wütend wie du. Aber davon sollten wir uns nicht kaputtmachen lassen, wie schön es ist, zusammen zu sein. Bitte.« Ich nahm seine Hand. »Ich hatte schon ein traumatisches Erlebnis. Hilfst du mir, mit dieser Scheiße fertig zu werden?«

Er zögerte. Ich wusste, dass bei ihm zum Ärger noch die Scham dazu kam, weil er mich seiner Meinung nach nicht beschützt hatte. Wie konnte ich ihm erklären, dass ich deswegen nicht wütend auf ihn war? Meiner Meinung nach hatte er alles getan, was möglich war.

»Darf ich mir die Verletzung ansehen?«, fragte er.

»Ich möchte nicht, dass du sie dir ansiehst und dich danach schlecht fühlst«, wehrte ich ab.

»Das tue ich sowieso. Aber eins verspreche ich dir, Neelia: Das wird nicht noch mal passieren. Ich passe ab jetzt auf dich auf, darauf kannst du dich verlassen.«

Ich sah ihm ins Gesicht. Seine Worte meinte er todernst. Seine Miene war hart und um seinen Mund war ein störrischer Zug, der mir nicht gefiel. Vielleicht hätte ich dieses Versprechen noch vor Kurzem süß und romantisch gefunden, doch stattdessen fühlte ich einen inneren Widerstand. Es kam mir wie eine Bevormundung vor. Wie Kontrolle.

Das wollte ich nicht und das musste er begreifen. Je eher, desto besser. »Das musst du nicht.« Ich suchte nach den richtigen Worten, um ihn nicht vor den Kopf zu stoßen. Streit wollte ich auf jeden Fall vermeiden.

»Erstens kannst du nicht immer bei mir sein, zweitens ist das zu viel verlangt und drittens, das ist übrigens der wichtigste Punkt: Ich bin erwachsen und kann auf mich selbst aufpassen. Ich möchte dich als Partner, nicht als Wachhund. Und ich mag es nicht, wenn man mich beschützt, als wäre ich ein wehrloses Kind. Das hat mein

Vater nach dem Unfall versucht. Ich komme damit nicht gut zurecht. Sei einfach für mich da, okay? Das werde ich auch für dich tun. Mehr möchte ich nicht.«

Rob zog die Augenbrauen hoch. Ich ließ ihn seine Gedanken und Gefühle sortieren und kümmerte mich um das Curry. Er konnte sich gern Zeit nehmen. Manchmal war das besser, als das Erste zu sagen, was einem durch den Kopf ging.

»Das ist nicht leicht«, sagte er endlich. »Es widerspricht meiner Männerseele.«

Mein Mundwinkel zuckte. Wenigstens hatte er seinen Humor nicht verloren. »Ich bin mir sicher, es wird andere Gelegenheiten geben, um deine Männlichkeit zu beweisen. Meiner Frauenseele widerspricht der Gedanke, von jemandem beschützt zu werden. Aber vielleicht rette ich dich mal bei Gelegenheit.«

»Ich suche gern nach Gelegenheiten für deine Weiblichkeit.« Er zog mich an sich und lächelte. »Ich bin kein Macho, aber manchmal ist da dieser Drang, weißt du? Dann möchte ich mit meinem Speer losziehen und dir einen Säbelzahntiger erlegen.«

»Das ist reizend, aber mir wäre es lieber, wenn wir zusammen jagen. Ich bin ein großes Mädchen.«

Er küsste mich. »Eher eine tolle Frau. Und mit dir habe ich noch einiges vor heute.« Ich schlang die Arme um seinen Nacken und war froh, dass wir diesen Konflikt gelöst hatten.

Hoffentlich endgültig.

Ich fliege durch die Luft. Meine Muskeln sind zum Zerreißen gespannt. Mein Verfolger kommt immer näher.

Jetzt reißt er erschrocken den Mund auf. Mit einer direkten Attacke hat er nicht gerechnet.

Wie dumm von ihm.

Ich habe das Messer fest im Blick. Auf keinen Fall werde ich mit ihm in Kontakt kommen.

Ich treffe den Jäger mit voller Wucht und reiße ihn zu Boden. Stöhnend landet er unter mir, ich nagle ihn mit meinem Gewicht fest. Ich fletsche die Zähne, bereit, es zu beenden. Ich suche den Blickkontakt, damit ich mich an seiner Erkenntnis weiden kann, wenn er begreift, dass er verloren hat. Doch er windet sich, wirft den Kopf von links nach rechts und versucht, mich loszuwerden.

Ich rieche seine Angst. Sie berauscht mich, sodass es mir schwerfällt, mich zu konzentrieren. Sein Gesicht ist nur ein verschwommener Fleck. Das ist egal.

Mir wird heiß vor Freude. Ich habe so gut wie gewonnen.

Er ist mir hilflos ausgeliefert, seine Hand mit dem Messer liegt reglos auf dem Boden. Liegt es an meinem Gewicht oder habe ich ihm den Arm gebrochen? Beides ist mir recht.

Ein metallischer Geruch steigt in meine Nase. Blut.

Ich schließe kurz die Augen und atme ihn tief ein.

Sein Blut.

Ich werde davon heute Nacht viel mehr vergießen. Am liebsten alles, bis auf den letzten Tropfen. Ich will sehen, wie es sich mit dem Staub auf dem Asphalt vermischt.

Er keucht vor Anstrengung, als er sich wieder gegen mich wehrt. Er hat keine Chance.

Auf einmal explodiert Schmerz in meinem Körper. Ich heule auf und lasse ihn los.

Aus dem Augenwinkel sehe ich, dass er mit dem Messer ausholt. Doch nicht gebrochen.

Ich komme auf die Beine und trete mit voller Wucht auf diesen verdammten Messerarm. Jetzt ist er gebrochen.

Mein Widersacher jault auf und ich weiche zurück, um zu sehen, womit er mich verletzt hat. Warmes Blut rinnt über meine Flanke.

Jetzt sehe ich das kleinere Messer in seiner anderen Hand. Mein Blut klebt an der kurzen Klinge.

Dieser miese Feigling! Das war seine letzte linke Aktion! Er kommt gekrümmt auf die Beine und hält seinen Arm umklammert. Sein Atem geht heftig. »Miststück«, wimmert er. »Dann eben mit Einschussloch.«

Er zieht etwas aus seinem Gürtel.

Gebannt starre ich in die Mündung der Pistole.

Mit einem Ruck wurde ich wach. Mein Herz hämmerte und ich war schweißgebadet. Als ich mein Haar zurückstrich, zitterten meine Hände.

Neben mir im Bett lag Rob und schlief friedlich. Vorsichtig schlug ich die Decke zurück und schlich aus dem Schlafzimmer. Schon wieder. Was war nur los mit mir?

Ich betastete meine rechte Seite, dort, wo der Angreifer mich im Traum mit seinem Messer erwischt hatte. Der Schmerz war so real, dass ich geschworen hätte, die Wunde wäre echt. Mein Körper war voller Adrenalin, meine Muskeln warm, als wäre ich bereits drei Kilometer gerannt. Ich fühlte mich wie ein Raubtier auf der Jagd, dem gerade die Beute entwischt war.

Wenn der Kerl von Freitag mich in diesem Moment angegriffen hätte ... Der Sprung aus dem Traum war in meinem physischen Gedächtnis, ich war mir sicher, dass ich ihn sofort wiederholen könnte. Ich würde ihn zu Boden werfen wie den Jäger im Traum. Ich würde ihm wehtun. Seine Schmerzensschreie waren schon in meinem Kopf und ich roch sein Blut.

Erschrocken schlug ich die Hand vor den Mund.

Was waren das für Gedanken?

Wut und Rachegelüste brachten niemanden weiter, das wusste ich aus meiner Therapie. Man konnte nur glücklich werden, wenn man losließ, was einen hemmte.

Gewaltfantasien gehörten sicher nicht dazu.

»Verdammt, was ist los mit mir?«, flüsterte ich. Meine Gedanken machten mir Angst, so kannte ich mich nicht.

Hilfesuchend sah ich zu dem gerahmten Om-Symbol an meiner Wand, Zeichen für Ruhe und Ausgeglichenheit. Für Balance. Das alles fühlte ich nicht. Im Gegenteil. Etwas stimmte nicht mit mir, aber ich hatte keine Ahnung, was es war. Auch das machte mir Angst.

Es dauerte, bis ich mich soweit beruhigt hatte, dass ich zurück ins Bett gehen konnte.

Rob wachte auf und fragte, was los war. Ich wusste nicht, was ich sagen sollte, und schwang mein Bein über ihn. Sex war eine gute Möglichkeit, um den Traum loszuwerden. Heiß war mir immer noch, da konnte ich die Energie auch auf diese Weise loswerden.

Rob riss die Augen auf, fing sich aber schnell. Seine Hände wanderten über meine Hüfte. »Mitten in der Nacht? Gefällt mir!«

Ich schaltete meinen Kopf aus und gab mich seinen Berührungen hin. Meine Nägel glitten über seine Haut und entlockten ihm ein Stöhnen. Es klang wie Musik in meinen Ohren. Ich wollte nicht darüber nachdenken, wieso.

Ich nutzte die Gelegenheit und gab ihm alles, was ich hatte. Mein Shirt und mein Slip waren ebenso schnell verschwunden wie Robs Kleidung und ich bekam immer mehr Spaß an der Sache. Ich konnte den Traum vergessen und etwas Gutes daraus machen.

Rob war ein mehr als bereitwilliger Partner bei diesem Plan und unterstützte mich nach Leibeskräften dabei.

Als ich den Kopf zurückwarf und einen Schrei ausstieß, dachte ich wirklich nicht mehr daran. Zumindest kurz.

Am Montag war ich mit Skadi und Mira verabredet. Sie betrachteten mich nachdenklich und etwas ängstlich.

»Hört bitte auf«, sagte ich ungeduldig. »Ihr braucht mich nicht wie ein rohes Ei zu behandeln. Es geht mir gut.«

»Bist du sicher?«, fragte Skadi. »Ich glaube, ich könnte das nicht so einfach wegstecken.«

»Ich auch nicht«, stimmte Mira zu. »Und ich habe auch schon viel Scheiß erlebt.«

»Ach Mädels ...« Ich zuckte mit den Schultern, weil ich nicht mehr weiterwusste.

»Du kommst mir anders vor«, machte Mira weiter. »So unruhig. Als würde dich etwas antreiben.«

»Es ist nichts«, beteuerte ich. »Den Überfall werde ich verarbeiten und die Träume hören auch bald auf.«

»Du hast sie immer noch?«, fragte Mira. »Wie ungewöhnlich. Dein Unterbewusstsein will dir etwas sagen. Führst du das Traumtagebuch?«

»Nein, darauf hatte ich keinen Nerv. Es will mir etwas sagen? Aber was denn?«, meinte ich.

»Kann mich einer aufklären?«, fragte Skadi ungeduldig. »Und will ich es überhaupt wissen?«

»Darüber hatten wir neulich schon gesprochen«, erinnerte ich sie. »Seit einiger Zeit habe ich seltsame Träume. Ich stehe in einer Straße und jemand verfolgt mich. Er will mich töten und ich freue mich auf das Duell.«

»Das ist echt ein bisschen krank«, sagte Skadi verblüfft. »Ich kann mich an das Gespräch erinnern, aber dieses Detail habe ich nicht mitbekommen.«

»Sorry, ja, das kann sein. Ich dachte auch nicht, dass mich das so lange beschäftigt«, antwortete ich.

»Und du meinst, ihr Unterbewusstsein will ihr etwas sagen?«, fragte Skadi Mira. »Was denn? ›Sieh dir nicht so viele Horrorfilme an‹?«

»War ja klar, dass du dich wieder darüber lustig machst«, meinte Mira verschnupft.

»Hey, keinen Streit, ja? Reden wir nicht mehr drüber«, sagte ich. »Das hat eh keinen Sinn.«

»Unsere Träume sind der Spiegel zu unserer Seele«, beharrte Mira. Skadi schnaubte. »Träumst du überhaupt?«, fragte Mira gereizt.

Skadi verzog den Mund. »Ja, aber eher solche normalen Sachen, wie dass meine Hochzeitstorte hässlich ist. Dass ich jemanden umbringen will, kommt eher selten vor.« Sie stutzte. »Vielleicht wäre das der nächste Schritt, wenn die Hochzeitstorte tatsächlich hässlich ist.«

Jetzt verzog Mira das Gesicht. Mit solchen Sticheleien traf Skadi sie genau da, wo man sie am schlimmsten reizen konnte. Ich musste unbedingt eingreifen.

»Okay kommt schon, das hat keinen Sinn«, mischte ich mich ein, bevor sie sich streiten konnten. »Mir geht es gut. Und vielleicht hat Skadi recht, dass meine Fantasie mir einen Streich spielt. Ich werde jedenfalls keine Mystery-Serien mehr ansehen. Das kommt wieder in Ordnung.«

Das Problem war, dass keine von beiden überzeugt aussah. Und dass es mir genauso ging.

KAPITEL 7

Ich gönnte mir ein paar ruhige Abende zu Hause und spürte, wie sich meine innere Unruhe legte. Gute Bücher und Tee (oder Wein) konnten eigentlich alles richten. Ich hatte einen Termin bei meiner Therapeutin und begann, den Überfall mit ihr aufzuarbeiten, um ihn abzuhaken. Auch Dr. Singh war mir eine enorme Hilfe.

Es ging mir besser und ich fühlte mich weniger getrieben. Der Traum kam nicht zurück und ich wusste, dass ich wieder okay wurde. Ich brauchte nur ein bisschen Zeit.

Dr. Singh bestätigte mir das und wir erarbeiteten Strategien, wie ich es hinbekommen konnte. Bei nächster Gelegenheit wollte ich meinen Lieben erklären, wie sie mir dabei helfen konnten.

Rob war die ganze Woche beruflich in Lettland. Dort gab es ein Kabinett, das sein Kunde unbedingt haben wollte. Rob fuhr also hin, um das Stück zu begutachten und einen angemessenen Preis auszuhandeln. Die Exzentrik mancher Leute kannte keine Grenzen, aber wahrscheinlich fehlte mir das nötige Geld, um das verstehen zu können, denn Robs Provision und seine Auslagen musste der Kunde ja auch noch bezahlen. Andererseits finanzierte es Robs Leben.

Ich vermisste ihn, aber die Pause half mir, mich auf mich zu konzentrieren. Umso mehr freute ich mich auf Samstag, wenn er wieder zurück war und wir uns bei ihm trafen.

Ich arbeitete am Samstag im Antiquariat. Das Wetter wurde besser und die Tage länger, deswegen startete ich eine Kooperation mit dem Café nebenan. ›Appetithappen‹, nannten wir die Verbindung aus Kuchen und Büchern.

Den ganzen Tag lief mir wegen des Kuchendufts das Wasser im Mund zusammen und ich musste Helmut ein paarmal von den Probierhäppchen wegscheuchen.

Es funktionierte. Unsere Kunden schauten im Café vorbei und wir bekamen abends kaum Bücher zurück, die Layla für uns auslegte. Das war unser Konzept: Beim Kaffeetrinken durften die Kunden hineinschauen und das Buch kaufen, wenn es ihnen gefiel. Ich gab keine wertvollen Erstausgaben und seltenen Stücke hinüber, aber solche, die bei der Kundschaft des Cafés gut ankamen und für maximal zehn Euro ein nettes Mitbringsel waren. Davon bekam Layla zwanzig Prozent als Provision und wir staubten die Häppchen gratis ab.

Layla stand schon das zweite Mal bei mir am Tresen und wollte die nächste Kiste Bücher abholen. Sie musste kurz warten, es war voll im Laden. Bald war unser Vorrat an Jane Austen-Büchern und ähnlichen Werken abverkauft.

»Das kommt auch wie gerufen«, sagte ich und nahm Layla das Tablett mit dem Häppchen-Nachschub ab. Die Kuchen, Muffins und Cupcakes im Miniformat sahen zum Anbeißen aus und schmeckten göttlich.

»Ich weiß nicht, wie viele ich noch schaffe«, sagte sie und wischte sich Mehl von der Wange. »Hab ich selten, dass ich tagsüber backen muss. Bei uns ist es auch voll. Viele Leute heute, die allein da sind und gerne in die Bücher schauen. Eine Frau hat vorhin vier Stück mitgenommen. Und drei Stücke Torte.«

Ich gab ihr ein High-Five. Helmut war anfangs nicht überzeugt, dass die Idee funktionierte. Jetzt stellte er mit

Feuereifer weitere Kisten für Layla zusammen und war schon beim Friseur nebenan, um nach einer Kooperation zu fragen. Auch das war eine gute Idee.

»Für Kundinnen mit Dauerwelle«, sagte er weise und legte Groschenromane auf einen Haufen, für deren Ankauf ich mit ihm geschimpft hatte.

»Falls sich dafür noch jemand findet«, meinte ich vergnügt. »Die Achtziger sind vorbei, Helmut.«

»Kommt alles wieder«, rief er. »Hör auf meine Worte.«

Ich verkniff mir ein Grinsen und machte weiter.

Rob holte mich abends ab. Ich kam gerade aus dem Lager und sah ihn und Helmut zusammenstehen. Sie unterhielten sich angeregt.

»Da ist sie ja!« Rob küsste mich auf den Mund. »Darf ich sie gleich mitnehmen?«

»Sie gehört dir«, sagte Helmut gut gelaunt.

»Ach, ihr seid gleich beim du? Darauf habe ich zwei Jahre gewartet«, sagte ich nur halb im Scherz. Wir hatten uns gefühlt ewig gesiezt, sodass es mir schwerfiel, auf das Du umzusteigen, als Helmut es mir schließlich anbot.

Mein Chef lachte. Kein Wunder, der Tag war mega gelaufen. Wir hatten die Einnahmen noch nicht gesichtet, aber sie waren hoch. Das konnten wir am Montag feiern.

Ich holte meine Tasche und verabschiedete mich.

»Viel zu tun heute?«, fragte Rob und hielt die Tür auf.

»Ja, aber auf positive Art. Wir haben heute echt gute Umsätze gemacht. Die letzte Woche war etwas schwierig, aber heute haben wir das mehr als wettgemacht. Zum Glück.« Ich winkte Layla durchs Schaufenster ihres Cafés. »Das ist auch Laylas Verdienst. Wir connecten uns in der Nachbarschaft. Das funktioniert gut.«

»Freut mich für euch.« Rob zog mich an sich und küsste mich erneut. Ich genoss es und schmiegte mich an ihn.

»Wie war es in Lettland?«, fragte ich.

»Überraschend schön«, antwortete er. »Noch ein Land, das ich unbedingt wieder besuchen möchte. Ich zeige dir später ein paar Fotos. Und es hat alles wunderbar geklappt. Ich habe sogar noch einen zweiten Auftrag erfüllt, weil es so schnell ging. Das Sushi, das ich heute Abend bestellt habe, habe ich mehr als verdient.«

»Ich freu mich drauf«, erwiderte ich und nahm seine warme Hand in meine. Vielleicht auch auf einen gemeinsamen Lettland-Besuch.

Eins nach dem anderen.

Rob war mit dem Auto da. Das war mir lieb, auch wenn es noch nicht dunkel und die Straße voller Menschen war.

Wir parkten in der Tiefgarage und nahmen den Fahrstuhl hoch zu Robs Wohnung. Im Wohnzimmer saß Cecilia auf der Couch mit einem Laptop auf dem Schoß. Sie winkte, als sie uns hereinkommen sah. »Hallöchen!«

»Hey, du bist ja noch da«, sagte Rob gedehnt.

Sie rollte mit den Augen. »Ja, aber ich gehe in einer halben Stunde. Erträgst du meine Anwesenheit so lange?«

»Wenn du dich benimmst«, meinte er.

»Mach so weiter und du erlebst dein blaues Wunder.« Sie stand auf und reichte mir die Hand. »Dann kann ich heute richtig Hallo sagen. Freut mich, Neelia. Jetzt offiziell«

Ich ergriff lächelnd ihre Hand.

Es durchfuhr mich wie ein eiskalter Blitz. Mein Inneres reagierte mit Angst und Aggressivität. Die Gefühle rasten so schnell durch mich hindurch, dass ich sie nicht fassen konnte. Ich riss die Augen auf und zuckte zusammen.

Adrenalin schoss in meine Beine, gleichzeitig sträubte sich alles in mir dagegen, wegzurennen. Meine Instinkte spielten verrückt und mir brach kalter Schweiß aus.

›Gefahr!‹, schrien all meine Sinne, doch ich war erstarrt. Cecilia ließ meine Hand los und sagte etwas zu Rob. Ich sah, wie sich ihre Lippen bewegten, doch ich hörte ihre Stimme nicht. Mir war eiskalt und meine Hände kribbelten, aber langsam kam wieder Leben in meinen Körper.

Ich kämpfte gegen den Drang, wegzurennen, der immer stärker wurde, stärker noch als der Drang, mich bis aufs Blut zu verteidigen.

›Panik‹, dachte ich dumpf. ›Ich habe Panik, das ist das Adrenalin. Aber warum?‹

»Neelia, alles okay?«, fragte Rob und riss mich aus meinem Gedankenstrudel. Ich zuckte heftig zusammen und sah in seine Augen. Sein Gesicht beruhigte mich. Mein rasender Puls wurde wieder langsamer.

»Ja klar. Ich bin nur müde. War ein langer Tag«, log ich und strich mir mit zitternder Hand eine Haarsträhne aus dem Gesicht. Meine Gedanken wirbelten wild durcheinander, weil ich nicht verstand, was los war.

Cecilia bemerkte nichts davon. Sie verließ den Raum, um etwas zu holen, dabei redete sie ununterbrochen weiter. Es konnte nicht an ihr liegen, aber woher kam die Panik?

Was war da gerade passiert?

Es war fast so schlimm wie während des Überfalls.

Ich blickte zur Tür, durch die Robs Schwester verschwunden war. Lag es doch an ihr? Wie konnte das sein? Sie hatte mir nichts getan, ich kannte sie kaum. Das war doch verrückt. Und konnte unmöglich der Grund sein.

»Du siehst aus, als hättest du ein Gespenst gesehen«, sagte Rob vorsichtig. »Ist wirklich alles in Ordnung?«

»Ja, ich denke schon.« Ich riss mich zusammen.

»Manchmal verstehe ich mich selbst nicht. Diese Schwächeanfälle, die ich seit meinem Unfall habe, kommen öfter und werden schlimmer.« Ich zuckte mit den Schultern. »Du hast leider ein beschädigtes Exemplar als Freundin.«

Er nahm meine Hand. »Gerade solche Dinge machen einen Menschen interessant. Natürlich wünschte ich, du hättest diese schlimme Erfahrung nicht machen müssen, aber sie schreckt mich keinesfalls ab. Dass es dich immer noch beschäftigt, ist klar. Mehr Gedanken müsste ich mir machen, wenn du es vergessen hättest.«

»Du bist süß, danke.« Ich küsste ihn und fühlte mich besser. Cecilia kam zurück, doch nichts geschah. Ich blieb ruhig und es ging mir wieder gut. Anscheinend hatte ich meine Panikattacke erfolgreich überwunden. Stattdessen schämte ich mich jetzt, weil ich so seltsam auf sie reagiert hatte. Zum Glück hatte es niemand bemerkt.

»Wein?«, fragte Robs Schwester. »Oder lieber was stärkeres? Ich mixe einen hervorragenden Gin Tonic.«

»Dann nehme ich den«, sagte ich. »Nach dieser Woche habe ich das verdient.« Cecilia zwinkerte mir zu und verschwand in der Küche, wo sie mit Gläsern klapperte.

»In einer halben Stunde ist sie weg und wir haben die Wohnung für uns allein«, raunte Rob mir zu.

»Was hast du vor?«, fragte ich und ließ mich an ihn ziehen. Seine Hände strichen über meinen Rücken und meine Taille, dort verharrten sie auf meinem Verband.

»Wie sieht die Wunde aus?«, fragte er leise.

»Sehr gut. Ich war gestern zum Verbandswechsel. Meine Ärztin ist zufrieden. Das Tattoo ist leider beschädigt. Der Chirurg hat gut genäht, aber eine Narbe wird es natürlich geben.« Ich seufzte. »Ich muss abwarten, wie es aussieht, wenn die Schwellung weg ist, aber vermutlich brauche ich ein Cover-up. Auch das noch. Ich habe Angst vor Nadeln.«

»Wie hast du es dann überstanden, als dieses großflächige Tattoo gestochen wurde?«, fragte er stirnrunzelnd. »Das muss Tage gedauert haben.«

»Wenn ich das wüsste«, erwiderte ich. »Das fällt in den Zeitraum, an den ich mich nicht erinnern kann.«

»Rob hat mir davon erzählt, wie krass ist das denn?«, sagte Cecilia, die gerade mit den Gläsern zurückkam. Sie drückte mir eins in die Hand. »Ich würde dich ja fragen, ob ich das Tattoo mal sehen darf, aber dann bekomme ich Ärger von meinem großen Bruder.«

»Allerdings«, sagte Rob streng. »Du wolltest dich benehmen, Cilly.«

»Versuche ich, es klappt nur nie«, erwiderte Cecilia theatralisch und stieß ihr Glas gegen meins. »Willkommen in der Familie. Ich hoffe, du magst spießige Leute.«

»Sobald ich jemand spießiges treffe, sage ich es dir«, meinte ich und nippte am Gin Tonic. Er war super.

Cecilia fing einen warnenden Blick von Rob auf und zuckte reuig mit den Schultern. »Ich bin ein Loser, was Small Talk angeht, weißt du doch. Was soll ich machen?«

»Entweder den Mund halten oder schreib dir Themen auf Karten, die durchgehen«, knurrte er. »Wenn unsere Eltern hier wären, gäbe es Riesenstreit deinetwegen.«

»Aber sie sind nicht hier.« Cecilia sah mich an. »Hat Rob dir schon von unserem Familienwappen erzählt? Es ist leider eher peinlich als cool. Unsere Eltern sind sehr traditionsbewusst. Sie lieben alles, was altmodisch ist. So ist auch ihre Auffassung von familiärem Zusammenhalt: Alle sollen aufeinander hocken und hören, was der Patriarch sagt. Gar nicht so einfach, ein eigenes Leben zu führen.«

»Cecilia!«, fuhr Rob sie an.

Cecilia riss die Augen auf. »Ich dachte, über die Familie kann ich sprechen ...«

»Aber doch nicht so!« Rob sah mich an. »Sie übertreibt.« Hinter seinem Rücken schüttelte sie den Kopf. Tat sie nicht und ich glaubte ihr.

»Hey, alles gut«, winkte ich ab. »Es gibt schlimmeres als das. So lange sie kein Problem mit meiner Herkunft haben, kann ich einiges weglächeln.«

»Deine Mutter kam aus Indien, oder?« Cecilia zog mich aufs Sofa. »Ich war leider noch nie dort, aber ich möchte unbedingt. Wie ist es dort? Aus welcher Region kam sie?«

»Aus Mumbai«, erwiderte ich. »Ich war einmal dort, als ich vierzehn war. Daran kann ich mich zum Glück noch erinnern. Meine Familie mütterlicherseits lebt in einem wohlhabenden Stadtteil, in dem es schön ist. Ich erinnere mich gern an meine Großmutter und an meine Tanten. In anderen Teilen der Stadt ist es nicht so. Armut ist ein großes Thema in Indien.«

»Das glaube ich«, nickte Cecilia. »Dennoch würde ich es selbst gern einmal sehen.«

»Vielleicht darfst du ja mal hinreisen«, meinte Rob.

»Ja, vielleicht. Wenn du mir nicht immer die guten Aufträge wegschnappen würdest, würde ich auch mal interessante Orte sehen«, meinte sie und verzog den Mund.

»Wie das?«, fragte ich. »Ihr arbeitet doch nicht zusammen, oder hab ich das missverstanden?«

Cecilia winkte ab. »Rob arbeitet auch manchmal für unsere Eltern, wenn es sich ergibt. Sie schicken lieber ihn als mich los. Ich mache viel zu viel Schreibtischarbeit.«

»Du bist gut darin«, gab er zurück. »Die beste.«

Cecilia warf ihm einen vernichtenden Blick zu. »Ich kann mehr, als die Konten in Ordnung halten.«

»Weiß ich. Hab Geduld.«

Ich hatte das Gefühl, dass ich bei diesem Gespräch nicht dabei sein sollte. Das mussten die Geschwister klären.

Ich konnte und wollte dazu nichts sagen, doch ich dachte mir wieder welches Glück sie miteinander hatten.

Ich verschwand im Badezimmer, um ihnen Zeit zu geben, das in Ruhe zu klären. Inzwischen schrieb ich Skadi, die heute einen Termin beim Konditor wegen der Torte hatte und sah mir die Bilder an, die sie schickte. Ich freute mich auf die Hochzeit im August.

Als ich zurückkam, war Rob allein. »Wo ist Cecilia?«

»Musste los«, meinte er und streckte sich.

»Habt ihr euch vertragen?«

Er zog die Brauen hoch. »Wir haben uns nicht gestritten. Das Geplänkel ist normal, mach dir keine Sorgen.«

»Dann ist gut.« Ich setzte mich auf seinen Schoß und schlang die Arme um seinen Nacken. »Wir sind allein?«

Er schob die Hand unter meinen Pullover. »Ganz allein.«

Ich küsste ihn und erschauderte unter seiner Berührung. Seine Finger wanderten über meine Rippen zu meinem BH und öffneten ihn. Ich bekam Gänsehaut, als er meine Brüste streichelte. Seine Zunge tauchte in meinen Mund und ich krallte meine Finger in den Stoff seines Hemdes.

So hatte ich mir den Abend vorgestellt. Jetzt mussten wir nur noch unsere Sachen loswerden. Durch meinen Kopf schossen Ideen, was ich mit ihm machen könnte. Meine Müdigkeit und Erschöpfung rückten in den Hintergrund und ich konnte mich endlich auf das konzentrieren, das mir Spaß machte: Einen schönen Abend mit meinem Freund. Ich würde dafür sorgen, dass er richtig heiß wurde.

Seufzend rieb ich mich an ihm und genoss, wie ich auf ihn reagierte. Wie er sich anfühlte. Meine Hände wanderten unter sein Shirt und ich streichelte seine weiche Haut. Ich atmete tief ein, weil er so gut roch. Jede Berührung schickte kleine Schauer durch meinen Körper und mir wurde heiß. Darauf freute ich mich seit Tagen.

Wir sahen uns nicht häufig genug.

Ich wollte das am liebsten jeden Tag spüren.

Rob hob mich hoch und ich befahl ihm lachend, mich ins Schlafzimmer zu tragen. Ich war froh, dass zwischen uns alles in Ordnung war. Und was die Sache mit Cecilia anging, war ich mir sicher, dass das aufgrund meiner Müdigkeit wegen der anstrengenden Woche passiert war.

Ich konzentrierte mich lieber auf das, was vor mir lag.

Oder, in Robs Fall, gerade unter mir. Und er tat sein Bestes, um mich vergessen zu lassen, was alles los war.

Ich bin allein auf der Straße. Es ist still.

Noch immer Nacht.

Von meinem Angreifer fehlt jede Spur, doch ich misstraue der Stille. Ich weiß nicht, wie ich hergekommen bin. Bin ich geflohen? Oder er? Scheint es nur so? Er hat mir schon einmal aufgelauert. Einmal? Oder viele Male und es ist nur einmal zum Kampf gekommen?

Ich halte inne und denke nach. Wann war der Kampf? Hat er bereits stattgefunden?

Ja, erkenne ich, das hat er. Ich spüre die Male des Kampfes. Meine Muskeln sind angespannt und die Stellen, an denen er mich verwundet hat, schmerzen. Es sind einige. Es war anscheinend schlimmer als befürchtet.

Meine Gedanken stocken. Schlimmer? Der schlimmste Ausgang wäre mein Tod. Es war ein Kampf auf Leben und Tod. Ich schließe die Augen und versuche herauszufinden, wie er ausgegangen ist. Ich lebe noch, also habe ich gewonnen. Oder?

Wieder sehe ich mich um, Unruhe erfüllt mich. Ich habe keinen Beweis für seinen Tod. Ich will nicht dafür verantwortlich sein. Und doch bin ich mit diesem Ziel in den Kampf gegangen.

Ich muss vorsichtig sein. Selbst, wenn er nicht tot ist, könnten andere hier sein. Hinter mir her. Es könnte noch nicht vorbei sein. Ich muss mich auf alles gefasst machen.

Mein Blick gleitet über die leere Straße. An den Hauswänden hinauf zum Himmel. Ich konzentriere mich auf die Dächer. Von dort oben könnte man mich angreifen. Wer auch immer nach mir sucht.

Aus dem Augenwinkel bemerke ich etwas, das meine Aufmerksamkeit fesselt. Mir wird heiß und kalt zugleich.

Vollmond.

Das Phänomen hat mich schon immer fasziniert, doch ich verfolge die Mondphasen nicht.

Heute ist es anders. Heute fesselt die helle runde Scheibe meinen Blick. Ich kann ihn nicht abwenden. Langsam bewege ich mich, mache ein paar Schritte.

Ich vergesse alles um mich herum. Vollmond. Nichts anderes ist in meinem Kopf.

Meine Schritte werden schneller. Ich renne los. Ich weiß nicht, wohin, aber ich muss es tun. Mir bleibt nichts anderes übrig.

Ich schreckte aus dem Schlaf hoch. Wieder einer dieser Träume. Ich hatte ein paar Tage Pause, doch jetzt war er zurück. Dieser Letzte war am intensivsten. Er pulsierte noch in meinem Körper und ich spürte ihn in jeder Faser.

Ich war schweißgebadet. Die Träume zuvor waren auch intensiv, aber nie so schlimm. Mein Herz schlug mir bis zum Hals und ich war voll Adrenalin. Ich fühlte mich, als wäre ich kilometerweit gerannt und müsste noch weiterrennen. Meine Muskeln waren warm und mein Blut rauschte durch meine Adern.

Ich schloss die Augen und versuchte, wieder einzuschlafen, doch das hatte keinen Sinn.

Wie spät war es eigentlich? Konnte ich schon aufstehen? Mit zitternder Hand angelte ich nach meinem Smartphone und sah auf die Zeitanzeige. Es war erst zwei Uhr nachts. Ich war schon vor viereinhalb Stunden ins Bett gegangen, müde von den beiden langen Arbeitstagen, die hinter mir lagen.

Helmut hatte diese Woche Urlaub und ich kümmerte mich um alles. So schwer war es mir noch nie gefallen. Mir graute vor dem Rest der Woche und den Aufgaben, die auf mich warteten. Ich könnte auch aufstehen und direkt ins Antiquariat fahren.

Das war doch sinnlos. Ich sollte versuchen, mich noch ein bisschen auszuruhen. Ich rollte mich wieder auf den Rücken und schloss die Augen.

›Vergiss den Traum einfach‹, sagte ich mir. ›Ignorier ihn, bis es aufhört.‹

Mit Mira hatte ich am Sonntag über die anderen Träume gesprochen, doch sie war trotz ihres Traumdeuter-Buches ratlos, was sie bedeuten könnten. Wir wälzten Theorien hin und her, doch keine machte Sinn. Am Ende gaben wir frustriert auf und ließen es gut sein.

»Vielleicht solltest du mit deiner Psychologin darüber sprechen«, meinte sie zum Schluss. »Eventuell ist das ein nicht verarbeitetes Trauma.«

Das Dumme war nur, dass Dr. Singh jetzt drei Wochen im Urlaub war. Eine Vertretung gab es nicht, aber jemand, der mich und meine Geschichte nicht kannte, konnte mir eh nicht helfen. Ich musste abwarten.

Ich vertiefte meinen Atem und versuchte, wieder in den Schlaf zu gleiten - hoffentlich ohne diesen Traum.

Es funktionierte nicht. Ich war hellwach und unruhig. Wieder sah ich auf mein Handy. 2:15 Uhr. Das war keine Zeit, um etwas anderes zu tun, als zu schlafen. Vor allem nicht, weil ich um sieben aufstehen musste und der Tag wieder anstrengend werden würde.

Ich atmete ruhig und versuchte, meinen Puls zu kontrollieren. Es brachte nichts, also versuchte ich es mit einer Meditation. Erfolglos. Eine Idee hatte ich noch: Ich spannte alle Muskeln an und ließ sie kontrolliert wieder locker. Das half manchmal, doch heute nicht.

Ich kam nicht zur Ruhe. Mittlerweile war es 2:45 Uhr.

Seufzend stand ich auf. Vielleicht brachte es was, wenn ich ein Glas Wasser trank. Ganz zur Not konnte ich mich mit meinem Buch hinsetzen und so lange lesen, bis ich wieder müde war.

Als meine Füße den Boden berührten, schoss ein Adrenalinstoß durch meinen Körper. Erschrocken verharrte ich. Meine Muskeln wurden heiß, mein Herz hämmerte.

Bitte nicht! Bitte jetzt keinen Schwächeanfall!

Doch es fühlte sich ganz anders an, wie das komplette Gegenteil eines Anfalls. Meine Füße standen stark am Boden. Es war, als könne ich kilometerweit rennen, ohne müde zu werden. Ich fühlte mich wie in meinem Traum. Derselbe Bewegungsdrang kam mit einem Mal über mich.

Was war denn jetzt los? Was stimmte denn nicht mit mir?

Ich wollte ausflippen, aber ich konnte nicht. Mein Kopf explodierte vor lauter Eindrücken, sodass ich nicht einmal mehr Angst haben konnte.

Meine Sinne waren geschärft, meine Augen zuckten im Zwielicht meines Schlafzimmers hin und her. Alles sah anders aus. Ich sah Konturen und Farben, die ich unmöglich wahrnehmen konnte.

Wurde ich verrückt? Hatte ich Halluzinationen? War ich überhaupt wach, oder träumte ich das alles nur?

Nein, ich war wach. Vielleicht wacher als je zuvor.

Plötzlich hielt ich es hier drinnen nicht mehr aus. Der Raum war zu klein und ich fühlte mich wie in einem Käfig. Jetzt bekam ich doch Angst. Vor allem vor dem, was noch kommen könnte. Meine Kehle schnürte sich zu.

›*Schnell raus hier!*‹

Ich eilte ins Wohnzimmer und riss die Balkontür auf. Die kalte Nachtluft füllte meine Lungen. Es war Anfang März, mein Atem stieg in Wölkchen vor mir auf.

Dann sah ich ihn. *Vollmond.*

Meine Augen saugten sich an der hellen Scheibe fest. Mir wurde noch heißer, so sehr, dass es beinahe unerträglich wurde. Ich konnte den Blick nicht vom Mond abwenden, da ging ein Reißen durch meinen Körper. Ich rang nach Luft und krümmte mich.

Mein Blick hing noch immer am Mond. Ich fühlte mich, als würde er mich in sich aufnehmen, als verlöre ich die Verbindung zu meinem Körper.

Ich klammerte mich am Geländer meines Balkons fest. Zumindest versuchte ich es, doch meine Hände waren taub, ich konnte sie nicht einmal mehr krümmen.

Langsam sank ich auf die Knie, meinen Kopf in den Nacken gelegt. Das Mondlicht schien in mein Gesicht.

Schmerz fuhr durch meinen Körper. Ich schrie auf und fuhr erschrocken zusammen. Mein Schrei war ein Fauchen. Mein Körper fühlte sich anders an. Er streckte und dehnte sich. Er zuckte und krümmte sich, nur um sich dann wieder lang zu strecken.

Ich veränderte mich. Meine Größe, meine Knochen, meine Sehnen, meine Muskeln ... alles zog sich zusammen, wurde noch heißer und dann zu einer neuen Form.

Ich kniff die Augen zusammen und konzentrierte mich darauf, den Schmerz zu kompensieren.

So einen Anfall hatte ich noch nie.

Ich zuckte und rollte mich auf dem kalten Beton des Balkons zusammen. Ich spürte die Kälte nicht, mein Körper stand in Flammen.

Ein Krampf ging durch meinen Körper und raubte mir den Atem. Dann war es vorbei. Der Schmerz verschwand, ich konnte mich bewegen.

Meine verkrampften Muskeln entspannten sich und es war, als wäre nie etwas passiert.

Nicht ganz. Mein Körper fühlte sich anders an als sonst. Vollkommen anders.

Ich musste feststellen, ob alles mit mir in Ordnung war. Mit einem Stöhnen streckte ich mich und kam hoch.

Ich richtete mich auf. Das bedeutete, dass ich auf alle Viere kam. Es fühlte sich ganz natürlich an.

Ich drehte den Kopf von links nach rechts. So hatte sich das noch nie angefühlt.

Gerüche stürmten auf meine Nase ein, es war eine ganze Welt, die durch diesen Sinn in mein Gehirn wollte. Das fahle Licht reichte, um mich alle Farben und Konturen erkennen zu lassen.

Ich zog die Lefzen zurück und spürte lange scharfe Zähne in meinem Mund. Mein langer Schwanz zuckte um meine Hinterbeine. Die Hitze prickelte in meinem Körper, als ich meine Muskeln ausprobierte.

Endlich gelang es mir, meinen Blick vom Mond loszureißen. Ich sah hinab. Auf meine Hände. Sie waren verschwunden. Stattdessen blickte ich auf schwarze Pranken. Ich streckte die Finger und scharfe Krallen kamen zum Vorschein.

Ich schluckte, als ich erkannte, was ich war. Zur Sicherheit wandte ich mich zur Glasscheibe der Balkontür um. Ich erstarrte, als ich mich in der Spiegelung sah.

›Richtig geraten, Neelia.‹

Ich war ein Panther.

Eine Raubkatze.

Mein Herz flatterte und es war, als würde ich mich selbst erkennen, wie ich wirklich war. Als wäre etwas zurück, das ich schon kannte, aber lange verloren hatte.

›*Ich bin zurück*‹, schoss mir durch den Kopf. ›*Endlich.*‹

Ohne nachzudenken setzte ich mich in Bewegung. Mit einem geschmeidigen Satz sprang ich auf das Geländer meines Balkons, nahm Maß und stieß mich mit den Hinterbeinen von dem Metall ab. Ich landete in der alten Ulme gegenüber und sprang weiter auf den Boden.

Mein Körper führte jede geplante Bewegung geschmeidig aus. Es war, als hätte ich nie etwas anderes gemacht.

Als wäre ich nie etwas anderes gewesen.

Panther. Neelia. Wir sind eins.

Ich schlich die Straße hinunter. Mich durfte niemand sehen, doch ich musste mich bewegen. Ich musste diesen Körper spüren. ›*Wie habe ich das vermisst*‹, schoss es mir durch den Kopf.

Ich war schon einmal Panther gewesen. Früher. Das Körpergefühl war so vertraut, jetzt, da ich den ersten Schock überwunden hatte.

Wie in meinem Traum. Endlich verstand ich ihn. Ich hatte meine zweite Gestalt in meinen Träumen.

Meine Schritte beschleunigten sich, ich rannte los. Meine Rückenmuskeln streckten sich und ich warf meine Vorderbeine weit nach vorn. Mein Schwanz stabilisierte meinen Lauf, es war ganz natürlich. Ich fegte durch die Nebenstraßen, Autos und andere Objekte nahm ich schon von Weitem wahr und mied sie. Meine Schnurrhaare waren wie ein neues Sinnesorgan, sie halfen mir bei der Orientierung und machten Dinge sichtbar für mich, die ich als Mensch nie bemerkt hätte.

Ich wetzte um eine Ecke, sprang nur zum Spaß in einen Baum und auf der anderen Seite wieder herunter. Hinter mir fiel ein Ast polternd zu Boden.

Ich rannte einfach weiter. Mein Fell verbarg mich vor neugierigen Blicken. Das hier war meine Nacht. Ich war endlich wieder ich selbst. Vollständig. Beide Hälften meines Ichs waren vereint.

Wenn ich gekonnt hätte, hätte ich vor Glück geweint. Das Gefühl war unbeschreiblich. Ich konnte mich nicht erinnern, wann ich mich das letzte Mal so gut gefühlt hatte.

Mit Rob ging es mir gut, auch er machte mich glücklich, aber das hier ... das hier war in seiner Vollständigkeit nicht zu übertreffen. Körper, Geist ... alles war im Einklang.

Ich erreichte den Stadtpark. Kurz hielt ich inne und vergewisserte mich, dass niemand in der Nähe war. Dann rannte ich los. Sand wirbelte unter meinen Pfoten auf. Ich lief so schnell ich konnte und genoss es, wie sich meine Muskeln mit jeder Bewegung dehnten und wieder zusammenzogen.

Am Rande meines Bewusstseins fragte ich mich, was das nun für mich bedeutete. Was die Verwandlung mit mir machte. Konnte ich mich nur im Licht des Vollmondes verwandeln oder war das auch in anderen Nächten möglich? Oder auch am Tag?

Ich schob die Fragen beiseite und konzentrierte mich auf das Jetzt und Hier. Wie sich die kalte Luft um meine Nase anfühlte und der sandige Boden unter meine Tatzen.

Ich wollte alles aus diesem Körper herausholen.

Ich wollte *jagen*.

Der Gedanke erschreckte mich, doch der Wunsch war stark. Ich war eine Jägerin. Lautlos. Gefährlich. Tödlich. Das wollte ich nicht verschwenden, ich wollte es nutzen.

Ich bemerkte eine Bewegung am Rande des Parks.

Geschmeidig drehte ich mich zu der Gestalt und pirschte mich an. Ich lag auf der Lauer, meine Schritte verursachten kein Geräusch. Meine Schnurrhaare zitterten, als ich die Witterung aufnahm.

›Mein Opfer. Was bist du?‹

Ich erkannte einen Hasen, als ich näherkam. Meine feine Nase verriet mir alles, was ich wissen musste. Ich schlich immer näher, bis ich auf Sprungweite an ihn herangekommen war. Mein Herz klopfte vor freudiger Erwartung. Das war der Höhepunkt dieser Nacht.

Suche. Jage. Töte.

Ich setzte zum Sprung an, da hörte ich Schritte. Der Hase hörte sie auch und nahm Reißaus. Menschen näherten sich. Ich duckte mich in den Schatten eines Gebüschs. Sie durften mich nicht entdecken. Wenn die Nachricht die Runde machte, dass ein Panther im Stadtpark gesichtet wurde, würde das eine Aufregung geben, die jeden weiteren Ausflug verhinderte. Das durfte ich nicht riskieren.

Ich wartete, bis die Menschen vorbeigegangen waren. Der Hase war weg. Ich war enttäuscht, aber das war in Ordnung. Dann ein anderes Mal. Die Gelegenheit würde wiederkommen. Das wusste ich sicher.

Ich powerte mich auf den Wiesen und in den Bäumen des Stadtparks aus und konnte nicht widerstehen, einen zu markieren. Meine Krallenspuren waren gut sichtbar. Sollten sie doch rätseln, woher sie stammten!

Schließlich dämmerte es. Ich verließ den Ast, auf dem ich es mir bequem gemacht hatte, und sprang hinunter. Ich folgte dem Weg zurück. Und verharrte, als ein neuer Geruch in meine Nase stieg. Sie war ganz nah. Gefahr.

›Nicht mehr heute Nacht.‹

Mit einem Satz sprang ich auf den nächsten Baum und nutzte die Schatten, um mich davonzuschleichen.

KAPITEL 8

Fahles Sonnenlicht traf meine Augenlider. Ich blinzelte und brauchte einen Moment, um mich zu orientieren.

Den Holzboden unter mir erkannte ich: Ich lag auf dem Boden meines Wohnzimmers. Mein Körper war kalt und steif, außerdem hatte ich Muskelkater.

Ächzend stemmte ich mich hoch. Warum lag ich hier auf dem Boden? Was war letzte Nacht ...

Ich riss die Augen auf, als es mir einfiel. Die Eindrücke und Gefühle kamen zurück. Die Freiheit. Die Bewegung. Dieses Gefühl, als mein Körper sich veränderte.

Mein Mund verzog sich zu einem breiten Grinsen. Ich sank auf meinen schmerzenden Hintern, lehnte mich an meine Couch und schloss die Augen. Ich spürte nach, ließ die Nacht Revue passieren.

Glück durchflutete mich. Ich fühlte mich vollständig. Zum ersten Mal seit langer Zeit.

Ich spürte, dass ich mich schon früher in einen Panther verwandelt hatte. Dass diese Gestalt zu mir gehörte wie meine menschliche. Und dass dieser Teil lange schmerzhaft gefehlt hatte.

Warum war er verschollen? Wie konnte das passieren? Und warum hatte ich mich ausgerechnet jetzt verwandelt?

Plötzlich ergaben auch meine Träume einen Sinn. Ich war nicht Neelia in diesen Träumen. Ich war der Panther. Und jemand verfolgte mich.

Gänsehaut überzog meine Arme, als ich mich fragte, ob der Traum Erinnerung und Vorahnung war.

»Am besten keins von beidem«, flüsterte ich und öffnete die Augen. Ich kam auf die Füße und ging ins Bad, um mich unter der Dusche aufzuwärmen. Vor dem Spiegel blieb ich stehen und betrachtete mich.

Ich sah so aus wie gestern. Und doch fühlte ich mich vollkommen anders.

Ich wollte mit jemandem darüber sprechen, doch ich wusste nicht, mit wem. Mira? Nein, nicht einmal sie würde mir glauben. Deswegen schloss ich Skadi von vornherein aus. Und ich wollte nicht, dass Rob mich für verrückt hielt.

Mein Vater? Aber wenn das früher schon einmal passiert wäre, wüsste er doch davon und hätte es mir gesagt.

Ich schluckte, als mir der Gedanke kam, meine Mutter könnte davon gewusst haben. Nur sie. Vielleicht war mit ihr auch das Wissen um meine Verwandlung gestorben.

Ich setzte mich auf die Toilette und starrte auf meine schmutzigen Hände. Es war keine gute Idee, mit jemandem zu reden. Nicht jetzt, wo ich selbst nichts wusste.

Vielleicht war das eine einmalige Sache und ich könnte gar nicht beweisen, dass es passiert war. Ich musste abwarten, ob ich mich wieder verwandelte. Beim nächsten Vollmond. Wie ein Werwolf.

›Wie ein Wer-Panther‹, korrigierte ich mich.

Es war verrückt. Von einem Tag auf den anderen veränderte sich mein ganzes Leben. Schon wieder. Es war besser, diese Neuigkeit für mich zu behalten. Vorerst. Zuerst musste ich herausfinden, was dahintersteckte.

Ich stieg unter die Dusche und wärmte mich auf. Dabei ließ ich die letzte Nacht noch einmal Revue passieren. Wieder flutete Glück meine Adern, weil es sich so gut angefühlt hatte. So natürlich und vertraut.

Nach dem Duschen machte ich mir Rührei auf Schwarzbrot. Ich hatte das Gefühl, zu verhungern, also aß ich noch drei Scheiben Toast und eine Schüssel Quark mit Haferflocken, dann ging es einigermaßen.

Ich hatte es eilig, ins Antiquariat zu kommen, und war eine halbe Stunde zu früh dran. Ich schloss die Tür auf, verriegelte sie hinter mir wieder und stürmte in die Esoterik-Ecke. Ungeplant brauchte ich dieses Genre, über das ich vorher immer milde gelächelt hatte. Jetzt suchte ich nicht nach Geschenken für Mira, sondern nach Bänden über Gestaltwandler und Werwölfe.

Ich meinte, ich hätte neulich eins ausgepackt. Einer von Helmuts Bundle-Käufen, bei denen viele Bücher dabei waren, die wir meiner Meinung nach nicht brauchten. Vielleicht waren sie jetzt doch nützlich.

Endlich fand ich in der Kiste neben dem Regal das Buch, das ich im Kopf hatte. Ein abgegriffener Einband mit grellem Cover, das einen Mann mit nacktem Oberkörper und Wolfskopf zeigte. Ich bekam schon beim Ansehen Migräne. Das war nichts für mich, aber da musste ich durch.

Ich legte es beiseite und schaute sicherheitshalber noch einmal die restlichen Bücher durch. Nichts. Der gruselige Band über Werwölfe war der Einzige, also nahm ich ihn seufzend wieder in die Hand.

»Neelia? Was machst du denn schon hier?« Helmut stand hinter mir. Ich ließ vor Schreck beinahe das Buch fallen.

»Und du? Du hast doch Urlaub!«, rief ich.

Helmut kratzte sich am Hinterkopf. »Ja, ich weiß. Ich wollte nur noch mal schnell vorbeischauen.«

»Das kenne ich schon von dir. Am Ende bist du wieder den ganzen Tag hier«, meinte ich. Das Buch hielt ich immer noch umklammert.

»Lass mich doch wenigstens einen halben Tag machen. Zu Hause ist es langweilig«, beschwerte er sich. Ich zuckte mit den Schultern. Er war alt genug, um selbst zu entscheiden. Und es entlastete mich, das passte mir gut.

Jetzt streckte er sich, um das Buch in meiner Hand zu betrachten. »Kommst du eher, um heimlich die Eso-Bücher zu lesen?«

»Erwischt«, murmelte ich und legte es peinlich berührt beiseite. »Ich suche was über Gestaltwandler und Werwölfe. Habe darüber neulich eine Doku gesehen.«

»Und wo? Auf Kabel 1?« Helmut kratzte sich am Kopf. »Frag Klara danach, wenn sie da ist. Sie hat die Bücher vorgestern sortiert und kann dir sagen, ob was dabei war.« Er nahm mein Fundstück in die Hand und seufzte. »Ich sollte mir die Kisten wirklich besser ansehen.«

»Das nehme ich«, sagte ich. »Kassierst du mich ab?«

»Um Gottes Willen, niemals.«

Es dauerte drei Minuten, bis ich ihn überzeugt hatte, mir fünf Euro für das Ding zu berechnen, dann verstaute ich es ganz unten in meinem Rucksack. Ich ging nicht davon aus, dass es mich irgendwie weiterbrachte, aber es war ein gutes Gefühl, etwas zu unternehmen.

Den ganzen Tag beobachtete ich mich selbst und suchte nach Veränderungen wie schnellere Reflexe oder feinere Sinne. Doch es sah nicht so aus, denn ich überhörte Klara, als sie an mir vorbeiging, und stieß mit ihr zusammen. Erschrocken sah ich sie an. Ich war so in Gedanken versunken, dass ich nicht bemerkt hatte, dass schon Nachmittag war. »Oh, sorry. Und schön, dass du da bist.«

Klara rieb sich den Ellenbogen, mit dem sie gegen ein Regal gestoßen war. »Hey. Helmut sagt, ich soll mit dir in der Esoterik-Ecke nach Büchern über Hexen suchen?«

»Gestaltwandler«, korrigierte ich. »Er meinte, du hast gerade durchsortiert und wüsstest, ob da noch was ist.«

»Ich glaube, ja«, meinte sie, doch wir wurden von einer Kundin unterbrochen, die Klaras Hilfe brauchte. Ich holte ihr ein Törtchen von Layla, um mich für den Rempler zu entschuldigen. Mit der Tüte in der Hand blieb ich vor dem Antiquariat stehen und sah mich auf der Straße um.

Es war Anfang März, es roch nach Frühling. An den Bäumen an der Straße zeigte sich schon das erste Grün. Ich fragte mich, ob der Vollmond und die Jahreszeit etwas mit meiner Verwandlung zu tun hatten. Es musste einen Grund geben, warum das ausgerechnet gestern passiert war.

Ich wollte mir die Erinnerung an letzte Nacht nicht kaputt machen, dafür hatte ich es viel zu sehr genossen. Doch ich wollte auch wissen, warum die Dinge geschahen. Warum ausgerechnet jetzt und was meine Träume damit zu tun hatten.

Ich fragte mich, ob sie jetzt aufhörten. Ob sie mich nur auf die Verwandlung vorbereiten wollten oder ob sie eine unterbewusste Erinnerung waren, die deswegen zurückgekommen war. Und ich erinnerte mich an das miese Gefühl, das ich neulich bei Rob zu Hause hatte.

Jetzt, nachdem das alles passiert war, glaubte ich nicht, dass es etwas mit ihm oder Cecilia zu tun hatte. Es war wahrscheinlicher, dass bereits in mir etwas losgewesen war. So erklärte sich auch, warum ich so dünnhäutig seit dem Überfall war.

Ich riss die Augen auf. Der Überfall! Vielleicht hatte dieses Erlebnis etwas damit zu tun! Vielleicht verwandelte ich mich, damit ich mich verteidigen konnte.

Ich stellte mir vor, ich hätte mich in einen Panther verwandelt, als der Typ uns angriff. Er wäre zu Tode erschrocken und abgehauen.

Ich grinste grimmig, mit diesem Gedanken ging es mir besser. Ich war kein Opfer. Ich konnte mich verteidigen und musste jetzt herausfinden, wie ich die Verwandlung steuern konnte, um nie wieder in eine solche Situation zu kommen. Dazu musste ich mehr in Erfahrung bringen.

Ich allein, bis ich so viel wusste, dass ich Fragen beantworten konnte. Mit meinen eigenen musste ich anfangen. Davor wollte ich mit niemandem darüber sprechen.

Am Abend bekam ich eine Nachricht von Rob, dass er nach Sevilla fliegen musste: ›*Kurzfristiger Auftrag, tut mir echt leid. Ich hoffe, ich bin am Wochenende zurück.*‹

Ich war traurig, dass unser Treffen platzte, doch das bot mir die Gelegenheit, mich mit meinem neuen Buch zu beschäftigen. Allerdings verließ mich schon die Lust, wenn ich nur das Cover mit dem nackten Männeroberkörper sah. Wer dachte sich so was aus?

Auf dem Heimweg rief mein Vater an. »Geht es dir gut?«

»Ja, wieso fragst du?«, erwiderte ich.

»Du hast dich nicht gemeldet und ich mache mir immer noch Sorgen um dich wegen der Messerattacke. Das musst du deinem Vater schon zugestehen«, sagte er.

»Ach Papa, das ist süß, aber mir geht es gut«, versprach ich, dann hielt ich inne und kämpfte mit mir. Sollte ich mit ihm über den Panther sprechen? Was, wenn er davon wusste, von früher? Aber warum hatte er dann nie etwas gesagt? Papa und ich waren immer ehrlich zueinander, auch wenn die Wahrheit wehtat.

Wir hatten uns geschworen, dass nie etwas zwischen uns stehen würde. Wir hatten nur einander.

Wenn er etwas wüsste, würde er es mir sagen. Und das bedeutete, dass ich es ihm sagen musste.

Ich konnte nicht.

Nicht bevor ich wenigstens das dämliche Buch in meinem Rucksack gelesen hatte.

Mein Vater atmete tief aus. »Wie schläfst du momentan?«, fragte er. »Hast du noch Termine bei Dr. Singh?«

»Meist gut«, sagte ich. »Ich habe komische Träume, aber das ist okay. Nächste Woche ist Dr. Singh aus dem Urlaub zurück, dann kann ich mit ihr den Überfall aufarbeiten. Es wird aber besser, vor allem, wenn Rob bei mir ist.«

»Gut, das beruhigt mich. Kommst du morgen vorbei? Ich koche dein Lieblingscurry, wenn du möchtest«, bot er an.

»Morgen bin ich schon mit Mira und Skadi verabredet. Ich komme am Samstag zu dir, okay?«, sagte ich.

»Okay. Pass auf dich auf, Schatz.«

»Du auch, Papa.«

Wir verabschiedeten uns und ich widerstand dem Drang, jetzt zu ihm zu gehen. Papa klang gestresst. Ich wollte ihm zeigen, dass es mir gut ging und das unnötig war.

Ich blieb stehen und drehte mich um. Ich könnte ja nur ganz kurz bei ihm vorbeischauen.

Aber ›ganz kurz‹ gab es bei uns nicht. Bis ich dann wieder loskam, musste ich ein Taxi nehmen (darauf würde er bestehen) und es wäre zu spät, um das Buch zu lesen, es sei denn, ich wollte mir die Nacht um die Ohren schlagen.

Ich seufzte und setzte meinen Weg nach Hause fort. Dann schickte ich ihm eben ein Foto von meiner Couch, meinem Buch und dem Tee, den ich mir dazu kochen würde, damit er beruhigt war.

Zu Hause bestellte ich Essen und setzte mich mit dem Buch aufs Sofa. Zehn Minuten später stand ich auf und öffnete eine Flasche Wein. Das Buch war genau, was ich befürchtet hatte: Pseudowissenschaft mit viel Fantasie.

Ich machte weiter, bis ich mein bestelltes Essen gegessen und die halbe Flasche Wein getrunken hatte, dann gestand ich mir ein, dass ich absolut nichts Brauchbares aus dem Buch ziehen konnte. Vielleicht freute sich Mira ja darüber, sie hatte Spaß an solchen Sachen.

Ich legte das Machwerk beiseite und schenkte mir nach. Eigentlich wollte ich eine Internetsuche vermeiden, aber es blieb mir wohl nichts anderes übrig.

Ich gab das Wort ›Gestaltwandler‹ in die Suchmaschine auf meinem Tablet ein. Gleich darauf sank mein Mut. 229.000 Treffer, die ersten zwanzig waren Buchempfehlungen für Romane.

Mein Handy vibrierte. *›Was machst du gerade?‹*

›Ich surfe sinnlos im Internet‹, antwortete ich Rob.

Darf ich dich ablenken?

Ich lächelte. *›Sehr gerne.‹*

Ich hätte dich gern hier bei mir. Sevilla ist schön, würde dir gefallen. Ich habe ein schönes Hotelzimmer. Großes Bett, große Dusche. Würde dir bestimmt auch gefallen.

Mein Herz klopfte etwas schneller, als ich begriff, in welche Richtung sich dieser Chat entwickelte. Ich hatte nur absolut keine Lust, die ganze Zeit zu tippen.

Ich würde gerne mehr darüber hören. Ruf mich an.

Es dauerte keine fünf Sekunden, da ging der Anruf ein. »*Hola, chica*«, begrüßte er mich mit tiefer Stimme. »Dein spanischer Lover ist hier.«

»Herrlich. Ich wusste nicht, dass ich einen habe.«

»Ich erzähle dir gern mehr über mich und mein Hotelzimmer. Zieh lieber deine Vorhänge zu, das wird wild.«

Ich stand grinsend auf und folgte seinem Vorschlag. Auf dem Rückweg zum Sofa zog ich meine Strickjacke und meine bequeme Hose aus und kuschelte mich unter meine Decke. »Erledigt. Bin gespannt, was du zu berichten hast.«

»Liegst du bequem? Das wird dich nämlich umhauen. Schwere Kleidung kann ich dafür auch nicht empfehlen. Die wird dabei immer so feucht und schmutzig.«

Ich lachte aus vollem Hals. »Oh Mann, wo hast du denn den Text her? Ich hoffe, dein Auftraggeber schaut sich keine Pay-TV-Rechnungen an.«

»Hey, ich hab dich am Telefon, ich brauche kein Pay-TV«, feixte er.

»Dann hör besser mit den Witzen auf, sonst wird das hier zur Comedyshow.«

»Ist mein Talent, das weißt du doch.« Er lachte. »Im Ernst, ich hätte dich gern hier.«

»Vielleicht kann ich dich ja mal begleiten, wenn du auf Dienstreise gehst«, meinte ich.

»Oder wir fahren mal gemeinsam weg, damit ich den ganzen Tag für dich Zeit habe und du nicht allein bist. Auf was für dumme Gedanken du kommst, wenn ich dich allein lasse, merkst du ja selbst.«

»Ach ja?«

»Natürlich. Kaum bin ich außer Landes, hast du Telefonsex mit einem spanischen Lover, den du nicht kennst.«

»Im Moment habe ich einen lustigen Anruf mit jemandem in Spanien. Sexy ist es nicht«, informierte ich ihn.

»Dann lehn dich jetzt zurück und hör auf meine Stimme. Ich verspreche dir, dass du nachher sehr gut und befriedigt schlafen wirst. Bereit?«

»Bereit.« Ich lächelte, als ich seine erste Anweisung hörte und seine Stimme rau und schmeichelnd wurde. Meine Finger glitten über meine Haut und ich bekam Gänsehaut, als er mir beschrieb, was er mit mir tun wollte. Was ich mit ihm machen sollte, wenn wir uns wiedersahen. Er gab mir genaue Anweisungen, wie ich mich berühren, wann ich weitermachen und wann ich aufhören sollte.

Das war das erste Mal, dass ich gern mitmachte. Es war nicht peinlich, im Gegenteil. Ich hätte ewig weitermachen können. Auch, als seine Atmung - genau wie meine - immer schneller und heftiger wurde und ich Mühe hatte, mein Telefon festzuhalten.

Er versprach nicht zu viel, es war richtig gut. So gut, dass wir, als wir hinterher wieder zu Atem kamen, uns gleich für den nächsten Abend verabredeten.

Am nächsten Tag machte ich etwas eher Feierabend und lief zu Miras Wohnung. Ich war vor Skadi da und nutzte die Zeit, um Mira das peinliche Buch zu geben.

»Was ist das denn?«, fragte sie verblüfft.

»Ich dachte, du magst es vielleicht, aber wenn nicht, ist das okay. Wirf es bitte einfach weg«, winkte ich ab.

Mira betrachtete das Cover mit hochgezogenen Brauen. »Okay ...«, sagte sie gedehnt. »Werwölfe waren bisher nicht mein bevorzugtes Thema, aber vielleicht werden sie es ja jetzt.« Sie blätterte durch die Seiten. Ich sah zu und kämpfte wieder mit mir.

Vielleicht könnte ich es ihr erklären. Mira war der aufgeschlossenste Mensch, den ich kannte. Wenn jemand Verständnis hatte, dann sie. Sogar, wenn es dermaßen abgedreht wie meine Panthergestalt war.

»Es gibt einen Grund, warum ich nach so einem Buch gesucht habe«, begann ich.

Sie sah mich an. »Du stehst auf Rollenspiele mit Rob?«

»Nein. Ja. Keine Ahnung, das haben wir noch nicht ausprobiert. Er ist gerade in Sevilla«, eierte ich herum.

»Dann könntet ihr Telefonsex haben«, meinte sie eifrig. Das Gespräch ging in die völlig falsche Richtung.

»Hatten wir, aber das wollte ich gar nicht sagen.« Ich schüttelte den Kopf, um mich zu sammeln.

»Du kannst mit mir über alles reden«, sagte Mira beruhigend. »Auch über Telefonsex. Damit habe ich Erfahrung.«

»Ja, das glaube ich dir, aber ...« Die Türklingel unterbrach mich. Skadi war da und damit verpuffte meine Chance, mit Mira über meine Verwandlung zu sprechen. Skadi würde mich einweisen lassen, wenn sie davon erfuhr. Sofort und ohne mit der Wimper zu zucken.

Das bestätigte sie auch gleich, als sie das Buch auf dem Tisch liegen sah und mit den Augen rollte. »Oh Gott, Mira, dein Buchgeschmack wird immer schlimmer.«

Mira grinste. »Ich wusste doch, dass dich der Titel erfreut.« Sie nahm das Buch und legte es auf ihren Sofatisch, dann verschwand sie in der Küche. Ich sah ihr nach und ärgerte mich über die verpasste Chance. Vor Skadi war es ausgeschlossen, das Thema anzuschneiden.

»Wie geht es dir?«, fragte sie.

»Gut«, antwortete ich wahrheitsgemäß. »Ich denke, ich habe den Schock verdaut. Vorsichtig war ich immer, Rob und ich hatten einfach Pech. Nächstes Mal nehmen wir ein Taxi oder gehen über belebtere Straßen. Ich bin okay, auch was die Wunde angeht. Die Heilung ist gut und am Montag kann ich zum Fädenziehen.«

»Ich bin froh, dass du es so gut überwunden hast«, sagte Skadi vorsichtig. »Aber mute dir nicht zu viel zu, okay? Es ist in Ordnung, wenn es ein bisschen dauert. Daran ist nichts verwerflich.«

Ich drückte ihre Hand. »Das weiß ich, danke. Ich bin nicht bereit, mir durch solchen Mist das Leben versauen zu lassen. Dafür geht es mir momentan einfach zu gut.«

»Klingt so, als wäre Rob beim Telefonsex 'ne Bombe«, meinte Mira. Sie hatte Flaschen und Gläser in der Hand. »Chenin blanc, die Damen?«

»Oh Gott, gerne. Hoffentlich hast du mehr davon. Ich hatte eine schreckliche Woche«, seufzte Skadi, dann wandte sie sich mir zu. »Telefonsex?«

»Er ist oft auf Reisen«, sagte ich lapidar. »Irgendwie müssen wir uns ja behelfen, wenn wir es schon nicht täglich treiben können.«

Skadis Mundwinkel zuckten. »Ich hätte auch gern noch mal dieses Gefühl vom Frischverliebtsein«, murmelte sie. »Stattdessen nerve ich Emil mit Serviettenfarben.«

»Du könntest Reizwäsche in den entsprechenden Farben kaufen und ihn dann entscheiden lassen«, schlug Mira vor und schenkte Wein ein.

Skadi warf ihr einen langen Blick zu, musste dann aber grinsen. »Wäre zumindest eine gute Anekdote.«

»Ich brauche noch Material für Neelias und meine Rede auf der Feier«, ergänzte Mira.

»Dann nicht.«

»Zu spät. Ich werde die Geschichte so erzählen, ob sie nun stimmt oder nicht. Gute Legenden brauchen immer ein bisschen Fantasie.« Mira feixte. »Das wird ein Spaß, ich freue mich dermaßen auf die Hochzeit.«

»Ha ha«, murmelte Skadi.

Ich schwieg, weil mir durch den Kopf schoss, dass Skadis Hochzeit auf keinen Fall mit dem Vollmond zusammenfallen durfte. Ich musste sofort nachsehen.

»Neelia, alles okay?«, fragte Skadi, als ich hektisch mein Handy herausholte.

»Ein eindeutiges Foto von Rob? Darf ich sehen?«, fragte Mira und rutschte heran. Sie runzelte die Stirn, als sie mein Display sah, ich war nicht schnell genug. »Mondphasen? Ein Dick-Pic wäre mir lieber gewesen. Also für dich.«

»Mira, du bist unmöglich!«, fauchte Skadi. »Ich kenne Rob schon seit zehn Jahren!«

»Aber doch nicht nackt, oder?« Mira riss die Augen auf. »Was treibt ihr da in eurem Country Club? Gangbang? Orgien? Darf ich mal mitkommen?«

»Emils Familie ist in keinem Country Club und nein, natürlich nicht!« Skadis Gesicht war knallrot. Mira lachte sich kaputt.

Mittlerweile hatte ich das Datum der Hochzeit gecheckt. Kein Vollmond. Zum Glück. Jetzt konnte ich mich wieder meinen Freundinnen zuwenden, bevor Mira restlos übertrieb und die beiden sich stritten.

»Der Telefonsex war gut, aber ich bevorzuge es, wenn er bei mir ist«, sagte ich und es klappte, beide wandten mir ihre Aufmerksamkeit zu. Noch einmal Glück gehabt. Und vielleicht ergab sich bald die Möglichkeit, dass ich mit Mira reden konnte.

Am Samstag kam Rob endlich aus Sevilla zurück, trotzdem sahen wir uns erst spät, weil ich nach der Arbeit zu meinem Vater ging, wie ich es versprochen hatte. Das tat mir leid, denn ich hätte ihn gern eher getroffen, aber mein Vater hatte auf mich einen so nervösen Eindruck gemacht, dass ich zu ihm musste. Auf dem Weg rang ich mit mir, ob ich ihm von meiner Panthergestalt erzählen sollte.

Es war doch ausgeschlossen, dass er so eine wichtige Sache nicht wusste. Ich atmete tief durch und entschied mich, es zu tun, dann lächelte ich erleichtert. Mit ihm darüber zu sprechen war genau das richtige.

Meine Schritte wurden leichter und schneller, ich flog förmlich zu ihm. Mein Herz fühlte sich an, als wäre ich eine Last losgeworden. Papa und ich waren ein Team. Wenn ich mit jemandem reden konnte, dann mit ihm.

Ich klingelte und legte mir schon die passenden Worte zurecht, wie ich anfangen wollte. Das wurde nicht leicht, aber das bekamen wir hin.

Ich schloss die Haustür selbst auf und blieb jäh stehen, als Annaya in den Flur kam und mich freundlich anlächelte. »Neelia! Schön, dass du da bist. Hattest du einen tollen Tag?« Sie umarmte mich, nahm mir meine Jacke ab und lotste mich ins Wohnzimmer, wo mein Vater wartete.

Ich gab ihm einen Kuss auf die Wange und spürte, wie meine Laune sank. Vor Annaya konnte ich das Thema unmöglich anschneiden. So gern ich sie mochte, das ging einfach nicht. Verdammt, warum konnte ich mit niemandem allein reden, wenn ich es wollte?

Ich musste einsehen, dass ich noch viel Geduld brauchte, um meinen Vater das nächste Mal allein zu erwischen. Er und Annaya hatten die nächsten zwei Wochen Urlaub und sie hatte ihn heute mit einer Reise nach Süddeutschland überrascht. So sehr ich mich für die beiden freute, denn Papa verreiste viel zu selten, so ärgerte ich mich, weil es meine Pläne durchkreuzte.

Rob holte mich zur verabredeten Zeit ab und blieb noch auf ein kurzes Gespräch bei meinem Vater. Die beiden mochten sich auf Anhieb.

So hatte ich mir das Kennenlernen zwar nicht vorgestellt, aber ich hatte erwartet, dass sie miteinander klarkamen.

»Wollt ihr nicht noch bleiben?«, fragte Annaya.

»Nächstes Mal. Du bist müde von der Reise, oder?«, kam ich Rob zuvor. Ich hatte gesehen, dass er sich ein Gähnen verkneifen musste, aber er hätte nie etwas gesagt. Jetzt nickte er und wir verabschiedeten uns.

»Wir hätten gern noch bleiben können«, sagte er, als wir in seinem Auto saßen. Jetzt gähnte er doch.

»Von wegen«, meinte ich und piekte ihn in die Seite. »Nicht während der Fahrt schlafen, bitte.«

»Ich bemühe mich«, versprach er. Wir hatten Glück und bekamen einen Parkplatz in der Nähe meiner Wohnung. Dort küssten wir uns zum ersten Mal richtig. Ich schlang die Arme um ihn und genoss es, ihn bei mir zu haben.

»Schön, dass du zurück bist. Ich habe dich vermisst.«

»Ging mir genauso. Selbst das heißeste Telefonat ersetzt keinen Kuss.« Er küsste mich erneut und seufzte. »Leider muss ich am Montag schon wieder los.«

»Was?« Ich traute meinen Ohren nicht.

»Ja, ich weiß. Dieses Mal nach Tiflis.«

»Georgien? Warum zum Teufel musst du dort hin?«

»Weil der Kunde auf orientalische Möbel mit westlichem Einfluss steht.« Rob rollte mit den Augen. »Zum Glück gibt es bereits eine engere Auswahl. Wenn alles gut geht, muss ich nur die Qualität der Möbelstücke begutachten und eine Empfehlung abgeben. Ich plane, am Mittwoch, spätestens aber am Donnerstag wieder hier zu sein.«

Ich nickte, auch wenn mir das nicht gefiel. Er war gerade erst zurück und jetzt hatten wir nicht einmal sechsunddreißig Stunden zusammen.

Ich erinnerte mich an Skadis Worte, die mich vor genau diesem Szenario gewarnt hatte. Aber ich hatte nicht damit gerechnet, dass es nonstop so sein würde.

Ich hätte besser zuhören sollen. Aber was sollte ich machen? Wir waren erst einen knappen Monat zusammen. Auf keinen Fall wollte ich ein Drama daraus machen, dass er einen Job hatte, bei dem er reisen musste. Ich musste hoffen, dass er schnell zurückkam. Und mich inzwischen mit der Situation arrangieren. Rob hatte gleich gesagt, dass es so sein würde, und ich hatte beteuert, dass es mir nichts ausmachte. Dabei sollte ich bleiben.

Er kam schließlich immer zu mir zurück.

Und gerade jetzt, wo ich den Panther entdeckt hatte, war es vielleicht nicht schlecht, wenn ich mehr Zeit hatte, um mich damit auseinanderzusetzen.

Rob legte seine Hand auf mein Bein. »Dafür machen wir es uns heute Abend und morgen besonders schön, okay? Ich habe mir da ein paar Sachen überlegt, die ich gern mit dir anstellen möchte.«

Ich grinste. »Beinhalten diese Pläne auch Sushi?«

»Bis eben nicht, lässt sich aber problemlos einbauen.« Er streichelte mein Knie und warf mir einen Blick zu, unter dem mir ganz kribbelig wurde.

»Dann bin ich zu allem bereit«, versprach ich lächelnd und schob seine Hand höher.

Wir verbrachten den Sonntag im Bett und er hielt sein Versprechen. Ich musste am Montagmorgen noch grinsen, wenn ich daran dachte. Er hatte sogar meine Gedanken so weit zerstreut, dass ich nicht mehr über den Panther nachgedacht hatte. Das kam erst am Montag zurück, als ich das Antiquariat aufschloss und an der Esoterik-Ecke vorbeikam. Rob war bereits im Flugzeug nach Tiflis.

Missmutig starrte ich in die Ecke mit den Quatschbüchern und ärgerte mich. Mira hatte das Werwolfbuch gelesen und sich prächtig darüber amüsiert, aber das brachte mich nicht weiter. Nichts brachte mich weiter. Ich hatte nur die Gewissheit, dass ich mich bei Vollmond verwandelt hatte. Das war zu wenig für mich. Ich brauchte mehr Informationen und musste wissen, woher diese Verwandlung kam. Und was ich beachten musste.

Doch es war viel zu tun und ich kam am Montag nicht mehr dazu, noch einmal in den Kisten nachzuschauen, ob ich etwas übersehen hatte.

Als ich am Dienstag zur Arbeit kam, wartete Klara auf mich. Ich hatte am Morgen meine Sitzung bei Dr. Singh und fing deswegen später an. Nach unseren Gesprächen ging es mir meist besser, auch wenn sie mich manchmal aufwühlten. Mich damit auseinanderzusetzen half und Dr. Singh war die richtige, um mir zu zeigen, dass ich selbst etwas tun konnte. Von der Verwandlung hatte ich meiner Therapeutin natürlich nichts erzählt.

»Hi Neelia. Ich habe was für dich!«, sagte Klara aufgeregt. Sie war die buchverrückteste Person, die ich kannte, und machte mir darin Konkurrenz. Dass sie Literatur studierte, passte hervorragend zu ihr. »Ich habe noch einmal alles durchgesehen, weil es mir keine Ruhe mit deinem Buch gelassen hat. Und ich habe das hier gefunden.« Sie zeigte mir einen Ledereinband ohne Aufschrift.

»Woher kommt das?«, fragte ich und nahm es in die Hand. Vorsichtig untersuchte ich es und bemerkte das kaputte Schloss an der Seite und das kleine goldene Monogramm auf dem Buchrücken. *SH.* »Was ist passiert?«

»Das war in einer Lieferung dabei, die Herr Hilmers mitgebracht hat, als du krank warst. Wir mussten das Schloss leider zerstören. Das war schade, aber es war kein Schlüssel in der Kiste.« Klara zuckte mit den Schultern. »Jedenfalls haben wir reingeschaut und Herr Hilmers hat es gleich weggelegt, als er gesehen hat, dass es um Gestaltwandler geht. Ich hatte es ganz vergessen, bis du letzte Woche das Werwolfbuch gekauft hast. Was denkst du?«

Ich blätterte durch die Seiten. Der Druck sah neu aus, moderne Schrift, ordentlicher Buchsatz, doch es gab kein Impressum oder Hinweis auf die Druckerei.

›Merkwürdig‹, dachte ich. ›*Das muss ein privater Druck sein. Wie aufwendig, es in Leder zu binden und dieses Schloss anzubringen. Da hatte jemand ein teures Hobby.*‹

Mein Herzschlag beschleunigte sich, als ich das Inhaltsverzeichnis fand. Es führte Stichworte wie *Gestaltwandler erkennen*, *Übersicht heimischer Gestaltwandler* und *Strategische Empfehlungen* auf. Ich blätterte zu der Übersicht. Hier hatte sich jemand richtig ausgetobt und verschiedene Tierarten abgebildet. Die aufgeschlagene Seite zeigte einen Luchs, auf der linken Seite standen Merkmale wie ›Größe‹, ›Gewicht‹, ›Verbreitungsgebiet‹, ›Häufigkeit‹ (hierzu gab es sogar einen Index. Luchse waren offenbar ›selten‹, aber nicht ›sehr selten‹) und - ich riss die Augen auf - ›empfohlene Waffen‹.

»Neelia, gut, dass du da bist!«, Helmuts Stimme brachte mich aus dem Konzept. Er kam um die Ecke, sein aufgeregtes Gesicht bedeutete Arbeit. Und zwar sofort.

Er sah das Buch in meiner Hand und stutzte. »Noch so ein abgedrehtes Buch?«

»Ja. Ich nehme es mit. Anscheinend ist das mein neues Hobby. Zwanzig?«, schlug ich vor.

»Nimm es einfach. Dafür kann ich kein Geld verlangen.«

»Helmut, bitte nicht schon wieder. Allein der Ledereinband ...«, begann ich.

»Klara und ich mussten das Schloss knacken«, unterbrach er mich. »Zehn. Keine Diskussion.«

»Einverstanden.«

Klara kassierte mich ab. Unter ihrem Ärmel blitzte ein blaues Rosen-Tattoo hervor, das ich vorher noch nie bei ihr gesehen hatte. Es war hübsch und passte zu ihr.

»Ich danke dir«, sagte ich. »Das hätte ich nie gefunden.«

»Kein Problem«, erwiderte sie. »Sag mir hinterher einfach, ob es dir gefällt. Und erzähl mir bei Gelegenheit, wie du auf dieses Thema gekommen bist.«

Das versprach ich ihr, dann musste ich zu Helmut und sein Problem im Lager beheben.

Unsere Ordnungssysteme passten trotz der mehrjährigen Zusammenarbeit nicht zusammen. Meistens nahmen wir meins und alles war okay, aber manchmal kollidierten wir. So wie heute und dann war das Chaos perfekt.

Deswegen bekam ich erst abends zu Hause die Gelegenheit, in das Buch zu schauen.

Es war schwere Kost. Wäre das Thema nicht so absurd, wäre ich davon ausgegangen, dass es zu einer Art Jagdverein gehörte und als Handbuch für den Nachwuchs diente.

Ich las das Kapitel über Gestaltwandler im Allgemeinen.

Danach brauchte ich ein Glas Wein.

Der Autor beschrieb Gestaltwandler als Monster, die sich als Menschen tarnten, nicht umgekehrt. Er schrieb darüber, welchen Schaden sie anrichteten und welche Gefahr sie darstellten. Warum es ehrenwert und selbstverständlich war, sie zu jagen und zu töten, wenn sie ihre ›wahre Gestalt‹ annahmen.

Meine Hände zitterten, als ich das Buch weglegte.

Ich wusste nicht genau, was ich mir von dem Buch erhofft hatte, aber das war es sicher nicht.

KAPITEL 9

Ich brauchte Zeit, um das Gelesene zu verarbeiten, und nahm das Buch nicht wieder zur Hand. Stattdessen dachte ich darüber nach, ob ich eine Gefahr für Menschen war. Dieser Gedanke beschäftigte mich auch noch, als ich am nächsten Tag wieder im Antiquariat war.

Ich erinnerte mich an das Jagdfieber, das mich während meiner Verwandlung gepackt hatte. An den Wunsch zu hetzen und zu töten. Das machte mir Angst. Ich wollte niemandem wehtun, doch wenn der Verfasser des Buches nur eine Spur Ahnung von seinem Thema hatte, war genau das schon oft passiert. Vielleicht war er selbst ein Gestaltwandler, der sich gegen die anderen gestellt hatte.

Gestaltwandler klang zumindest besser als Wer-Panther. Das Wort deckte die ganze Gruppe ab, alle Menschen, die sich verwandelten. Egal, ob sie Panther, Wölfe oder etwas anderes waren. Dass es auch andere Gestalten gab, war für mich klar, auch ohne das Buch.

Ich verdrängte das alles und konzentrierte mich auf die Arbeit. Klara hatte heute ihren freien Tag, also schrieb ich ihr per Messenger, dass das Buch ein Volltreffer (wenn auch ein gruseliger) war. Sie war stolz auf sich, dass sie sich daran erinnert und es gefunden hatte. Zurecht, für den Inhalt konnte sie schließlich nichts.

Am Donnerstag kam Rob zurück, wir trafen uns abends bei mir. Er brachte mich ebenfalls auf andere Gedanken.

Das war ein leichtes für ihn und ich dachte nicht so viel darüber nach, dass ich ihm alles erzählen wollte. Ein Geheimnis vor ihm zu haben, fühlte sich nicht gut an. Unser Wiedersehenssex überlagerte mein schlechtes Gewissen.

Am Freitagabend war ich mit den Mädels verabredet, Mira und Skadi kamen zu mir nach Hause. Ich freute mich schon darauf. Die Woche war stressig. Ich hatte Helmut überzeugt, seinen abgebrochenen Urlaub nachzuholen. Das bedeutete aber auch, dass ich mich mit Amira über Wasser halten musste. Da Amira nur vormittags arbeiten konnte, war ich nachmittags allein. Morgen waren zum Glück alle wieder da und ich hatte frei.

Jetzt freute ich mich auf einen schönen Abend mit meinen besten Freundinnen. Skadi kam als erste an und blieb vor mir stehen. »Herrje, wie siehst du denn aus?«

»Wie jemand, der diese Woche sechzig Stunden gearbeitet hat«, sagte ich müde. Es war ein paar Mal sehr spät geworden. Am Dienstag war ich bis um zehn im Lager und hatte nach einer Kundenreservierung gesucht. Dabei erfasste ich gleich noch drei Kisten im System, die schon lange herumstanden, und entdeckte ein paar echte Schätze.

»Pass auf dich auf«, mahnte Skadi und hängte ihre Jacke auf. »Wenn du dich ausbrennst, hilfst du niemandem.«

»Es war nur lang, die meiste Zeit ging es stressmäßig«, erwiderte ich und lotste sie ins Wohnzimmer. Es klingelte erneut und ich ließ die Tür für Mira offen. Skadi holte indes Gläser aus dem Schrank und sagte mir noch zweimal, dass ich es nicht übertreiben sollte. Dann unterbrach sie sich mitten im Satz: »Was ist das denn?«

Ich kam zu ihr, um nachzusehen, was sie meinte. Sie stand vor dem Gestaltwandler-Buch. Skadi stellte die Gläser ab und fuhr nachdenklich mit den Fingern über den Ledereinband. Dabei verharrte sie beim aufgebrochenen

Schloss. »Neelia?« Sie sah mich auf eine Art an, die ich von ihr nicht kannte: Als wüsste sie nicht, ob sie mich etwas fragen konnte, oder nicht.

Ich wusste auch nicht, wie ich das Gespräch weiterführen sollte. Der Einband verriet nichts über den Inhalt des Buches, und ich hatte Angst, etwas falsches zu sagen. Skadi war die unwahrscheinlichste Person für eine Diskussion über meine Panthergestalt. Sie fragte sich bestimmt, warum hier ein aufgebrochenes Tagebuch mit fremdem Monogramm herumlag. Zum ersten Mal, seit wir uns kannten, fiel es mir schwer, ehrlich mit ihr zu reden.

»Sieht cool aus, oder?«, meinte ich deswegen und hoffte, sie so aus der Reserve zu locken. »Macht sich auf jeden Fall gut in jedem Regal.« Sie brummte etwas Unverständliches und schlug es auf.

Mira kam herein und grüßte fröhlich, doch Skadi ignorierte sie. Sie blätterte durch das Buch und wurde blass. Anscheinend hatte sie die Seiten über Waffen und Tötungsvorgänge gefunden, denn sie schüttelte den Kopf.

»Woher hast du das? Von Rob?«, fragte sie.

»Rob? Wie kommst du denn darauf?« Ich lachte. »Er begeistert sich zwar für Bücher, aber über solche haben wir noch nie gesprochen. Ich habe es von der Arbeit. Klara hat es gefunden und mir gegeben, weil sie sich erinnert hat, dass ich das dusselige Werwolf-Buch gekauft hatte. Das Schloss mussten wir aufbrechen, weil der Schlüssel fehlte. Was hast du denn?«

»Ich kann einfach nicht glauben, dass jemand sich mit solchen Themen beschäftigt. Emil und Rob hatten mal eine Phase, in der sie solche Spiele gespielt haben. *Pen & Paper* und Rollenspiele und so«, meinte Skadi, ohne mich anzusehen. »Da dachte ich, er hätte es dir gezeigt.« Sie schlug das Buch zu und drehte es nervös in den Händen.

Es sah aus, als würde sie sich daran festklammern.

»Willst du es mitnehmen?«, fragte ich vorsichtig.

»Auf keinen Fall!«, erwiderte sie heftig. Ich zog die Augenbrauen hoch und verstand gar nichts mehr.

»Krasses Teil. *SH*«, las Mira über Skadis Schulter vor. Das Monogramm war in das Leder des Buchrückens geprägt. »Wem gehört das gute Stück? Sherlock Holmes?«

»Sehr lustig, Mira!«, fauchte Skadi und legte das Buch angeekelt weg. »Ich glaube nicht, dass das vom Besitzer verkauft werden wollte. Das Teil sieht eher so aus, als hätte es niemals weggegeben werden sollen.«

»Wahrscheinlich. Es ist ein Privatdruck«, stimmte ich zu. »Es sieht relativ neu aus, aber kein Impressum, kein Verlag, keine ISBN. Deswegen wäre ein Verkauf schwierig geworden, obwohl wir natürlich manchmal Einzelstücke haben, die einen Liebhaber finden. Ich bin froh, dass Klara es mir gegeben hat. Es ist interessant, mit welcher Fantasie jemand seine Ideen aufgeschrieben hat. Offenbar hatte er das nötige Kleingeld, um sein Hobby schön zu gestalten und dem ganzen einen professionellen Touch zu geben.«

»Wenn man Anleitungen zum Mord schön findet«, meinte Mira, die das Buch durchblätterte. »Das ist ja krass. Was war der Typ in seiner Fantasie? Dämonenjäger?« Sie hielt auf der Seite mit den Luchsen inne. »Mein Gott. Wie blutrünstig kann man sein?«

»Die Frage ist eher, wie verrückt jemand sein kann, sich so mit diesem Thema zu beschäftigen«, sagte Skadi brüsk, die langsam wieder sie selbst wurde. Ich fand ihr Verhalten seltsam. Es war fast, als fühlte sie sich durch das Buch angegriffen. Aber warum?

»Ich dachte, Emil hätte sich auch mal damit beschäftigt«, wandte Mira ein.

»Das heißt ja nicht, dass ich es gut finde«, erwiderte Skadi eisig. Ich warf ihr einen unsicheren Blick zu. Warum triggerte das Buch sie so? Von der Story, dass Emil sich mit Gestaltwandlern beschäftigte, hörte ich zum ersten Mal und irgendwie glaubte ich ihr nicht ganz. Und Rob hatte zwar Fantasie, aber soweit ich es bisher bemerkt hatte, nicht solche. Seine Ideen bezogen sich eher auf unsere ›zwischenmenschliche Gestaltung‹, wie er es elegant ausgedrückt hatte. Bisher hatte er mich aber nicht gebeten, mich zu verkleiden oder ähnliches.

Was war mit meiner Freundin los? Meine Gedanken stolperten, als mir eine verrückte Idee kam. War sie etwa ... Nein, das war ausgeschlossen, ich kannte Skadi seit dreizehn Jahren und hatte auch schon diverse Vollmondnächte mit ihr erlebt. Sie hatte sich definitiv noch nie verwandelt.

Das konnte nicht sein. Leider.

Ich konnte mir nichts Schöneres vorstellen, als jemanden zu haben, mit dem ich über diese Sache sprechen konnte. Aber wenn ich mir ihren Gesichtsausdruck ansah, war es höchste Zeit, das Thema zu wechseln. Mira warf mir einen langen Blick zu, der mir sagte, dass sie es auch einsah.

Skadi ging in meine Küche und holte Wein. Mira sah ihr mit hochgezogenen Augenbrauen nach und legte das Buch weg. »Was hat sie denn schon wieder?«

»Ich habe absolut keine Ahnung«, gab ich zu und schob das Buch in meinem Regal. »Am besten lassen wir sie in Ruhe, bis sie von selbst damit anfängt. Was gibt es denn bei dir Neues?«

»Nicht viel«, sagte sie schulterzuckend und strich ihr hennagefärbtes Haar zurück. Mira war die Einzige, die ich kannte, bei der das gut aussah. »Nächstes Wochenende ist wieder Messe, ich habe mich beim Wettbewerb angemeldet. Mal sehen, wie es läuft.«

»Warum machst du das immer, obwohl du Wettbewerbe hasst?«, fragte ich. Skadi kam zurück.

»Weil es Werbung für die ›Zauberorchidee‹ ist. Aylin und Antonina verdienen es, dass das Geschäft Zulauf hat.« Mira liebte ihre beiden Chefinnen.

»Das verdanken sie auch dir«, sagte Skadi. Sie war endlich wieder sie selbst.

Mira lächelte. »Stimmt, aber wir machen das immerhin gemeinsam. Da springe ich gern über meinen Schatten. Madeira ist auch nicht mehr lang hin. Die Reise muss ich noch ein bisschen vorbereiten, damit ich alles abklappere, was ich sehen will.«

»Wann geht es denn los?«, fragte ich.

»Das Fest beginnt am siebenundzwanzigsten April und geht bis Ende Mai. Ich werde die ersten zweieinhalb Wochen dort sein.« Mira strahlte uns an. »Hey, wollt ihr nicht auch mitkommen?«

»Das schaffe ich nicht«, sagte Skadi. »Die Zeit brauche ich, um die Hochzeit vorzubereiten.«

»Schade«, meinte Mira und sah mich an. »Und du?«

»Ich denke darüber nach. Sicher nicht die ganze Zeit, aber eventuell als Kurztrip«, meinte ich. Irgendwie mochte ich die Idee. Es wäre super, mal hier rauszukommen und ein bisschen Urlaub zu machen.

»Denk nicht zu lange nach, sonst sind alle Flüge weg. Übernachten könntest du bei mir im Hotel«, meinte sie. »Die Reise war eh für zwei Personen.«

»Möchtest du niemanden mitnehmen?«, fragte Skadi.

»Nö. Das schmälert meine Chancen, mir einen oder mehrere heiße Portugiesen zu angeln«, erwiderte Mira grinsend. Damit war der Themenwechsel geschafft und Skadis Laune wurde wieder besser.

Zum Glück. Trotzdem blieb bei mir Unsicherheit wegen ihrer Reaktion. Ich konnte sie mir nicht erklären und beschloss, Rob nach diesen ominösen Spielen zu fragen.

Er lachte schallend, als ich ihn am nächsten Abend traf und danach fragte. »So wie Skadi das gesagt hat, klingt das, als wären Emil und ich LARPer gewesen, die jedes Wochenende im Wald verbracht haben«, meinte er vergnügt. »Eigentlich eine coole Idee, das hätten wir lieber machen sollen. Zeigst du mir das Buch mal?«

»Na klar«, meinte ich und reichte es ihm. »Was habt ihr denn dann wirklich gemacht?«

»*World of Warcraft*«, erklärte er und sah leicht verlegen aus. »Wir haben mit Anfang zwanzig in einer WG gewohnt und jeden Abend bis zum Exzess gezockt.«

»Ach so«, sagte ich enttäuscht. Mit Video- und Onlinespielen hatte ich noch nie etwas anfangen können. Mir fehlte die Gabe, mich in so was zu verlieren, und ich langweilte mich schnell. Ganz anders als bei Büchern. Mira konnte das und hatte auch eine Zeit gespielt, aber das war vorbei, seitdem sie ihre ›innere Wicca‹ entdeckt hatte.

»So, wie Skadi reagiert hat, dachte ich, da wäre mehr gewesen«, meinte ich schulterzuckend. Jetzt machte ihr Verhalten noch weniger Sinn.

»Na ja, sie war auch immer ziemlich davon genervt«, meinte Rob. »Und wir hatten auch entsprechende Deko in unserer Wohnung, das hat sie wohl daran erinnert. Das haben wir alles verkauft, als die beiden zusammengezogen sind. Ich glaube, ich habe nichts behalten.« Er betrachtete das Buch. »Das ist aber sehr professionell gemacht. Wenn das einem LARPer gehörte, hatte er viel Freude daran.«

»Meinst du echt, dass sich ein Rollenspieler solche Mühe macht?«, fragte ich zweifelnd.

Rob zuckte mit den Schultern. »Da gibt es doch Leute mit echten Rüstungen und so. Die geben Tausende Euros für ihre Ausrüstung aus. Und, wie findest du das Buch? Sollte ich es lesen?« Er drehte es in den Händen.

»Nur, wenn du auf Horrorgeschichten stehst.« Ich verzog den Mund. »Ich fand es grässlich und war ehrlich schockiert, dass jemand ein Buch darüber schreibt, wie man Menschen, die sich in Tiere verwandeln können, am effektivsten abschlachtet. Wenn es so wäre, wäre es einfach Mord. Das ist widerlich und ziemlich krank.«

Rob starrte auf die aufgeschlagene Seite. »Ja, das ist es wohl. Geh bloß nie in das Jagdzimmer meines Vaters.«

»Hatte ich nicht vor. Ich finde ausgestopfte Tiere mindestens genauso furchtbar und auch ziemlich krank.« Ich schlug die Hand vor den Mund. »Sorry, das ist mir so rausgerutscht. War nicht so gemeint.«

Rob sah mich an und winkte lächelnd ab. »Schon okay, ich verrate es ihm nicht. Wäre sicher kein guter Einstieg, wenn ihr euch kennenlernt.«

Trotzdem hatte ich das Gefühl, dass meine Worte ihn verletzt hatten. Ich kletterte auf seinen Schoß und legte die Arme um seinen Nacken. »Tut mir ehrlich leid. Das ist meine Vegetarier-Seele.«

»Ich wusste gleich, dass das Ärger gibt«, sagte er lächelnd und küsste mich. Ich war froh, dass er es mir nicht übel nahm, und machte mich daran, ihn meine Bemerkung vergessen zu lassen.

Das änderte nichts an meiner Einstellung, aber ich wollte nicht, dass wir stritten. Ich hatte Besseres mit ihm vor.

Rob und ich verbrachten das restliche Wochenende miteinander und es fiel mir schwer, ihn am Montagmorgen gehen zu lassen.

Das Buch thematisierten wir nicht wieder, aber als ich vom Brötchenholen am Sonntagmorgen zurückkam, stand es anders im Regal als zuvor.

Anscheinend ließ ihn das blöde Ding auch nicht los. Ich verstand das, es übte eine grausame Faszination aus.

Als ich am Montagabend nach Hause kam, fiel es mir wieder ins Auge. Es war das einzige, was ich hatte, deswegen setzte ich mich erneut damit hin und suchte nach einem Eintrag über Panther. Vorsichtshalber trank ich vorher ein Glas Wein.

Es gab etwas über meine zweite Gestalt, doch ich wurde enttäuscht: ›Äußerst selten, da nicht in Deutschland beheimatet‹, lautete der Vermerk. ›Sichtungen in Norddeutschland in den 2000er-Jahren wurden nicht bestätigt.‹

Ich starrte das Bild des Panthers auf der linken Buchseite an. Die elegante Gestalt, die großen gelben Augen, die langen Eckzähne. Ich betrachtete die Pfoten, die mit ausgefahrenen Krallen dargestellt wurden. Ich rümpfte die Nase. Dass ich so nicht laufen konnte, hatte ich innerhalb von Sekunden festgestellt. Ich brauchte sie nur, um mich festzuhalten. Das Bild sollte keinen Panther darstellen, sondern ein Monster.

Wer auch immer diesen Abschnitt verfasst hatte, hatte sich wenig Zeit dafür genommen und den Panther offenbar nur der Vollständigkeit halber aufgeführt. Die Seiten über Luchse und auch über Bären, Elche und Büffel waren ausführlicher. Der Bericht über Wölfe erstreckte sich sogar über sechs Seiten.

Der Panther fand sich bei den ›exotischen Tieren‹ im hinteren Teil des Buches, bei Löwe, Tiger und Krokodil. Ich sah die Krokodilseite an und stellte mir vor, ich hätte mich in meinem Schlafzimmer in ein riesiges Reptil verwandelt. Hier war dem Autor die Fantasie durchgegangen.

Ich blätterte zurück zum Panther. ›*Herkunft vermutlich Indien oder benachbarte Länder.*‹

Indien ... Wieder einmal wünschte ich, meine Mutter würde noch leben. Immer wieder begegneten mir Fragen, auf die sie eine Antwort gewusst hätte. Sie war ein besonderer Mensch, nicht nur als Mutter, sondern auch als Frau. Dass sie allein hergekommen war, um ihre Träume zu verwirklichen, war nur ein Aspekt. Mama hatte aufgrund ihres Charakters und ihrer Herkunft immer einen ganz anderen Blick auf die Dinge als mein deutscher Vater. Sie hatte mir immer noch einen anderen Ansatzpunkt gezeigt, wenn ich bei Fragen oder Problemen nicht weiterkam. Und vor allem hatte sie mich gelehrt, Dinge zu akzeptieren und meinen Frieden mit ihnen zu machen.

Dass ich mich an die letzten Jahre mit ihr nicht erinnerte, war das schlimmste an meiner Amnesie und das, was ich mit meiner Psychologin am längsten aufarbeiten musste. Noch heute war das ein Großteil unserer Gespräche.

Jetzt fragte ich mich, ob meine Mutter von den Panthern gewusst hatte. Ob sie selbst einer war oder wenn nicht, ob sie von Fällen in ihrer Familie wusste. Ihr hätte ich davon erzählt. Sofort und ohne darüber nachzudenken.

Meine Gedanken wanderten zu meinem Vater und ich fragte mich, ob ich mit ihm darüber sprechen konnte. Doch er war heute mit Annaya in den Urlaub gefahren und solange ich ihn nicht allein erwischte, würde ich ihn nicht ansprechen. Ich wollte nicht, dass er seine Reise abbrach, denn genau das würde er dann tun.

Ich musste abwarten.

Am Mittwoch war ich mit Rob verabredet, er wollte abends zu mir kommen. Mira meldete sich und fragte, ob wir uns am Freitag bei ihr treffen wollten.

Ich sagte sofort zu und hoffte, dass es dieses Mal mit Skadi einfacher war. Unser letztes Treffen hatte immer noch einen seltsamen Nachgeschmack.

Mira rief mich am Donnerstagmittag an. Ich verabschiedete gerade eine Kundin im Antiquariat, als es klingelte.

»Hey, ich wollte dich fragen, ob du eine Idee für morgen Abend hast, was ich zu Essen machen kann. Ich schaffe es nur heute, einkaufen zu gehen. Ich dachte an was leichtes, vielleicht einen Salat?«, plauderte sie. »Dann kann Skadi mir nicht vorwerfen, dass ich ihre Brautfigur sabotiere. Die Mousse au Chocolat zum Nachtisch muss sie ja nicht essen, wenn sie nicht will.«

Bevor ich antworten konnte, wurde mir schwindelig. Mir brach kalter Schweiß aus und vor meinen Augen wurde alles schwarz. ›Oh nein, bitte nicht jetzt!‹

Es war schlimmer als je zuvor und kam so plötzlich, dass ich nichts mehr tun konnte, um mich in Sicherheit zu bringen. Blind krallte ich mich am Kassentresen fest, mein Smartphone fiel mir aus der Hand und knallte auf den Boden. Ich hörte Miras aufgeregte Stimme durch das Rauschen meines Blutes in meinen Ohren, doch mir wurde so schlecht, dass ich würgen musste.

Ich war allein im Laden. Helmut war gerade bei der Bank und danach etwas essen, Amira und Klara hatten frei.

Mein Kreislauf brach komplett zusammen und ich verlor den Halt am Kassentresen. Meine Beine gaben unter mir nach und ich stürzte. Die Luft wurde aus meinen Lungen gepresst und Schmerz schoss durch meinen Oberkörper, als ich auf Hüfte und Schulter landete. Nicht einmal meine Reflexe funktionierten noch.

»Neelia? Oh Gott, was ist los bei dir?«, hörte ich Mira. Ich war neben meinem Handy gelandet, doch meine Zunge war wie gelähmt.

»Aylin! Ruf einen RTW zum Antiquariat von Helmut Hilmers! Meiner Freundin ist was passiert, ich muss sofort los!«, rief sie ihrer Chefin zu. »Neelia, Süße, ich komme rüber. Bitte bleib bei mir. Sag mir, ob du mich hörst!«

Ich wimmerte, mehr schaffte ich nicht. Mein Körper war eine leere Hülle. So schlimm war es noch nie, sogar das Atmen fiel mir schwer. Ich konnte nichts sehen, alles verschwamm. Meine Gliedmaßen waren taub und kribbelten gleichzeitig. Ich konnte keinen Muskel rühren. Mein Atem rasselte, ich wollte husten, doch es ging nicht. Das Pfeifen meiner Lunge erschreckte mich.

Das Blumengeschäft, in dem Mira arbeitete, war eine knappe Viertelstunde zu Fuß vom Antiquariat entfernt. Es konnten aber keine fünfzehn Minuten verstrichen sein, als sie in den Laden stürzte und vorsichtig meinen Kopf auf ihren Schoß legte. Ihre warmen Hände strichen über meine Wangen. Ich hörte, wie sie vor sich hinmurmelte. Ihre Fingerspitzen glitten über meine Augenlider und Schläfen. Mir wurde warm und der Schwindel ließ etwas nach.

»Ich bin hier, Liebes, mach dir keine Sorgen«, flüsterte sie, dann fuhr sie mit dem Gemurmel fort. Ich verstand die Worte nicht, doch es war, als würde ich in Watte oder warmem Wasser versinken. Langsam und tröstlich.

Ich schlug die Augen wieder auf, als zwei Rettungskräfte hereinkamen. Mira winkte ihnen. »Wir sind hier!«

»Was ist passiert?«, fragte eine Sanitäterin.

»Ich habe mit meiner Freundin telefoniert, da antwortete sie plötzlich nicht mehr. Ich hörte, wie sie hingefallen ist, also kam ich her. Sie lag auf dem Boden, also habe ich sie stabilisiert. Sie war kurzatmig, aber das hat sich inzwischen gegeben«, berichtete Mira präzise und gefasst. So kannte ich sie gar nicht, aber ich war ihr dankbar dafür.

Hysterie hätte mich jetzt fertiggemacht.

Ein Mann kniete sich vor mich. »Hören Sie mich?«

»Ja«, sagte ich. Meine Stimme klang wie aus einem Grab, aber sie funktionierte.

»Ist das schon mal passiert?«, fragte die Sanitäterin Mira.

»Ja. Sie hat manchmal Schwächeanfälle, für die noch kein Grund gefunden wurde«, erklärte meine Freundin.

Ich atmete tief durch und versuchte, mich aufzusetzen. Mein Schädel dröhnte und meine Schulter und Hüfte schmerzten, aber es ging wieder.

»Wie geht es Ihnen?«, fragte der Sanitäter.

»Ganz okay«, krächzte ich.

»Wir nehmen Sie mit, damit sich das ein Arzt ansehen kann«, legte seine Kollegin fest.

»Nicht nötig, es geht mir gut«, wehrte ich ab.

»Neelia, das ist keine gute Idee«, wandte Mira kopfschüttelnd ein. »Dieser Anfall war echt heftig.«

»Stimmt, aber ich weiß, was die Untersuchung ergeben wird: Nichts. Danke, dass Sie da waren, aber es geht wieder«, sagte ich zu den Rettungskräften. Diese sahen mich zweifelnd an, zuckten aber mit den Schultern.

»Wir können Sie zu Ihrem Glück nicht zwingen«, sagte die Frau. Damit hatte sie recht. Mira sah ihnen unglücklich nach, als sie das Antiquariat verließen. Mir war immer noch schlecht und ich musste mich auf den Tresen stützen.

»Meinst du echt, dass das eine gute Idee war? Ich weiß, dass sie nie die Ursache gefunden haben, aber als du so dalagst, habe ich echt Angst bekommen«, sagte Mira.

»Ich warte auf Helmut und gehe dann nach Hause«, versprach ich. »Da liege ich deutlich lieber als in einem Krankenhausbett, wo ich ewig auf einen Arzt warten muss. Danke, dass du extra hergekommen bist.«

»Das ist selbstverständlich. Du hättest das gleiche für mich getan«, erwiderte sie sofort.

»Das stimmt.« Ich fasste mir an den Kopf. »Was hast du gemacht, als du ankamst? Mir ging es sofort besser.«

»Ich habe dich verzaubert«, antwortete Mira, ohne mit der Wimper zu zucken. »Ein Heilungszauber, der offenbar gut funktioniert hat.«

»Allerdings.« Ich versuchte ein Lächeln, doch sie sah nicht aus, als würde sie Scherze machen. Ich unterbrach den Blickkontakt, weil mir wieder schwindelig wurde.

Die Tür ging erneut auf und Helmut kam herein. Er sah Mira und winkte. »Neelias Freundin, hallo. Ich habe Ihren Namen vergessen, aber ...«

»Herr Hilmers, ich muss Neelia mitnehmen«, unterbrach Mira ihn freundlich aber bestimmt. »Sie hatte wieder einen Schwächeanfall. Ich bringe sie nach Hause und sorge dafür, dass sie ins Bett kommt.«

Helmut riss die Augen auf und sah mich an. »Geht es dir gut?«, fragte er sofort.

»Einigermaßen«, erwiderte ich und rieb mir das Gesicht.

»Dann geh nach Hause und ruh dich aus. Ich mache das hier.« Helmut schob mich zu Mira. Ich ging nicht gern, aber es hatte keinen Sinn, hierzubleiben. Meine Beine waren wackelig und mein Magen flau.

Mira holte meine Sachen und brachte mich mit dem Taxi nach Hause. »Soll ich deinen Vater anrufen? Oder Rob?«

»Rob kommt sowieso heute Abend zu mir«, meinte ich. »Und meinen Vater will ich im Urlaub damit nicht nerven. Er macht sich nur Sorgen und kann nichts tun. Das will ich ihm ersparen.«

»Okay. Ich bleibe hier und pflege dich.« Mira parkte mich auf dem Sofa, deckte mich zu und verschwand in der Küche. Sie kam mit zwei Bechern Tee zurück.

»Komisch«, meinte sie und drückte mir meinen Becher in die Hand. »Ich bin schon lange der Meinung, dass der Mond viel Einfluss auf uns hat, aber bei dir ist es echt seltsam. Bis vor Kurzem hingen deine Anfälle mit dem Vollmond zusammen, aber heute Nacht ist Neumond.«

Ich starrte sie an. Mein Mund war trocken. »Darüber habe ich noch nie nachgedacht«, flüsterte ich.

Mira zuckte mit den Schultern. »Hätte mich auch gewundert.« Sie setzte sich neben mich und kuschelte sich unter meine Decke. »Hat damit wahrscheinlich nichts zu tun.«

Ich lächelte schwach und versuchte, nicht mehr darüber nachzudenken. Es funktionierte nicht.

Im Laufe des Abends ging es mir besser und als Rob zu mir kam, war ich beinahe wieder fit. Mira erzählte ihm, was passiert war, ohne zu dramatisieren. »Da du jetzt da bist, kann ich sie ja in deiner Obhut lassen. Pass gut auf sie auf, ja?«, sagte sie im Rausgehen.

Rob brachte sie zur Tür. »Versprochen.«

»Danke. Habt trotzdem einen schönen Abend«, sagte sie und verließ die Wohnung. Er schloss die Tür hinter ihr und kam dann zu mir aufs Sofa.

»Ist wirklich alles okay?«, fragte er. »Mira hat mich angewiesen, dich zu pflegen.«

Ich zuckte mit den Schultern. »Hab ich gehört.« Ich starrte an die Decke. »Mir gehts wieder gut.« Ich schloss die Augen und versuchte herunterzuschlucken, wie sehr mich das alles nervte. »Ich hatte gehofft, dass das aufhört. Anscheinend klappt das aber nie. Ich muss damit leben.«

»Ich bin immer für dich da«, versprach er. »Ruf mich einfach an, ich komme sofort zu dir.«

»Wenn du denn in der Stadt bist«, versetzte ich.

»Stören dich meine Reisen?«, fragte er ruhig, doch ich spürte seine Anspannung.

Ich seufzte. »Ich wünschte, du wärst öfter bei mir, aber dass diese Reisen bei dir dazugehören, wusste ich von Anfang an. Ich habe kein Recht, mich darüber zu beschweren, also tue ich es auch nicht«, erwiderte ich.

Er küsste mich auf den Mund. »Ich muss nur noch ein bisschen durchhalten, dann habe ich hoffentlich einen Status, der es nicht mehr nötig macht, jeden halbwegs attraktiven Auftrag anzunehmen. Dann können sich andere abrackern, um sich einen Namen in der Branche zu machen. Und ich werde sie um den Globus schicken.«

Ich kuschelte mich an ihn. »Klingt gut. Darauf kann ich warten.« Er schlang die Arme um mich. Ich genoss diesen Moment, den wir beide für uns allein hatten, und war froh, dass er heute da war.

Natürlich wäre Mira sonst geblieben, aber Rob tröstete mich noch auf andere Art. Meine Hand tastete über seine Brust, hinunter zum Saum seines Shirts. Ich lächelte, als ich über seine glatte Haut mit den rauen Narben strich. Sie gehörten zu jedem von uns und es war tröstlich, dass er auch welche hatte.

»Eine Sache noch, bevor du über mich herfällst«, sagte er lächelnd und fing meine Hand ein. »Meine Eltern würden dich gern kennenlernen. Also wenn du deine Aversion gegen Jagdtrophäen einen Nachmittag lang verstecken könntest, würde ich sie dir gerne vorstellen.«

Ich sah ihn mit großen Augen an. »Das geht schnell«, sagte ich. »Damit hatte ich noch nicht gerechnet.«

»Deinen Vater kenne ich ja auch schon«, wandte er ein.

»Stimmt.« Ich lächelte, da regte sich in mir ein Widerstand, den ich nicht verstand. Natürlich wollte Rob mich seinen Eltern vorstellen.

Wir waren seit knapp sechs Wochen zusammen, das war der nächste logische Schritt. Papa und Rob verstanden sich fast zu gut, auf der anderen Seite mochte ich Cecilia auch gern, wenn man von meiner komischen Reaktion neulich absah. Bestimmt waren seine Eltern sympathisch. Die seltsamen Familiengeschichten musste ich dabei außer Acht lassen. Jede Familie hatte ihre Eigenheiten.

»Gibt es schon einen Termin?«, fragte ich.

»Nächste Woche Samstag zum Abendessen. Meine Mutter zerbricht sich schon den Kopf, wie sie dich mit ihren Kochkünsten beeindrucken kann. Dass du kein Fleisch isst, ist für sie ein Ansporn. Normalerweise gibt es Wild.«

»Ich bin gespannt«, lächelte ich.

»Und ich freue mich, dass du mitkommst.« Er küsste mich und hielt mich dieses Mal nicht auf, als meine Hand unter sein Shirt glitt. Dabei verdrängte ich erfolgreich das merkwürdige Gefühl in meinen Eingeweiden.

Am Freitagabend traf ich mich wie geplant mit Skadi und Mira. Sie hatten miteinander telefoniert und Skadi wusste von meinem Schwächeanfall. Und sie wusste außerdem von meiner Einladung bei den von Lindensteins. Rob hatte mit Emil darüber gesprochen.

»Wenn das so weiter geht, habe ich nichts mehr zu erzählen«, maulte ich.

»Darüber mache ich mir keine Sorgen«, sagte sie entspannt. »Da wird es immer etwas geben.«

»Hast ja recht.« Ich zuckte mit den Schultern.

»Bist du aufgeregt wegen Robs Eltern?«, fragte Skadi.

»Sollte ich? Kennst du sie?«, fragte ich.

Skadi lächelte. »Nein und ja. Die von Lindensteins sind nett. Etwas verschroben, aber damit kommst du gut klar. Robs Mutter ist supernett, sehr freundlich. Und so schick.

Ich habe selten eine so gut angezogene Frau kennengelernt. Sie hat echt Stil. Sein Vater ist zurückhaltender,
wirkt streng, aber ich weiß, dass er auch total herzlich ist.
Cecilia kennst du ja schon.«

»Das will was heißen, so positiv spricht Skadi nicht mal
über ihre eigene Familie«, lästerte Mira und bekam dafür
einen Rippenstoß von Skadi. Sie lachte. »Ist doch so!«

»Weiß ich, aber das musst du ja nicht laut aussprechen«,
murmelte Skadi. Sie war froh, wenn sie ihre Eltern und
ihre zwei Brüder nicht sah. Dass alle zur Hochzeit kamen,
stresste sie jetzt schon. Zu Emils Eltern hatte sie ein
besseres Verhältnis.

Ich war froh, dass die Stimmung wieder gut war. Von der
Anspannung wegen dieses dämlichen Buches war nichts
mehr zu spüren. Dafür beschäftigte mich seit zwei Tagen
Miras Bemerkung wegen der Mondphasen und ich versuchte, die Anfälle zu rekonstruieren.

Die Erkenntnis war erschreckend: Mira hatte recht. Jeder
meiner Anfälle fiel mit dem Vollmond zusammen. Bis
zum Letzten, bei dem ich mich verwandelt hatte. Und jetzt
schien es sich auf Neumondtage zu verlagern.

Ich zermarterte mir den Kopf, ob das zusammenhing.
Vorher hatte ich noch nie darüber nachgedacht, warum
auch? Es war auch nicht jeden Vollmond passiert - glaubte
ich zumindest. Wenn es aber so war, hing es mit meiner
Verwandlung zusammen, darauf ging ich jede Wette ein.

Ich sah zu Mira hinüber und fragte mich, ob ich mich ihr
anvertrauen konnte. Sie hatte sich so liebevoll um mich
gekümmert und ihr war der Zusammenhang aufgefallen.
Doch mit Skadi im Raum konnte ich das vergessen, meine
rationale Freundin hatte dafür kein Verständnis. Ich
musste warten, bis ich Mira allein sprechen konnte. Dann
würde ich einen Versuch starten, ihr alles zu erzählen.

KAPITEL 10

Es ergab sich nicht mehr, dass ich mit Mira sprechen konnte, bevor ich Rob zu seinen Eltern begleitete. Obwohl ich es versuchte, schafften wir es nicht, uns noch einen Abend ohne Skadi zu treffen. Ich musste weiter geduldig sein, auch wenn es mir schwerfiel.

Der Samstag, an dem ich Robs Eltern kennenlernte, lag noch vor dem Vollmond. Ich fühlte mich gut, als wäre meine Kraft nach dem letzten Tiefpunkt stärker zurückgekommen. Das war eine willkommene Abwechslung, denn ich hatte es satt, mich schwach und hilflos zu fühlen.

Im Antiquariat umschlich Helmut mich, als befürchtete er, dass ich jederzeit kollabierte. Als ich bemerkte, dass Klara und Amira das Gleiche taten, musste ich sie bitten, es zu lassen - nachdrücklich. Ich konnte es nicht leiden, wenn man mich wie ein Kind behandelte, schon gar nicht, wenn es mir so gut ging. Danach ließen sie es.

Inzwischen versuchte ich, mehr über den Einfluss von Mond auf Gestaltwandler herauszufinden. Hierüber gab das dämliche Buch zumindest Aufschluss, es enthielt ein ganzes Kapitel darüber. Anscheinend gab es Wandler, die die Phasen des Mondes brauchten, andere nicht. Da das Kapitel über Panther so dürftig war, wurden sie nicht in der Tabelle zu diesem Thema aufgeführt. Ich erfuhr aber, dass vor allem hundverwandte Gestalten wie Wölfe an die Mondphasen gebunden waren, Katzen nur bedingt.

»Ich wusste schon immer, dass ich eher der Hundetyp bin«, murmelte ich und legte das Buch frustriert weg. Wie jedes Mal hatte ich ein flaues Gefühl im Magen, wenn ich darin gelesen hatte. Auch bei dem Mondkapitel ging es hauptsächlich darum, die Gestaltwandler aufzuspüren und möglichst effektiv umzubringen. Wobei *effektiv* bedeutete, dass der Körper kaum beschädigt wurde.

Wer auch immer der Autor gewesen war, er und seine Freunde hielten sich offenbar für Jäger, die anschließend die Pelze ihrer Beute verkauften. Ich fand das so widerlich, dass ich beinahe geweint hätte. Das Buch machte mich fertig, doch es war das einzige, was ich hatte.

Wieder wünschte ich mir, ich könnte mit Mira sprechen, doch sie war auf einer Messe in Berlin. Ich wollte das Thema nicht am Telefon anschneiden, wenn sie vom Messetag kaputt war.

Heute war Samstag und ich stand mit Skadi vor meinem Kleiderschrank und suchte ein Outfit für mein Dinner mit den von Lindensteins.

»Ich hätte dir ja auch etwas leihen können«, meinte sie und hängte zwei Bügel kopfschüttelnd zurück.

»Dann hättest du Nadel und Faden mitbringen müssen, damit wir aus zwei Teilen eins machen können«, erwiderte ich. Skadi war so zierlich, dass ich mich neben ihr riesig fühlte, obwohl ich wusste, dass das täuschte. Ich war zufrieden mit meinem Körper, aber neben einer Elfe sah man eben immer etwas breiter und schwerer aus. Mira und ich waren da einer Meinung.

»Von wegen. Aber wir finden was für dich«, schnaubte die Elfe und verschwand in meinem Kleiderschrank.

Schließlich zog sie ein schwarzes Kleid heraus, dass ich noch nie anhatte, weil mir immer der Anlass fehlte. Es hatte einen rechteckigen Ausschnitt und war knielang.

»Das ist es«, legte sie fest.

»Ist das nicht zu schick?«, fragte ich zweifelnd.

»Finde ich nicht. Und du kannst sie gern beeindrucken, sie könnten deine zukünftigen Schwiegereltern sein«, erwiderte sie. Ich sah, dass ihr dieser Gedanke gefiel. Dann wären wir noch enger verbandelt. Ich hoffte, dass ihr klar war, wie wenig das mit den Männern zu tun hatte, mit denen wir zusammen waren. Ich liebte Skadi immer, egal, was sie tat. Das gleiche galt auch für Mira.

Ich zog das schwarze Kleid an und war pünktlich fertig. Rob holte mich mit seinem Auto ab. Seine Eltern wohnten am Öjendorfer Park, es war einfacher, mit dem Auto dorthin zu fahren. »So kann ich mich zwar nicht betrinken, falls was schief geht, aber ich vermute, dass das nicht passieren wird«, sagte er gut gelaunt.

»Mach so weiter und ich bekomme Angst«, meinte ich zwinkernd, obwohl ich nervös war.

»Das brauchst du nicht. Meine Eltern sind nett und haben noch nie jemanden vergrault«, erwiderte er.

»Und warum stellt euch Cecilia dann ihren Freund nicht vor?«, fragte ich.

Er sah mich scharf an. »Cecilia hat keinen Freund.«

Ich wollte widersprechen, weil ich das aus den Gesprächen mit ihr herausgehört hatte, aber anscheinend sollte ihr Bruder nichts davon wissen. Und ich sollte mich nicht in fremde Angelegenheiten einmischen. Wenn Cecilia nicht darüber sprechen wollte, hatte sie vermutlich einen Grund, der mich nichts anging. So gut kannten wir uns noch nicht, als dass ich sie einfach danach fragen könnte.

»Dann habe ich mich geirrt. Ist sie heute auch dabei?«

»Ja. Ich habe sie darum gebeten, weil ich glaube, dass sie die Situation für dich erleichtert«, meinte Rob entspannt.

»Danke für deine Umsicht.« Ich lächelte, fragte mich aber, ob er mich für so scheu hielt, das Unterstützung von seiner Schwester brauchte. Der Panther war bei ihm noch nicht angekommen. Ich fühlte mich zwar anders, aber ich bemühte mich, niemanden mit meinem Verhalten vor den Kopf zu stoßen. Es war mir bewusst, dass es andere verwirren würde, wenn ich mich so benahm, wie ich mich fühlte. Das kostete mich Kraft, denn ich spürte Energie und Tatendrang. Ich wollte Dinge tun, die ich mich vorher nicht getraut hätte. Ich wollte mehr Aufmerksamkeit und am besten sollten alle merken, dass ich stark und unabhängig war. Das zurückzuhalten war schwierig, doch ich musste schrittweise vorgehen, um mir Fragen zu ersparen.

In zwei Tagen kam mein Vater endlich von seiner Reise zurück, dann wollte ich unbedingt mit ihm sprechen. Er musste mir sagen, ob ich damals, in der Zeit vor meinem Unfall, anders war als hinterher.

»Alles klar bei dir?«, fragte Rob.

Ich zuckte zusammen. »Ja, warum?«

»Du bist so schweigsam. Freust du dich nicht auf den Abend?«, fragte er und zum ersten Mal sah ich bei ihm Nervosität. Irgendwie erleichterte mich das.

»Doch, natürlich. Ich bin schon sehr gespannt, aber auch etwas nervös«, gab ich zu. Das war nicht die ganze Wahrheit, doch ich konnte ihm nicht vom Panther erzählen.

Deswegen fühlte ich mich schlecht. Ich wollte keine Geheimnisse vor ihm haben, aber ich wusste nicht, wie ich darüber sprechen sollte. Ich würde es tun, irgendwann ließ es sich ja auch nicht mehr vermeiden, aber vorher brauchte ich Gewissheit und mehr Informationen.

»Verstehe ich, aber brauchst du nicht«, antwortete er. »Die beiden freuen sich auf dich. Sie wissen, dass ich nur jemanden mitbringe, wenn es ernst ist.«

»Ich bekomme aber heute Abend keinen Antrag, oder?«
Er sah mich erschrocken und betreten an. »Also ...«
Mir rutschte das Herz in die Hose. »Rob?«
Er lachte. »Du solltest dein Gesicht sehen! Nein, natürlich nicht. Dafür ist es noch ein bisschen früh, findest du nicht? Gib mir noch einen Monat Zeit, damit ich mein ganzes Leben für dich ändern kann.«

»Was für ein Quatsch«, sagte ich und spürte, dass ich rot wurde. »Das würde ich nie erwarten. Jeder soll so sein, wie er ist. Dein Leben eingeschlossen.«

»Und genau deswegen werden meine Eltern dich lieben«, erwiderte er. »Weil du einfach toll bist.«

Ich lächelte ihn an und ein warmes Gefühl breitete sich in meiner Brust aus. Ich fand ihn auch toll und ich wollte, dass das mit uns funktionierte. Dazu gehörte auch, dass ich ihm vom Panther erzählte. Sobald ich konnte.

Wir hielten vor einer weißen Villa am Waldrand. Ich sah verdattert aus dem Fenster. »Wow, ein Schloss. Du hast vergessen, zu erzählen, dass ihr steinreich seid.«

»Wohlhabend, maximal«, meinte er. »Und nur meine Eltern.« Ich warf ihm einen langen Blick zu. »Hey, ich arbeite für mein Geld. Hart, wie du weißt.« Er zuckte mit den Schultern. »Willst du jetzt doch sofort heiraten?«

»Wohl kaum und ich weiß, dass du viel arbeitest. Aber ein bisschen Starthilfe hast du sicher trotzdem bekommen«, meinte ich und dachte an seine Eigentumswohnung. »Wäre ja auch normal.«

»Vielleicht ein bisschen.« Er küsste mich und öffnete seine Wagentür. »Bereit?«

Ich stieß meine Tür auf und kämpfte mit meiner Nervosität. ›Komm schon‹, sagte ich mir. ›So schlimm ist es nicht. Du hattest noch nie Probleme mit solchen Treffen. Du rockst das.‹

Doch kaum stand ich draußen, wich ich zurück. Meine Sinne schrien Gefahr, Adrenalin pumpte durch meine Adern und mein Herz raste. Meine Instinkte drängten mich, sofort abzuhauen - notfalls zu Fuß durch den Wald. Ich musste hier weg.

Ich hielt mich am Wagendach fest und starrte die Villa an. Verdammt, was war das schon wieder?

»Neelia? Ist alles okay bei dir?« Robs Gesicht tauchte vor meinem auf, die Stirn in Sorgenfalten gelegt. Er legte die Hände auf meine Schultern und hielt mich fest. »Hast du einen Anfall?«

»Nein, geht schon«, bemühte ich mich, zu sagen. Seine Hände beruhigten mich, sie holten mich aus meinem Paniktunnel zurück. Mein Herzschlag fuhr wieder runter und ich schaffte es, wieder klarer zu denken.

›Es ist nichts los‹, beschwor ich mich. ›Beruhige dich. Deine Instinkte spinnen. Es ist nichts los.‹ Ich hielt mich mit meinem Blick an Rob fest.

Die Haustür ging auf und Cecilia kam heraus. »Kommt ihr endlich?«, rief sie. »Macht es doch nicht so spannend.« Sie blieb stehen und sah mich prüfend an. »Nervös? Du bist furchtbar blass.«

»Ich hatte ein bisschen Kreislauf«, sagte ich schnell.

»Dann komm rein. Ein Glas Wein und Mamas strenggeheimes Menü bringen dich in Schwung. Sie ist fast so nervös wie du.« Cecilia amüsierte sich prächtig. »Ohne ihren Wildbraten fühlt sie sich nackt, hat sie vorhin gesagt.«

»Cilly, du bist unmöglich«, sagte Rob verdrossen.

»Ich lockere nur die Stimmung auf«, meinte sie achselzuckend und hakte sich bei mir ein. Ich folgte ihr zum Haus und riss mich zusammen. Ich verstand nicht, was mit mir los war. Ich hatte schon früher solche Treffen überstanden. Das war nie ein Problem.

Ich fragte mich, ob es an der Atmosphäre lag. Dieses Haus am Waldrand wirkte wie aus einem Film, die Dämmerung sorgte dafür, dass es auch ein Psycho-Thriller oder ein Horrorfilm sein könnte.

Ich rang mir ein Lächeln ab. Das war doch lächerlich. Ich sollte mich auf einen netten Abend mit Robs Familie freuen. Ich würde sie in Zukunft sicher öfter sehen.

Robs Eltern standen an der Tür, als Cecilia mich die Stufen hinauf lotste. Überrascht sah ich von einem zum anderen: Rob war seiner Mutter wie aus dem Gesicht geschnitten: Die freundliche Augenpartie und das etwas eigenwillige Kinn hatte sie ihm vererbt. Cecilia hingegen kam ganz nach ihrem Vater, dieselbe betonte Nase und die wachen Augen. Und trotzdem sahen sich die Geschwister ähnlich. Biologie war etwas faszinierendes.

»Hallo Neelia, schön, dich kennenzulernen. Ich bin Charlotte.« Robs Mutter nahm meine Hand und strahlte mich an. Ich beeilte mich, zurückzulächeln.

»Friedrich«, stellte sich ihr Mann vor und drückte meine Hand ebenfalls.

»Hallo«, mühte ich mich ab. Gänsehaut wanderte über meinen Rücken und ich verstand nicht, wieso. Die von Lindensteins waren nett und empfingen mich freundlich, warum spielte mein Körper verrückt?

Rob legte seine Hand auf mein Kreuz und lächelte stolz, als wir ins Esszimmer gingen. Ich sah mich um. Der Raum war groß und einladend. Das Haus musste mindestens hundertfünfzig Jahre alt sein. Die Wände waren dunkel vertäfelt und an einer Wand war ein großer Kamin wie in einem alten Film. Es fehlten nur noch Herren mit Degen am Gürtel davor, um das Bild abzurunden.

Im krassen Kontrast standen die modernen Möbel, die diesen feudalen Eindruck so gekonnt unterbrachen, als gäbe es keine andere Möglichkeit, dieses Haus einzurichten. »Wow«, sagte ich leise.

Charlotte grinste. »Ich hatte keine Lust mehr, in einem Edgar-Wallace-Schloss zu leben und habe das Ganze ein bisschen aufgepeppt.«

»Und wie. Es sieht toll aus«, sagte ich und versuchte, mich endlich wohlzufühlen. Ich fand Robs Eltern wirklich nett und jetzt kam Leben in die Unterhaltung. Beide hatten eine Vorliebe für Romanklassiker und waren weit gereist, sodass sie von vielen Ländern und Kulturen berichten konnten. Das vegetarische Gulasch, das Charlotte auftischte, war köstlich, darin waren wir uns alle einig.

Nach dem Essen setzten wir uns in das beeindruckende Wohnzimmer und ich trank den besten Wein meines Lebens. Meine indischen Wurzeln interessierten Friedrich sehr und es wäre das perfekte Kennenlernen, wenn ich nicht das Gefühl hätte, etwas lauere in meinem Rücken und könnte mich jede Minute angreifen.

»Geht es dir wieder gut?«, raunte Rob mir zu, als sein Vater eine weitere Flasche Wein holte.

»Alles in Ordnung. Mir ist nur etwas schwindelig«, log ich. »Das ist kein Problem, nur jag mich nicht ums Haus.«

»Hatte ich heute nicht vor. Vielleicht mal, wenn meine Eltern verreist sind«, schmunzelte er. Ich lächelte zurück, auch wenn ich am liebsten nach heute Abend nie wieder herkommen würde.

Es tat mir leid, wie erleichtert ich war, als wir uns um halb eins verabschiedeten und zusammen mit Cecilia zu Robs Wohnung fuhren. Seine Eltern konnten nichts dafür, aber ich wurde dieses unangenehme Gefühl einfach nicht los. Daran änderte nicht einmal der Wein etwas.

»Du kannst mich an der U-Bahn rauslassen«, sagte Cecilia von der Rückbank mit Blick auf ihr Smartphone.

»Ich bin noch nicht müde und treffe mich mit Freunden.«
Robs Augenbraue hob sich. Er hatte unsere Unterhaltung
auf der Hinfahrt nicht vergessen. »Was für Freunde?«

»Drogendealer und Schläger«, schnappte sie. »Du kennst
mich doch.«

»Bitte entschuldige mein Interesse an deinem Leben«,
sagte Rob beleidigt. Das lief ja gut. Ich sah aus dem Fenster und hoffte, dass sie sich jetzt nicht stritten.

Doch Cecilia seufzte. »Schon gut. Ich treffe mich mit der
Gang. Isa, Knuppi und Henry.«

Ich merkte auf, denn den letzten Namen sprach sie anders
aus als die anderen. Und er kam mir bekannt vor. »Henry,
Emils Bruder?«, fragte ich. Skadis zukünftiger Schwager.

»Yes«, sagte Cecilia betont lässig und mied den Blickkontakt. Mit ihm hatte sie also etwas. Das behielt ich lieber
für mich. Ich hatte das Gefühl, dass Rob seinen Job als
älterer Bruder in dieser Hinsicht zu ernst nahm und dass
Cecilia das nicht leiden konnte. Sie war alt genug und
konnte selbst entscheiden, was sie machte.

Rob ließ sie an der Bahnstation raus und wir fuhren allein
zu ihm. Jetzt endlich konnte ich mich entspannen.

»Meine Eltern mögen dich«, sagte Rob beim Einparken.

»Das freut mich«, erwiderte ich ehrlich.

»Sie würden dich gern noch einmal einladen, aber kein
Stress. Das müssen wir nicht jedes Wochenende machen.«
Er legte mir die Hand auf den Arm und beugte sich zu mir,
um mich zu küssen.

Ich war dankbar, dass ich wegen des Kusses nicht antworten musste, und verdrängte das Unwohlsein wegen des
nächsten Treffens, das sich wohl nicht vermeiden ließ.

Am späten Sonntagabend kamen Papa und Annaya von ihrem Urlaub zurück. Zu spät, um noch einmal zu ihm zu gehen und mit ihm zu sprechen.

Am Montag war unglaublich viel im Antiquariat zu tun und ich besuchte ihn zwar, war aber zu müde für das Gespräch, das ich dringend mit ihm führen wollte. Außerdem war Annaya da und versorgte mich mit Tee und Abendessen. Ihre libanesischen Gerichte waren so gut, dass jeder Stress beinahe vergessen war.

Mein Vater beobachtete mich unruhig, als ich aß. »Und wie erging es dir in den letzten zwei Wochen?«, fragte er. Er machte mich nervös. Es schien, als würde er mit etwas Schlimmen rechnen.

»Ich hatte einen heftigen Anfall«, berichtete ich. »Ich war allein im Antiquariat und hatte zum Glück Mira am Telefon. Sie ist hingekommen und hat einen RTW gerufen. Es war nichts und es ging mir schnell wieder gut, aber die blauen Flecken sind noch zu sehen.«

Papa machte ein seltsames Gesicht, bei dem es ein paar Sekunden dauerte, bis ich es verstand: Ich sah Erleichterung. Aber warum? Warum war mein Vater erleichtert über den Anfall? Oder bildete ich mir das ein?

Annaya berichtete lebhaft vom Urlaub und ich wollte das vor ihr nicht thematisieren. Ich fürchtete nur, dass es mit unserem Gespräch vor dem Vollmond nichts mehr wurde, denn der war schon am Donnerstag.

Donnerstag. Mein Herz flatterte bei diesem Gedanken. Ich fieberte dieser Nacht entgegen und wollte unbedingt wissen, ob sich die Verwandlung wiederholte.

Ich hoffte es. Ich wollte es unbedingt.

Das Gespräch mit meinem Vater musste warten, denn ich war die übrigen Abende verabredet. Und falls ich mich nicht verwandelte, war das Gespräch sowieso überflüssig.

Ich lächelte meinen Vater an und versuchte, ihm auf diese Weise klar zu machen, dass es mir gut ging und er sich keine Sorgen um mich machen musste.

Ich kam zurecht. Hauptsache ich wurde zum Panther.

Am Donnerstagabend konnte ich nicht einschlafen. Ich wusste auch nicht, ob das nötig war, um die Verwandlung auszulösen. Ich wusste nur, dass ich das Mondlicht meiden musste, so lange die Straßen draußen noch gefüllt waren.

Ab elf Uhr konnte ich es wagen.

Die Zeit verrann wie Treibsand. Ich sah mir einen Film an, konnte mich aber nicht konzentrieren. Mein Handy stellte ich lautlos und legte es in mein Schlafzimmer, ich wollte nicht gestört werden.

Stattdessen nahm ich mir das furchtbare Buch vor.

›Die Monster, die sich tagsüber als Menschen tarnen, haben schon viel Leid über die Städte gebracht, in denen sie leben‹, stand dort. ›Es steht außer Frage, dass die Verwandlung einen dämonischen Ursprung hat, dessen Ausbreitung vermieden werden muss. Die Skinhunter sind die einzige Gilde, die sich erfolgreich wehren kann.‹

Skinhunter. Was für ein widerlicher Name für eine Truppe Jäger, die es auf meinesgleichen abgesehen hatte. Hätte. Wenn das nur das Hobby eines Exzentrikers war, der sich Equipment für seine Rollenspiele zusammengestellt hatte. Irgendwie glaubte ich nicht an diese Erklärung. Sie wäre zu einfach und zu beruhigend.

Aber wenn der Inhalt des Buches keine Spinnerei war, musste ich vorsichtig sein.

Ich erinnerte mich an meine Träume. An den Mann mit der Waffe. War er einer von ihnen? Falls es so war, wusste ich, was ich tun musste: Angreifen, bevor er es tat.

Endlich sprang die Uhr auf elf.

Ich trat an mein Wohnzimmerfenster und sah hinunter auf die Straße. Alles war still, nur von der Hauptstraße kamen noch Geräusche von vorbeifahrenden Autos.

Ich konnte es wagen. Mein schwarzes Fell bot mir genug Schutz. Tief durchatmend trat ich hinaus auf den Balkon. Dort richtete ich mein Gesicht zum Mond.

Sofort spürte ich den Sog, der von dem Gestirn ausging. Meine Augen weiteten sich, ich konnte den Blick nicht von der runden Scheibe abwenden.

Er zog mich an. Er war ein Teil von mir.

Er brachte zum Vorschein, was ich war. Endlich.

Glück durchflutete mich, weil ich meine wahre Gestalt erleben durfte. Ich durfte mich erneut so fühlen. Ich konnte wieder ganz ich sein. Darauf hatte ich mich so gefreut.

Jetzt war es soweit.

Die Verwandlung ging dieses Mal schneller als zuvor und war schmerzfrei. Ich spürte nur ein Ziehen in meinen Muskeln, als würde ich mich beim Sport dehnen. Ich sank auf alle viere und fühlte, wie mein Fell spross. Wie sich meine Schädelform veränderte und meine Muskeln ihre Beschaffenheit an die neue Gestalt anpassten. Ich wurde immer stärker und geschmeidiger. Ausdauernder und beweglicher. Mein langer Schwanz peitschte gegen meine Hinterbeine und meine Schnurrhaare zitterten, als ich die Witterung aufnahm.

Die Luft war rein. Die Nacht konnte beginnen.

Wieder sprang ich mit einer fließenden Bewegung in den Baum gegenüber und von dort hinunter auf die Straße. Ich sah mich um und lauschte, vergewisserte mich, dass ich allein war. In der Ferne hörte ich die Autos auf der Hauptstraße, doch in meiner Wohnstraße war es still. Perfekt.

Ich streckte mich einmal genüsslich von der Nasen- bis zur Schwanzspitze. Meine Muskeln dehnten sich köstlich und meine Knochen machten jede Bewegung bereitwillig mit. Ich fühlte mich fantastisch. Frei. Befreit von allen Zwängen und Pflichten.

Das Gefühl war wunderschön. Es war wie ein Rausch, der mich mitriss. Ich liebte es, mich so zu fühlen und wünschte mir, dass es öfters möglich wäre. Doch fürs Erste genoss ich diese Nacht.

Wohin jetzt?

Die Enge der Straßen war nur interessant, solange ich auf Bäume klettern und meine Kräfte ausprobieren konnte. Der triste Asphalt schmeichelte meinen Pfoten nicht.

Ich sehnte mich nach etwas Natürlichem.

Ich überlegte, in den Park bei Robs Wohnung zu laufen, doch der war winzig. Auch wenn mein Spieltrieb von der Möglichkeit gereizt wurde, dass er mich sehen *könnte*, heute Nacht war nicht der richtige Zeitpunkt, um mich ihm zu zeigen. Außerdem musste ich mich bewegen. Nach der Enge des letzten Monats in meinem menschlichen Körper musste ich die Energie wecken und dann verbrauchen, damit ich bis zum nächsten Vollmond nicht durchdrehte.

Ich streckte mich ein weiteres Mal, dann rannte ich los.

Es war wie bei meiner ersten Verwandlung: Der Rausch war unbeschreiblich. Endorphine und Adrenalin fluteten meinen Körper und mein Gehirn. Wenn ich gekonnt hätte, hätte ich laut gejubelt, weil ich mich so gut fühlte.

Ich sprang über Zäune und Mauern, nahm Bäume als Zwischenstation und kletterte an ihren Stämmen empor, nur um auf der anderen Seite hinunter zu springen. Ich rannte so schnell ich konnte, dabei genoss ich, wie geschmeidig sich mein Körper anfühlte. Wie natürlich jede Bewegung ablief.

Ich erreichte den Stadtpark und tobte über die Wiese. Das Gras kitzelte unter meinen Pranken und ich scheuchte etwas Kleines im Gebüsch auf, das sich eilig davonmachte.

Ich sprang über die Büsche hinweg und kam elegant wieder auf die Pfoten. Ich umrundete das Planetarium und streifte durch den angrenzenden Wald. Tausend Gerüche stürmten auf meine Nase ein, ich hielt den Kopf in die Brise, um sie alle aufzunehmen.

Ein nächtlicher Jogger mit Stirnlampe kam mir entgegen, also sprang ich ins Gebüsch, bevor er mich sehen konnte, und wetzte weiter zwischen den Bäumen hindurch.

Ich passierte die Sportanlage und den Minigolfplatz, die im Dunkeln verwaist dalagen, und erreichte den See. Ohne zu zögern sprang ich ins Wasser und genoss die Abkühlung, dann rannte ich weiter und umrundete den See, bis ich zu den angelegten Gärten kam.

Die ersten Blumen knospten bereits und ich hielt inne, um mich an diesem Geruch zu berauschen. Langsam lief ich auf den Sandwegen entlang, nahm die nächtliche Stille in mir auf und spürte meinen Körper.

Es war perfekt und kurz bedauerte ich, dass niemand hier war, mit dem ich diese Nacht teilen konnte. Ich wünschte mir, ich hätte einen Begleiter, der dasselbe Glück spüren konnte, das mich durchströmte. Ich dachte an Mira. An meinen Vater. Bei Rob verharrten meine Gedanken und ich wünschte mir einen Moment, er wäre auch wie ich. Zumindest aber, dass ich es ihm erzählen könnte, damit er die Wahrheit kannte und sich mit mir freuen konnte.

Ich musste unbedingt mit jemandem hierüber reden. Ich konnte es nicht mehr für mich behalten.

Ein Knacken ließ mich innehalten. Meine Ohren zuckten und meine Schnurrhaare zitterten, als ich versuchte zu ergründen, woher es kam.

Ein Tier im Unterholz? Wieder ein Jogger? Oder nur der Wind, der einen Zweig abgerissen hatte?

Meine Nase empfing keinen Geruch, obwohl ich mich drehte. ›*Gegen die Windrichtung*‹, sagte mein Instinkt. Jetzt schlug er Alarm. Hier stimmte etwas nicht.

Mein Nackenfell sträubte sich und ein Gefühl baute sich in mir auf, dass ich schon kannte. Aus meinen Träumen.

Meine Lefzen hoben sich, als ich knurrte. Das durfte doch nicht wahr sein! Ich war doch erst zum zweiten Mal ein Panther. Wie konnte er mich finden? Wer war er?

Skinhunter.

Dieses Wort war die Erfindung eines Irren, der in seiner Fantasie gerne Menschen tötete, weil sie ihre Gestalt veränderten. Diese Leute konnte es unmöglich geben!

Wieder knackte es und meine Instinkte schrien auf.

Ich duckte mich und verschmolz mit dem Schatten der Hecken. Ich war kein leichtes Ziel in der Dunkelheit, wenn ich das direkte Mondlicht mied. Er musste aus seinem Versteck herauskommen, um mich zu finden. Und dann schnappte ich ihn mir.

Wenn es überhaupt ein Jäger war. Es konnte eine Maus sein. Ein Kaninchen. Ich könnte es jagen. Meine Lefzen hoben sich bei dem Gedanken. *Jagen.* Das wäre der krönende Abschluss dieser Nacht. Bald setzte die Dämmerung ein. Ich könnte es fangen und erlegen, einfach, weil ich die Fähigkeiten dazu besaß. Nur, weil ich schneller und klüger als diese Viecher war.

Ich wartete noch einen Moment, dann verließ ich den Schatten. Ich hatte überreagiert. Hier war niemand.

Zumindest niemand, der mir gefährlich werden konnte.

Ich drehte den Kopf und suchte nach meiner Beute. Ich hoffte, dass es nicht nur eine Maus war.

Wieder das Rascheln. Meine Nackenhaare sträubten sich. Meine Instinkte schrien so laut, dass ich sie nicht ignorieren konnte.

Ich warf mich im gleichen Moment zur Seite, als der Schuss knallte. Die Kugel schlug in den Sandboden ein.

Ich knurrte laut und schlug einen Haken, sodass ich mich meinem Angreifer von der Seite näherte. Ich war unglaublich schnell und die Wut machte mich noch rasanter. Sie potenzierte meine Kraft.

Das war er also: der Moment aus meinem Traum.

Diese Begegnung, auf die mich mein Unterbewusstsein seit Monaten vorbereitete.

Skinhunter.

›*Na warte!*‹, dachte ich und duckte mich zum Sprung. ›*Du hast lange genug dein Unwesen getrieben.*‹

Jetzt sah ich meinen Verfolger, er kam gerade aus der Deckung einer Hecke. Er trug einen schwarzen Mantel und hielt das Gewehr in der Hand. Ein Jagdgewehr.

Dieser Feigling! Er hatte es klug eingefädelt.

Leider nicht klug genug.

Endlich stieg mir sein Geruch in die Nase, als ich mich ihm näherte.

Die Erkenntnis ließ mich mitten im Lauf innehalten. Mein Herz machte einen entsetzten Sprung.

Diesen Geruch erkannte ich unter Tausenden.

Leder. Eine gewisse erdige Note.

Ich blieb drei Meter vor ihm stehen und starrte in sein Gesicht, das jetzt vom Vollmond beschienen wurde.

Er sah mich und legte auf mich an.

Ich blickte fassungslos in sein Gesicht, als Robs Finger den Abzug fand.

Teil 3

Unter deiner Haut

KAPITEL 11

Es war wie ein Albtraum, nur dass ich wach war. Der Schock saß so tief, dass ich vergaß zu atmen.

Ich traute meinen Augen nicht.

Mein Herz machte einen schmerzhaften Satz.

Er konnte es nicht sein.

Er *durfte* es nicht sein.

Und doch sah ich dem Mann in die Augen, in den ich mich verliebt hatte.

Er war hier, um mich zu töten.

Er konnte nicht wissen, dass ich der Panther war.

Oder?

Meine Schnurrhaare zitterten.

Rob.

War das alles nur eine List, um an mein Fell zu kommen? Es im Jagdzimmer seines Vaters auszustellen?

Skinhunter.

›*Ist es das, was du bist, Rob? Ein Mörder?*‹

Ich sah ihm in die Augen, doch die Wärme und alles, was ich an ihm liebte, war daraus verschwunden. Stattdessen war da nur eiskalte Effizienz und eine Distanz, die mir den Atem verschlug. Für ihn war ich kein Mensch, wahrscheinlich nicht einmal ein Tier. Für ihn war ich ein Monster, das er jagen und töten wollte.

Das hier war anders als mein Traum. Das hier hatte nichts mit einem fairen Kampf zu tun.

186

Ich könnte ihm nie wehtun. Ich würde es auch nicht. Aber er, das sah ich in seinen Augen.

War alles nur ein Fake zwischen uns? Unsere Beziehung? Nein, das konnte nicht sein, wir waren zusammengekommen, bevor ich überhaupt von meiner anderen Gestalt wusste. Wenigstens diese Gewissheit hatte ich.

Doch das änderte nichts an der Gefahr. Irgendwie musste ich ihm begreiflich machen, dass ich es war. Es gab keine Alternative. Wegzulaufen und zu hoffen, dass er die Jagd aufgab, war eine schlechte Idee.

Ich musste mich ihm offenbaren, damit er wusste, dass er mir nichts tun durfte. Wenn er mich denn genug dafür liebte. Ich musste daran glauben, weil mir keine andere Lösung einfiel.

Das Klicken des Gewehrs ließ mich zur Besinnung kommen. Mit einem Stare-down kam ich nicht weiter. Er erkannte mich in dieser Gestalt nicht. Ich musste mich zurückverwandeln, sonst schoss er wieder auf mich.

Es war beinahe ausgeschlossen, mich auf diese Distanz zu verfehlen.

Ich duckte mich zur Seite und rannte los, im gleichen Moment gab Rob den nächsten Schuss ab.

Die Kugel peitschte an mir vorbei. Allein das Geräusch ließ mein Herz rasen, doch jetzt bekam ich Angst. Er meinte es todernst. Wenn ich nicht sofort eine Möglichkeit fand, mich zurück zu verwandeln, brachte er mich um.

Ich sprang über eine Hecke und rannte zum nächsten Gebüsch. Jeder Meter zählte.

Keine Ahnung, wie lange die Rückverwandlung dauerte, aber ich musste es jetzt tun, denn er verfolgte mich. Und er war erschreckend schnell, stellte ich fest, als ich zurücksah. Ausgeschlossen, dass ich auch nur eine Minute Vorsprung herausholen konnte.

Scheiße, ich hatte keine Wahl. Ich blieb stehen und sah ihn kommen.

Jetzt oder nie.

Ich befahl meinem Gehirn und meinem Körper, mich zurück zu verwandeln. Jetzt. Und schnell. Dann betete ich, dass es klappte.

Ich zuckte heftig zusammen und krampfte, als es tatsächlich losging. Die Rückverwandlung war wie ein Sprung in eiskaltes Wasser. Schmerzen wie Nadelstiche malträtierten meine Nerven und meine Muskeln fühlten sich an wie übel gezerrt. Ich unterdrückte einen Schmerzensschrei. So schlimm hatte ich es nicht erwartet.

Mein Körper protestierte gegen diese brutale Hektik. Es fühlte sich an, als würde ich auseinandergerissen werden. Ich biss mir auf die Lippe und krümmte mich, beobachtete, wie meine Pfoten zu Fingern wurden, die sich in meine Arme krallten.

Mein schwarzes Fell verschwand und meine Haut und meine Kleidung kam wieder zum Vorschein. Ich trug Unterwäsche, weil ich nicht gewusst hatte, wie es sich mit Stoff verhielt. Sie war noch da und unversehrt, trotzdem war ich fast nackt.

Ich bekam Gänsehaut und fröstelte im kalten Aprilmorgen. Meine Rückverwandlung war abgeschlossen und ich kam auf die Füße. Ich richtete mich auf und drehte mich zu ihm.

Rob blieb wie angewurzelt stehen und starrte mich an. Er brauchte mindestens so lange, zu verstehen, dass ich es war, wie ich zuvor. Sein Mund stand offen und die Hand mit dem Gewehr sank herab. Ungläubig schüttelte er den Kopf. Wenigstens zielte er nicht mehr auf mich.

»Neelia?« Seine Stimme traf mich bis ins Mark, obwohl ich ihn längst erkannt hatte.

Trotzdem machte der Klang alles real.

Meine Unterlippe zitterte, als ich endlich vollkommen verstand, was hier geschah.

Er war mein Geliebter. Und mein Todfeind.

Tränen stiegen in meine Augen und ich schlang die Arme um meinen Oberkörper.

Verdammt, wie konnte ich nur in diese Lage geraten?

Rob kam langsam auf mich zu. Ich zuckte zusammen, als er seinen Mantel abstreifte und mir über die Schultern legte. Jetzt stand er direkt vor mir. Wieder roch ich diesen vertrauten Duft, der mich sonst immer erregt und getröstet hatte. Der in mir pures Wohlgefühl ausgelöst hatte.

Das war immer noch da, aber irgendwo weit hinten, unter all meinen anderen Gefühlen. Die Angst und die Verzweiflung waren viel stärker. Ich fühlte mich leer und verlassen. Verzweifelt und völlig verloren.

Trotzig schluckte ich die Tränen hinunter. Ich würde nicht heulen, ich war erwachsen, verdammt! Ich wollte mich so nicht fühlen und es ihm auch nicht zeigen.

Seine Miene war unbeweglich, als ginge ihn das alles nichts an, aber das kaufte ich ihm nicht ab. Trotzdem wollte ich ihm nicht zeigen, wie verletzlich und verstört ich war.

Mein Blick fiel auf das Gewehr, das er immer noch in seiner Hand hielt. Seine Augen folgten meinem Blick, sein Mund wurde schmal. Jetzt zeigte sein Gesicht wenigstens wieder eine Emotion.

»Wir sollten hier weg, bevor wir verhaftet werden«, murmelte er und hielt mir seine freie Hand hin.

Ich starrte darauf und fühlte mich wie gelähmt. Sollte ich sie ergreifen? Meinte er es ernst oder hatte er einen tödlichen Hintergedanken? Würde er mich zwingen, mich zu verwandeln, damit er seinen Plan umsetzen konnte?

»Ich will mit dir reden«, sagte er und plötzlich splitterte seine gleichgültige Maske. Ich sah, wie sehr es ihm zusetzte, was passiert war. Wie fassungslos und erschrocken er war. Er hatte auch keine Ahnung, was er machen sollte.

Langsam, als wüsste ich nicht, ob sie mich verbrennen konnte, ergriff ich seine Hand und ließ mich von ihm zur Straße ziehen. Dort stand sein Auto. Rob legte das Gewehr in den Kofferraum. Ich bemerkte die große Tasche, die noch dort lag. Die Plastikfolie. Ich wollte nicht darüber nachdenken, dass dort meine Leiche läge, wenn er mich nicht rechtzeitig erkannt hätte.

Ich kniff die Augen zusammen und kämpfte mit mir. Der Drang, wegzulaufen, war übermächtig.

Rob schloss den Kofferraum und stellte sich davor.

»Das hättest du nie sehen sollen«, sagte er leise. Das wäre mir auch lieber, doch nun war es zu spät.

Ich wich vor ihm zurück und hob hilflos die leeren Hände. Ich wusste nicht, was ich machen sollte.

Ich fror und bis zu mir nach Hause war es mehr als ein Kilometer. Ohne Robs Mantel war ich quasi nackt, ich trug keine Schuhe und hatte keinen Cent Geld bei mir. Auch kein Handy, um jemanden anzurufen, der mir half.

»Bitte steig ein«, sagte er leise. »Ich schwöre dir, dass du es nicht bereust. Bitte komm mit. Wir müssen darüber reden. Ich schulde dir eine Erklärung. Und du mir auch«, fügte er hinzu.

Ein hilfloses Lachen sammelte sich in meiner Kehle. *Ich* sollte mich ihm erklären? Wer hatte hier auf wen geschossen? Ich hatte nicht versucht, ihn zu töten.

Rob deutete mein Gesicht richtig und hatte den Anstand, zu erröten. »Es tut mir so leid«, sagte er leise. »Wenn ich gewusst hätte, dass du es bist ...«

Wortlos riss ich die Beifahrertür auf und setzte mich ins Auto. Ich ertrug die Kälte nicht mehr und ich wollte kein weiteres Wort hören.

Trotzdem wusste ich, dass wir reden *mussten.* Wir mussten diese Sache klären, oder ich wurde meines Lebens nicht mehr froh. Ich konnte nicht einfach so gehen. Ich musste es aus seinem Mund hören.

›*Ich bin hergekommen, um dich zu töten. Um das, was du bist, zu töten und seine Haut als Trophäe aufzubewahren oder zu verkaufen.*‹

Und dann? Ich wusste es nicht.

Rob stieg ein und startete den Motor. Ich traute mich nicht, ihn anzusehen, und starrte aus dem Fenster. Wir fuhren zu ihm, schweigend. Meine Lippen fühlten sich versiegelt an und mein Kopf war gleichzeitig so voll und so leer, dass ich keinen klaren Gedanken fassen konnte.

Rob parkte am Straßenrand vor seinem Wohnhaus. Mit tauben Gliedern stieg ich aus und verharrte, als er die Eingangstür aufschloss. Ich sah an der Fassade hinauf. Lauerte hier mein Tod?

»Bitte sieh mich nicht so an, als würde ich dich umbringen«, sagte er leise. »Ich würde dir niemals etwas antun. Das solltest du wissen.«

»Das hat sich anders angefühlt, als du auf mich geschossen hast«, sagte ich rau. Erst jetzt merkte ich, dass ich bisher kein Wort gesagt hatte. Meine Stimme war heiser, als hätte ich eine ganze Nacht wie am Spieß geschrien.

Mein Körper fühlte sich merkwürdig an, heiß und als wäre er mir zu eng. Meine Muskeln nahmen mir die Blitzverwandlung sehr übel und ich war so müde, als hätte ich seit Tagen nicht geschlafen.

Ich war ein leichtes Opfer, falls er log.

Rob nahm meine Hand und zog mich ins Treppenhaus.

Hier war es etwas wärmer, doch die Fliesen unter meinen Füßen strahlten ihre Kälte in meinen Körper aus. Er sah mich zittern, also rief er den Fahrstuhl und schlang seine Arme um mich, als wir auf ihn warteten. Ich schloss die Augen und ließ die Berührung zu.

Ich wollte ihm glauben. Das Problem war nur, dass sich in der letzten halben Stunde mein ganzes Leben verändert hatte. Schon wieder. Und dieses Mal nicht zum Guten.

Rob schob mich in den Fahrstuhl, als sich die Türen öffneten, und wir fuhren hoch zu seiner Wohnung.

»Cecilia ist nicht da«, sagte er und schloss die Tür auf. Er verschwand im Schlafzimmer und kam mit Socken, einem Sweatshirt und einer Jogginghose zurück. Dankbar zog ich alles über und setzte mich auf seine Couch. Ich ging nicht davon aus, dass er mich auf dem Polstermöbel umbringen wollte, und zog die Beine an, sodass ich mein Kinn auf meine Knie legen konnte.

Ich fühlte mich elend und unsicher. Rob setzte sich vor mich. Ich sah ihm an, dass es ihm ähnlich ging.

»Ist Cecilia auch eine?«, fragte ich.

»Was meinst du?«, fragte er zurück.

»Eine Skinhunterin.«

»Woher weißt du ...«, begann er, dann zog er die Augenbrauen hoch. »Das Buch.« Also war es doch echt. Nicht nur die Fantasie irgendeines Rollenspielers, der zu tief in sein Hobby abgetaucht war. Dieses Buch war eine Anleitung für eine echte Gilde. Sein Inhalt war bitterer Ernst. Und einer der Typen, die den Irrsinn darin umsetzten, saß mir gegenüber und war mein Freund.

Ich nickte, da fiel mir etwas anderes schlimmes ein, denn ich erinnerte mich, wie eine meiner besten Freundinnen auf dieses Buch reagiert hatte. »Skadi! Ist sie auch..?«

Rob schüttelte den Kopf. »Skadi nicht. Emil.«

Ich lachte hilflos, dann zuckte ich mit den Schultern. »Ich verstehe gar nichts. Wir fangen am falschen Ende der Geschichte an.«

»Du hast recht.« Rob sah mich vorsichtig an. »Seit wann bist du ... so?«

»Seit einem Monat. Letzten Vollmond habe ich mich zum ersten Mal verwandelt. Ich weiß nicht, warum ausgerechnet jetzt, ich habe noch nicht viel herausgefunden. Momentan versuche ich noch, damit klarzukommen, was ich bin«, antwortete ich. Ich konnte seinen Gesichtsausdruck nicht deuten. Er war ratlos, als würde das, was er sah, nicht mit dem zusammenpassen, was er wusste. Oder zu wissen glaubte.

»Du denkst, ich sei ein Monster«, stellte ich ruhig fest.

Er schüttelte den Kopf. »Ich weiß, dass du keines bist. Das ist ja das verrückte.«

»Dieses Buch ist wahrscheinlich kein Einzelstück, oder? Jetzt, wo ich es weiß, macht Skadis Reaktion Sinn. Sie hat es wiedererkannt, weil sie es schon einmal gesehen hat und etwas darüber weiß«, sagte ich.

»Ja. Emil besitzt selbst so eins, genau wie ich. Es ist ein Handbuch in der Gilde, das jeder bekommt, der sich dieser Aufgabe annimmt.« Rob presste die Lippen zusammen.

Aufgabe. Was für eine neutrale Umschreibung für blutrünstigen und grundlosen Mord.

»Deswegen hat sie mich gefragt, ob ich es von dir habe«, meinte ich. »Weiß Skadi, was ihr tut?«

»Sie wurde von Emil eingeweiht, hat aber nichts damit zu tun«, antwortete er.

»Und sie hat nichts dagegen, dass er ein Mörder ist?«, fragte ich unfähig, mich noch länger zurückzuhalten.

Rob zuckte zusammen. »So würde ich es nicht nennen«, sagte er gepresst.

»Natürlich nicht. Nach eurem Selbstverständnis befreit ihr die Menschheit von Monstern. Ich habe dieses Schundbuch gelesen und weiß, wie ihr euch das schönredet. In deinen Augen gehöre ich zu diesen Monstern, die man töten darf, um sich ihre Pelze an die Wand zu nageln.«

»Ich habe dir schon gesagt, dass ich weiß, dass du keines bist«, erwiderte er.

»Rob, wie viele Gestaltwandler hast du schon auf dem Gewissen?« Mein Herz klopfte laut bei dieser Frage. Ich wollte die Antwort nicht wissen, doch ich musste da durch. Ich brauchte endlich Klarheit.

Rob presste die Lippen zusammen. »Was macht einen Unterschied, ob es einer, zehn oder hundert sind? Nach deinem Verständnis wäre jeder Fall Mord.«

»Ist es ja auch. Du erlegst Tiere, die außer in zwölf Nächten im Jahr Menschen sind.« Ich sprang auf und lief durch den Raum, weil ich es auf der Couch nicht mehr aushielt.

»Das stimmt nicht, Neelia. Ich werde damit beauftragt, gefährliche Tiere zu jagen, die Schaden anrichten. Sie streifen nicht nur in Vollmondnächten umher. Sie können sich auch sonst verwandeln. Einige folgen zügellos ihren Instinkten. Sie jagen Menschen. Kinder. Frauen. Männer. Völlig egal. Ich werde gerufen, um diese Gefahr zu bannen«, widersprach Rob laut.

Ich blieb stehen und funkelte ihn an. »Ich mache keine Jagd auf Menschen, das würde ich nie tun«, erwiderte ich.

»Trotzdem hast du mir aufgelauert und auf mich geschossen. Woher wusstest du, wo du nach mir suchen musst?«

»Du wurdest gesehen. Es stand sogar in der Zeitung. In der Spalte für ›Kurioses‹, weil niemand der Joggerin geglaubt hat, die dich sah. Ich wollte mir mein eigenes Bild machen. Und da warst du. Ich habe dich beobachtet und zugesehen, wie du durch den Park gerannt bist.«

»Ohne jemandem etwas zu tun, wie du zweifellos festgestellt hast«, versetzte ich. »Trotzdem hast du geschossen.«

Rob hob die Schultern. »Du bist ein Panther in der Großstadt. Aus dem Tierpark konntest du nicht ausgebrochen sein, Hagenbeck hat nur Leoparden. Du konntest nur eine Gestaltwandlerin sein. Und nach meiner Erfahrung übernimmt der Instinkt irgendwann die Oberhand und will jagen. Und töten. Hast du nie daran gedacht?«

Ich würde niemals zugeben, dass ich mich nach etwas umgesehen hatte, das ich jagen konnte. Niemals würde ich ihm diesen Triumph gönnen. Aber auch vor mir selbst wusste ich, dass ich Ausschau nach einem Beute*tier* und keinem Menschen gehalten hatte.

Wir sahen uns an, keiner wusste, was er sagen sollte. Ich war wütend, weil ich mich betrogen und hilflos fühlte. So kamen wir nicht weiter.

»Was passiert jetzt?«, fragte ich schließlich.

Rob sah mich unglücklich an. »Ich weiß es nicht.«

»Wirst du mir wehtun?« Meine Stimme war leise und ich hatte Angst vor seiner Antwort.

Er schüttelte wieder den Kopf. »Niemals. Ich liebe dich.«

Ich riss die Augen auf. »Das war das erste Mal«, flüsterte ich.

Rob rieb sich den Nacken. »Ich habe lange überlegt, wie ich es dir sagen soll, aber glaub mir, dieses Szenario war nicht dabei. Neelia, natürlich werde ich dir nicht wehtun. Das steht außer Frage. Wir haben aber andere Probleme.«

»Deinen Job im Allgemeinen?«, versetzte ich und bekämpfte das warme Gefühl wegen seines Geständnisses. Mein Herz hüpfte und ich war glücklich deswegen. Wenn da nicht das große Aber wäre, das mir alles verdarb.

Er schnaubte. »Ich habe dir schon gesagt, dass ich das nicht tue, weil ich Spaß am Jagen habe. Wir *Skinhunter*

sind seit Jahrhunderten aktiv, um die Menschen zu beschützen. Die Polizei ist keine Anlaufstelle für das Über-
natürliche. Du musst mir glauben, dass ich das aus einem
bestimmten Grund mache. Wie ein Jäger in seinem Revier.
Und darüber hinaus.«

»Was soll das heißen?«, fragte ich erschrocken.

»Ich nehme internationale Aufträge an«, sagte er mit
unterdrücktem Stolz. »Das sind meine Geschäftsreisen.«

Ich starrte ihn an. Mir war schlecht. In meinem Magen
rumorte es. »Ich brauche einen Moment Pause«, sagte ich
dumpf und stand auf, um auf den Balkon zu gehen. Ich zog
die Tür hinter mir zu und hielt mich an der Brüstung fest.
Meine Kehle fühlte sich wie zugeschnürt an, jetzt rollten
Tränen über meine Wangen.

Was sollte ich machen? Hier stand ich und liebte einen
Mann, der mein Todfeind war. Der Jagd auf meinesgleichen machte. International. Auf *Geschäftsreise.*

Es gab nur eins, was ich tun konnte: Ich musste unsere
Beziehung sofort beenden. Und dann ... Ich wusste nicht,
was ich dann machen sollte. Bei Vollmond verreisen?
Mich einsperren, damit ich mich nicht verwandelte und
seinesgleichen keine Jagd auf mich machen konnte? Rob
anzeigen wegen Morden, die ich nicht beweisen konnte?
Und Skadis Verlobten Emil gleich mit? Weil sie Skinhunter waren, was mir niemand glauben würde.

Musste ich Hamburg jetzt verlassen und von der Bildfläche verschwinden, damit sie mich in Ruhe ließen? Was
wurde aus meinem Vater? Meinem Job? Meinem *Leben*?

Ich schluchzte leise.

Was für eine beschissene Situation!

Hinter mir ging die Tür auf, dann legte sich Robs warme
Hand auf meine Schulter und drehte mich sanft herum. Er
schloss mich in seine Arme und hielt mich fest.

»Es tut mir so leid«, flüsterte er in mein Ohr. »Das Ganze ist ein Schock für uns beide. Ich schwöre, dass ich dir niemals etwas antun würde. Und auch sonst niemandem.«

Ich sah ihm ins Gesicht. »Woher der Sinneswandel?«

»Ich kann nicht auf der einen Seite sagen, dass meine Freundin kein Monster ist und auf der anderen Seite alle, die wie sie sind, jagen.« Er war ernst und alles Lustig-Vergnügte war aus seinem Gesicht verschwunden. »Mir ist von klein auf beigebracht worden, dass Gestaltwandler bekämpft werden müssen und dass es die Mission meiner Familie ist, genau das zu tun. Mein Vater ist in der Gilde weitbekannt und die Erwartungen an mich waren immer hoch. Ich habe sie aus Pflichtgefühl und wegen meiner Erziehung erfüllt. Ich bin gut darin, doch jetzt weiß ich, dass das Menschliche nicht mit der Verwandlung verschwindet. Wie könnte ich weitermachen? Es ist unmöglich, die Jagd mit meinem Gewissen zu vereinbaren. Ich habe dir gesagt, dass ich weniger Reisen machen will. Das beinhaltet auch weniger Jagden. Wenn du kein Grund bist, damit aufzuhören, wer dann?«

»Und was werden deine Eltern sagen?«, fragte ich. Mein Herz klopfte schnell, ich sah einen Silberstreif der Hoffnung am Horizont. Ich glaubte Rob. Wenn er auf meiner Seite war, blieb meine Identität gewahrt und ich war sicher. Ich betete, dass ich keinen Fehler machte.

»Ich werde eine gute Ausrede brauchen, um aus dem aktiven Dienst auszuscheiden«, sagte er. »Normalerweise machen wir diesen Job, bis es nicht mehr geht. Entweder sind wir dann alt, verletzt oder tot.«

»Du erfüllst keins dieser Kriterien«, sagte ich.

Er nickte. »Nein, aber ich lasse mir etwas einfallen. Und ich halte dich raus. Niemand wird von deiner Panthergestalt erfahren. Du musst aber auch höllisch aufpassen.

Cecilia darf es niemals mitbekommen. Und Skadi besser auch nicht.« Bei Skadis Namen zogen sich meine Eingeweide schmerzhaft zusammen.

»Ist Cecilia auch eine?«, wiederholte ich leise.

Rob nickte ernst. »Ja. Und sie ist sehr ambitioniert, weil es sie zurecht nervt, immer mit mir verglichen zu werden. Sie wartet schon lange auf eine Gelegenheit, unseren Eltern und der Gilde zu zeigen, wie gut sie ist. Wir sind wie Dienstleister und arbeiten auch für Geld. Wer den besten Ruf hat, bekommt die besten Aufträge.«

Ich sah über seine Schulter in seine luxuriöse Wohnung und fragte mich, ob ich mich hier jemals wieder wohlführen konnte. Sein Elternhaus würde ich nie wieder betreten.

»Ich verstehe dich«, sagte Rob leise und drückte mich fester an sich. »Wie kommt es, dass du dich erst seit letztem Monat verwandelst? Soweit ich weiß, setzt das normalerweise schon als Teenager ein.«

Ich fröstelte und er zog mich wieder ins Wohnzimmer. Mein Magen war flau, als ich mich auf das Sofa setzte.

»Ich weiß es nicht«, begann ich. »Es ist einfach passiert. Zum ersten Mal, soweit ich weiß.«

Rob legte die Stirn in Falten. »Aber du kannst dich an zwei Jahre deines Lebens nicht erinnern.«

»Wenn es so ist, hilft uns das nicht weiter«, sagte ich unglücklich. »Und es erklärt auch nicht, warum es dann zehn Jahre Pause gab.«

Mein Freund rieb sein stoppeliges Kinn. »Ob es an mir liegt?«, murmelte er. »Vielleicht hat mich dein Unterbewusstsein als Gefahr erkannt und ...«

»Nein, dich nicht«, unterbrach ich ihn. »Aber Cecilia und deine Eltern. Ich hatte Panikattacken, als wir uns das erste Mal gesehen haben. Deswegen ging es mir beim Abendessen so schlecht.«

Rob sah mich mit großen Augen an. »Das ist wenig schmeichelhaft für meine Verwandtschaft«, sagte er schwach lächelnd. »Trotzdem muss etwas die Verwandlung unterdrückt haben. Meist geht so was über einen magischen Bann. Dieser muss verankert werden, zum Beispiel über einen Talisman, den du immer bei dir trägst.« Er stockte. »Oder ein ...«

Ich riss die Augen auf. »Oder ein Tattoo?«, beendete ich seinen Satz. Rob nickte. Automatisch betastete ich meine Seite, dort, wo das Messer des Räubers meine Haut verletzt hatte. Er hatte das Tattoo beschädigt. Wenn es wirklich ein Bann war, hatte er ihn damit zerstört.

»Es passt zeitlich genau.« Meine Lippen fühlten sich taub an und dieses Gefühl breitete sich aus, als sich eine Erkenntnis in mir breitmachte. Ich sprang auf. »Es gibt nur eine Person, die uns mehr über das Tattoo sagen kann. Rob, wir müssen sofort zu meinem Vater!«

Mein Vater war nicht zu Hause, als ich klingelte. Es war zwar früh am Morgen, aber wir waren trotzdem zu spät dran, er war bereits zur Arbeit aufgebrochen. Ich konnte ihn nicht einmal anrufen, weil ich kein Handy dabei hatte.

Das brachte mich zu meinem nächsten Problem: Ich hatte auch keinen Schlüssel dabei, weil ich die Wohnung über den Balkon verlassen hatte.

»Wir müssen zu Mira und meinen Ersatzschlüssel holen«, sagte ich gefasst. Es war nach acht, also war auch sie schon zur Arbeit aufgebrochen.

Ich navigierte Rob zur *Zauberorchidee* und klopfte so lange gegen die Ladentür, bis Mira aus dem hinteren Teil kam und mir verdutzt öffnete. »Wie siehst du denn aus?«

»Lange Geschichte. Ich erzähle sie dir morgen, wenn wir uns sehen. Hast du meinen Wohnungsschlüssel dabei?«

Mira nickte, sie hatte ihn an ihrem Schlüsselbund, und holte ihn. Ich sah ihre Erleichterung, weil Rob bei mir war. Das minimierte in ihren Augen anscheinend das Risiko, dass ich verrückt geworden war.

Wir fuhren anschließend zu mir und ich war erleichtert, in meiner eigenen Wohnung zu sein. Rob kam mit, er hatte heute keine Aufträge.

»Arbeitest du wirklich mit Antiquitäten, oder ist das alles nur Fake?«, fragte ich, als ich mich umzog.

»Ja, die Firma existiert und ich kenne mich mit antiken Möbeln aus. Aber das Unternehmen gehört den *Skinhuntern* und meine Abteilung dient als Tarnung. Meine Eltern wiederum haben ein echtes Antiquariat neben der Berufung.« Er zuckte mit den Schultern. »Es ist wie ein Paralleluniversum. Wir wachsen damit auf und haben hauptsächlich Kontakt zu anderen aus der Gilde. Ich habe zwar eine normale Schule besucht, aber jeden Nachmittag in Schulungen der *Skinhunter* verbracht.«

»Wie haben deine Eltern auf mich reagiert? Ist es nicht einfacher, wenn du eine von euch datest?«, fragte ich.

»Hab ich versucht, aber so viele sind wir nun auch nicht. Deswegen kommt es immer wieder vor, dass ›Externe‹ dazukommen. So war es damals auch bei Skadi. Eine Partnerschaft bedeutet auch nicht automatisch, dass man eingeweiht wird. Emil hat sich drei Jahre Zeit gelassen, bevor er es ihr gesagt hat.«

Ich wusste, dass ich kein Recht hatte, deswegen sauer zu sein, aber dass eine meiner besten Freundinnen in dem Team spielte, das meinen Tod wollte, verletzte mich. Skadi hatte keine Ahnung, wie die Lage war, aber sie hatte nie eine Andeutung gemacht. Ich verstand jetzt noch weniger, warum sie so wenig Verständnis für Mira und ihren Hang zur Magie hatte. Das gehörte doch in dieselbe Welt.

Oh Gott, ich konnte unmöglich zu ihrer Hochzeit kommen! Emils ganze Familie bestand wahrscheinlich aus *Skinhuntern*! Was, wenn sie es herausfanden? Brachten sie mich dann direkt neben dem Büffet um?

»Du denkst zu viel nach«, sagte Rob leise. »Skadi ist jetzt nicht dein Problem. Es gibt andere Themen, die wichtiger sind. Aber tu mir bitte einen Gefallen: Rede auf keinen Fall mit ihr darüber. Versuch nicht, sie davon zu überzeugen, dass sie sich abkehren oder Emil überreden soll, auszusteigen. Das geht schief.«

»Das weißt du nicht. Sie ist meine beste Freundin«, erwiderte ich trotzig.

»Es sind schon Freundschaften wegen weniger zerbrochen«, beharrte er. »Je mehr Menschen vom Panther wissen, desto größer ist die Gefahr. Selbst wenn Skadi auf deiner Seite wäre, sie muss nur ein falsches Wort sagen und schon hast du Emils ganze Familie am Hals. Und noch mehr Leute. Ich kann dich dann nicht beschützen.«

»Ich kann auf mich selbst aufpassen«, versetzte ich.

»Bis zu einem gewissen Punkt. Aber wie die *Skinhunter* vorgehen und womit du rechnen musst, weißt du nicht.« Er nahm meine Hand. »Ich will doch nur, dass dir nichts passiert. Und meine Leute sind saugefährlich.«

»Ihr schießt ja auch, ohne nachzudenken.«

»Lass den Quatsch, ich meine es ernst.« Er ließ meine Hand los und sah verletzt aus. »Ich weiß, dass du sauer bist. Steht das zwischen uns? Ich meine, wird das ein unüberwindliches Problem für dich?«

Ich sah ihn an und horchte dabei in mich hinein. Es war schwierig, denn meine Gefühle waren durcheinander. Genau wie meine Gedanken. »Ich hoffe nicht«, flüsterte ich. »Aber dazu muss ich mich sicher fühlen und hundertprozentig wissen, dass du dein Versprechen hältst.«

»Das werde ich und ich sorge auch dafür, dass niemand auf dich Jagd macht.« Er legte die Stirn in Falten. »Wir müssen mit deinem Vater sprechen und die Sache klären. Kannst du ihn anrufen und bitten, dass er herkommt?«

»Ich versuche es.« Ich holte mein Handy und rief meinen Vater an. Er ging nicht ans Telefon. Ich sah auf meine Uhr. »Ich muss gleich zur Arbeit. Sobald er sich meldet, sage ich dir Bescheid. Wir reden zusammen mit ihm, versprochen. Dann wissen wir hoffentlich mehr.«

Ich sah Rob an, dass es ihm nicht passte, zu warten, doch er nickte. Ich machte mich fertig für die Arbeit und er fuhr mich hin. Es fiel mir schwer, mich von ihm zu verabschieden, gleichzeitig brauchte ich dringend Zeit für mich. Und Abstand. Dann konnte ich hoffentlich etwas Ordnung in das Chaos in meinem Kopf bringen.

Mein Schädel fühlte sich an, als würde er gleich platzen und es war, als wäre ich in einen merkwürdigen Schwebezustand geraten. Ich hatte den Halt unter den Füßen verloren, keine Ahnung, wie ich ihn wiederfinden sollte.

Meine Panthergestalt war etwas, das ich noch nicht ganz verarbeitet hatte und viel Unsicherheit für mich bedeutete, und jetzt *das*. Wenn ich die Augen schloss, stand Rob vor mir und ich blickte in die Mündung seines Gewehrs.

Ich schüttelte meinen schmerzenden Kopf und versuchte, mich auf die Arbeit zu konzentrieren. Helmut kam erst mittags, Amira und Klara hatten frei. Wenigstens musste ich keine Konversation machen, dafür hatte ich gerade keinen Kopf. Ich hoffte, dass viele Kunden kamen, die mich kurz ablenkten und dann wieder in Ruhe ließen.

Dann hieß es warten, bis mein Vater sich meldete.

Es war nachmittags, als mein Telefon endlich klingelte. Ich entschuldigte mich bei Helmut und ging ins Lager.

»Hey, bitte entschuldige. Ich war den ganzen Morgen bei einem Kunden und es war haarig. Da konnte ich nicht anrufen. Was gibt es denn?«, fragte mein Vater.

»Ich muss dringend mit dir sprechen«, antwortete ich. »Es geht um Panther.« Am anderen Ende der Leitung war es lange Zeit still. »Papa?«

»Du hast dich verwandelt?«, fragte er dünn.

In meinem Inneren zersplitterte etwas. »Du weißt davon«, flüsterte ich. »Aber ... wie konntest du ...«

»Wir müssen wirklich dringend miteinander sprechen.« Er seufzte. »Ich kann nicht sofort los, aber in zwei Stunden sollte es gehen. Kannst du um sechs bei mir sein?«

»Ich wünschte, es ginge eher«, murmelte ich. Ich fühlte mich wie betäubt. Er wusste davon und hatte es geheim gehalten. Der Verrat schmerzte und ich schlug die Fingernägel in meine Handfläche, um den Druck loszuwerden.

»Ich auch. Tut mir leid, Schatz. Ich mache, so schnell ich kann«, sagte er.

»Gut. Rob und ich kommen dann zu dir.«

»Rob? Warum? Weiß er ...«

»Ja«, unterbrach ich ihn. »Wir haben ein Problem, also mach bitte wirklich so schnell du kannst.« Er versprach es und wir legten auf. Mein Magen fühlte sich wie ein Eisklumpen an und meine Augen brannten. Warum hatte jeder Geheimnisse vor mir? Rob, Skadi, sogar mein Vater, von dem ich dachte, wir wären absolut ehrlich zueinander!

Ich sank auf einen Stuhl und schlang die Arme um meinen Körper, weil ich mich so allein und verlassen fühlte. Mein Handy hatte ich noch in der Hand und ich überlegte, Mira anzurufen, der einzige Mensch, der mich nicht anlog.

Ich ließ es, weil ich plötzlich Angst bekam, dass auch sie ein dunkles Geheimnis haben könnte. Stattdessen rief ich Rob an und erzählte ihm, wie es weiterging.

KAPITEL 12

W ir schafften es nicht früher, also standen wir um Schlag sechs vor Papas Haustür.

Rob hielt meine Hand und lächelte mich aufmunternd an. »Nach diesem Gespräch weißt du endlich mehr«, sagte er.

Ich versuchte, zurückzulächeln, doch es gelang mir nicht. Meine Eingeweide fühlten sich wie verknotet an, mir war schlecht. Ich hatte den ganzen Tag keinen Bissen hinunterbekommen, also war mir auch noch schwindelig.

Die Situation war beschissen, ich hatte Angst vor dem Gespräch. Zum ersten Mal hatte ich ein ungutes Gefühl, mit meinem Vater zu sprechen. Das tat weh.

Rob klingelte und dieses Mal wartete ich darauf, dass Papa aufmachte. Das fühlte sich komisch an, aber heute konnte ich meinen Schlüssel nicht benutzen. Diese Wohnung, die für mich ein zweites Zuhause war, fühlte sich jetzt wie Feindesland an. Ich hätte heulen können.

Das Gesicht meines Vaters war angespannt, als er uns hereinließ, sein Blick huschte zwischen mir und Rob hin und her. Er fragte sich, warum mein Freund hier war, aber diese Info wollte ich ihm nicht am Telefon geben.

»Kommt rein.« Papa fuhr vor ins Wohnzimmer und wartete, bis wir Platz genommen hatten. Wasser hatte er bereit gestellt, was gut war, denn mein Mund war trocken. Ratlos sahen wir uns an, keiner wusste, womit anzufangen war.

Rob räusperte sich. »Abel, wir sind wegen Neelias Verwandlung hier und haben Fragen, von denen wir hoffen, dass du sie beantworten kannst.«

»Warst du bei ihr, als es passiert ist?«, fragte Papa.

»Nicht ganz.« Rob sah mich an.

Jetzt musste ich übernehmen: »Dazu kommen wir später. Papa, woher weißt du von dem Panther und warum erfahre ich erst jetzt davon?«

Papa holte tief Luft und hob die Hände, dann sank er wie ein Häufchen Elend in seinem Rollstuhl in sich zusammen. »Weil ich gehofft hatte, dass wir dieses Gespräch nie führen müssen«, murmelte er. »Es tut mir leid, dass ich es vor dir geheim gehalten habe, aber nach dem Unfall war es meiner Meinung nach das Beste, was ich tun konnte.«

»Bitte fang von vorne an, damit ich es verstehe«, sagte ich und versuchte, neutral an die Sache heranzugehen. Der Unfall hatte damit zu tun - und Papa hatte sicher einen guten Grund, warum ein Bann auf mir lag.

Papa atmete tief durch, als müsse er Mut tanken. Ich verstand das. Ich sah ihm an, dass er sich vor diesem Gespräch fürchtete. Da mussten wir jetzt beide durch. Rob tastete nach meiner Hand. Trotz allem war ich froh, dass er an meiner Seite war.

»Deine Mutter war auch eine Gestaltwandlerin«, bestätigte mein Vater meine Vermutung. »Es liegt in der Familie. Soweit ich weiß, betrifft es alle weiblichen Verwandten. Sie hat es mir erst anvertraut, als wir schon verheiratet waren und du geboren warst. Das war ein Schock für mich, ich hätte nie vermutet, dass es so etwas gibt. Deine Mutter war immer vorsichtig und konnte lange geheim halten, dass sie hier war. Als du sechzehn wurdest, hast du dich das erste Mal verwandelt. Damit hatten wir gerechnet. Shanti hat dich begleitet und dir alles beigebracht, was du wissen musstest. Trotzdem seid ihr bemerkt worden. Dann ging die Jagd auf euch los.«

»*Skinhunter*«, sagte ich tonlos. Rob drückte meine Hand. Papa nickte. »Du weißt also von ihnen. Gut, dann weißt du, worauf du achten musst. Wie hast du es erfahren?«

»Durch Zufall.« Ich holte Luft. »Rob ist ein *Skinhunter*.«

Mein Vater fuhr zusammen, wenn er gekonnt hätte, wäre er aufgesprungen. Seine Augen weiteten sich und er ballte die Hände zu Fäusten.

»Abel, bitte!«, sagte Rob und hob die Hände. »Ich bin hier, weil ich Neelia beschützen will. Ich würde ihr nie etwas tun. Niemals. Aber damit ich sie vor meiner Familie schützen kann, muss ich alles wissen.«

Papa sah mich wild an. »Es waren *Skinhunter*, die den Unfall damals verursacht haben! Sie haben deine Mutter und dich so erbarmungslos gejagt, dass ich euch begleitet habe. Ihr wart zu schnell für sie, also haben sie das Auto genommen. Ihr seid zu mir gelaufen und habt euch zurückverwandelt. Ich habe gerade den Motor unseres Wagens gestartet, als sie in uns hineingerast sind.« Er sank in sich zusammen. »Den Rest kennst du: Deine Mutter ist gestorben und ich habe mir das Rückgrat gebrochen. Du bist auch verletzt worden.« Er ballte die Hände zu Fäusten. »Danach habe ich Kontakt zu Shantis Familie aufgenommen und sie haben eine Schamanin geschickt. Sie hat den Bann unter deine Haut gebracht. Er war stark, beinahe nicht zu brechen, deswegen ist das Tattoo so groß. Mit einer Messerattacke hätte ich nie gerechnet. Er muss genau das Herz des Bannes getroffen haben. Was für unglaubliches Pech.« Er sah zu Boden.

Ich saß stumm da und versuchte, die Geschichte zu verstehen. So viele Informationen. Zu viele, um sie alle auf einmal verdauen zu können.

Ich sah zu Rob hinüber, fühlte mich hilflos. Er hob die Schultern. »Wir waren es nicht. Als das passierte, waren wir im Ausland, das habe ich recherchiert.« Seine Mundwinkel sanken. »Wenigstens etwas. Ich könnte es mir nicht verzeihen, wenn ich etwas damit zu tun hätte.«

»Ob du oder jemand anderes, wen interessiert das?«, fragte mein Vater beißend. »Schön für dein Gewissen, aber ich bin weiter an den Rollstuhl gefesselt und meine Frau ist tot. Das haben deine Leute zu verantworten, Rob!«

»Ich weiß!«, fuhr Rob auf. »Ich wünschte, ich könnte es wiedergutmachen, aber alles, was ich tun kann, ist jetzt für Neelia da zu sein. Diese Schamanin, wo ist sie? Kann sie uns noch einmal weiterhelfen?«

»Moment, was meinst du?«, fragte ich erschrocken.

»Dein Vater hat den Bann aus gutem Grund anbringen lassen«, sagte Rob. »Vielleicht können wir ihn erneuern. Oder die Schamanin hat eine Idee, wie wir dich noch besser schützen können.«

»Stopp mal eben!« Ich hob die Hand und stand auf. »Darf ich vielleicht kurz mal darüber nachdenken, was ich gerade gehört habe? Ich muss das erstmal sacken lassen. Das ... Papa, das ändert alles. Du hast mich angelogen.«

»Ich habe weggelassen, was meiner Meinung nach vergessen werden sollte, aber ja.« Papa ließ den Kopf hängen. »Du hast recht. Es tut mir so leid.«

Ich sah meinen Vater an. Er war mehr als genug bestraft worden. Ich verstand, warum er es getan hatte, aber das änderte nichts daran, dass er mir einen Teil von mir vorenthalten hatte. Zehn Jahre lang. Das schmerzte und es machte mich wütend.

»Ich war beinahe achtzehn«, sagte ich. »Wir hätten das gemeinsam entscheiden können.«

»Nein, Schatz, das konnten wir nicht. Du hättest dem niemals zugestimmt und ich konnte dich anders nicht beschützen. Du hast jedes Recht, auf mich wütend zu sein, aber ich stehe zu meiner Entscheidung. Sie haben noch lange nach dir gesucht, deswegen war der Bann die einzige Möglichkeit, dich zu schützen. Der Drang, sich zu verwandeln, ist zu stark und du warst zu jung, um es kontrollieren zu können. Irgendwann haben sie die Suche aufgegeben, weil die Familie deiner Mutter alle Spuren verwischt hat.« Er sah Rob an. »Bis heute.«

»Ich kann mich nur wiederholen«, sagte Rob nachdrücklich. »Ich werde dafür sorgen, dass Neelia nichts passiert.«

»Aber sicher weißt nicht nur du von dem Panther, richtig?«, schoss Papa zurück. »Wie willst du die anderen davon abhalten, sie zu jagen?«

Rob presste die Lippen zusammen. »Nein, ich bin nicht der einzige und solange es keinen Beweis gibt, dass der Panther erlegt wurde, werden sie nicht aufhören. Trotzdem kann ich dafür sorgen, dass sie an den falschen Orten suchen.« Er sah mich an. »Und wir könnten an Vollmond die Stadt verlassen.«

»Das reicht nicht«, sagte mein Vater. »Ich weiß, wie es damals abgelaufen ist. Wie sie Neelia und Shanti gesucht haben. Nach jeder Verwandlung berichtete meine Frau von Jägern, teilweise hat sie sie auch zwischen den Monden gesehen. Sie kannte schließlich ihre Gesichter.«

»Weißt du, wer sie waren?«, fragte ich.

Mein Vater schüttelte den Kopf. »Ich war nur am Abend des Unfalls dabei. Über mich hätten sie sonst herausfinden können, wer ihr seid.«

Ich tauschte einen Blick mit Rob. Er nickte. »Wir geben nicht so schnell auf, wenn wir ein Ziel ins Auge gefasst haben«, sagte er, dann wandte er sich Papa zu.

»Was ist damals nach dem Unfall passiert?«

Papas Mundwinkel sanken noch weiter hinab. »Sowohl Shanti als auch Neelia waren in ihrer menschlichen Gestalt, als der Unfall passierte. Natürlich haben deine Leute das mitbekommen, vielleicht sogar in die richtige Richtung geforscht, aber es war nicht ersichtlich, dass die beiden in mein Auto eingestiegen sind und wir etwas mit ihrer Jagd zu tun hatten. Die beiden hatten einen hauchdünnen Vorsprung. Wahrscheinlich hat es sie verwirrt, dass wir zu dritt waren. Vielleicht konnte ich so wenigstens Neelia retten.« Er sah mich an und all sein Schmerz stand in seinen Augen. »Als kein Panther mehr auftauchte, haben sie irgendwann aufgegeben. Und dass wir die Stadt verlassen haben, war eine gute Idee.«

»Hatte deine Versetzung damals damit zu tun?«, fragte ich. Mein letztes Schuljahr hatte ich in Berlin verbracht, weil Papa dort einen Auftrag angenommen hatte, der beinahe ein dreiviertel Jahr dauerte, nachdem seine Reha beendet war. Während der Reha hatte er mich zur Kur im Nachbarort geschickt. Er sagte damals, dass wir Abstand von Hamburg brauchten, um weitermachen zu können. Ich dachte immer, dass wir nur wegen Papas Familie zurückgekommen waren.

Mein Vater nickte auf meine Frage. »Ja, ich wollte den größtmöglichen Schutz. Ein Ortswechsel war die beste Entscheidung. Nach einem Jahr und der Gewissheit, dass der Bann hält, fühlte ich mich so weit in Sicherheit, dass wir zurückkommen konnten.«

»Das war klug«, bestätigte Rob. »Und wenn der Panther erneut von der Bildfläche verschwindet, wird kein *Skinhunter* lange seine Aufmerksamkeit darauf verschwenden, ein verschwundenes Tier zu suchen. Dafür ist die Auftragslage ...« Er brach ab und biss sich auf die Unterlippe.

»*Zu gut*?«, bot ich an und versuchte, deswegen nicht auszuflippen. Rob nickte wieder. »Kannst du herausfinden, wer meine Mutter und mich damals gejagt hat?«, wechselte ich schnell das Thema, bevor ich die Fassung verlor.

»Ja, das kann ich, aber was hast du davon? Willst du sie suchen? Und was dann?«, fragte er.

»Ich weiß es nicht«, gestand ich ihm. »Ich will es einfach wissen.«

»Ich finde es heraus«, versprach Rob, doch ich sah ihm an, dass er Zweifel daran hatte, ob es gut war, wenn ich das wusste. Und wenn es doch seine Familie war?

»Es ist wichtiger, sich aufs Jetzt zu konzentrieren«, warf mein Vater ein. »Ich finde die Idee gut, dass du in der Vollmondnacht nicht in der Stadt bist. Du musst verschwinden, Neelia. Ich kann nicht zulassen, dass dir auch noch etwas passiert.« Er warf Rob einen scharfen Blick zu. »Und ich hoffe, dass das auch für dich gilt.«

»Gilt es«, sagte Rob sofort.

Im Raum schwebte aber auch, dass er nicht auf alle *Skinhunter* gleichzeitig achten konnte.

Ich schlief unruhig in dieser Nacht, obwohl ich seelisch und körperlich am Ende war. Rob lag neben mir und ich spürte, dass er auch wach war, aber ich brachte es nicht über mich, ihn anzusprechen.

Wir hatten den ganzen Abend geredet, meine Worte waren aufgebraucht. Alle Pläne waren geschmiedet, alle Bedenken geteilt. Ich wollte ihn nicht mehr mit meinen Gefühlen belästigen. Ich musste das allein mit mir ausmachen und selbst entscheiden, wie es weitergehen sollte.

Dass er bei mir war, tröstete mich, doch gleichzeitig erinnerte er mich daran, dass jemand hinter mir her war. Der Schock der letzten Nacht saß einfach noch zu tief.

Ich wusste nicht, ob ich es schaffte, ihn zu überwinden.

Rob fuhr nach dem Frühstück los, um sein Versprechen einzulösen und herauszufinden, wer uns damals gejagt hatte. Außerdem wollte er in Erfahrung bringen, wie der aktuelle Status wegen der Jagd auf mich war. Er hatte sich als erster gemeldet, doch nach einem erfolglosen Versuch durften sich auch andere einschalten.

»Ich gehe davon aus, dass sie es tun werden«, meinte er. »Panther sind selten und erhalten deshalb hohe Gebote.« Wieder sah er mich erschrocken an, als hätte er zu viel gesagt. Hatte er auch.

Ich zuckte innerlich zusammen, bewahrte aber Haltung. Ich sollte mich daran gewöhnen, dass über mich wie über eine Ware gesprochen wurde, dann tat es nicht mehr so weh, wenn Rob sich versprach. Das war nicht mehr seine Meinung, aber es war so tief in ihm drin, dass er es nur schwer loswurde.

Nachdem er gegangen war, kuschelte ich mich in die Polster meiner Couch und versuchte, ein wenig zur Ruhe zu kommen. In den letzten sechsunddreißig Stunden war so viel passiert, dass ich nicht mehr hinterherkam.

Robs Profession lastete schwer auf mir. Ich hatte es ihm noch nicht gesagt, doch ich liebte ihn auch. Nach dieser Enthüllung war ich allerdings froh, dass ich es noch nicht getan hatte. Ich wollte nicht, dass es zwischen uns stand und ich glaubte ihm, dass er mir nichts antun würde. Ich wusste aber, dass er damit allein stand. Cecilia und seine Eltern kannte ich kaum und so sehr ich mir wünschte, dass sie meine zweite Gestalt akzeptierten wie er, so sicher war ich mir auch, dass sie es nicht tun würden. Im schlimmsten Fall überlebte ich die Offenbarung nicht.

Meine Eingeweide verkrampften sich.

Es wäre am besten, einen Schlussstrich zu ziehen und wegzugehen - so wie mein Vater es damals getan hatte.

Papa wollte, dass der Bann erneuert wurde. Ich dachte darüber nach. Es würde alles einfacher machen und mich in Sicherheit bringen. Das Problem war nur, dass sich bei dem bloßen Gedanken Widerwillen in mir regte.

Ich hatte den Panther gerade erst wiedergefunden. Er war alles, was mir von meiner Mutter blieb. Eine Verbindung, die ihren Tod überdauerte. Ich wünschte, ich könnte mich an die Zeit vor dem Unfall erinnern, doch die Amnesie hatte nichts mit dem Bann zu tun. Das musste ich einsehen.

Ich blieb auf dem Sofa liegen, bis es Zeit war, mich fertigzumachen und zu Skadi zu gehen.

Ich stand schon fast vor Miras Tür, um sie abzuholen, als mir einfiel, dass Skadi auch mit drin hing. Sicher, sie schoss nicht selbst auf meinesgleichen, aber sie war drauf und dran, in diese Gilde einzuheiraten. Und das sehenden Auges, denn Emil hatte sie eingeweiht.

»Hey, ist alles okay?«, fragte Mira, als sie mich begrüßte. »Du siehst aus, als hättest du ein Gespenst gesehen.«

Ich atmete tief durch und setzte mich in Bewegung. »Ist viel los momentan.«

»Bestimmt, aber ich kenne dein Stress-Gesicht«, sagte sie und tippte gegen meine Nasenspitze. »Das hier ist es nicht. Das hier ist dein ›es-ist-etwas-Schlimmes-passiert‹-Gesicht. Bitte rede mit mir. Ist was zwischen dir und Rob vorgefallen?« Manchmal war ihre Intuition fast gruselig.

»Ja, aber es ist nicht der Rede wert«, wiegelte ich ab.

»Wer's glaubt«, murmelte sie. »Aber ich kann dich nicht zwingen. Skadi wird es tun.«

Innerlich zuckte ich bei ihrem Namen zusammen. Das nächste Problem. Ich hatte keine Ahnung, wie ich ihr gegenübertreten sollte.

Normalerweise würde ich jedes Problem ansprechen. Bei diesem ging es nicht. Nicht, wenn Mira dabei war. Nicht, ohne ihr zu sagen, dass ihr Verlobter wahrscheinlich Jagd auf mich machte. Nicht, ohne ihr vorzuwerfen, was für einem Scheißverein sie im Begriff war, sich anzuschließen.

Ich konnte nur schweigen und hoffen, dass ich damit durchkam, bis mir eine Möglichkeit einfiel, mit der Situation klarzukommen.

Wir erreichten Skadis Wohnhaus. Zum ersten Mal betete ich, dass Emil nicht da war. Ich könnte ihn nicht ertragen.

Zum Glück waren es bis zur Hochzeit noch knapp vier Monate. Entweder fand ich bis dahin eine Lösung oder ich musste der Feier fernbleiben. Allein der Gedanke, dass zehn oder mehr *Skinhunter* anwesend sein würden, jeder von ihnen scharf darauf, mich umzubringen, war zu viel.

Ich hatte einen Kloß im Hals, als Mira klingelte und wir die Treppe hinaufgingen. Am liebsten wäre ich weggerannt. Ich wusste nur nicht, wohin.

Skadi erwartete uns freudestrahlend. Noch nie hatte ich mich bei ihrem Anblick so furchtbar gefühlt. Ich spürte Miras Blick auf mir und auch Skadis Lächeln schrumpfte beträchtlich, als sie mein Gesicht sah. Ich war noch nie gut darin, mich zu verstellen.

»Es ist etwas mit Rob«, verkündete Mira dramatisch. Ich mied den Blickkontakt, doch es gelang mir nicht, das durchzuhalten. In Skadis Gesicht stand eine Frage, die ich nicht sehen wollte: ›Hat er es dir gesagt?‹

Ich stellte mich dumm, als hätte ich es nicht gesehen.

»Habt ihr euch gestritten?«, fragte Skadi behutsam, als wir am Esstisch saßen. Ich wusste nicht, wo ich anfangen sollte. Irgendwas musste ich ihnen sagen, sie würden nicht lockerlassen.

»Nicht richtig«, murmelte ich. »Es geht um seine Familie.« Ich sah Skadi aufmerken. Das war mir herausgerutscht. Jetzt kam ich aus der Nummer nicht mehr raus.

»Was ist mit seiner Familie?«, fragte Mira. »Du hattest gesagt, dass seine Eltern nett sind.«

»Ja, waren sie auch, aber sie sind nicht mein Fall«, sagte ich. Langsam kam ich in Fahrt. »Sie leben in einer völlig anderen Welt und ich fühle mich fremd, wenn ich dort bin. Ich glaube nicht, dass ich mit ihnen warm werden kann.«

»Das wird sich kaum vermeiden lassen, wenn du mit ihm zusammen sein willst«, sagte Skadi langsam. »Rob und seine Eltern stehen sich nah.«

»Das weiß ich und ich will auch nicht, dass er sich meinetwegen von ihnen fernhält. Ich möchte nur nicht ...«

»Nichts mit ihnen zu tun haben?«, bot Mira an und legte die Stirn in Sorgenfalten. »So kenne ich dich gar nicht. Was ist denn so schlimm an ihnen?«

»Ist es wegen der Jagdtrophäen?«, fragte Skadi. Ich zuckte zusammen. Da war sie also: Die Frage, die ich so oder so beantworten konnte. Ich wollte ja mit ihr darüber sprechen, aber ich hatte Angst.

Die Angst überwog.

»Zum Teil. Du weißt vom Jagdzimmer? Ich war nicht drin, aber er hat mir davon erzählt. Allein bei dem Gedanken schaudert es mich. Selbst wenn ich nicht Vegetarierin wäre, fände ich das furchtbar.« Ich sah Skadis Verwirrung. Sie versuchte herauszufinden, ob ich die Frage beantwortet hatte, wie sie sie gestellt hatte, oder ob ich beantwortet hatte, was sie *gemeint* hatte.

»Vielleicht könntest du dich damit arrangieren?«, fragte sie vorsichtig.

»Arrangieren? Mit toten Tieren? Geht hier was an mir vorbei?«, mischte sich Mira ein. Ich musste jetzt glaubwürdig reagieren, sonst nahm die Diskussion kein Ende. Mira schwankte immer zwischen Flexitarisch und Veganismus. Hing auch mit den Mondphasen zusammen, war ihre Erklärung. Und mit ihrer Periode.

»Nein«, sagte ich nachdrücklich. »Ich finde die ganze Geschichte so was von antiquiert. Das hat in der heutigen Zeit nichts zu suchen. Die ausgestopften Viecher sind gruselig und ich finde es unwürdig, so was mit Leichen zu machen. Es war lieb von Charlotte, dass sie ein vegetarisches Gericht gekocht hat, aber das ganze Haus wirkte auf mich wie eine Leichenhalle.« Ich schauderte und das hatte nichts mit den *Skinhuntern* zu tun. »Das kriege ich echt nicht auf die Reihe.«

Skadi sah mich lange an und versuchte, aus mir schlau zu werden. Ich hielt ihrem Blick stand, so gut ich konnte, und versuchte, unschuldig auszusehen.

Mira zog die Augenbraue hoch. »Ist alles okay?«

Ich lächelte sie an. »Klar, wieso?«

Doch Mira sah Skadi an. »Läuft hier irgendwas, von dem ich nichts wissen soll?«

Skadi riss sich von mir los. »Nein. Alles okay.« Sie rang sich ein Grinsen ab. »Ich dachte, euer Problem wäre ernster, aber auch diese Sache kann ich verstehen. Emils Eltern haben ebenfalls ein Faible für die Jagd, daher kennen sich die Familien ja. Meins ist das auch nicht.«

»Was tut man nicht alles für die Liebe«, brummte Mira. Ich zuckte mit den Schultern.

»Hey, ich verstehe, dass du damit nichts anfangen kannst und dass es dich stört«, sagte Skadi, die wieder sie selbst wurde. Sie war zu dem Schluss gekommen, dass ich noch nicht eingeweiht war. Mir reichte die Diskussion für heute.

»Aber rede noch mal mit Rob und erklär es ihm«, fuhr sie fort. »Du bist so zufrieden, seitdem du mit ihm zusammen bist, ihr tut einander gut. Bestimmt findet sich eine Lösung, denn soweit ich es mitbekommen habe, ist er ganz verrückt nach dir.«

»Er hat mir gesagt, dass er mich liebt«, flüsterte ich.

Skadi schlug begeistert die Hand vor den Mund. »Oh wie schön! Also, was machst du?«

»Ich rede noch mal mit ihm«, lenkte ich scheinbar ein und ignorierte den angespannten Ausdruck auf Miras Gesicht. »Wusstest du, dass Cecilia und Henry etwas miteinander haben?«, fragte ich Skadi, weil mir nichts anderes einfiel, um das Thema zu wechseln und die schlechte Stimmung zu verbessern.

Erwartungsgemäß riss Skadi die Augen auf. »Was?«

Ich beeilte mich, Mira ins Boot zu holen und berichtete von meiner Entdeckung. Dabei fühlte ich mich schlecht. Wegen der Dinge, die zwischen mir und Skadi standen, aber auch weil ich Cecilia zur Zielscheibe machte. Andererseits galt das für mich in ihrem Fall ja auch. Ich fragte mich, ob Cecilia auf mich schießen würde, wenn sie wüsste, wer ich war. Mein Blick glitt zu Skadi. Und würde sie mich an Emil verraten und zum Abschluss freigeben?

Rob kam am Sonntagmittag zu mir. »Ich habe noch nichts herausgefunden«, winkte er ab, als ich ihn an der Haustür mit Fragen überfiel. »Meine Eltern sind verreist und Cecilia ist bei einem Auftrag in Ungarn. Aus der Gilde weiß ich noch nichts, es gibt kein Register, in dem ich nachschauen kann.« Ich nahm ihm den Mantel ab und fühlte mich entmutigt. Ich hatte auf Antworten gehofft.

»Na ja, dann macht wenigstens keiner aus deiner Familie Jagd auf mich. Zumindest nicht dieses Wochenende.«

Das sollte lässig klingen, als würde mir alles nichts ausmachen, doch stattdessen klang ich gestellt und bitter. Ich biss mir auf die Unterlippe. So wollte ich nicht sein.

»Es macht keiner Jagd auf dich, weil der Mond abnimmt«, sagte Rob sanft.

»Was denn, haben *Skinhunter* etwa nur einmal pro Monat Dienst?«, fragte ich bockig.

»Nein, es gibt auch Neumondjagden.«

»Will ich mehr darüber wissen?«

Rob schüttelte den Kopf. »Nein, besser nicht. Aber glaub mir einfach, wenn ich dir sage, dass du in Sicherheit bist. Und bis zum nächsten Vollmond haben wir einen Plan, wie wir dich bestmöglich schützen können.«

»Das ist schön und gut.« Ich wiegte den Kopf. »Rettet aber niemandem sonst das Leben.«

Er nahm mich in den Arm. »Ich habe geahnt, dass du das früher oder später sagst. Können wir erstmal dein Leben retten, bevor wir uns um etwas anderes kümmern?«

»Besteht denn die Chance, dass deine Freunde und Verwandten mit dem Morden aufhören?«, fragte ich.

Er holte Luft und ich sah ihm an, wie schwer ihm alles fiel. Für ihn war es viel komplizierter als für mich. Rob musste sich gegen alles stellen, wofür seine Familie stand und was er von Kindesalter an gelernt hatte. Das durfte ich nicht vergessen, auch wenn mein Frust groß war.

»Ich ziehe die Frage zurück«, murmelte ich. »Bekommst du eigentlich Ärger, weil du mich nicht geschnappt hast?«

»Nein. Erfolglose Jagden gehören dazu. Vor allem bei einem Exoten wie einem Panther erwartet keiner, dass es beim ersten Mal klappt. Dass ich dich überhaupt gefunden habe, ist in einer Metropole wie Hamburg eine Sensation.«

Ich sah ihn erschrocken an. »Hast du den anderen davon erzählt, dass du mich gesehen hast?«

»Wäre ziemlich dämlich von mir, oder? Natürlich nicht.«
Jetzt war er gereizt. »Je weniger sie wissen, desto sicherer
bist du. Aber sie geben nicht so schnell auf, deswegen
brauchen wir einen Plan fürs nächste Mal.«

Ich sah zu Boden. »Ich weiß momentan nicht einmal, ob
ich mir ein nächstes Mal wünsche.« Das war gelogen.
Alles in mir verlangte danach, mich wieder zu verwandeln. Nicht gelogen war meine Angst davor.

Am Mittwochmorgen schrieb mir mein Vater und bat
mich, nach der Arbeit zu ihm zu kommen. *›Falls Rob Zeit
hat, kann er dich begleiten. Falls du meinst, dass das eine
gute Idee ist‹*, lautete der Nachsatz.

Es ging also weiter. Ich rief Rob an, der sofort zusagte,
und schrieb dann meinem Vater, dass wir um halb sechs
da waren. Früher kam ich vom Antiquariat nicht weg.

Ich stand zwischen den Büchern und fühlte mich elend.
Keine Ahnung, warum, aber ich hatte das Gefühl, dass
meine Zeit ablief. Die Bücher schienen mir sagen zu
wollen, dass ich niemals so alt wurde wie sie.

Obwohl ich wusste, dass ich derzeit nicht in Gefahr war,
fühlte es sich an, als schwebte eine dunkle Wolke über mir.
Als könnte jederzeit jemand hereinkommen, mich in Ketten legen und dann in Ruhe abwarten, bis der nächste
Vollmond aufging. Nur noch knapp drei Wochen.

Ich fragte mich, was mein Vater uns mitteilen wollte.

Rob holte mich rechtzeitig von der Arbeit ab und wir
gingen zu meinem Vater hinüber. Er lächelte aufmunternd.
»Bestimmt sind es gute Neuigkeiten.«
»Hast du eine Idee, welche es sein könnten?«, fragte ich.

Er schüttelte den Kopf. »Ich versuche, nicht zu viel über Dinge nachzudenken, die ich nicht beeinflussen kann. Hält das Gehirn frei für alles übrige.«

»Schön, wenn das so einfach geht«, brummte ich und schloss auf, nachdem ich geklingelt hatte.

Papa wartete im Wohnzimmer auf uns. Mir fiel ein Stein vom Herzen, als ich sein Gesicht sah. Er war aufgeregt, aber positiv. Anscheinend hatte Rob recht.

»Ich habe gute Neuigkeiten«, begann Papa. Rob sah mich triumphierend an, aber ich wollte erst hören, was es war. Momentan konnte ich mir keinen Reim darauf machen. Nichts, was mir in den Sinn kam, war eine gute Neuigkeit und löste meine Probleme. Was auch immer Papa gleich verkündete, es musste richtig gut sein.

»Ich habe Kontakt zur Familie in Indien aufgenommen«, fuhr Papa fort. »Es hat etwas gedauert, bis ich deine Groß-mutter erreichen konnte. Ich habe ihr unser Problem ge-schildert. Sie kennt die *Skinhunter*, weil sie sich schon ewig gegen sie wehren. Sie sagte, wenn du zu ihnen kämst, könnte dich das Rudel beschützen. Ich habe ihr gesagt, dass das eher nicht infrage kommt. Sie meinte daraufhin, dass die alte Lösung die beste sei und hat den Kontakt zu der Schamanin hergestellt, die damals den Bann errichtet hat«, erzählte er eifrig. »Sie kann ihn erneuern und so ver-hindern, dass du dich noch einmal verwandelst. Damit bist du in Sicherheit und alle Probleme sind gelöst.«

Er strahlte mich an. Es wurde still im Raum, als er auf meine Reaktion wartete. Beide, auch Rob, starrten mich an, doch mir fehlten die Worte.

»Schatz?«, sagte Papa. »Ist das keine gute Neuigkeit?«

Ich sah zu Rob, der enthusiastisch nickte. »Das würde alle Probleme lösen. Das ist perfekt, Abel«, sagte er.

Mir wurde schlecht.

KAPITEL 13

N ein, ist es nicht«, sagte ich mit tauben Lippen. »Absolut nicht.« Ich schüttelte den Kopf und spürte, wie mir heiß wurde. »Überhaupt nicht!«, schob ich hinterher, erst da fiel mir auf, wie laut meine Stimme war.

Papa und Rob sahen mich erschrocken an. Meine Reaktion überraschte sie. Natürlich, sie hatten schließlich keine Ahnung und sahen nur ihren eigenen Standpunkt.

»Aber ...«, begann Rob. »Das würde dich aus der Schusslinie holen. Wir müssten uns keine Sorgen mehr machen.«

Das war so klar! Immer suchten sie nur nach der einfachsten Lösung. Durchziehen, Haken dran und gut ist es. Aber so leicht war das nicht. Bei Weitem nicht.

»Wie schön und mit deinem Job könntest du auch weitermachen«, fauchte ich. »Eine Win-win-Situation für die *Skinhunter*! Keine neue Trophäe, aber ein Monster weniger. Dann verschwindet der Panther eben und alle machen weiter wie bisher. Fast alle. Was ist mit mir? Elf Jahre lang hatte ich das Gefühl, dass etwas mit mir nicht stimmt. Ich hatte ständig Angst vor Schwächeanfällen. Wenn der Bann erneuert wird, werden sie zurückkommen, oder?«

Papa nickte bedächtig. Ich schüttelte den Kopf. »Aber das will ich nicht! Ich bin es leid, mich schwach zu fühlen! Endlich habe ich mich selbst gefunden. Es geht mir gut, so wie es ist. Das einzige Problem sind die *Skinhunter*! Warum soll ich ihretwegen dieses Opfer bringen?«

»Damit du in Sicherheit bist«, sagte Rob langsam. Er verstand mich einfach nicht. Wie denn auch?

»Genau das ist das Problem: Ihr verlangt von mir, dass ich mich aufgebe, damit ein Haufen mordlustiger Arschlöcher keine Jagd mehr auf mich macht. Sorry, Rob, das musste ich einfach mal sagen.« Ich sprang auf, weil ich es nicht mehr aushielt. Das war alles zu viel für mich. »Bitte entschuldigt mich, das muss ich erstmal verdauen.«

Ich schnappte mir meine Jacke und verließ die Wohnung. Ich musste gehen, bevor ich weiter die Beherrschung verlor. Es brachte nichts, wenn ich Rob anschrie, aber die Situation war so ungerecht.

Ja, ein Panther war ein Raubtier, aber das bedeutete doch nicht, dass ich bei Vollmond auf Menschenjagd ging. Ich hatte nicht einmal ein Tier gejagt!

Mein Abgang war alles andere als erwachsen, das wusste ich. Rob und Papa wollten nur helfen, aber gerade machten sie es schwerer. Sie waren nicht in meiner Situation und verstanden nicht, wie groß mein Opfer wäre, wenn ich den Bann erneuern ließ. Eine solche Entscheidung konnte ich nicht übers Knie brechen.

Eine Nachricht von Rob kam auf meinem Handy an: ›*Ich weiß, es ist viel verlangt. Tut mir leid. Denk in Ruhe darüber nach. Ich bin immer für dich da. Melde dich einfach - egal wann. Dein Lieblingsarschloch*‹

Ich musste grinsen, obwohl ich so wütend war. Er war unmöglich, aber zumindest hatte ich das Gefühl, dass er ahnte, worum es mir ging. Das war ein kleiner Trost.

Trotzdem brauchte ich jetzt Zeit für mich. Ich konnte nicht zurückgehen, sonst ging das Ganze von vorne los.

›*Danke. Sag meinem Vater, dass es mir leidtut, ja?*‹

Dann ging ich weiter durch den Abend und fragte mich, was noch alles passieren würde, bis diese Scheiße durchgestanden war.

Ich brauchte bis Freitag, um mich einzukriegen. Dann schrieb ich Rob, ob wir uns sehen wollten. Er war sofort einverstanden und schlug vor, dass wir uns bei ihm trafen.

Ich ging ungern in seine Wohnung, aber dieses Zugeständnis wollte ich nach meinem Ausfall machen. Ich war um kurz nach sieben da und klingelte an seiner Tür.

Oben öffnete mir Cecilia. Meine Eingeweide verkrampften sich bei ihrem Anblick. Noch ein *Skinhunter,* jemand, der kein Problem damit hatte, jemanden abzuknallen.

Robs Schwester lächelte entspannt und ließ mich hinein. »Er ist noch unterwegs, kommt aber jeden Moment«, meinte sie. »Wein zur Überbrückung?«

»Gern«, sagte ich, weil ich keine Alternative sah. Doch Rob hatte sein Versprechen gehalten. Sie wusste nichts, ihr Gesicht war freundlich wie immer.

Cecilia ging in die Küche und schenkte Weißwein ein.

»Hast du heute noch was vor?«, fragte ich.

»Ja, keine Bange, ihr habt mich nicht am Hals«, sagte sie und prostete mir zu.

»So war das nicht gemeint«, erwiderte ich.

War es doch.

»Ich treffe mich mit Freunden, wird bestimmt spät.«

»Mit Henry?«, fragte ich ohne nachzudenken.

Sie sah mich verblüfft an und ihre Wangen röteten sich. »Wie kommst du auf Henry?«, fragte sie verdattert und furchtbar scheinheilig. Wenigstens wusste ich jetzt, wie sie sich verhielt, wenn sie erwischt wurde. Am Ende war sie nur eine junge Frau wie alle anderen. Nein, nicht ganz.

»Och, ich ...«, druckste ich herum.

»Fuck«, seufzte sie. »Schon gut. Ich bin anscheinend nicht halb so unauffällig, wie ich dachte. Weiß Rob davon?« Ich schüttelte den Kopf. Cecilia sah erleichtert aus. »Gut. Tust du mir einen Gefallen und belässt es dabei?«

»Ist eure Beziehung geheim?«, fragte ich. Ich kannte Henry. Er war nett und gut aussehend, wenn auch etwas mundfaul. Aber ich konnte mir nicht vorstellen, dass die von Lindenstein etwas gegen diese Beziehung hätten. Im Gegenteil. Ein Schwiegersohn aus der Arschloch-Gilde musste für Friedrich und Charlotte doch der Jackpot sein.

Cecilia schnaubte nur. »Wir sind nicht zusammen, dazu hat keiner von uns Lust oder Zeit. Wir schlafen nur miteinander. Das ist unkompliziert und bequem für uns beide.«

»Okay, dann verstehe ich, warum es nicht jeder wissen soll«, lenkte ich ein.

»Unsere Eltern sind befreundet. Die Diskussionen wären endlos«, seufzte sie. Ihr Handy klingelte. »Sorry, da muss ich rangehen. Ich hoffe, es ist mein Makler. Wird Zeit, dass ich etwas Eigenes finde.« Sie nahm das Gespräch im Rausgehen an und ging in ihr Zimmer. Ich hörte, wie sie die Tür zuzog, doch anscheinend rastete das Schloss nicht richtig ein und ich konnte sie hören.

»Hey. Ja, ich komme nachher rum. Gibts was Neues? ... Keine Ahnung, Rob meint, er hat ihn nicht gesehen. ... Ja, ich weiß, aber auch mein glorreicher Bruder erledigt nicht jeden Auftrag beim ersten Mal. Ich übernehme das. ... Ich schwöre dir, dieses Mal bin ich dran. Hast du alle Infos? ... Danke dir. Meine Eltern werden sehen, dass ich auch gut bin. Ich werde irgendwann im Rat sitzen, nicht Rob. ... Ich weiß, große Brüder sind manchmal zum Kotzen. ... Du bist der Beste. Dafür werde ich mich nachher bedanken. ... Oh, schon? Dann mache ich mich auf den Weg. Ciao.«

Ich merkte erst, dass ich die Luft angehalten hatte, als ich jetzt ausatmete. Ich ahnte, worum es bei ihrem Gespräch ging: Mich. Und aus ihren Worten schloss ich, dass sie Henry mit ins Boot geholt hatte und wildentschlossen war, Rob zuvorzukommen. Ich sah aus dem Küchenfenster, um mich am Horizont festzuhalten. Mein Herz schlug mir bis zum Hals und mir brach kalter Schweiß aus.

»Hey, Neelia. Sorry, hab ich dich erschreckt?«, fragte sie, als ich beim Klang ihrer Stimme zusammenzuckte. Sie stand im Rahmen der Küchentür, ich hatte nicht gehört, dass sie zurückgekommen war. »Ich muss los, aber Rob ist ja jeden Moment da.« Sie exte ihren Wein. »Macht euch einen schönen Abend. Und du weißt ja ...«

»Meine Lippen sind versiegelt. Danke, ihr auch«, stammelte ich und schaffte es kaum, mir ein Lächeln ins Gesicht zu quälen. Cecilia verschwand im Flur. Kurz darauf hörte ich die Haustür zuschlagen.

Mit zitternden Fingern angelte ich nach meinem Weinglas und stürzte den Inhalt hinunter. Meine Lippen bebten und die Angst kehrte mit voller Wucht zurück. »Scheiße«, flüsterte ich. »Was mache ich denn jetzt bloß?«

Die Haustür ging auf, dann rief Rob meinen Namen.

»Hier!«, sagte ich dünn.

Er kam in die Küche, doch sein Lächeln erlosch, als er mich sah. »Ist alles okay? Du siehst aus, als hättest du einen Geist gesehen.«

Ich brauchte zwei Anläufe, um ihm von Cecilias Telefonat zu erzählen. »Sie sieht mich anscheinend als Sprungbrett in diesen Rat«, sagte ich und zuckte hilflos mit den Schultern. »Rob, ich ...«

Er nahm mich in den Arm. »Das wird nie passieren«, flüsterte er in mein Ohr. »Nicht, solange ich lebe.«

»Sie klang wildentschlossen. Weil ältere Brüder doch manchmal zum Kotzen sind«, murmelte ich.

»Weißt du, mit wem sie gesprochen hat?«, fragte er.

»Mit Henry. Er unterstützt sie offenbar.«

Rob nickte grimmig. »Das passt. Henry ist ein Mitläufer. Ich kann mir denken, dass es für Cecilia leicht war, ihn zu überzeugen.« Er hatte ja keine Ahnung, welche Register seine Schwester gezogen hatte, um sich ihren Komplizen gefügig zu machen.

»Ich weiß, dass du das nicht hören willst, aber vielleicht ist der Bann doch die Lösung. Zumindest temporär«, sagte er behutsam. »Wenn wir ein halbes Jahr warten, bis sich die Aufregung gelegt hat, können wir uns in der Zwischenzeit etwas anderes ausdenken. Wir finden eine Lösung, die dich aus der Schusslinie rückt.«

»Und dann? Selbst nach einem halben Jahr können sie mich wieder auf den Schirm kriegen. Ich sehe keine Alternative. Wie man es dreht und wendet, ich muss mich immer verstecken«, erwiderte ich.

»Das musst du sowieso«, versetzte er. »Egal, wo du bist, du kannst nie als Panther über die Straße schlendern. Wenn es nicht die *Skinhunter* sind, dann die Behörden, die Jäger schicken. Ein Wildtier dieser Größe ist indiskutabel. Das weißt du selbst. Oder willst du dich als Gestaltwandlerin zu erkennen geben? Mediale Aufmerksamkeit wäre dir sicher. Und ein goldener Käfig.«

»Das wäre genauso schlimm, wie von euch geschnappt zu werden.« Ich rieb mir den Hinterkopf. »Es gibt gute Gründe, warum es geheim gehalten wird.«

»So ist es«, bestätigte Rob.

»Es ist so unfair. Ich habe niemandem etwas getan.«

»Aber du könntest. Das ist wie ein Waffenschein«, erwiderte er. »Du darfst ja auch nicht einfach mit einer Knarre in der Hand draußen rumlaufen.«

»Sagt der Mann mit dem Gewehr im Kofferraum. Ich dachte, ich bin in einer Folge ›Dexter‹ gelandet, als ich dein Equipment gesehen habe«, sagte ich bitter.

Rob seufzte. »Du könntest wenigstes mit der Schamanin reden und dir anhören, was sie zu sagen hat. Dein Vater sagte, auch deine Großmutter hält das für die beste Lösung und sie ist schließlich selbst eine Gestaltwandlerin.« Er schenkte mir Wein nach und holte sich selbst ein Glas. »Ich weiß, wie beschissen die Situation für dich ist, aber deine Sicherheit steht an oberster Stelle für mich. Manchmal müssen wir Opfer bringen, das weißt du selbst. Ich werde mich zurückziehen, soweit es geht, und keine Aufträge mehr annehmen. Mehr kann ich momentan nicht tun. Ich muss drin bleiben, um zu wissen, was passiert. Und um Cecilia und Henry im Auge zu behalten.«

»Es ist so unfair«, wiederholte ich. Tränen rannen über meine Wangen. Er strich mit dem Daumen über meine Unterlippe und küsste mich.

»Ja, das stimmt, und ich wünschte, ich hätte eine Patentlösung, aber mir fällt nichts ein. Ich könnte es mir niemals verzeihen, wenn dir etwas zustößt. Bitte rede mit der Schamanin. Lote wenigstens aus, welche Optionen du hast.«

Ich presste mich an ihn und kämpfte mit mir. Ich wollte das alles nicht. Ich wollte, dass es aufhörte und ich mit dem Mist nicht mehr konfrontiert wurde.

Das Dumme war nur, dass ich genau wusste, dass das nicht passieren würde.

Die Tage verstrichen, ohne dass ich zu einer Entscheidung kam. Ich konnte es einfach nicht. Allein der Gedanke lähmte mich und machte mich so wütend, dass ich nicht weiterkam. So wollte ich mich nicht fühlen. Ich wollte einfach ich sein, doch das schien unmöglich, ohne mich in Lebensgefahr zu bringen.

›Ich habe noch Zeit‹, redete ich mir ein. ›Genug Zeit, um über alles nachzudenken. Es war noch nicht einmal Neumond. Ich muss alles sacken lassen, damit ich eine fundierte Entscheidung fällen kann. Nicht jetzt. Nicht heute.‹

Doch das Wochenende, Montag, Dienstag und Mittwoch gingen vorüber und ich kam keinen Schritt weiter. Ich war nervös und dünnhäutig. Es fiel mir schwer, mein Temperament zu zügeln. Ich agierte wie eine Schauspielerin. Und ich war schlecht darin, mich zu verstellen.

Cecilia sah ich nicht wieder, sie blieb in den Nächten, in denen ich bei Rob war, vermutlich bei Henry. Mir war das recht, ich könnte ihr nicht ins Gesicht sehen. Nicht, nachdem ich gehört hatte, was sie plante.

Robs Eltern luden uns erneut ein, doch er ließ sich etwas einfallen, damit der Termin platzte. Zum Glück, auch die beiden wollte ich nicht sehen. Nie wieder.

Am Mittwoch warf ich einen Blick in den Kalender.

Morgen war Neumond.

Ich fürchtete mich davor, die Erinnerung an den Letzten war noch präsent. Auf keinen Fall wollte ich wieder allein zu Hause sein. Mir fiel nur ein Mensch ein, bei dem ich mich absolut sicher fühlte.

Ich holte mein Handy hervor und rief meinen Vater an.

»Hallo?«

»Kann ich heute bei dir übernachten und morgen bei dir bleiben?«, fragte ich. »Du arbeitest von zu Hause, oder?«

»Ja, natürlich. Komm her, wir kriegen das alles hin. Es ist wegen des Neumonds, oder?«, fragte er.

»Ja. Das letzte Mal hat mir gereicht«, erwiderte ich. »Ich hole nach der Arbeit nur schnell ein paar Sachen, dann komme ich zu dir.«

»Nicht nötig, ich habe alles hier. Komm einfach vorbei.«

»Danke. Bis später.«

Ich holte noch ein paar Hygieneartikel aus der Drogerie gegenüber und machte mich nach Feierabend auf den Weg. Ich klingelte, stieg die Treppe hinauf und war froh, in das Gesicht meines Vaters zu sehen. Seit unserem letzten Treffen hatten wir nur telefoniert. Jetzt lächelte er mich vorsichtig an. »Schön, dass du zu mir kommst.«

»Du bist eben mein sicherer Hafen«, sagte ich und küsste ihn auf die Wange.

»Wo ist Rob?«, fragte er und machte mir Platz, damit ich meine Jacke aufhängen konnte.

»Ich denke, bei sich zu Hause. Ich hatte überlegt, ob ich zu ihm gehe, aber seine Schwester ist vermutlich da und ich fühle mich bei dir sicherer.« Ich hatte ihm von Cecilias Telefonat erzählt.

Mein Vater nickte ernst, als wir das Wohnzimmer erreichten. »Das bist du auch. Wenn sie sich vorgenommen hat, den Panther zu finden, wird sie Recherchen anstellen. Dabei könnte ihr der Zusammenhang zwischen der Mondphase und deiner körperlichen Verfassung auffallen.«

»Dazu müsste sie mich erstmal auf dem Radar haben, aber ausgeschlossen ist es nicht. Das Risiko will ich nicht eingehen.« Erschöpft setzte ich mich aufs Sofa und hielt mir den Kopf. »Das ist alles zu viel«, murmelte ich und schloss die Augen. »In den letzten zwei Wochen ist mehr passiert, als ich verdauen kann.« Papa hievte sich neben mich. Seufzend lehnte ich mich an seine Schulter.

»Schön, dass ich dich habe«, murmelte ich.

»Wie machst du das morgen mit der Arbeit?«, fragte er.

»Ich habe morgen frei und arbeite am Samstag. Das passt, ohne dass ich wieder alle in Aufregung versetze.«

»Gut. Dann lass uns was zu essen bestellen und wir machen uns einen schönen Abend.«

Als ich am nächsten Morgen aufwachte, war mir elend zumute. Dieses Mal kündigte sich der Schwächeanfall also an. Wie nett von ihm. Ich blieb liegen, weil ich meinem Kreislauf nicht traute. Zum Glück war ich bei Papa.

Es klopfte an der Tür und mein Vater kam mit einem Tablett auf den Knien herein. »Tee? Toast?«, bot er an.

»Du bist der beste.« Ich nahm das Tablett entgegen und konzentrierte mich, um den Becher unfallfrei zum Mund zu führen. Meine Hand zitterte, mein Schädel dröhnte.

»Es geht schon los, oder?«, fragte Papa.

»Ja. Ist das immer so? Jeden Neumond?« Endlich hatte ich die Tasse am Mund und trank einen Schluck. Die Wärme des Tees war tröstlich.

»Nur am Anfang, wenn der Körper sich an die Veränderung gewöhnt. Das war damals, als du sechzehn warst, auch so. Nach ein paar Monaten hat es sich gegeben. Deine Mutter sagte immer, der Neumond ist so was wie eine zweite Periode für den Körper, aber damit hat es sich dann auch.« Papa legte die Stirn in Falten. »Du hättest es sicher bald überstanden, wenn du ...«

»Wenn ich mich nicht für die Erneuerung des Bannes entscheide«, beendete ich seinen Satz.

Papa nickte ernst. »Das ist jetzt nicht der richtige Zeitpunkt, um das zu besprechen«, sagte er. »Ich habe in fünf Minuten eine Webkonferenz. Die Telefonnummer der Schamanin habe ich. Sie anzurufen kostet drei Minuten.« Er küsste meine Wange. »Ruh dich aus und schreib mir, wenn du etwas brauchst. Ich komme, so schnell ich kann.«

»Danke«, murmelte ich und sah ihm nach, als er das Zimmer verließ. Nur noch zwei Wochen bis zum nächsten Vollmond. Mir lief die Zeit davon.

Mein Handy vibrierte, als eine Nachricht einging. Sie war von Mira. *›Wie gehts dir heute?‹*

›Leider nicht gut. Bin bei meinem Vater.‹

›Das dachte ich mir. Heute Nacht ist Neumond.‹

Ich starrte auf das Display und kämpfte mit mir. Ich wollte ehrlich zu ihr sein, doch ich hatte Angst vor ihrer Reaktion. Und noch mehr davor, dass sie auch ein Geheimnis haben könnte, das Gefahr für mich bedeutete.

Ich schloss die Augen und atmete tief durch. Wann war das passiert, dass ich bei jedem davon ausging, dass er wegen des Panthers ein Problem mit mir haben könnte?

Weil es so ist, erkannte ich. *Bisher war niemand völlig überrascht und hatte nichts mit der Sache zu tun. Du kannst niemandem vertrauen außer deinem Vater und Rob. Nicht einmal Skadi. Nicht einmal Mira.*

Das war eine beschissene Erkenntnis.

›Darf ich heute Nachmittag vorbeikommen und mich vergewissern, dass du unversehrt bist?‹, schrieb sie in diesem Moment. Ich schluckte. Was sollte ich tun?

Ich tippte schnell, als ich eine Entscheidung fällte. Bevor ich es mir anders überlegte, schickte ich die Message ab.

›Gerne. Ich freue mich, dich zu sehen.‹

›Bin um halb fünf da‹, antwortete sie prompt.

Damit war es abgemacht.

Mira war ihre obligatorische Viertelstunde zu spät, doch das machte nichts. Papa saß noch in einer Konferenz fest, schaffte es aber, ihr die Tür zu öffnen, bevor er wieder an den Rechner musste. Kurz darauf saß meine Freundin an meinem Bett und betrachtete mich nachdenklich.

»Wieder Neumond«, sagte sie.

»Ich weiß«, antwortete ich.

»Gut, dann ist jetzt wohl der Zeitpunkt gekommen, an dem du mir gestehst, dass du ein Werwolf bist«, sagte sie.

Ich riss die Augen auf. »Bitte was?«

»Na, das ist doch sonnenklar: Das Buch, das du mir geschenkt hast, deine Schwächeanfälle bei Neumond ... Lass mich raten: Rob ist auch einer und hat dich angesteckt, oder?« Sie sagte das todernst.

»Mira, du bist wahnsinnig«, seufzte ich, biss mir dann aber auf die Lippe. Sie beobachtete mich genau.

»Wahnsinnig gut im Kombinieren«, korrigierte sie mich. Ich seufzte und starrte auf meine Hände. Da war er, der Moment, um es ihr zu sagen. Um jemanden einzuweihen, der (hoffentlich) nichts mit der ganzen Szene zu tun hatte.

»Panther.«

Mira blinzelte. »Bitte?«

»Nicht Wer-Wolf. Wer-Panther.«

Sie sah mich sprachlos an. Ihre Lippen bewegten sich, doch es kam kein Laut heraus. Ich bekam es mit der Angst zu tun und wollte schon abwinken, als sie plötzlich nickte: »Ein Panther passt auch viel besser zu dir als ein Wolf.«

»Ist das dein ganzes Resümee?«, fragte ich matt.

Sie seufzte. »Ich zerbreche mir schon ewig den Kopf, was es mit deinen Anfällen auf sich hat. Irgendwann kam ich auf die Theorie mit den Mondphasen, aber es gab auch manchmal Abweichungen. Und du hast nie etwas gesagt.«

»Weil ich es selbst nicht wusste«, erwiderte ich. »Ich weiß erst seit anderthalb Monaten, was mit mir los ist.«

»Hat es was mit Rob oder mit dem Überfall zu tun?«

»Du bist wirklich gut«, gab ich zu. »Beides.«

»Oh, damit hatte ich nicht gerechnet.« Mira strich ihr hennarotes Haar zurück. Dabei fiel mir ein neues Tattoo an ihrem Handgelenk auf: Ein Sichelmond. Sie bemerkte meinen Blick. »Ich mag den Mond«, sagte sie. »Und mein neuer Zirkel ist ein Sichelmond-Zirkel.«

»Wie ernst ist dir das eigentlich?«, fragte ich.

»Denkst du, ich würde so viel Zeit darauf verwenden, wenn es mir nicht ernst wäre?«, erwiderte sie.

»Nein«, lenkte ich ein.

»Siehst du. Rob und der Überfall haben also deine Verwandlung ausgelöst - wie?«

»Die Verletzung hat mein Tattoo beschädigt. Es war ein Bann, der sie unterdrückt hat«, erwiderte ich. »Und Rob ist ...« Ich atmete tief durch und setzte erneut an. »Rob ist ein *Skinhunter*.«

Mira runzelte die Stirn. »Wie Emil?«

Mir wurde eiskalt. »Woher weißt du das?«, flüsterte ich.

»Ich habe ihn mal darüber sprechen hören. Ich war bei Skadi und er hat im Nebenzimmer telefoniert. Er wusste nicht, dass ich schon da war, Skadi war auf dem Klo. Seine Tür war nicht richtig zu. Ich habe das Wort gehört und fand es so merkwürdig, dass ich es gegoogelt habe.«

»Was hast du rausgefunden?«, flüsterte ich. Diese Idee war mir nicht gekommen, ich hatte ja meine Quelle. Mein Puls beruhigte sich. Mira hing nicht mit drin. Sie war nur zur richtigen Zeit am richtigen Ort. Oder am falschen, je nachdem, wie man es sah.

Miras Gesicht wurde ernst: »Dass Gestaltwandler sind von ihnen fernhalten sollten. Ich habe nicht viel gefunden, aber der Name sagt alles, oder? Großwildjäger für magische Kreaturen. Jemand auf einer Zusammenkunft neulich kannte das Wort. Er war ein Hexenmeister und meinte, dass *Skinhunter* alle tierischen Bestandteile für Banne und Zaubertränke beschaffen können, wenn man ihnen genug zahlt. Ich fand das bekloppt, das klang nach Wilderern, die

Elfenbein beschaffen. Jetzt kann ich es zuordnen. Ehrlich gesagt hatte ich gehofft, dass Emil von einem Browsergame spricht.« Sie hielt inne. »Wenn Emil aber ein echter *Skinhunter* in dieser echten Welt ist - und Rob auch -, frage ich mich, was unsere liebe Freundin für eine Rolle spielt.«

»Rob sagt, sie weiß davon, hat aber nichts damit zu tun. Ich soll trotzdem nicht mit ihr reden«, antwortete ich.

Mira packte meine Hand. »*Rob sagt*? Er weiß davon?«

Ich erzählte ihr von der Vollmondnacht und allem, was seitdem geschehen war. Mira hörte mit bleichem Gesicht zu. »Neelia«, flüsterte sie. »Du musst mit ihm Schluss machen. Es tut mir leid, dass ich das sage, aber ... Du musst.«

»Ist das dein Ernst?« Ich traute meinen Ohren nicht. Von jedem hätte ich so etwas erwartet, aber nie von Mira.

Meine Freundin sah mich unglücklich an. »Ich weiß und es tut mir wirklich leid. Aber wie willst du mit Rob zusammen sein, wo du das über ihn und seine Familie weißt? Wie willst du Skadi gegenübertreten, obwohl sie in der Sache drin hängt? Ich weiß, sie macht selbst nichts, aber sie weiß davon und es wird einen Grund haben, warum Rob dich davor gewarnt hat, mit ihr zu sprechen. Du musst damit rechnen, dass sie es Emil sagt und er es auf dich absieht.« Sie knetete nervös ihre Finger. »Was für eine beschissene Situation. Damit hatte ich nicht gerechnet.«

»Womit hast du denn gerechnet?«, fragte ich.

»Na ja, ich habe mir ausgerechnet, dass du eine Gestaltwandlerin sein könntest, aber ich wusste nicht, was für eine. Damit, dass das noch so einen unangenehmen Rattenschwanz nach sich zieht, habe ich nicht kalkuliert.« Sie ließ die Hände sinken und krallte ihre Finger in den Stoff ihres Pullovers. »Verdammt, ich kann Skadi auch nie wieder gegenübertreten. Ich kann das nicht akzeptieren.«

»Geht mir ähnlich. Aber es gibt einen Weg für mich, unbeschadet aus der Sache herauszukommen. Mein Vater hat die Schamanin kontaktiert, die damals den Bann abgefertigt hat«, berichtete ich. »Sie kann ihn erneuern und so verhindern, dass ich mich weiterhin verwandle.«

»Und, willst du das?«, fragte Mira. Ich lächelte dünn. Sie war die einzige, die diese Frage stellte. Die einzige, die wissen wollte, wie es mir bei der Sache ging und nicht nur, wie man sie möglichst schnell beenden konnte. Das tat gut und ich war froh, dass ich es ihr gesagt hatte.

»Nein«, antwortete ich.

»Das dachte ich mir. Ich weiß, dass das schön einfach ist, aber es ist unglaublich unfair.« Mira verzog den Mund. »Es ist doch absurd, dass du, um dein Leben zu retten eine solche Maßnahme in Betracht ziehen musst. Hast du vor, jemanden zu attackieren?«

»Nein.«

»Hast du als Panther noch die Kontrolle über dich?«

»Ja. Vollkommen. Ich bin klar im Kopf, wenn ich verwandelt bin«, erklärte ich.

»Glaubst du, dass sich das ändern könnte und du demnächst Jagd auf Menschen machst?«

»Nein. Ist das ein Verhör?«

»Ich versuche nur, mir ein Bild zu machen. Aus meiner Sicht ist es so: Du bedrohst niemanden und wirst darauf achten, dass es dabei bleibt. Die *Skinhunter* wollen dich umlegen, einfach, weil du da bist. Ich weiß nicht, wie es dir geht, aber mich macht das unglaublich sauer.«

»Mich doch auch«, flüsterte ich und fühlte mich elend.

»Ich kann dir nicht sagen, wie du dich entscheiden sollst, Neelia, aber wenn ich dir etwas als deine beste Freundin sagen darf: Ich würde möglichst viel Raum zwischen mich und jeden, der Jagd auf meinen Skalp macht, bringen.

Skadis Verbindung zu diesen Verbrechern macht mich fertig, auch, dass Rob einer von ihnen ist. Aus meiner Sicht gibt es keine Alternative zu einem kompletten Bruch. Je schneller und radikaler, desto besser. Du kannst nie sicher sein, solange du den Kontakt zu ihnen hältst.«

Ich brauchte lange, um ihre Worte sacken zu lassen. Mir ging es immer schlechter, je näher der Sonnenunter- und der Mondaufgang kamen, das Denken fiel mir schwer.

»Du hast recht«, murmelte ich und fasste an meine heiße Stirn. »Aber das ist schneller gesagt, als getan. Ich will das nicht. Und ich weiß auch nicht, wie ich es machen soll.«

»Ich auch nicht«, gab Mira zu. »Aber wenn du mich lässt, helfe ich dir. Ich möchte dir den Halt geben, der bei den anderen fehlt. Zusammen mit deinem Vater fällt uns sicher etwas ein.«

Ich nickte und ließ mich in mein Kissen sinken. Es wurde schlimmer und Denken unmöglich.

Mira nahm meine Hand. »Ich bin bei dir. Versuch, dich irgendwie zu entspannen«, sagte sie.

KAPITEL 14

Der Anfall war schlimm und dauerte die ganze Nacht. Ich lag im Bett und war in einer Art Dämmerzustand. Trotzdem war es schön, dass jemand da war.

Mira blieb bei mir und wechselte sich mit meinem Vater ab. Ich hörte, wie die beiden miteinander sprachen. Mira erläuterte ihm ihre Sichtweise. Je mehr ich Zeit hatte, darüber nachzudenken, desto besser verstand ich es.

Es war einfacher, den Anfall zu ertragen, wenn er nicht aus dem Nichts kam. Dass ich in einem weichen Bett lag und nicht auf dem Boden, und jemand da war, der sich um mich kümmerte, machte alles erträglicher.

Ich fühlte mich trotzdem schwach, meine Augen streikten und mein ganzer Körper kribbelte, aber ich hatte nicht solche Angst wie sonst und überstand alles leichter.

Am nächsten Morgen war ich wieder so fit, dass ich zur Arbeit gehen konnte. Der Anfall war vorüber und verschwand ohne Nachwirkungen – und dieses Mal ohne Blessuren. Meine Gedanken kreisten aber unaufhaltsam weiter in eine Richtung, mit der ich nicht gerechnet hatte.

Wenn ich aus Hamburg wegging, irgendwohin, wo man mich nicht kannte, hatte ich meine Ruhe. Wenn ich dort während des Vollmondes vorsichtig war und mich im Wald aufhielt, sollte ich sicher sein.

Meine Großmutter hatte mir den Schutz unserer Familie in Aussicht gestellt. Es kam nicht in Frage, dass ich nach

Indien zog oder jeden Monat zum Vollmond hinflog, aber sicher gab es andere Familien von Gestaltwandlern in Deutschland und damit Rudel, denen ich mich anschließen könnte, auch wenn ich der einzige Panther war.

Ich musste mit meinem Vater darüber sprechen, wenn wir uns das nächste Mal trafen. Und dann mit Rob darüber, dass ich diese Variante in Erwägung zog. Ihm das zu erklären wurde viel schwieriger.

Am Samstag holte Rob mich von der Arbeit ab. Er war in den letzten Tagen auf einer Geschäftsreise - einer echten, wie er mir versicherte, bei der es wirklich um Möbel ging. Ich bemühte mich, ihm das zu glauben.

Jetzt war er zurück.

Trotzdem hatte ich ein komisches Gefühl im Magen, als Rob durch die Ladentür kam. Je länger ich über das Weggehen nachdachte, desto sinnvoller erschien es mir. Ich musste einen Schlussstrich ziehen. Es fühlte sich mittlerweile an, als gäbe es keine Alternative.

Rob war kein Teil dieses Plans. Das war eine schmerzliche Erkenntnis, aber ich sah inzwischen ein, dass Mira auch in diesem Punkt recht hatte.

Ich konnte mich nie hundertprozentig darauf verlassen, dass nichts durchsickerte und seine Familie mich in Ruhe ließ. Es bestand immer die Gefahr, dass sie es doch herausfanden und die Jagd auf mich eröffneten. Davon abgesehen wollte ich nichts mehr mit ihnen zu tun haben.

Rob kam zu mir und küsste mich. Trotz all der Scheiße, die passiert war und allem, was zwischen uns stand, kam dieses kleine Glücksgefühl auf, wenn er mich berührte. Ich war in ihn verliebt. Das machte alles schwerer.

»Ist alles okay?«, fragte er auf dem Weg zum Auto.

»Nein, eigentlich nicht«, antwortete ich zögernd. Wie sollte ich formulieren, was mir im Kopf herumging, ohne dass er es in den falschen Hals bekam?

»Sag es einfach, wir kriegen das schon hin.« Er öffnete das Auto und hielt mir die Beifahrertür auf. Ich stieg ein und suchte nach den richtigen Worten.

»Ist Cecilia heute da?«, fragte ich, als er sich auf dem Fahrersitz niederließ.

»Nein, sie ist verreist. Außerdem hat sie endlich eine Wohnung gefunden. Am fünfzehnten Mai kann sie dort einziehen.« Er startete den Motor. »Endlich, ich bin die WG leid.« Er legte die Hand auf mein Bein. »Du allerdings bist immer willkommen, das weißt du ja.«

»Ich überlege, wegzugehen«, platzte ich heraus.

Rob trat auf die Bremse und starrte mich an. »Was?«

»So wollte ich das eigentlich nicht sagen«, murmelte ich. »Entschuldigung, da fehlte der Kontext. Mira war vorgestern bei mir, ich habe ihr alles erzählt.«

»Und, was sagt deine Hexenfreundin dazu? Und warum hast du es ihr gesagt? Ist das eine gute Idee? Sie ist doch auch mit Skadi befreundet, oder?«, fragte er stirnrunzelnd.

»Nenn sie nicht so. Sie begeistert sich eben für Magie und alles, was damit zu tun hat. Und ja, das war eine gute Idee. Sie konnte mir helfen«, verteidigte ich sie.

»Neelia, ich weiß nicht.« Rob schüttelte energisch den Kopf. Er parkte aus und fädelte in den Verkehr ein. »Wenn sie mit Skadi darüber redet ...«

»Wird sie nicht«, unterbrach ich ihn. »Und darum geht es nicht. Sie hat mich gefragt, warum ich gegen meinen Willen den Bann erneuern soll. Ich bin nicht diejenige, die eine Gefahr darstellt. Nur deine Leute sind das.«

»Du verwandelst dich in ein Raubtier, das mühelos einen Menschen schwer verletzen oder töten kann«, versetzte er.

»Ich würde das aber niemals tun. Ihr zieht bewaffnet durch die Straßen, für euch gilt das Gleiche. Eine Fehlentscheidung genügt. Ich bin nicht gefährlicher als du oder ein beliebiger Autofahrer, der kurz abgelenkt ist.«

»Das ist nicht das Gleiche und das weißt du. Die *Skinhunter* sorgen in erster Linie für Sicherheit. Dafür gibt es einen einfachen Grund, denn nicht jeder Gestaltwandler ist so harmlos. Manche töten, Neelia. Zum Spaß. Und da die anderen nicht wissen, dass du der Panther bist, haben sie diese Möglichkeit im Hinterkopf, bei allem, was sie tun.«

»Und das Tun besteht darin, mich zu jagen, bis ich tot bin. Oder verschwinde«, sagte ich frustriert. »Deine eigene Schwester hat es auf mich abgesehen. Und wahrscheinlich noch drei andere.« Robs Mund wurde ein schmaler Strich, der meine Alarmglocken schrillen ließ. Er wusste etwas, das mir nicht gefallen würde. »Rob?«

»Mehr als drei«, sagte er gepresst. »Die Jagd auf den Panther hat jetzt oberste Priorität und sie reisen aus ganz Deutschland an. Gestern trafen zwei Dänen ein, morgen kommen Niederländer.«

Ich sah ihn sprachlos an. »Das ist nicht dein Ernst«, flüsterte ich. »Das ist ja ein Jagdturnier. Werden dazu vielleicht noch Snacks gereicht? Macht deine Mutter aus erlegten Gestaltwandlern ihr berühmtes Gulasch?« Ich fasste an den Türgriff, doch wir fuhren gerade und ich konnte mich nicht bei fünfzig aus dem Auto stürzen.

»Natürlich nicht!«, zischte Rob. Ich glaubte ihm nicht.

»Du weißt es besser«, sagte ich eisig. »Du kannst mir sagen, wie sie mich jagen und töten werden.«

»Ich versuche mit allen Mitteln, das zu verhindern!« Er packte das Lenkrad und biss die Zähne zusammen. »Ich mache mir über nichts anderes Gedanken, als wie ich dich schützen kann. Mir fällt keine andere Lösung ein, als den

Bann zu erneuern.« Er sah mich an. »Ich bitte dich, Neelia. Von ganzem Herzen. Nicht mir zuliebe, sondern um dich zu retten. Bitte sei vernünftig und lass den Bann erneuern, bis sich die Aufregung hier gelegt hat. Bitte!«

Ich sah aus meinem Fenster und kämpfte mit meiner Wut und meinem Frust. »Ich will nicht aus Hamburg weg«, sagte ich leise. »Wirklich nicht. Hier ist mein Vater, mein Job, meine Freunde ... und du. Aber wenn ich bleibe, werde ich entweder früher oder später umgebracht oder ich muss einen Teil von mir aufgeben. Ich kann das nicht tun, das musst du verstehen.«

»Ich verstehe, dass das alles schwer für dich ist, aber ich verstehe nicht, warum du bereit bist, dafür dein Leben zu riskieren.« Rob machte eine Pause und fuhr in eine Parklücke in seiner Wohnstraße. »Oder dein Leben komplett aufzugeben.« Er sah mich an. »Lass mich raten: Ich bin kein Teil dieser Überlegung, oder?«

Mein Herz schmerzte, als ich den Kopf schüttelte. »Nein, bist du nicht.«

Der Abend verlief angespannt und ich überlegte, ob ich nach Hause fahren sollte. Robs Frage und meine Antwort schwebten zwischen uns. Wir standen kurz davor, uns zu trennen. Das schmerzte mehr, als ich gedacht hätte, dabei waren wir erst zwei Monate zusammen.

Ich lehnte mich an ihn. »Ich wünschte, das wäre nicht passiert«, murmelte ich. »Ich wünschte, es gäbe diese Probleme nicht. Dann könnte ich mich einfach freuen, wie schön es mit dir ist.«

Er zog mich an sich und ich nutzte die Gelegenheit, um uns beide auf andere Gedanken zu bringen. Ich ahnte, dass Rob die gleiche Idee hatte und sich deswegen besonders ins Zeug legte, sodass wir heute den besten Sex unserer

Beziehung hatten. Es war atemberaubend und wir wurden nicht müde, sondern fingen immer wieder von vorn an.

Es fühlte sich beinahe an, als wäre das unsere letzte gemeinsame Nacht.

Das war sie nicht. Wir verbrachten die auch folgenden zwei Nächte bei mir, um Cecilia aus dem Weg zu gehen, doch am Dienstag verreiste Rob. Wieder schwor er mir, dass es kein Auftrag der *Skinhunter* war.

Am Dienstagnachmittag meldete sich mein Vater. »Ich habe wichtige Neuigkeiten«, fing er an. »Wann kannst du Feierabend machen?«

»Ich bin nachher mit Mira verabredet, aber sicher können wir uns auch eine Stunde später treffen. Ich komme um halb sechs zu dir«, antwortete ich. »Was ist es denn?«

»Ich habe ein Rudel in Süddeutschland gefunden und Kontakt aufgenommen. Alles Weitere erzähle ich dir in Ruhe. Komm, so schnell du kannst. Ich bin zu Hause.«

Ich hielt es kaum aus und ergriff die Chance, als Helmut meinte, es sei heute wenig los. Klara war da und alles, was ich ursprünglich geplant hatte, konnte ich auch problemlos morgen erledigen. Also sagte ich ihm, dass ich dringend zu meinem Vater musste und kratzte um vier die Kurve.

Der Weg kam mir endlos vor. Seit unserem Gespräch fragte ich mich, woher Papa das Rudel kannte. Was sie ihm gesagt hatten. Was er überhaupt gefragt hatte und um was für ein Rudel es sich handelte. Es konnten keine Panther sein, jedenfalls ging ich nicht davon aus.

Mein Mund wurde trocken.

Süddeutschland. Das war, egal ob Bayern oder Baden-Württemberg, verdammt weit weg. Das hieß, hier alle Zelte abzubrechen, wenn sie erwogen, mich aufzunehmen.

Was bedeutete das für mich? Für Papa?

Ich blieb stehen und sah mich um. In meinem Bauch machte sich kalte Angst breit. Hier war doch mein Zuhause. Hier war ich geboren und aufgewachsen. Hier gab es die Orte, die mich an meine Mutter erinnerten. Und hier lauerte der Tod. Er war mir dicht auf den Fersen.

Ich schluckte und lief weiter. Erst einmal sollte ich mir anhören, welche Neuigkeiten Papa überhaupt hatte, dann konnte ich weiter grübeln.

Endlich erreichte ich sein Wohnhaus und stand kurz darauf vor ihm in seinem Wohnzimmer. Papa war gerade am Telefon und deutete mir, mich aufs Sofa zu setzen. Es dauerte einen Moment, bis er das Gespräch beenden konnte. Jede Minute kam mir wie eine Stunde vor.

Endlich legte er auf und drehte sich zu mir um. »Hast es nicht mehr ausgehalten, oder? Kann ich verstehen. Bitte entschuldige, dass ich so geheimnisvoll tun musste, aber ich will vorsichtig sein.«

»Schon okay. Du sagtest, du hast mit einem Rudel telefoniert. Ich bin hier für den Kontext«, sagte ich und griff mir ein Sofakissen, um es zu zerknautschen.

Papas Mundwinkel zuckten. »Kontext ist immer gut. Ich kenne das Rudel von früher, über deine Mutter. Als sie nach Deutschland kam, nahm sie Kontakt zu anderen Gestaltwandlern auf. Réka ist eine von ihnen. Sie ist eine Luchsin und lebt am Rande des Schwarzwaldes. Das Südliche Rudel ist etwas Besonderes, denn es ist keine Familie, sondern ein Zusammenschluss. Die Gestaltwandler sind untereinander vernetzt und warnen sich gegenseitig vor Gefahren. Seit dem Tod deiner Mutter und deiner Bannung hatten wir keinen Kontakt mehr, aber Réka hat sich an mich erinnert. Zum Glück.«

Ich versuchte, meine Fantasie zu zügeln, was Réka zu Papa gesagt haben könnte. Ich ahnte, was es war.

»Ich habe Réka unsere Lage geschildert und auch von der Idee, Hamburg zu verlassen, um dich vor den *Skinhuntern* zu schützen«, fuhr Papa fort. »Sie ist bereit, dich in den Schutz des Rudels aufzunehmen, allerdings nur unter einer Bedingung.«

»Rob darf nicht wissen, wo ich bin«, sagte ich leise. Es ging gar nicht anders.

Papa nickte. »Exakt. Ich weiß, dass du dich entschlossen hast, ihm zu vertrauen und ich glaube ihm, dass er dir nichts antun wird, doch das Risiko ist zu groß. Irgendwer könnte es herausfinden und ihm folgen. Vor dieser Gefahr will Réka das Rudel natürlich schützen. Und da diese Forderung für Rob gilt, gilt sie auch für Skadi. Und für alle anderen, die wir kennen.« Papa sah bekümmert aus.

Ich brauchte einen Moment, um das alles zu verstehen.

»Du würdest mitkommen?«, fragte ich schließlich vorsichtig. Ich wollte nicht, dass er sich dazu gezwungen fühlte, aber er hatte immer von ›uns‹ gesprochen. Ich brauchte Gewissheit, dass ich mich nicht irrte.

Er nickte überrascht. »Natürlich. Was dachtest du?«

»Dass es schlimm genug ist, wenn einer von uns sein Leben aufgeben muss«, sagte ich. »Was ist mit Annaya? Ihr überlegt doch, ob ihr zusammenziehen wollt. Das wird schwierig, wenn sie nicht wissen darf, wo du bist. Oder gilt das Angebot auch für sie?«

Der Kummer in seinem Gesicht wurde noch größer, doch er zwang sich zu einem furchtbar gestellten Lächeln, das mir durch Mark und Bein ging. »Nein, nur für uns beide.«

»Aber Papa, das kann ich nicht von dir verlangen.«

»Es gibt doch keine Alternative, Schatz. Du willst dich nicht wieder bannen lassen und ich verstehe dich. Ich kann aber auch nicht zulassen, dass dir Robs Sippe etwas antut. Zu hoffen, dass es sich von allein legt, ist schon einmal furchtbar schiefgegangen. Das darf nicht wieder passieren.« Er legte die Hand auf meinen Arm. »Dich zu verlieren wäre tausend Mal schlimmer, als Annaya nicht mehr zu sehen. Dieses Opfer muss ich dafür bringen.«

Doch ich fühlte mich schrecklich und ich fragte mich, ob ich egoistisch war, weil ich die Bannung ablehnte.

»Bis wann müssen wir Réka Bescheid sagen?«

»Das Angebot steht und ist nicht befristet«, antwortete er. »Aber der nächste Vollmond ist in weniger als zwei Wochen. Wenn du es machst, ist das eine endgültige Entscheidung. Ein Kennenlernen fällt angesichts deiner Verbindung zu Rob aus. Wenn du gehst, musst du bleiben.«

Ich holte tief Luft und versuchte, mich zu entscheiden.

»Es muss nicht jetzt sein«, sagte Papa. »Aber ich habe das Gefühl, dass uns die Zeit davonläuft.«

Das gleiche sagte auch Mira, als ich ihr davon erzählte. Ich konnte es nicht für mich behalten, wenigstens mit ihr musste ich reden, weil ich es nicht mit Rob tun konnte.

Meine Freundin hörte zu, bis ich fertig war, und rieb sich das Kinn. »Oh Mann«, murmelte sie. »Das ist hart.«

»Ich weiß«, antwortete ich hilflos.

»Aber dein Vater hat recht«, sprach sie weiter. »Die Zeit wird dünn. Die *Skinhunter* bringen sich in Position.«

»Woher weißt du das?«, fragte ich.

»Ich war am Samstag und Sonntag bei Skadi«, erwiderte Mira und zuckte mit den Schultern, als ich sie erschrocken ansah. »Ich bin deine Flügelspielerin, meine Süße, also bin ich spioninnenmäßig undercover gegangen. Zum Glück braucht Skadi Hilfe bei tausend Dingen für ihre Hochzeit und ich habe mich angeboten. Zack, schon war ich in der Höhle des Bestienkillers. Emil war auch da und ich habe ihn ausgequetscht.«

»Mira ...«, machte ich unbehaglich. Mira war alles, aber nicht unauffällig, und ihre Beweggründe immer glasklar. Ich betete, dass sie mich nicht versehentlich verraten hatte.

»Ich weiß, was du jetzt denkst«, winkte sie ab. »Aber niemand hat etwas bemerkt. Das ist das Gute, wenn einen die meisten Menschen für eine Spinnerin halten.«

»Niemand hält dich für ...«, begann ich, doch sie schüttelte den Kopf.

»Schon gut. Ich weiß es, du weißt es, und gerade war es von Vorteil, also Schwamm drüber. Jedenfalls habe ich mich über tausend Umwege seinem Jagdhobby genähert und Interesse geheuchelt.«

»Das nimmt Skadi dir doch niemals ab«, wandte ich ein.

»Nein, tut sie normalerweise auch nicht, aber hier kommt die Spinnerin ins Spiel. Ich habe ihnen erzählt, dass ich einen Kerl kennengelernt habe, der voll auf Rollenspiele und diese Jagdsache abgeht. Und weil ich ihn vögeln will, brauche ich ein bisschen Insiderwissen. Das haben sie geschluckt. Jedenfalls bin ich nach einem endlos öden und verstörenden Vortrag über das Ausnehmen von geschossenem Wild dazu gekommen, was Emil denn unbedingt mal vor die Flinte kriegen will. So habe ich mich an die Sache rangezirkelt und rausgefunden, dass sie bei Vollmond ein ›Event‹ planen. Nein, mein imaginärer Freund und ich dürfen leider nicht kommen, ist exklusiv für den Jagdverein.« Sie sah mich ernst an. »Sie machen organisiert Jagd auf dich, mein Schatz. Rob und seine Schwester sind auch mit am Start.«

Mein Mund war staubtrocken. »Rob wird daran sicher nicht teilnehmen.«

»Er hat zugesagt. Ich vermute, um an Infos zu kommen, aber da ist wieder das alte Problem: Er sitzt zwischen den Stühlen. Ich glaube ihm, dass er dich liebt, aber wenn es hart auf hart kommt, für wen entscheidet er sich dann? Für die Frau, die er seit ein paar Monaten kennt, oder für seine Familie? Ich fürchte, wir kennen beide die Antwort. Und sie fällt gegen dich aus.«

Ich schluckte und fühlte mich sterbenselend. »Ich habe ihm gesagt, dass ich überlege, wegzugehen. Ohne ihn.«

»Das fand er nicht so gut, oder?«, fragte Mira leise.

»Nein. Er hat mich noch einmal gebeten, mich bannen zu lassen. Und ich frage mich, ob ich es nicht einfach tun sollte. Dann könnte ich hierbleiben. Bei dir, bei Rob, sogar bei Skadi. Papa müsste Annaya nicht aufgeben. Ich könnte weitermachen und das Antiquariat übernehmen, wenn Helmut in Rente geht. Ich müsste nicht ans andere Ende Deutschlands ziehen, um mich in Sicherheit zu bringen. Ich wäre hier in Sicherheit.«

»Aber ständig in der Nähe der *Skinhunter* und nicht so, wie du sein möchtest«, wandte Mira ein.

»Ja, aber ohne das schlechte Gewissen, dass ich vielen Menschen wehgetan habe. Ich kann nicht einmal auf Skadis Hochzeit gehen.« Ich starrte auf meine Hände. »Ich würde so viele Menschen enttäuschen.«

»Weißt du was, darauf solltest du scheißen.« Ich zuckte bei Miras Worten zusammen. So redete sie sonst nicht. »Sorry, du weißt, wie ich das meine. Hier geht es nicht darum, den Urlaub auf das Datum der Hochzeit zu legen. Hier geht es darum, dass du nicht *ermordet* werden möchtest. Auch, wenn du gebannt wirst, du hast doch gesehen, dass er gebrochen werden kann. Was, wenn das noch mal passiert und die Skinhunter es mitbekommen? Was, wenn es durch einen dummen Zufall doch herauskommt? Die Typen sind so irre, dass ich ihnen alles zutraue, auch, dass sie den Bann selbst brechen. Ich glaube nicht, dass der Bann dich ewig beschützen kann.«

»Ich muss darüber nachdenken«, sagte ich leise.

»Ich weiß«, erwiderte Mira und drückte mich. »Aber eigentlich ist die Antwort klar.«

Ich zermarterte mir bis zum Freitag den Kopf, dann ließ ich mir von meinem Vater Rékas Nummer geben. Heute hatte ich nichts vor und weil ich langsam verzweifelte, beschloss ich, sie anzurufen und mit ihr zu sprechen.

Vielleicht mochte ich sie ja nicht, dann wäre die Entscheidung leichter. Dann wüsste ich, dass ich hierblieb. Irgendwie klammerte ich mich an diesen Gedanken, obwohl ich wusste, dass das mein Problem nicht löste. Denn nächste Woche war bereits Vollmond und ich hatte immer noch keine Idee, wie ich mich vor den *Skinhuntern* schützen konnte. Rob hatte angeboten, mit mir wegzufahren, doch das klappte nicht: Die anderen Jäger hatten ihn bei der Jagd fest eingeplant und er hatte keinen plausiblen Grund, ihr fernzubleiben. Nicht, ohne die anderen misstrauisch zu machen.

Ich wusste nicht, wie viele es waren, wusste aber von Emil, Cecilia und Henry, dazu kamen noch die *Skinhunter* aus anderen Städten und Ländern, die Interesse bekundet hatten. Die Vollmondnacht sollte in Hamburg zur tödlichen Jagd werden. Ein Event, auf das sich alle freuten. Außer mir. Und auch Rob wurde immer nervöser.

Ich musste die Stadt verlassen, so oder so.

Die Frage war, ob ich allein wegfahren sollte, irgendwohin, wo ich hoffte, dass mich keiner sah, aber mich auch nicht auskannte. Oder ob ich mich endgültig in Sicherheit brachte. Zu Réka. Weit weg von Hamburg.

Das wäre das Ende meiner Beziehung zu Rob.

Ich saß auf meinem Sofa, mein Smartphone in der Hand, und kämpfte mit den Tränen.

Es war nicht gut, bei Vollmond die Stadt zu verlassen und jedes Mal an einen anderen Ort zu fahren. Immer bestand die Gefahr, dass mich jemand sah und die Nachricht eines frei laufenden Panthers die Runde machte. Irgendwann würden sie auf mich kommen, weil ich mich immer dort aufhielt, wo er auftauchte.

Mira hatte angeboten, mich zu begleiten und mich bestmöglich zu schützen, doch ich wollte sie nicht auch noch in Gefahr bringen.

Der Einzige, der mich effektiv schützen könnte, wäre Rob. Doch das war mindestens so gefährlich wie in Hamburg zu bleiben, denn Cecilia und die anderen sahen sich in Konkurrenz mit ihm. Wo er hinging, würden sie auch sein, damit war der Schutz hinfällig.

Ich zog die Beine unter mein Kinn und schniefte. Es sah nicht so aus, als hätte ich eine Wahl.

Den Bann bis nächste Woche erneuern zu lassen, wäre möglich, wurde aber knapp. Wenn da nur nicht meine abgrundtiefe Abneigung gegen diese Lösung wäre. Ich wollte es nicht, aber mir blieb nur der Bann oder mich dem Rudel anzuschließen.

Ich musste mich schnell entscheiden, ob ich mein ganzes Leben aufgeben wollte.

Nein, wollte ich nicht. Allein der Gedanke schmerzte.

Ich rief meinen Vater an. »Was soll ich nur machen?«, flüsterte ich. Meine Stimme zitterte.

»Ich weiß es nicht«, räumte er ein. »Aber die Möglichkeiten werden immer weniger. Ich habe die Schamanin kontaktiert, sie schafft es nicht mehr, den Bann vor Vollmond zu erneuern. Ihr fehlt eine Zutat für die Tinte, die sie nur bei Neumond beschaffen kann. Das bedeutet, dass diese Option wegfällt. Zumindest für diesen Monat. Wir haben zu lange gewartet.«

Ich schloss die brennenden Augen. »Scheiße.«

»Hast du dich doch für die Erneuerung entschieden?«, fragte Papa. »Dann sage ich ihr Bescheid. Wir schaffen es über diese Vollmondnacht, Schatz, mach dir keine Sorgen. Uns fällt schon was ein. Und wenn das bedeutet, dass wir uns etwas suchen müssen, wo du die Nacht verbringen kannst, dann kriegen wir das hin.«

Ich saß eine Zeit lang still da und wusste nicht, wie ich mich damit fühlte. Ich war mutlos. Ängstlich. Ich fühlte mich umzingelt und als würde eine Waffe auf mein Gesicht gerichtet werden. Schon wieder.

Diese Situation hatte ich nicht vergessen. Sie verfolgte mich und ich träumte oft davon. Es ging besser, wenn Rob dann neben mir lag, wenn ich schweißgebadet aufwachte, aber er war nicht jede Nacht bei mir.

»Schatz?«, fragte Papa und ich bemerkte, dass ich lange nichts gesagt hatte.

»Ich werde Réka anrufen«, sagte ich. »Jetzt. Morgen fälle ich meine Entscheidung.«

»Tu das. Wir müssten hier einiges vorbereiten, wenn du dich dazu entschließt. Bitte ruf mich hinterher noch einmal an.« Ich versprach es und wir beendeten das Gespräch. Ich atmete tief durch. Dann wählte ich ihre Nummer.

»Hallo?«

»Hallo, hier ist Neelia Jacobi. Réka?«

»Ja. Neelia ... Du bist der Panther.« Rékas Stimme war voll und samtig, trotzdem war etwas Lauerndes darin. Ich verstand sie sofort, ein Luchs war schließlich auch eine Katze. Ich merkte, wie mich das triggerte. Der Panther fragte sich, ob der Luchs ein Gefährte oder ein Rivale war.

»Ja, das bin ich. Ich wollte mit dir sprechen und ...«

»Dein Vater hat mir deine Situation geschildert«, unterbrach sie mich freundlich. »Ich muss gestehen, dass mich die Geschichte berührt hat. Du vereinst viel Ungewöhnliches in dir, das musste ich mit dem Rudel diskutieren.«

Mein Mut sank ins Bodenlose. Ich fühlte mich, als sei ich unverhofft in ein Loch getreten.

»Dein Kontakt zu den *Skinhuntern* hat für Aufregung gesorgt«, fuhr Réka fort. »Deswegen mussten wir deinem Vater sagen, dass unser Angebot an die Bedingung geknüpft ist, dass du jeglichen Kontakt zu deinem Freund abbrichst. Das verstehst du sicher, oder?«

»Ja. Du willst das Rudel schützen«, erwiderte ich. »Das verstehe ich natürlich.«

»Neelia, du bist willkommen. Ich möchte, dass du die Möglichkeit hast, in Frieden zu leben. Der Preis dafür ist hoch, aber wir zahlen ihn alle. Bei uns kannst du ein neues Leben anfangen. Du kannst dir einen Job suchen und in unserem Schutz leben. Wir sind eine Familie und stehen füreinander ein. Das wird von allen geschätzt und es wird erwartet, dass du dich einbringst. Das Wichtigste ist aber, dass du dir während deiner Verwandlung keine Sorgen machen musst, solange du dich an die Regeln hältst: Umsicht und keine Ausflüge in die Stadt. Das ist alles.«

»Das klingt gut«, sagte ich langsam.

»Ich weiß, dass es für dich die Katze im Sack ist. Wenn du herkommst, musst du bleiben. Wenn du gehst, kannst du nicht zurückkommen. Wir müssen uns schützen. Gerade bei der illustren Gesellschaft, die du hattest.«

»Das war keine Absicht«, erwiderte ich.

»Natürlich nicht«, schnaubte sie. »Welcher Gestaltwandler würde freiwillig mit einem *Skinhunter* anbandeln? Tut mir leid, dass ich so strikt bin. Normalerweise würde ich dich einladen, damit du uns kennenlernen kannst, aber sie sind bereits auf dich aufmerksam geworden. Wie willst du den Vollmond verbringen?«

»Ich weiß es noch nicht«, gab ich zu. »Vermutlich muss ich mich irgendwo einsperren.«

»Das ist furchtbar«, erwiderte sie. »Das müsstest du hier nie tun. Wir besitzen viel Land, dort verbringen wir die Monde. Bei uns musst du dich nie einschränken.«

»Ich habe die Option, mich bannen zu lassen«, sagte ich. Es war einen Moment still in der Leitung. »Und darüber denkst du ernsthaft nach?«, fragte sie schließlich.

»So könnte ich mein Leben fortführen und sogar meine Beziehung erhalten«, antwortete ich.

»Aber wegen dieses Kerls bist du überhaupt nur in Gefahr«, hielt sie dagegen. »Und für ihn willst du dich aufgeben? Bist du nicht gern in deiner zweiten Gestalt?«

»Doch, ich liebe es. Und als ich mich wieder verwandelt habe, war es, als wäre ich neugeboren worden«, sagte ich.

»Warum willst du das aufgeben? Kompromisse gehören zu Beziehungen dazu, klar, aber das ... Wenn du es nicht tust, bringen seine Freunde dich um. Das ist kein Kompromiss. Entschuldige«, unterbrach sie sich. »Ich weiß, das war unfreundlich, aber der bloße Gedanke gruselt mich.«

»Verstehe ich«, murmelte ich und sah auf. Draußen war es dunkel und ich sah mein Gesicht in der Fensterscheibe.

Eine Bannung kam nicht infrage, erkannte ich. Ich wollte den Panther nicht verlieren. Mit der Amnesie war das möglich, jetzt aber nicht mehr. Und hierbleiben war keine Option. Mein Herz tat mir weh bei dieser Erkenntnis.

»Réka, ich komme zu euch. Ich werde den Vollmond irgendwie überstehen und bereite alles vor. In spätestens zwei Monaten bin ich bei euch.«

»Ich hatte gehofft, dass du dich so entscheidest. Ich freue mich auf dich, Neelia.«

Ich lächelte mein Spiegelbild an und versuchte, das Brechen meines Herzens zu ignorieren.

Teil 4

Wahres Blut

KAPITEL 15

Ich schlief unruhig und wachte oft auf. Mein Kopf schwirrte, ich konnte keinen klaren Gedanken fassen.

Immer wieder stieg Panik in mir hoch. Was hatte ich mir nur dabei gedacht? Konnte ich das wirklich tun? Wenn ich es machte, zog ich einen radikalen Schlussstrich. Ich musste überlegt handeln, die Verantwortung war groß.

Réka war bereit, mich in ihr Rudel aufzunehmen. Das bedeutete, dass die Sicherheit, die ich dann genoss, auch meine Aufgabe wurde. Ich könnte es mir nie verzeihen, jemanden zu gefährden.

Dann kamen die Zweifel, ob ich mein Leben in Hamburg aufgeben konnte. Ob ich meine Freunde, meinen Job und meine Pläne hinter mir lassen konnte.

Und Rob ... Mein Herz schmerzte seinetwegen so sehr wie wegen Skadi und Mira.

Ja, wir waren noch nicht lange zusammen, aber in dieser kurzen Zeit hatte ich geglaubt, dass ich angekommen war. Dass er Teil eines glücklichen Lebens werden konnte.

Jetzt fühlte ich mich, als wäre mir alles weggenommen worden. Nur eine Sache zählte noch: Überleben. Und das Schlimmste daran: Er gehörte zu denen, die dafür sorgten, dass es kein anderes Thema mehr in meinem Leben gab.

Rob nahm mir die Wahl. Er stahl mir unsere gemeinsame Zukunft. Seinetwegen musste ich diesen Weg gehen.

Mein Herz schmerzte und ich fühlte mich unglücklich.

Gleichzeitig war ich froh, dass ich wenigstens den Panther behalten konnte. Und meinen Vater.

Es stimmte, was ich Réka gesagt hatte: Die Bannung kam nicht infrage. Das war auch vor ihrem Urteil darüber so, doch ihre Worte hatten meinen Entschluss nur zementiert. Es gab nur wenige Menschen, für die man solche Opfer bringen sollte. Und da Rob alles verursacht hatte, konnte ich mich nicht für ihn aufgeben.

Ich hätte mich nie für so stark gehalten, doch jetzt bemerkte ich, dass ich es war. Ich war kein Opfer sein und ich wollte mich nicht in etwas fügen, das mir widerstrebte. Wenn ich selbst zu sein bedeutete, dass ich mich von ihm trennen musste, dann war das richtig. Dann waren wir nicht füreinander gemacht. Das tat jetzt weh, aber damit musste ich lernen umzugehen. Ich kam allein klar. Das war vor unserer Beziehung so und würde auch danach so sein.

Am Samstag hatte ich frei. Rob war auf einer Versammlung der *Skinhunter* und versuchte, mehr über den Unfall damals herauszufinden. Das gab mir Zeit, um Vorkehrungen zu treffen. Ich telefonierte mit meinem Vater, dann ging ich ins Antiquariat und redete schweren Herzens mit Helmut. Er fiel erwartungsgemäß aus allen Wolken und es dauerte, bis ich die Wogen glätten konnte.

»Kommst du zurück?«, fragte er hoffnungsvoll.

»Ich weiß es nicht«, gab ich zu. »Momentan eher nicht. Falls es sich ändert, stehe ich auf der Matte.«

Damit war Helmut auch nicht glücklich, aber ich hatte ihn soweit, dass er nicht mehr sauer war. Ich erklärte ihm, der Überfall habe den Unfall von damals wieder hochkommen lassen und ich bräuchte Abstand und einen Tapetenwechsel, um damit zurechtzukommen. Im Prinzip stimmte das ja, wenn auch anders, als er dachte.

Dann rief ich Mira per Videocall an. Wir sahen uns heute Abend bei Skadi, ein Treffen, vor dem ich Angst hatte, denn jetzt war klar, dass ich nicht zu ihrer Hochzeit kam.

»Das musst du ihr heute nicht sagen«, meinte Mira. »Ich weiß, es bringt dich um, zu lügen, aber nichts anderes macht sie mit uns.«

»Sie weiß nicht, dass ich der Panther bin, den Emil jagt.«

»Und das ist auch gut so«, versetzte Mira seufzend. »Du gehst also weg. Das ist richtig so, aber ich kann momentan darüber nicht glücklich sein. Ich kann mich nicht weiter mit Skadi treffen, wenn ihr Mann mit Schuld daran ist, dass du gehst. Und ohne dich als Puffer hauen wir uns die ganze Zeit die Köpfe ein. Das war's dann mit unserem Dreierteam.« Sie betrachtete ihr Handgelenk, auf das eine stilisierte 3 tätowiert war. »Ich muss mir wohl eine andere Bedeutung dafür einfallen lassen. Damit hätte ich bei diesem Tattoo am wenigsten gerechnet.«

Ich wollte sie trösten, doch mir fiel nichts ein. Ich hoffte, dass ich sie in meinem Leben halten konnte. Aber Mira hatte recht: Skadi war keine Option, so weh es mir tat.

»Aber eins noch«, sagte Mira. »Rede erst mit Rob, und dann mit Skadi. Sonst spricht sie mit Emil darüber und der erzählt es Rob brühwarm. Er sollte es von dir hören, nicht von seinem Exmitbewohner.«

Ich nickte und riss mich den ganzen Abend bei Skadi zusammen. Dabei fühlte ich mich scheußlich, weil ich so tun musste, als wäre ich bei der Hochzeit dabei und würde mich darauf freuen. Ich schämte mich für diese Heuchelei, doch Mira hatte recht: Skadi würde es Emil erzählen und ich wollte nicht riskieren, dass er mir zuvorkam.

Ich war froh, als der Mädelsabend vorbei war, obwohl mir der nächste Tag, an dem ich mich mit Rob treffen wollte, bevorstand.

Wir trafen uns am Nachmittag, weil er früher nicht von der Versammlung zurückkam. Er meldete sich, als er beinahe in Hamburg war, und ich machte mich auf den Weg zu ihm. Mit Cecilia musste ich nicht rechnen, sie hatte sich für das Wochenende bei Rob abgemeldet.

Trotzdem war ich nervös, als ich ankam. Mein Magen flatterte und mir war schlecht. Ich musste ihm heute sagen, dass ich wegging. Ohne ihn.

Er hatte das schon nicht gut aufgenommen, als es noch eine Überlegung war. Ich erwartete nicht, dass es jetzt besser wurde. Es bedeutete, dass wir uns trennen mussten.

Das tat auch mir weh.

Er öffnete mir lächelnd die Tür und zog mich in seine Arme. Als unsere Lippen sich berührten, brach ich beinahe in Tränen aus. Sein Daumen wanderte über meine Wange und verharrte dort. Dann sah er mich erschrocken an.

»Ich hoffe, du weinst, weil du mich so vermisst hast«, versuchte er einen Scherz. Ich weinte also doch. Rob zog mich ins Wohnzimmer und drückte mich auf die Couch. »Du willst mir etwas sagen, oder?«

»Ja.« Ich atmete tief durch. »Ich gehe. Endgültig.«

Rob sah mich sprachlos an. Mehrmals öffnete er den Mund, um etwas zu sagen, doch er blieb stumm. Er schüttelte den Kopf und versuchte es erneut. »Damit habe ich nicht gerechnet«, sagte er. »Ich dachte, du stimmst der Bannung zu und brauchst meine Unterstützung.«

»Das kann ich nicht tun«, sagte ich. »Außerdem würde es vor dem nächsten Vollmond nicht klappen, der Schamanin fehlt eine Zutat, die sie für die Tinte braucht.«

»Dann überbrücken wir diese eine Nacht und ...«, begann er, doch ich unterbrach ihn: »Nein, es ist keine Option.«

»Aber, was dann, Neelia? Du willst weggehen? Wohin denn? Zu wem? Und ohne mich?«

»Ich schließe mich einem gemischten Rudel an, das mir Schutz bieten wird. Schutz vor deinen Leuten«, präzisierte ich. »Und sie lassen es nicht zu, dass ein *Skinhunter* in ihre Nähe kommt, ob du noch aktiv bist oder nicht. Glaub nicht, dass das eine leichte Entscheidung für mich ist. Ich lasse - bis auf Papa - alles hinter mir, was mir wichtig ist. Meinen Job, meine Freundinnen, alles, was ich mir aufgebaut habe. Und dich.«

»Aber du musst das nicht tun!«, sagte er aufgeregt. »Es gibt Optionen! Wenn die Bannung nicht infrage kommt, lassen wir uns etwas anderes einfallen. Wir könnten an Vollmond wegfahren, damit uns niemand auf die Schliche kommt. Oder ich organisiere ein Versteck, in dem du dich bei Vollmond aufhalten kannst.«

»Das könnten wir einmal machen, aber du weißt, dass das keine Dauerlösung ist. Der Panther will frei sein. Wenn ich mich in jeder Vollmondnacht einsperre, ist das, als wäre ich gebannt. Ich muss meine zweite Gestalt aber entfalten können.«

Er nahm meine Hand. »Und wenn ich dich bitte, nicht zu gehen?«, fragte er leise.

»Dann muss ich es trotzdem tun. Um meiner selbst Willen«, antwortete ich und drückte seine Finger. »Es tut mir so leid, Rob. Ich bin so gern mit dir zusammen und möchte nicht gehen, aber die *Skinhunter* lassen mir keine Wahl. Ich habe von eurem Jagdevent nächste Woche gehört.«

»Ich bin nur dabei, weil ich aufpassen will«, sagte er.

»Das verstehe ich, aber ich sehe nicht, wie du sie loswerden kannst«, antwortete ich. »Und selbst wenn du mit mir gehen könntest, würden deine Eltern das kaum akzeptieren, oder? Irgendwann kämen sie mir auf die Schliche und was dann? Stellst du dich dann gegen deine Familie, um mich zu beschützen?«

»Sie würden es nie erfahren!«, knirschte Rob.

»Das ist ein Gewissenskonflikt, den ich dir ersparen möchte«, sagte ich. »Und mir selbst die Todesangst. Es ist kein Leben, wenn ich ständig Angst haben muss, entdeckt und umgebracht zu werden. Und das von den Leuten des Mannes, den ich liebe. Dieses Opfer sollte keiner von uns bringen müssen, Rob.«

Er schien widersprechen zu wollen, presste dann aber die Lippen zusammen. »Was für eine Scheiße«, murmelte er. »Ich wusste schon lange, dass diese Sache mein Leben ruinieren würde, aber ich hatte eher damit gerechnet, dass ich einen Arm verliere. Dass es mich von der Frau trennt, die ich unbedingt bei mir haben möchte, habe ich nicht kommen sehen. Jetzt hasse ich es noch mehr. Vor allem nach diesem Wochenende.«

»Was wurde auf der Versammlung besprochen?«, fragte ich leise und war mir sicher, dass ich es nicht hören wollte.

»Viel Allgemeines, aber über dich wurde auch gesprochen. Cecilia hat geschworen, dass sie es sein wird, die den Panther erlegt. Bei dieser Gelegenheit habe ich herausgefunden, wer euch damals gejagt hat.«

Mein Herz schlug mir bis zum Hals.

»Es war Emils Familie. Deswegen sind sie jetzt auch scharf darauf, Cecilia zu unterstützen. Das ist zwar nur der halbe Ruhm, aber ...« Rob hörte auf zu reden, als er mein Gesicht sah. »Neelia?«

»Ich habe es geahnt«, presste ich zwischen meinen Zähnen hervor. »Ich habe gewusst, dass sie es waren. Es passt einfach zusammen und macht alles zehnmal schlimmer.« Ich ballte die Hände zu Fäusten und fühlte mich ohnmächtig vor Wut. »Ausgerechnet der Zukünftige meiner besten Freundin hat meine Mutter auf dem Gewissen und ist daran schuld, dass mein Vater im Rollstuhl sitzt. Dass mir die letzten zwei Jahre mit meiner Mutter fehlen!« Ich sprang auf, weil mich die Wut nicht mehr auf der Couch hielt. Hass brannte lichterloh in mir auf.

Rob sah mich erschrocken an, doch das war mir egal. Ich konnte meine Wut nicht mehr zügeln.

»Ich werde gehen!«, sagte ich laut. »Und wenn es nur ist, um nie wieder etwas mit *Skinhuntern* zu tun zu haben. Hast du mal darüber nachgedacht, wie vielen Familien du schon die Mütter und Väter, die Söhne und Töchter genommen hast? Kannst du dir im Entferntesten vorstellen, wie viel Leid ihr über die Menschen bringt mit eurer Scheißjagd? Und wofür? Für Pelze und Zutaten, bei denen sogar die chinesische Traditionsmedizin mit den Ohren schlackert. Ihr seid ein Haufen Mörder und ich hasse euch dafür, was ihr mir und anderen angetan habt. Und ich soll mich bannen lassen? Das wird niemals passieren, Robert von Lindenstein, das schwöre ich dir! Und diesen Panther hier siehst du nie wieder!«

Ich war so laut geworden, dass ich nichts anderes mehr hörte. Jetzt sah ich, dass Robs Gesicht noch entsetzter war.

Ich hatte nichts mehr zu sagen und drehte mich um.

Ich sah direkt in Cecilias Gesicht, die mich mindestens so erschrocken ansah wie ihr Bruder.

»Scheiße!« Rob sprang auf.

Cecilia ließ mich nicht aus ihren weitaufgerissenen Augen. Langsam schüttelte sie den Kopf. »Neelia ...«, sagte sie leise. So kleinlaut hatte ich sie noch nie erlebt. Wie viel hatte sie von meinem Geschrei mitbekommen?

Es war egal, erkannte ich gleich darauf, denn die wichtigste Information hatte ich in den letzten Satz gepackt: Sie wusste definitiv, dass ich der Panther war. Und sie konnte es nicht glauben.

Ihr Gesicht war ein Ausdruck purer Fassungslosigkeit, ihre Unterlippe zitterte und ihre Wangen waren gerötet.

Das gleiche Dilemma, das auch Rob erlebt hatte: Plötzlich war das Monster ein Mensch aus Fleisch und Blut. Jemand, den sie kannte. Jemand, den sie mochte.

Ich sah ihr den Schock an. Die Erkenntnis kam langsam.

»Neelia, du solltest gehen«, sagte Rob nachdrücklich. Er kam heran, jeder seiner Muskeln war angespannt.

»Du bist der Panther?«, fragte Cecilia mit leiser Stimme. Ihre Lippen bewegten sich kaum beim Sprechen. »Und du weißt von den *Skinhuntern*?« Ihr Blick zuckte hinüber zu Rob. Sie sah vollkommen überfordert und hilflos aus.

Ich wusste nicht, was Rob hatte, ich rechnete mit allem, aber nicht mit Gefahr. Dennoch erwachten meine Panthersinne und waren vorsichtig. Cecilia sah allerdings eher so aus, als kämpfe sie mit den Tränen. Mitleid stieg in mir auf, ich wollte sie trösten. Sie sah so verloren aus. Ihre ganze Welt war in sich zusammengestürzt.

Rob sah mich warnend an und schüttelte den Kopf. An seiner Schläfe pochte eine Ader. Dachte er so schlecht von seiner eigenen Schwester?

»Das hätte ich nie gedacht«, flüsterte sie und sah ihren Bruder mit großen Augen an. »Wie lange weißt du es?«

Er zuckte nur mit den Schultern und schob sich langsam zwischen uns. »Neelia, du solltest gehen«, zischte er.

Ich verstand seine Anspannung nicht. Cecilia stand wie ein Häufchen Elend im Türrahmen, sie war alles, aber keine Bedrohung. Das musste er sehen. Jetzt betrachtete sie ihre leeren Hände. Sie zitterten.

»Oh Gott, was werden Mama und Papa dazu sagen?«, murmelte sie mit gesenktem Kopf, dann schniefte sie leise. »Und die anderen, was ...«

»Gar nichts, weil sie es nicht erfahren«, fuhr Rob sie an.

Cecilia sah auf. Ihr Gesicht war gerötet und ihre Augen glasig. »Das ist nicht dein Ernst!«, rief sie. »Aber Neelia ist der Panther und ...«

»Sie verstehen das nicht.« Rob behielt seine Schwester im Auge. Seine Kiefer waren aufeinandergepresst. »Die Folgen sind nicht absehbar. Diese Information wird diesen Raum nicht verlassen, hörst du? Cecilia, du musst ...«

Plötzlich bewegte Cecilia ihre Hand so schnell, dass ich der Bewegung mit den Augen kaum folgen konnte. Gleichzeitig schlugen all meine Sinne Alarm. Rob sprang zwischen uns und versperrte mir die Sicht.

»Ich wusste es«, stieß er hervor. »Du Miststück!«

Ich sah über seine Schulter und blickte in die Mündung einer Pistole. Cecilia zielte genau auf mein Gesicht. Ihre Wangen waren gerötet und ihre Mundwinkel verzogen. Ihre Augen glänzten - vor Freude.

»Hab ich dich«, flüsterte sie. Mein Herz setzte mindestens zwei Schläge aus. Ich starrte sie an und konnte nicht glauben, was sie da tat. Jetzt war ich diejenige, die den Kopf schüttelte.

»Geh mir aus dem Weg, Rob«, sagte sie eisig.

»Vergiss es. Neelia wird jetzt diese Wohnung verlassen. Allein und unbeschadet.«

»Bist du wahnsinnig? Sie ist der Panther! Alle suchen nach ihr! Wir können diejenigen sein, die sie schnappen! Stell dir den Aufruhr vor. Niemand käme mehr an den von Lindensteins vorbei.« Cecilias Stimme wurde lauter und immer aufgeregter. Mir wurde schlecht. Sie redete über mich, als sei ich eine Trophäe. Ihr entschlossener Blick sagte mir, dass ich in ihren Augen jede Menschlichkeit verloren hatte. Jede Sympathie zwischen uns war erloschen. Ich war nur ihre Beute. Ihr Ticket in die höchsten Kreise der *Skinhunter*.

Der Panther. Das Objekt der Begierde.

»Wir müssen sie bis zum Vollmond festsetzen und ...«, redete Cecilia weiter.

»Ermorden?«, fauchte ich. Sie zuckte zusammen.

»Gestaltwandler aus dem Verkehr zu ziehen ist kein Mord«, sagte sie mit zusammengebissenen Zähnen. »Ihr seid unnatürlich. Bestien, die Menschen verletzen und umbringen. Ich habe gesehen, was deinesgleichen mit wehrlosen Leuten macht. Mit Kindern. Euch zu töten ist kein Mord, sondern ein Dienst an der Allgemeinheit. Du bist eine größere Gefahr als ein Serienkiller.«

»Sagt die Frau, die eine Pistole auf zwei Unbewaffnete richtet«, versetzte ich. Wieder stieg die Wut in mir hoch. Die *Skinhunter* waren eine Gemeinschaft wahnsinniger Großwildjäger, die den Bezug zur Realität verloren hatten, wie eine Sekte. Die gleichen gebetsmühlenartigen Erklärungen, die das eigene Handeln legitimieren sollten. Die gleiche Vorverurteilung, die auch Rob vorgeschoben hatte. Die Logik ging nicht auf. Nicht solange es Menschen mit Waffen gab, die Amok liefen.

»Sieh mich an, ich bin ein Mensch. Die Freundin deines Bruders«, versuchte ich es noch einmal. Zu Rob war ich auch durchgedrungen. Cecilia war nicht dumm. Vielleicht schaffte ich es. Rob war so angespannt, dass ich sein Zähneknirschen hörte.

»Du bist ein Monster«, knurrte Cecilia. »Und du stehst auf meiner Abschussliste.«

»Falsch«, mischte Rob sich ein. »Cecilia, du nimmst jetzt die Waffe runter, verdammt! Das hier ist meine Wohnung und hier wird weder jemand bedroht noch erschossen.«

»Entweder bist du ein elender Verräter oder so egoistisch, dass du den Ruhm allein für dich haben willst!«, schrie sie ihn an.

»Du widerst mich an!«, stieß Rob hervor. »Hier geht es um die Frau, die ich liebe.«

»Dann also ein Verräter. Und ich kann dir nicht sagen, wie sehr *du mich* gerade anwiderst.« Cecilia stieß einen Schrei aus, als Rob sie grob am Arm packte und die Pistole auf den Boden richtete.

»Verlass sofort meine Wohnung«, grollte er. »Bevor ich mich endgültig vergesse.«

Cecilia riss sich los und hob die Waffe erneut - dieses Mal zielte sie auf Robs Gesicht.

»Du bist doch irre!«, keuchte ich. »Das ist dein Bruder!«

Sie sah mich voller Ekel an, ihre Wangen waren knallrot. »Denkst du, ich mache das gern? Was hast du mit ihm gemacht, hm? Was hast du getan, damit er sich gegen seine Familie stellt, um ein Monster zu beschützen? Rob«, sagte sie beschwörend. »Hey, das muss doch alles nicht sein. Wir erledigen nur unseren Job. Es tut mir leid, dass es Neelia ist. Ich mochte sie, ehrlich, aber sie ist eine von denen. Denk an den Kodex.«

»Cecilia«, sagte Rob mit fester Stimme. »Verlass meine Wohnung. Von Neelia geht keine Gefahr aus. Niemand wird sie jagen und niemand wird ihr etwas antun. Dafür werde ich persönlich sorgen.«

»Das kann nicht dein Ernst sein!« Cecilias Waffenhand zitterte, sie biss die Zähne zusammen. »Alle *Skinhunter* sind hinter dem Panther her. Es gibt kein Versteck in dieser Stadt. Und wir werden nie aufhören. Mach es selbst und sorg dafür, dass es schnell geht. So einfach ist das.«

Mir war schlecht, als ich sie so über mich reden hörte. Wie eine Sache, die erledigt werden musste. Für sie war ich kein Mensch, sondern ein Monster. Sie vom Gegenteil zu überzeugen war aussichtslos. Und sie war entschlossen, mich umzubringen. Nicht heute, aber bei Vollmond.

Entsetzen paarte sich mit meiner Wut. Wie konnte sie darüber auch nur nachdenken? Wie konnte sie einfach so, ohne mit der Wimper zu zucken, meinen Tod beschließen? Meine Abscheu für die *Skinhunter* wuchs ins Unermessliche. *Sie* waren die Unmenschen. *Sie* waren die Mörder. Nicht ich und sicherlich die allermeisten derer, die sie auf dem Gewissen hatten, auch nicht.

Mir kam die Galle hoch. Aus meiner Kehle drang ein tiefes Knurren, das mich selbst überraschte.

»Cecilia, zum letzten Mal: Verschwinde von hier. Und wenn du mit irgendwem darüber sprichst, was du erfahren hast, mache ich dir das Leben zur Hölle«, drohte Rob.

Cecilia riss die Augen auf. »Jetzt drohst du mir auch noch?« Sie sah mich hasserfüllt an. »Ich werde rausfinden, was du mit ihm gemacht hast. Noch vor Vollmond. Und dafür wirst du bezahlen.«

Rob griff langsam nach ihrer Waffe und behielt sie fest im Auge. Er musste sich hundertprozentig sicher sein, dass sie nicht auf ihn schoss. Ich teilte diese Gewissheit nicht.

»Rob, lass das, verdammt!« Cecilia versuchte, sich loszureißen. Ich duckte mich, als die Waffe geschüttelt wurde. Wenn jetzt ein Schuss losging, konnte das nur ...

Der Knall ließ mich zusammenzucken. Für einen kurzen Moment stand die Zeit still.

Ich sah das Mündungsfeuer der Pistole.

Ich hörte Cecilias erschrockenen Aufschrei.

Ich sah, wie Robs Körper zurückgerissen wurde.

Ich roch das Blut.

Meine Tatzen berührten kaum den Boden, da sprang ich schon mit ausgefahrenen Krallen auf Cecilia zu. Ich riss sie zu Boden und nagelte sie mit meinen Pranken fest.

Sie war zu Tode erschrocken und wehrte sich verzweifelt. Dann schrie sie vor Schmerz, als ich meine Krallen in ihre Schultern bohrte.

Jetzt erst verstand ich, dass ich mich verwandelt hatte.

Ohne Vollmond. Um Rob zu schützen.

Ich musste Cecilia unschädlich machen.

Sie hatte immer noch die ...

Ich warf mich zur Seite, als sie erneut abdrückte.

Schmerz raste durch meinen Körper und ich brüllte auf.

Der Schuss war vorbei gegangen, doch sie hatte mich gestreift. Warmes Blut rann über meine Flanke. Ich sah rot. Dafür würde sie bezahlen! Mein Blut wurde nicht von einem *Skinhunter* vergossen, sondern anders herum!

Flashbacks von meinen Träumen zuckten vor meinen Augen. Die gleiche Bedrohung wie damals. Der gleiche irre Wunsch, zu töten. Sie waren alle gleich. Es machte keinen Unterschied, welcher *Skinhunter* es war. Es könnte auch Cecilia gewesen sein, die mich damals gejagt hatte. Oder Emil. Es war völlig egal.

Ich wollte dem Ganzen endlich ein Ende setzen. Ein für alle Mal dieses Problem lösen. Mir blieb nichts anderes übrig, denn Cecilia kannte meine Identität. Ich war nirgends mehr sicher. Es sei denn, ich brachte sie um, so wie sie damals meine Mutter umgebracht hatten. Ich vergalt nur Gleiches mit Gleichem.

Sie hatte auf ihren eigenen Bruder geschossen. Ihn vielleicht umgebracht. Sie verdiente es nicht, weiterzuleben. Ich tat der Welt einen Gefallen, wenn ich es jetzt beendete.

Knurrend machte ich mich zum Sprung bereit.

Aus dem Augenwinkel sah ich eine Bewegung. Rob kam auf die Beine. Er fluchte derb und hielt sich die Schulter.

»Bist du wahnsinnig, verdammt?«, fuhr er Cecilia an, die gerade auf die Knie kam.

Er lebte. Ich gönnte mir einen kurzen Moment der Erleichterung. Vielleicht musste ich sie doch nicht umbringen. Aber sie ließ nicht locker, erkannte ich, als sie mich hasserfüllt ansah.

Wieder knurrte ich, meine Krallen schabten über das Parkett. Rob stellte sich vor mich und schüttelte den Kopf.

»Denk nicht mal dran«, sagte er gefährlich leise, dann drehte er sich zu seiner Schwester um. »Bist du bescheuert, auf sie zu schießen? In meiner Wohnung?«

Der Geruch seines Blutes machte mich schwindelig. Die Wunde an meiner Flanke pochte und ich spürte, wie mein Blut in mein Fell rann.

»Sie hat mich angegriffen!«, schrie Cecilia und rappelte sich auf. Ihr Gesicht war knallrot und ich sah ein dünnes Rinnsal Blut in den hellen Stoff ihres Shirts sickern. Ich hatte doch fester zugepackt als gedacht. Geschah ihr recht. Sie verdiente noch viel mehr Schmerz als das. Doch ihr Gesicht sagte mir, dass sie längst nicht mit mir fertig war.

Die Waffe, wo ist die Waffe?

Ich zuckte zusammen, als sie sie erneut auf mich richtete. Ein warnendes Grollen kam aus meiner Kehle. Beim nächsten Mal würde ich mich nicht zurückhalten. Dann fanden meine Krallen ihr Ziel: Cecilias Halsschlagader.

Rob stellte sich vor mich. »Vergiss es, Cecilia!«

»Du elender Verräter!«, schrie sie. »Du beschützt ein Monster vor deiner eigenen Schwester, verdammt! Ich hasse dich!« Sie richtete die Waffe auf sein Gesicht. »Jetzt geh aus dem Weg du Idiot! Du bringst uns noch alle um!«

»Du hast geschossen, nicht ich!«

»Weil sie mich angegriffen hat! Warum siehst du denn nicht, was für ein Monster sie ist?« Cecilias Hand zitterte am Abzug. »Rob, ich werde schießen. Bitte sorg dafür, dass ich nicht dich treffe.«

Die nächsten Sekunden vergingen, als hätte jemand das Licht ausgeknipst.

Ich hörte den Schuss.

Ich spürte, wie meine Pfoten den Kontakt zum Boden verloren.

Der Schrei ging mir durch Mark und Bein, obwohl ich voller Adrenalin war.

Der dumpfe Knall, als der Körper auf den Boden fiel, ließ die Lichter wieder angehen.

Ich riss das Maul auf und heulte los. Ich konnte einfach nicht fassen, was gerade geschehen war.

KAPITEL 16

Cecilia lag auf dem Boden. Rob stand über ihr. Sie zielte noch immer auf sein Gesicht.

Der Schuss war ins Leere gegangen, doch erst jetzt verstand ich, wie knapp es gewesen war. Die Kugel hatte sich in die Zimmerdecke gebohrt. Putz rieselte herunter.

Ich hielt mich dicht bei ihm und schnupperte, um mich zu vergewissern, dass er in Ordnung war. Zumindest, so weit es ging. Seine Wunde blutete noch immer.

Drei Schüsse. Es konnte nicht mehr lange dauern, bis jemand die Polizei rief. Wenn nicht schon geschehen.

Im Gefängnis konnte sie mich wenigstens nicht erschießen. Doch wir würden nicht dorthin kommen. Sie würden es verhindern. Ihre Eltern. Die restlichen *Skinhunter*.

Ich schluckte. Wenn ich hier lebend herauskam, war ich Freiwild. Ich konnte Robs Schwester nicht vor seinen Augen töten. Ich wollte es auch nicht.

Cecilias Gesicht war eine Maske aus blanker Wut und Enttäuschung. Sie schien sich nicht entscheiden zu können, ob sie Rob oder mich mehr hasste.

Jetzt schwenkte sie den Lauf der Pistole wieder auf mich. »Eine Kugel habe ich noch«, knurrte sie und zog ab.

Rob schrie auf und trat Cecilia die Waffe aus der Hand. Gerade noch rechtzeitig, der Schuss knallte durch die Fensterscheibe. Das Geräusch des platzenden Glases war ohrenbetäubend und schmerzte in meinem Schädel.

Ich rappelte mich auf. Meine Instinkte waren so schnell, dass ich kaum bemerkt hatte, dass ich durch den ganzen Raum gesprungen war. Jetzt war die Tür genau hinter mir.

»Verdammte Scheiße! Hör auf!« Rob versetzte der Waffe einen Tritt, sodass sie unters Sofa schlitterte. Er wirbelte zu mir herum. »Hau endlich ab, verdammt!«

Ich machte kehrt, ohne sie noch einmal anzusehen. Die Haustür stand einen Spalt offen, also warf ich mich dagegen und stürmte hinaus. Ich jagte die Treppe hinunter und blieb vor der Haustür stehen. So bekam ich sie nicht auf, ich brauchte meine Hände. Oben hörte ich Geschrei, Rob musste Cecilia davon abhalten, mir zu folgen.

Als Panther konnte ich nicht auf die Straße. Es war hell draußen und die Polizei todsicher auf dem Weg hierher.

Ich zwang mich zur Ruhe und verwandelte mich zurück.

Kaum war ich wieder in meiner menschlichen Gestalt, da schoss scharfer Schmerz durch meinen Körper. Die Wunde an meinem Oberschenkel brannte und blutete stark. Meine Kleidung tränkte sich mit meinem Blut. Wenigstens hatte ich etwas an, doch meine Tasche fehlte.

Ich sah hoch. Was sollte ich machen? So kam ich nirgendwo hin. Ich musste wieder rauf und meine Sachen holen. Schmerz raste durch meinen Körper, als ich die Treppe erneut hochlief. Meine Tasche lag im Flur. Ich musste sie nur kurz rausholen.

»Ich werde allen sagen, was du getan hast!«, hörte ich Cecilia schreien. »Unseren Eltern, den anderen Jägern - allen, hörst du? Du bekommst keinen Fuß mehr auf die Erde. Sie sollen alle wissen, was du getan hast!«

Ich drehte den Kopf zum Wohnzimmer und verharrte. Rob hatte Cecilia gefesselt. Sie lag auf dem Boden, die Hände hinter dem Rücken, die Beine waren mit einem Seil zusammengebunden. Sie wehrte sich mit Leibeskräften.

Rob drehte sich um. Unsere Blicke trafen sich. Ich sah Schmerz in seinen Augen. Mir ging es genauso. Das hier war das letzte Mal, dass wir uns sahen.

»Ich liebe dich«, flüsterte ich. »Trotz allem.« Er nickte, seine Augen sagten mir mehr als alle Worte der Welt.

Es gab keine Entschuldigung für das, was gerade geschehen war. Er beschützte mich und sorgte dafür, dass ich wegkonnte. Mehr konnte er nicht mehr für mich tun.

Ich rannte zu ihm und küsste ihn auf den Mund. Dann drehte ich um und hastete die Treppe hinunter, meine Tasche in der Hand. Auf der Straße sah ich, wie mehrere Polizeifahrzeuge in die Straße bogen. Ich drehte ab und hetzte in die andere Richtung.

Der Schmerz meiner Wunde nahm mir fast den Verstand. Ich wusste nicht, wie Rob die Schüsse erklären würde. Es war mir auch egal.

Ich schaffte es in den Park und holte mit zitternden Händen mein Handy aus der Tasche. »Papa, ich brauche dich. Bitte hol mich ab!«

Papa kam und brachte mich in seine Wohnung. Dort versorgte er meine Wunde und rief Réka an. Ich informierte inzwischen Mira. Sie sollte wissen, was passiert war. Und ich wollte mich von ihr verabschieden.

»Ich komme vorbei«, sagte sie sofort. »Glaub nicht, dass du dich einfach so vom Acker machen kannst.«

Nein, damit hatte ich auch nicht gerechnet, aber ich musste Hamburg verlassen. So schnell wie möglich. Rob konnte Cecilia nicht ewig festhalten. Und wenn sie erst einmal auf freiem Fuß war, war die Jagd auf mich eröffnet. Ich wagte nicht, mir vorzustellen, wie sich alle *Skinhunter*, die sich derzeit in Hamburg aufhielten, auf die Suche nach mir machten. Mein Zeitfenster war erschreckend klein.

Das sahen Papa und Réka genauso. »Das Rudel weiß Bescheid und erwartet dich«, sagte er und gab mir einen Zettel. »Dort finden wir sie. Jetzt müssen wir uns um alles weitere kümmern.« Er sah gestresst und blass aus. Mein Herz schmerzte, wenn ich ihn so sah. Mein Vater hatte schon so viel Leid ertragen. Meinetwegen ging es weiter. Ich wusste, wie sehr er an Annaya hing. Trotzdem verließ er sie, um bei mir zu sein. Ich stand so tief in seiner Schuld, dass ich sie niemals begleichen konnte.

Mira kam zu uns und brachte einen ledernen Koffer mit. Er war alt und abgewetzt. Ich sah Flicken und Aufnäher, bei denen ich innerlich aufstöhnte, weil sie nach ihren Conventions aussahen.

»Was ist das?«, fragte ich erschöpft. Die Schmerztabletten halfen endlich. Das hatte lange gedauert.

»Meine Vorräte für Zauber. Ich werde einen Bann für dich weben«, antwortete sie. Ich warf ihr einen langen Blick zu. Glaubte sie echt, dass das hier ein Scherz war? Ihr Mund verzog sich. »Nach allem, was du erlebt und erfahren hast, glaubst du immer noch nicht, dass ich Magie beherrschen könnte?«

»Ich bin mittlerweile bereit, alles zu glauben«, gab ich zurück. »Aber ich hatte gehofft, dass du die bist, für die ich dich gehalten habe.« Ich sank aufs Sofa und fühlte mich elend.

»Bin ich. Und ich habe euch nie angelogen. Ihr habt mir nur nicht geglaubt«, antwortete sie und zum ersten Mal nahm ich ihre Kränkung deswegen wahr.

»Es tut mir leid«, sagte ich leise. Sie hatte ja recht. Immer hatten wir über sie gelächelt und es als Spleen abgetan. Ich sollte es mittlerweile wirklich besser wissen.

»Muss es nicht. Wir machen jetzt weiter.« Mira wühlte sich durch den Koffer. »Ich verpasse dir eine Tarnung, damit du in einem Stück zum Rudel kommst. Jetzt schreib deinem Vater und mir bitte eine Vollmacht, damit wir uns um alles kümmern können.« Sie legte mir eine Mappe hin. Ich schlug sie auf und sah Kündigungsschreiben und andere Dokumente. Darunter waren noch welche auf Miras Namen für ihre Wohnung und ihren Job.

»Aber was ...«, begann ich.

»Ich komme mit. Ist schon alles angeleiert«, sagte sie beiläufig. »Das hatte ich schon beschlossen, als du mir alles erzählt hast. Ich kann hier auch nicht mehr weitermachen. Mich hält hier nichts. Meine Familie ist über ganz Deutschland verteilt, es stört niemanden, wenn ich wegziehe. Nach dieser Sache kann ich Skadi nie wieder in die Augen sehen. Früher oder später findet sie heraus, dass ich mit deinem Verschwinden zu tun habe. Das ist Stress, den ich mir ersparen will. Außerdem wird es mal Zeit für einen Tapetenwechsel. Ich wollte schon länger weggehen, aber ihr beide wart der Grund, warum ich hiergeblieben bin. Das hat sich jetzt ja geändert. Ich habe schon einiges vorbereitet. Dir ist gar nicht aufgefallen, dass ich nicht nach Madeira geflogen bin, oder?«

Ich sah sie wie vom Donner gerührt an. Meine Probleme waren so massiv, dass ich es komplett vergessen hatte.

»Es tut mir so leid«, wiederholte ich. »Und du ...«

»Ich komme mit«, sagte sie noch einmal. »Abel hat das schon geklärt. Réka erkennt den Wert einer guten Wicca. Ich werde mit euch gehen, von vorn anfangen und dafür sorgen, dass es dir gut geht. Und mal ehrlich: Wo könnte ich mich wohler fühlen als unter Leuten, die genauso einen Knall haben wie ich? Ich meine, meine beste Freundin ist ein Wer-Panther. Durchgeknallter geht es kaum, oder?«

»Das werde ich wiedergutmachen«, murmelte ich.

Mira stapelte Tütchen und Büschel auf dem Esstisch.

»Ja, das wirst du. Und ich werde dafür sorgen, dass du dazu Gelegenheit bekommst«, sagte sie und holte ein in Leder gebundenes Buch aus dem Koffer. »Ich habe einen Bann bereits vorbereitet und das Amulett schon halb fertig.« Sie legte ein kleines Ledersäckchen auf den Tisch und suchte weiter im Koffer. »Ein paar Kleinigkeiten fehlen noch, aber das ist kein Problem. Ich habe alles da. Aktivieren werden wir den Bann sowieso erst, wenn du zu deiner Wohnung gehst, um deine Sachen zu holen.«

Mir wurde kalt bei ihren Worten. Ich hatte noch nicht darüber nachgedacht, dass ich nur noch einmal dorthin konnte. Ich liebte meine Wohnung. Seit sechs Jahren war sie mein Zuhause. All meine Sachen waren dort. Meine Kleidung, meine Bücher, meine Erinnerungen.

Ich schluckte und kämpfte mit den Tränen. Das war zu viel. Es war einfach verdammt noch mal zu viel von allem.

Mira unterbrach ihre Vorbereitungen und nahm mich in den Arm. »Ich weiß«, flüsterte sie in mein Ohr. »Und es tut mir so leid, wie es gekommen ist. Das schlimmste ist noch nicht überstanden. Du musst hier noch weg. Ich werde dafür sorgen, dass das klappt.« Sie wischte mir eine Träne von der Wange. »Du musst weiter stark sein, Neelia. Es ist noch nicht vorbei.«

»Es fühlt sich gerade so an«, sagte ich. »Ich habe das Gefühl, dass ich fast alles verliere. Mein ganzes Leben muss ich aufgeben, weil ich sonst sterbe. Du hättest Robs Gesicht sehen sollen, als wir uns verabschiedet haben. Ich wünschte, ich hätte Cecilia ...«

Mira legte mir die Finger auf die Lippen und schüttelte nachdrücklich den Kopf. »Sprich jetzt nicht weiter, sonst sagst du etwas, das du bereust. Du bist besser als das, deswegen hast du es nicht getan. Und weil sie so schlecht sind, musst du etwas tun, das nicht nötig sein sollte.«

Sie ließ die Hand sinken und sah mich unglücklich an.
»In dieser Sache gibt es nur Verlierer, so traurig das ist.«
»Ich frage mich, was sie mit Rob machen«, flüsterte ich.
»Vermutlich nichts. Sie werden ihn schon nicht umbringen«, meinte sie. »Aber das ist nicht dein Problem. Wir müssen die wenige Zeit, die du noch hast, nutzen. Am sinnvollsten ist es, wenn du heute noch abreist. Dazu musst du noch einmal in deine Wohnung.« Sie griff nach dem Ledersäckchen. »Bereit?«
»Nein, aber nützt ja nichts.«

Mir schlug das Herz bis zum Hals, als ich in meine Wohnstraße einbog. Das letzte Mal.
Mira war bei mir, sie hatte darauf bestanden. Ich hatte mich dagegen gewehrt, doch jetzt war ich dankbar dafür.
Nervös sah ich mich um. Keine Ahnung, wie die *Skinhunter* aussahen. Wo sie sich versteckten, wenn sie jemandem auflauerten. Ich wusste auch nicht, ob Rob Cecilia mittlerweile freigelassen hatte.
Der Schusswechsel lag Stunden zurück.
Ich schluckte, doch mein Mund war immer noch trocken.
Es konnte sein, dass sie sich befreit und Henry und Emil Bescheid gesagt hatte. Dass sie bereits auf dem Weg hierher waren. Vielleicht hatte sie Rob noch schwerer verletzt. Vielleicht hatte sie ihn in ihrer Wut doch noch erschossen. Robs Wohnung war voller Waffen. Cecilia wusste, wo sie waren.
Ich fühlte mich wie gelähmt und traute mich kaum, einen Schritt zu machen. Mira griff nach meiner Hand. »Willst du dich verwandeln?«, fragte sie leise.
»Dann bin ich ein zu leichtes Ziel. Auf einen Menschen können sie nicht einfach schießen«, sagte ich gefasst.
Mira nickte ernst. Das war meine Schuld.

Es tat mir leid, dass sie meinetwegen verdrängen musste, was sie war: Unbeschwert und frei. Beides ging in meiner Gegenwart nicht.

Jetzt zerrte sie mich mit sich. Es war mittlerweile neun Uhr abends und es dämmerte bereits. Es wurde viel zu leicht für die Jäger, uns aufzulauern. Und mit jeder Minute, die verstrich, wurde das Risiko größer.

Ich rannte zu meiner Haustür und schloss mit zitternden Fingern auf. Wir fielen beinahe in den Hausflur. Mit rasendem Herzen zog ich die Tür wieder zu und brauchte ein paar Sekunden, um zu verschnaufen.

Mira zog an meiner Hand. »Komm schon, wir haben keine Zeit, um einen Herzkasper zu bekommen!«, drängte sie. Schnell liefen wir die Treppe hinauf.

Ich schloss auf und öffnete die Tür einen Spalt. Dann gestattete ich meinen Panthersinnen, die Kontrolle zu übernehmen. Ich witterte. Ich horchte. Ich lauerte. Wartete hier jemand, die Pistole im Anschlag? Hatte sich hier jemand versteckt, um mich gleich hier zu erlegen?

Nein, sie würden mich gefangen nehmen und auf den Vollmond warten. Für Mira sähe es düster aus. Es war dumm, sie herzubringen.

»Alles okay?«, wisperte sie.

In der Wohnung war niemand, den ich wittern konnte. Wir mussten es riskieren. Ich nickte und stieß die Tür ganz auf. Drinnen sah ich mich um. Die Wohnung war leer. Anscheinend konnte Rob Cecilia noch in Schach halten. Oder sie war gerade auf dem Weg hierher.

Ich eilte in mein Schlafzimmer und zerrte meinen Koffer aus dem Schrank. Blind begann ich, Kleidung hineinzu-stopfen. Mira lief ins Badezimmer und sammelte meine Zahnbürste und das andere Zeug zusammen. Ich hielt inne und starrte in den Koffer. Das waren die falschen Sachen.

Das war nur Zeug. Nichts, was mir etwas bedeutete.

Ich lief zu meiner Kommode und riss die oberste Schublade auf. Hier hatte ich die wichtigen Sachen. Die Erinnerungsstücke an meine Mutter. Die Fotos. Ein Stück ihres Saris, das sie bei der Hochzeit mit meinem Vater getragen hatte. Der Schmuck, den ich von ihr hatte. Das Buch, das sie mir zum zwölften Geburtstag geschenkt hatte. Die Bilder von Skadi, Mira und mir. Und noch ein Haufen anderer Sachen. Ich riss die Schublade heraus und leerte sie in den Koffer.

»Was machst du denn da?« Mira stand in der Tür und schüttelte den Kopf.

»Ich kann das nicht hier lassen«, sagte ich und spürte, dass ich kurz vor einem Nervenzusammenbruch stand.

Mira legte die Kulturtasche in den Koffer und umarmte mich. »Ich kenne jemanden, der sich um Umzüge kümmert. Mit ihm kriegen wir das unauffällig hin. Niemand wird wissen, wohin die Sachen geliefert werden. Hier geht nichts verloren, das verspreche ich dir. Aber jetzt musst du Sachen einpacken, die du auch brauchst. Alles andere kommt nach, wenn du deinen Arsch heil hier rausbekommen hast.« Sie ließ mich los und half mir, den Koffer zu packen.

Draußen im Hausflur kamen Stimmen auf. Wir erstarrten mitten in der Bewegung. Mein Herz pochte und ich wich zum Fenster zurück. Ich drehte mich um und sah hinunter auf die Straße. Da stand ein schwarzer Minivan. Keine Aufschrift. Davor stand ein Mann, sein Gesicht lag im Schatten. Es könnte Emil sein. Oder sein Bruder Henry.

Sie waren hier und ich stand hier mit meinem Koffer.

Es war ein schrecklicher Fehler, herzukommen. Ein Fehler, den wir jetzt mit unseren Leben bezahlen würden.

»Was jetzt?«, flüsterte ich erstickt.

Mira zog den Lederbeutel aus ihrer Jackentasche und schlang ihn um meinen Nacken. »Hoffen, dass ich so gut bin, wie ich denke«, sagte sie und atmete durch. »Bereit?«

»Wofür?«, fragte ich.

»Wir spazieren jetzt hier heraus, als würde uns das alles nichts angehen«, sagte sie.

Ich schüttelte den Kopf. »Dann sind wir tot, Mira!«

»Wenn wir hier einfach abwarten, auch.« Sie drängte mich zur Tür. »Komm schon!«

Ich zerrte meinen Koffer hinter mir her. Das konnte nur schiefgehen. Wenn die Skinhunter vor der Tür standen ...

Mira öffnete die Wohnungstür und sah sich im Treppenhaus um. Wieder die Stimmen. Mehrere Männer, keine Frau. Keine der Stimmen kam mir bekannt vor.

Mira schnappte sich den zweiten Tragegriff meines Koffers und hievte ihn mit mir die Treppe hinunter.

Ich keuchte, mir brach der Schweiß aus.

Unten vor dem Haus stand der schwarze Minivan. Der Typ, der davorstand, rauchte. Er war weder Henry noch Emil und würdigte uns keines Blickes.

Mira schob eilig den Koffer über den unebenen Weg, ich beeilte mich, ihr nachzulaufen. Papas Auto stand in der Parallelstraße. Wir mussten es bis dorthin schaffen. Wir durften jetzt nicht langsamer werden.

Ich warf noch einen letzten Blick zurück in meine Wohnstraße und versuchte, Abschied zu nehmen. Es gelang mir nicht. Ich fühlte mich innerlich tot, als ich in die Seitenstraße abbog. Hier ließ ich nicht nur Kleidung und Möbel zurück, sondern mein ganzes Leben.

Und das fühlte sich ganz und gar beschissen an.

Wir erreichten Papas Auto und luden den Koffer ein. Schwer atmend sank ich auf die Rücksitzbank, Mira plumpste neben mich. Papa saß am Steuer und atmete auf.

Außer ihm konnte niemand dieses Auto fahren, aber es war ausgeschlossen gewesen, dass er uns begleitete. Er fuhr das Fluchtauto.

»Ich habe einen Riesenschreck bekommen, als der Van kam«, sagte er und fuhr los. »Ich dachte, dass sie es sind.«

»Wir auch«, sagte ich. »Ich dachte, jetzt sind wir dran.«

»Waren wir aber nicht«, sagte Mira tapfer. »Jetzt haben wir es fast geschafft.«

Papa fuhr uns zu Mira, wo ich die Stunden überbrückte, bis mein Zug fuhr. Ich nahm den ersten, doch der ging erst um sechs Uhr früh, weil es der erste Mai und damit ein Feiertag war. Ich versuchte, ein bisschen zu schlafen, doch mehr als dösen schaffte ich nicht.

Schließlich war es so weit, dass ich mich fertigmachen konnte. Ich rief mir ein Taxi, verabschiedete mich von Mira und stieg ein. Auf dem Weg zum Hauptbahnhof kam ich an Skadis Wohnhaus vorbei. Ich presste die Hände auf mein Gesicht und versuchte, nicht loszuheulen.

»Alles okay?«, fragte die Taxifahrerin.

»Ich bin noch sehr müde. Das ist echt nicht meine Zeit«, rang ich mir ab.

»Kann ich verstehen. Vielleicht können Sie ja im Zug schlafen«, meinte sie.

»Ich versuch's«, erwiderte ich.

Mein Herz war schwer wie eine Tonne Steine, als ich eine halbe Stunde später in den Zug stieg. Die Türen des ICE schlossen sich zischend und ich sah hinaus auf den Hamburger Hauptbahnhof.

›Das war's‹, dachte ich. ›Das sind meine letzten Minuten in Hamburg. Ich kann nie wieder zurückkommen.‹ Wieder kämpfte ich mit den Tränen, weil mein Leben innerhalb von zwölf Stunden zu einem Desaster geworden war.

Langsam rollten wir vom Bahnsteig und nahmen Fahrt auf. »Willkommen im ICE Richtung Basel«, kam eine Durchsage. »Wir wünschen Ihnen eine angenehme Fahrt.« Ich fuhr nicht bis zur Endstation. Ich stieg vorher aus. Réka wollte mich abholen und dann zum Rudel bringen. Zu meinem neuen Leben.

Der Zug war das beste Reisemittel, weil ich dafür keinen Ausweis brauchte. Eine bar bezahlte Fahrkarte direkt am Schalter reichte, um zu verschwinden.

Ich befühlte das Amulett mit Miras Tarnzauber. Ich wusste nicht, ob er funktionierte, aber ich wollte daran glauben. Er lenkte Blicke von mir ab. Man nahm zwar wahr, dass ich da war, aber es war, als hätte sie mich mit einem Lotuseffekt versehen. Soweit die Theorie.

Als der Schaffner zum dritten Mal an mir vorbeiging, ohne meine Karte zu kontrollieren, hatte ich Gewissheit.

Ich zog meine Jacke fester um meine Schultern und sah aus dem Fenster. Ein paar Stunden noch, dann erreichte ich mein neues Zuhause.

Hoffentlich konnte ich die Angst hinter mir lassen.

Mira und Papa kümmerten sich um alles Weitere, anschließend kamen sie nach. Sie kündigten die Wohnungen, organisierten den Umzug und machten das Gleiche für mich. Ich hatte Helmut eine Nachricht geschrieben, in der ich versuchte, ihm zu erklären, dass ich sofort wegmusste und es mir unendlich leidtat, ihn so hängenzulassen. Dann hatte ich die SIM-Karte meines Handys zerstört und mir am Bahnhof eine Prepaid-Karte organisiert. Die neue Nummer hatten nur Papa, Mira und Réka.

Von Skadi hatte ich mich nicht verabschiedet und ich würde auch keinen Kontakt zu ihr aufnehmen. Das tat mir weh, doch ich wagte es einfach nicht. Mira musste versuchen, so lange dicht zu halten, bis sie gehen konnte.

Und Papa musste versuchen, sich so unauffällig wie möglich zu verhalten. Ich hoffte bei allem, was mir heilig war, dass die *Skinhunter* ihn in Ruhe ließen.

Ich hoffte, dass der Plan aufging.

Immer wieder fragte ich mich, wie es Rob ging. Ob er Cecilia freigelassen hatte? Oder lag sie immer noch wie ein Päckchen verschnürt auf seinem Wohnzimmerboden? Ich wusste nicht, wie lange er das durchziehen konnte.

Immer wieder musste ich den Gedanken verdrängen, dass sie ihm etwas angetan haben könnte. Oder dass sie und ihre Freunde gerade meine Wohnung verwüsteten. Dass sie Rob festgenommen und zu den *Skinhuntern* geschleppt hatten. Dass sie meinem Vater etwas antaten oder irgendwie herausfanden, wohin ich unterwegs war.

Ich schob die Gedanken beiseite.

Was die Polizei wohl unternommen hatte? Ich checkte immer wieder die Nachrichten-App, doch es gab keinen Bericht über Schüsse in Barmbek. Das musste nichts heißen, die von Lindensteins hatten Geld. Sie konnten solche Sachen anders regeln.

Falls sie frei war, hatte Cecilia ihren Eltern todsicher berichtet, was geschehen war, doch ich hatte keine Vorstellung, was das für Rob bedeutete. Ich glaubte nicht, dass seine Eltern ihn anprangerten, wie Cecilia angedroht hatte. Solche Leute ließen so was nicht nach außen sickern, sie wahrten ihren guten Ruf. Aber ich konnte mir gut vorstellen, dass sie ihn unter Druck setzten. Dass sie von ihm erwarteten, seine Meinung zu ändern und mich zu suchen. Seine Eltern hatten genauso wenig Verständnis für seine Entscheidung wie seine Schwester.

Falls sie es unter den Teppich kehren wollten, wäre das gut für mich. Dann würden sie sich aus der Jagd zurückziehen, damit niemand Schlüsse zog.

Auf keinen Fall würden sie an die große Glocke hängen, dass Rob mit einer Gestaltwandlerin zusammen war. Auch Cecilia konnte nicht wollen, dass alle wussten, dass Rob Schande über die Familie gebracht hatte.

Vielleicht setzte Cecilia sich aber auch darüber hinweg und informierte Henry und Emil trotz allem über meine Identität. Dann erfuhr auch Skadi, was geschehen war.

Irgendwie erleichterte mich dieser Gedanke. So musste sie sich nicht fragen, warum ich einfach gegangen war. Vielleicht verstand sie mich sogar. Vielleicht brachte es sie dazu, darüber nachzudenken, mit wem sie sich eingelassen hatte.

Ich hoffte, dass ich das alles nie herausfand, denn das würde bedeuten, dass sie mich fanden.

Das durfte nie passieren.

Ich sah aus dem Fenster in den anbrechenden Morgen und fühlte mich unendlich erschöpft.

Fürs erste konnte ich nichts mehr tun. Ich musste sehen, wohin es mich verschlug. Über diesen Gedanken schlief ich endlich ein.

KAPITEL 17

Réka sah anders aus, als ich sie mir vorgestellt hatte. Ich hatte zwar kein konkretes Bild im Kopf, aber trotzdem war ich überrascht, als sie vor mir stand.

Außerdem berührte ihr Anblick etwas in meinem Inneren, das meine Instinkte weckte. Ich war froh, endlich den Zug zu verlassen, und ging mit langen Schritten auf sie zu. Dabei prägte ich mir ihr Gesicht ein. Sie war etwa so groß wie ich, kräftig gebaut und hatte wilde braunblonde Locken, die auf ihre Schultern fielen. Ihre braunen Augen hatten etwas Katzenhaftes, als würde der Luchs auch in ihrer menschlichen Gestalt hervorblitzen. Ihr breiter Mund verzog sich zu einem Lächeln, hinter dem ich beinahe Reißzähne erwartete. Hatte sie nicht, aber ich fragte mich, ob man mir den Panther ansah, wenn man davon wusste. Vielleicht konnte sie mir diese Frage beantworten.

»Neelia«, sagte sie, es war keine Frage, sondern eine Feststellung. Sie hatte mich auch erkannt.

»Ja, hallo Réka.« Ich lächelte erleichtert, als sie nickte. Sie war es wirklich, meine Instinkte waren verlässlich.

»Schön, dass du da bist. Komm, wir gehen zum Auto.« Sie setzte sich in Bewegung und ich beeilte mich, ihr zu folgen. »Geht es dir gut?«, wollte sie wissen. »Dein Vater hat mir erzählt, was passiert ist. Das war heikel.« Ihre Luchsaugen betrachteten mich forschend.

»Das stimmt.« Ich betastete meine Hüfte. Die Wunde schmerzte immer noch, aber es war erträglich. »Es wird wieder. Ja, die Verletzung war schlimm, aber der Schock war größer. Ich komme mit Schusswaffen nicht zurecht. Ich fürchte, wenn ich in Hamburg geblieben wäre, hätte ich noch mehr Kontakt damit bekommen. Danke, dass ich so spontan zu euch kommen durfte. Das war sicher auch für dich überraschend.«

»Das ist selbstverständlich bei dem, was du erlebt hast«, sagte Réka. »Auch unter Gestaltwandlern, die nicht dem gleichen Rudel angehören, gibt es Zusammenhalt. Und die *Skinhunter* sind unser aller Feinde. Ich habe den anderen davon erzählt. Glaub mir, das Votum war einstimmig, aber deswegen sind wir heute auch besonders vorsichtig. Du bleibst erst mal bei mir. Zsófia, meine Schwester, ist Maklerin und bemüht sich bereits um eine Wohnung in der Stadt für dich. Es sieht gut aus, sie kann da etwas drehen.«

»Das ist toll, vielen Dank«, sagte ich überrascht. »Ich hatte nicht mit Full-Service gerechnet.«

Réka zuckte mit den Schultern. »Gehört für uns dazu. Wir können dich ja nicht aufnehmen und dann hängen lassen. Viele von uns haben nützliche Berufe, mit denen wir uns gegenseitig helfen können. Ich bin Wildhüterin und habe unseren Wald im Blick.«

»Ich bin Buchhändlerin«, meinte ich. Sie lächelte. Wir erreichten den Parkplatz. Ich bemerkte, dass Réka die Leute im Auge behielt. »Rechnest du damit, dass ich verfolgt wurde?«, fragte ich. »Mira, meine Wicca-Freundin, hat mir ein Amulett mitgegeben. Es funktioniert.«

»Das habe ich bemerkt, ich brauchte ein bisschen, um dich zu finden. Fast, bis du vor mir standst«, erwiderte sie. »Trotzdem müssen wir mit allem rechnen. Ich kann mir gut vorstellen, dass sie alle scharf auf einen Panther sind.

Wir machen alles Schritt für Schritt. Zsófia kümmert sich auch um eine Wohnung für deinen Vater. Deine Freundin zieht zu dir, oder?«

Ich brauchte ein paar Sekunden, um zu verstehen, wie sie das meinte. »Ich denke, sie freut sich über die Privatsphäre einer eigenen Wohnung. Sie ist meine beste Freundin, nicht meine Partnerin«, stellte ich stirnrunzelnd klar. Was dachte Réka von mir? Sie wusste doch, dass ich eine Beziehung mit Rob hatte, und Papa hatte Mira sicher nicht als meine Geliebte angekündigt. Aber anscheinend traute Réka mir das zu. Vielleicht sollte ich das als Kompliment nehmen. Mira würde das tun.

»Ein großes Opfer, das sie bringt«, sagte Réka verblüfft. »Deswegen dachte ich, es wäre Liebe zwischen euch.«

»Ja, das stimmt und es ist auch Liebe, aber eine freundschaftliche. Ich hoffe, hier werden Floristinnen gesucht. Und Buchhändlerinnen«, erwiderte ich lächelnd. Eigentlich war es mir egal, womit ich fürs Erste mein Geld verdiente, Hauptsache, ich kam über die Runden. Ich wollte Rékas Gastfreundschaft nicht überstrapazieren. Bei Mira sah es ähnlich aus. Papa konnte von hier aus arbeiten. Er übernahm einen Kundenkreis, der nichts über unseren Aufenthaltsort verriet. Ich wusste nicht, ob die *Skinhunter* uns weiter verfolgten und inwieweit sie Zugriff auf Meldedaten und Ähnliches hatten.

»Es findet sich alles.« Réka schloss einen Pick-up auf. »Wie gesagt, wir sind gut vernetzt. Brauchst du noch was, bevor wir losfahren? Wir sind eine Weile unterwegs.«

»Ist es so weit draußen?«, fragte ich überrascht.

»Nein, aber ich habe dich an einem anderen Bahnhof aussteigen lassen, als nötig wäre. Ich hatte ja gesagt, dass wir in diesem Fall besonders vorsichtig sind. Deinen Vater und deine Freundin werde ich an einen anderen Ort schicken.« Sie sah mich gelassen an, als ich neben sie auf den Beifahrersitz kletterte. »Wir halten uns die *Skinhunter* seit einiger Zeit vom Hals, dazu haben wir verschiedene Helfer an strategisch wichtigen Stellen, auch außerhalb unseres Rudels. Jeder von uns hat eine Handvoll Eingeweihte, die uns helfen. Wir werden auch dich verstecken, sodass sie dich nicht aufspüren können. Du brauchst keine neue Identität annehmen, falls du dich das gefragt hast.«

»Habe ich und ich bin froh, dass das nicht sein muss.« Ich sah aus dem Fenster, als wir losfuhren. Ich hatte mir schon wegen Skadi Gedanken gemacht. Als Bankerin hatte sie andere Möglichkeiten, mich zu finden, wenn sie wollte. Es war leicht für sie, meine Sozialversicherungsnummer zu suchen, wahrscheinlich auch meine Steuer-ID. Ich hoffte nur, dass sie mir soweit die Loyalität hielt und das nicht ausnutzte. Aber wenn Réka auch darauf vorbereitet war, beruhigte mich das.

»Eine Wicca kannten wir bisher nicht«, sagte Réka und fuhr vom Parkplatz. »Ich bin schon sehr gespannt auf sie.«

»Das glaube ich. Ich bin natürlich voreingenommen, aber ich liebe sie von Herzen.« Réka lächelte wieder und gab auf der Landstraße Gas. Ich blickte aus dem Fenster.

Wieder wanderten meine Gedanken zu Rob. Mein Herz schmerzte dabei. Ich dachte immer wieder an unseren letzten Kuss. Wie verzweifelt er aussah, als wir uns verabschiedeten. Es ging alles viel zu schnell. Ich fühlte mich, als sei ich aus meinem Leben gerissen worden. Er hinterließ eine klaffende Wunde in meinem Herzen.

Ob es ihm gut ging? Oder musste ich Angst um ihn haben, ohne jemals herauszufinden, wie es ihm ging?

Wenn ich die Augen schloss, verfolgte mich der Lauf von Cecilias Pistole. Ihr wutverzerrtes Gesicht. Ich wusste nicht, wofür sie mich mehr hasste: Dass ich eine Gestalt-wandlerin war oder dass ihr Bruder zu mir stand und den *Skinhuntern* den Rücken kehren wollte. Ich hatte gesehen, wie verletzt sie deswegen war.

Auch ihr war etwas genommen worden. Das war nicht meine Schuld. Ich wollte niemandem etwas wegnehmen. Ich wollte einfach nur in Ruhe leben. Ich hoffte, dass das hier wieder möglich war.

Aber ich befürchtete, dass sie es nicht gut sein ließ. Cecilia hatte etwas Manisches an sich, diesen Drang, allen zu beweisen, wie gut sie war. Ich hatte Angst, dass sie Himmel und Hölle in Bewegung setzte, um mich zu finden. Und ich befürchtete, dass es sie dabei nicht im Geringsten interessierte, was ihre Eltern sagten. Einen Unterstützer hatte sie mit Sicherheit, denn anscheinend war Henry ja immer an ihrer Seite. Ich fragte mich, ob das auch für Emil galt. Ob er Skadi davon erzählte, wenn die Info zu ihm durchdrang.

Ich kannte Emil seit Jahren und hatte mich immer gut mit ihm verstanden. Ich war mir sicher, dass ihm das genauso scheißegal war wie Cecilia.

»Versuch, dich zu entspannen«, sagte Réka. »Uns folgt niemand. Du bist heil hier angekommen.«

»Richtig entspannt kann ich erst sein, wenn Mira und mein Vater hier sind«, erwiderte ich.

»Das verstehe ich. Aber momentan kannst du nichts tun. Ruh dich aus, der Abend wird sicher noch spannend. Zsófia kommt nachher noch zu uns. Ich denke, du wirst sie mögen«, sagte Réka. Ich nickte und sah wieder aus dem Fenster in die vorbeihuschende Landschaft.

Die Fahrt dauerte zwei Stunden und ich war erschöpft, als wir in der Kleinstadt ankamen, die nun mein Zuhause sein sollte. Sie war winzig, kein Vergleich mit Hamburg, aber damit hatte ich auch nicht gerechnet.

»Sind hier alle Leute Gestaltwandler?«, fragte ich und sah mich um. Die Stadt wirkte ganz normal auf mich.

»Nein, so viele sind wir nicht«, antwortete sie und lenkte den Pick-up vom Ortskern weg. »Wir sind mit dir sechsundzwanzig im Rudel. Das kam unerwartet, aber mittlerweile bin ich sehr froh darüber. Zsófia und ich kommen gebürtig aus Ungarn. Wir haben keine Eltern mehr und es war Zufall, dass wir die Wölfe kennengelernt haben. Sie lebten schon hier und hatten kein Problem mit zwei Luchsen. Es sind auch zwei Schwestern, die sich verwandeln, und ihre Kinder. Später kamen die Hirschbrüder dazu. Vorletztes Jahr zwei Bären. Außerdem gibt es einen Adler und eine Wildkatze. Ihre Familien leben hier auch, aber sie sind die einzigen Gestaltwandler.«

»Ich dachte, das liegt in der Familie«, sagte ich irritiert.

»Ja, das stimmt auch. Aber manchmal schlummern die Gene auch eine oder mehrere Generationen. Lili, die Wildkatze, kennt ihren Vater nicht. Möglich, dass er es ihr vererbt hat.«

»Bei mir war es meine Mutter«, sagte ich. »Anscheinend sind alle Frauen meiner Familie Panther. Aber sie leben in Indien. Das wäre mein Notfallplan gewesen, wenn ihr mich nicht gewollt hättet.«

»Indien. Das hat doch was«, murmelte Réka. »Fast vergessen: Im Rudel gibt es noch ein Wildschwein.« Ich starrte sie an, um herauszufinden, ob das ein Scherz war. »Ja, ich meine es ernst«, sagte sie.

»Ich bin immer wieder überrascht, wie vielfältig die Verwandlungen sind«, erwiderte ich. »Ich habe durch Zufall ein Buch von den *Skinhuntern* in die Hände bekommen. Es ist sehr detailliert und beinhaltet viele Informationen über sie. Ist keine schöne Lektüre, aber hilfreich. Ich habe es dabei, ich dachte, es interessiert dich vielleicht.«

Réka zog die Augenbrauen hoch. »Auf jeden Fall. Je besser wir unsere Feinde kennen, desto besser können wir uns wehren.« Sie fuhr eine Anhöhe hinauf. »Ich wohne am Waldrand, ist dadurch ein sehr kurzer Arbeitsweg. Luchse sind außerdem Einzelgänger und ich habe gern meine Ruhe. Wie ist das bei Panthern?«

»Nicht so ausgeprägt. Ich habe gern meine Freunde um mich. Und meinen Vater«, erwiderte ich.

Réka nickte. »Du bist auch noch nicht so lange in deiner wahren Gestalt. Das bedeutet, dass einige Aspekte deiner Persönlichkeit überlagert wurden, weil deine Instinkte begraben waren. Es kann sein, dass sich das ändert. Wenn das passiert, nimm es an, Neelia. Alles andere macht unglücklich. Ich spreche aus Erfahrung.« Sie hielt vor einem rustikalen Haus, bevor ich etwas antworten konnte. Ich sah roten Backstein und Fachwerk.

»Willkommen«, sagte Réka und öffnete ihre Tür.

»Danke.« Ich war froh, auszusteigen und mir die Beine zu vertreten.

»Zsófia kann es nicht erwarten, dich kennenzulernen. Alle anderen lernst du am Freitag kennen, wenn wir uns zur Vollmondnacht treffen. Du bist von der Reise erschöpft, oder?« Réka nahm mir den Koffer ab und schloss die Haustür auf.

»Ja, aber auch ziemlich aufgekratzt. Seit gestern komme ich nicht zur Ruhe«, erwiderte ich.

»Verständlich. Ich könnte es auch nicht einfach wegstecken, wenn jemand auf mich schießt. Aber hier bist du in Sicherheit. Versuch, ein bisschen herunter zu kommen.«

Sie stieß die Tür auf und ich betrat ein behagliches Wohnzimmer mit Kamin, das an eine offene Küche grenzte. Es gefiel mir auf Anhieb und ich war Réka dankbar, dass ich bei ihr sein durfte.

Rékas Schwester Zsófia kam zum Abendessen. Sie hatte die gleichen wilden Locken, damit hörte die Ähnlichkeit aber auch schon auf. Während Réka etwas spröde und unnahbar wirkte, kam Zsófia sofort auf mich zu und schloss mich lächelnd in ihre Arme. »Herzlich Willkommen, Neelia. Trotz der Umstände freue ich mich, dass du hier bist«, sagte sie warm.

Ich mochte sie auf Anhieb. Sie hatte Fotos von der Wohnung dabei, die ich ab Juni beziehen könnte. Sie war schön und gut geschnitten, außerdem nah am Stadtrand. Für eine vergleichbare Wohnung müsste ich in Hamburg das doppelte zahlen. Ich dachte lieber nicht darüber nach, sonst wurde mein Herz schwer.

»Für deinen Vater und deine Freundin schaue ich gerade, aber da sieht es in der Nähe auch gut aus«, sagte Zsófia. »Du bist Buchhändlerin, oder? Ich habe eine Freundin, die eine Bekannte hat, die ... egal. Jedenfalls gibt es im Nachbarort eine Buchhandlung, die gerade jemanden sucht. Wenn du Interesse hast, sag mir gern Bescheid.«

Mir wurde ganz warm ums Herz bei ihren Worten. »Danke, das ist so lieb. Ich habe nicht damit gerechnet, dass ihr euch so um mich kümmert. Ich weiß gar nicht, wie ich das wiedergutmachen soll.«

»Indem du, wenn das nächste Mal ein Gestaltwandler Probleme hat, ihm denselben Dienst erweist«, antwortete Réka. »Dann funktionieren unsere Gemeinschaft und der Gedanke, der hinter unserem Rudel steht.«

»Es gibt einen Kodex und einen Schwur«, sagte Zsófia.

»Der Grundgedanke ist, füreinander da zu sein und sich gegenseitig zu schützen. Wir halten zusammen und unterstützen einander, wo immer wir können. Das haben wir unter dem Vollmond versprochen und binden uns daran.«

»Ist es ein magischer Schwur?«, fragte ich interessiert. Das wäre was für Mira und sicher würde sie sich gleich zu Hause fühlen, wenn es hier weitere Wiccas, Hexenmeister oder anderweitig magisch begabte Menschen gäbe.

»Nein, aber einer, der von Herzen kommt«, antwortete Zsófia. Bei ihren Worten wurde mir wieder warm ums Herz. Sie waren ehrlich und kamen direkt aus ihrer Seele. Wenn alle Gestaltwandler wie die Luchsschwestern waren, hatte ich das größte Glück der Welt, dass sie mich hier aufnahmen.

»Vielleicht kann uns deine Wicca-Freundin ja dabei helfen, einen magischen Schwur daraus zu machen«, schaltete sich Réka ein.

»Daran interessiert wäre Mira bestimmt. Sobald sie hier ist, können wir mit ihr darüber sprechen«, sagte ich.

»Unbedingt. Ich kenne noch keine Wiccas und weiß nicht, was ich mir darunter vorstellen soll«, sagte Réka.

»Ich wusste bis vor kurzem auch nicht, wie ernst es ihr ist. Ich habe lange gedacht, es wäre nur ein Hobby. Ich muss auch noch viel darüber lernen«, gab ich zu. »Die Geschichten, die Mira von ihren Messen und Treffen erzählt, sind aber sehr unterhaltsam. Wird euch bestimmt gefallen. Gibt es so eine Community hier irgendwo?«

»Das weiß ich gar nicht, aber unsere Energien sind sicher interessant für magisch begabte Menschen«, meinte Réka. »Ich kann mir vorstellen, dass sie Gleichgesinnte findet, wenn sie nach ihnen sucht. Das haben wir nie getan.«

»Vielleicht eröffnen sich für uns durch dich ja auch ganz andere Möglichkeiten«, lächelte Zsófia.

Ich lächelte zurück, doch meine Eingeweide verknoteten sich dabei. Hauptsache, diese Möglichkeiten beinhalteten keine tödliche Gefahr für die anderen Gestaltwandler. Das könnte ich mir nie verzeihen. Uns allen musste aber bewusst sein, dass diese Gefahr real war. Ich war mir sicher, dass Réka das auf dem Schirm hatte.

»Wie geht es dir denn?«, fragte Zsófia, die mich beobachtet hatte. Wahrscheinlich konnte man mir meine Gedanken von der Stirn ablesen, selbst, wenn man mich erst ein paar Stunden kannte. »Das ging alles viel schneller als geplant. Wahrscheinlich hast du ein emotionales Schleudertrauma, oder?«

»Das trifft es ziemlich gut.« Ich sah auf die Tischplatte. »Momentan weiß ich nicht, wie es mir geht, wenn ich ehrlich bin. Ich bin gleichzeitig todmüde und aufgekratzt. Ich weiß gar nicht so recht, wo mir der Kopf steht. Alles ist noch komplett surreal.«

»Lass dir Zeit«, riet Réka. »Das muss erstmal alles sacken. Dann wird es wahrscheinlich noch mal richtig schlimm. Wir sind für dich da, Neelia. Versprochen.«

»Das sind keine leeren Worte«, sagte Zsófia. »Nimm die Hilfe an. Wir haben die Erfahrung gemacht, dass alles leichter ist, wenn man es nicht allein bewältigen muss.«

»Danke. Schon wieder«, sagte ich und versuchte trotzdem, nicht die ganzen Gefühle zuzulassen, die unter der Oberfläche brodelten.

Die Luchsschwestern gaben sich Mühe, mir einen schönen Abend und ein warmes Willkommen zu bereiten. Ich mochte sie und konnte etwas Anspannung loswerden. Jetzt wusste ich, dass ich in Sicherheit war. Vorerst zumindest.

Alles würde noch etwas leichter werden, sobald Papa und Mira hier waren.

Dass ich eine Wohnung und vielleicht sogar einen Job in Aussicht hatte, machte alles erträglicher. Irgendwann würde sich dieser kalte Klumpen in meinem Bauch bestimmt auflösen und verschwinden.

Doch als ich später in meinem Bett im Gästezimmer lag und an die Decke starrte, verstand ich zum ersten Mal, was geschehen war. Hamburg fluchtartig zu verlassen war richtig, doch es hinterließ eine Wunde auf meiner Seele. Noch eine. Es wurden immer mehr, hatte ich das Gefühl. Der Schock saß mir immer noch in den Gliedern. War der Kampf mit Cecilia wirklich erst gestern?

Ich holte mein Handy heraus. Papa hatte mir geschrieben. Wir hielten die ganze Zeit Kontakt, ebenso Mira.

›*Es wird alles gut, mein Schatz. Mira und ich kümmern uns um alles*‹, hatte Papa geschrieben. ›*Jetzt hab eine gute Nacht und ruh dich aus. Ich melde mich morgen. Bin froh, dass es dir gut geht.*‹

Ich wünschte ihm auch eine gute Nacht und legte das Handy weg. Wieder starrte ich an die Decke. Ich war angekommen. Das hatte ich nicht gewollt, doch hier zu sein, war das Beste, was mir passieren konnte.

Ich spürte, dass ich im Rudel willkommen war, und dank Papa und Mira musste ich mein altes Leben nicht ganz hinter mir lassen. Es durfte weiter existieren.

Ich spürte, dass Tränen über meine Wangen liefen, und beschloss, dass das okay war. Ich durfte um das trauern, was ich verloren hatte. Ich durfte um meine Freundin Skadi weinen, von der ich mich nicht einmal verabschieden konnte. Wir waren über zehn Jahre eng befreundet, auch sie hinterließ eine klaffende Wunde in meinem Leben. Ich weinte um die Chance, das geliebte Antiquariat eines Tages zu übernehmen. Ich hatte so viel Zeit und

Mühe investiert, damit es lief. Jetzt erfuhr ich wahrscheinlich nie, wie es damit weiterging. Und ich weinte um die Wurzeln, die ich kappen musste, all die Orte, die mich an Mama erinnerten, die ich nie wieder besuchen konnte, und um die Zukunft die ich vorsichtig geplant hatte.

Und um Rob, den ich liebte, obwohl es dumm war. Er war ein Teil dieses Zukunftsplans gewesen. Es war viel zu früh gewesen, aber ich hatte schon übers Zusammenziehen nachgedacht. Über Kinder. Über tausend Dinge, die ich mit ihm zusammen machen wollte.

Daraus wurde jetzt nichts.

Ich konnte das Antiquariat nicht übernehmen. Ich durfte Skadi nie wiedersehen. Ich konnte keine Zukunft mit Rob haben. Das war so unfair, doch ich war zu traurig, um wütend zu werden.

Es änderte auch nichts. Mein altes Leben in Hamburg, und alles, was dazu gehörte, war vorbei. Ich hatte eine neue Chance bekommen. Ich sollte so klug sein, sie zu nutzen und mir etwas neues aufzubauen.

Trotzdem weinte ich weiter. Ich schluchzte und wurde davon durchgeschüttelt. Ich versuchte nicht, es aufzuhalten. Es war okay. Es war notwendig, damit ich weitermachen konnte. Ich versuchte, Frieden mit der Situation zu schließen und endlich, irgendwann, ließ das Weinen nach und Wärme breitete sich in meinem Körper aus.

Mein Atem wurde etwas freier und ich fühlte mich nicht mehr ganz so beschissen. Es war okay. Ich akzeptierte die Dinge so, wie sie waren. Das war das Beste, was ich tun konnte. Und wenn ich manchmal doch noch weinte, war das okay. *Ich* wurde wieder okay. Irgendwann. Und Réka, Zsófia, Papa und Mira würden mir dabei helfen.

Mit diesem tröstlichen Gedanken schlief ich endlich ein.

Ich wachte am nächsten Morgen auf und begann mein neues Leben: Ich besichtigte mit Zsófia die Wohnung und entschied mich, sie zu nehmen. Vielleicht wurde sie sogar schon ein paar Tage eher bezugsfertig. Ich ging durch die Räume und wusste, dass ich mich hier wohlfühlen konnte. Danach ging es mir besser. Es fühlte sich so an, als hätte ich wieder etwas festeren Boden unter den Füßen.

»Wir machen es dir so leicht es geht«, versprach Zsófia.

»Das merke ich«, erwiderte ich. »Ich sehe mich schon nach einer Anlaufstelle für Präsentkörbe um.«

Mit der Bekannten, die die Buchhandlung besaß, telefonierte ich ebenfalls. Wir verstanden uns auf Anhieb und machten einen Termin für die nächste Woche aus, um uns kennenzulernen. Die Buchhandlung war in der nächsten Stadt, einige Kilometer von hier entfernt. Ich musste mir eine Mitfahrgelegenheit suchen oder mit dem Fahrrad fahren, wenn das klappte, aber das war okay für mich. Ich brauchte einfach einen Plan, dann kam ich nicht auf dumme Gedanken.

Mira und Papa kamen so schnell es ging, momentan sah es nach Anfang Juni aus. Ich wusste, dass das nur ein Wimpernschlag war, trotzdem kamen mir die vier Wochen bis dorthin ewig vor. Ich erwartete nicht, dass alle so überstürzt aufbrachen wie ich. Mira musste ihren Job kündigen und sich um ihren und meinen Umzug kümmern. Ihr Bekannter mit dem Umzugsunternehmen war informiert. Er würde das ganze diskret über die Bühne bringen. Das nahm mir auch einen Teil der Last. Mira wusste, dass er nichts mit den *Skinhuntern* zu tun hatte, und wir mit ihm auf der sicheren Seite waren. Noch ein Vorteil, den wir durch die magische Gemeinschaft hatten. Und dadurch, dass die *Skinhunter* nicht überall beliebt waren.

Von Rob hörte ich nichts. Das war auch gut so, denn alles andere hätte mich fertig gemacht.

Ich vermutete, dass Mira über Skadi einiges mitbekam, aber auch in diesem Thema hielt sie sich bedeckt. Momentan spielte Mira die Ahnungslose und ich wusste nicht, inwieweit Skadi überhaupt schon etwas mitbekommen hatte. Wir mussten unglaublich vorsichtig sein, deswegen vermied Mira es, sich mit Skadi zu treffen.

Wenn das vorbei war, fiel uns allen ein großer Stein vom Herzen. Es wurmte mich, dass ich von hier aus fast nichts tun konnte. Ich besichtigte Wohnungen für Papa und Mira, aber sehr viel mehr ging nicht.

Wir alle mussten geduldig sein.

Egal, wie schwer es fiel.

KAPITEL 18

Am Freitag nach meiner Ankunft war es soweit: Meine erste Vollmondnacht stand bevor. Heute lernte ich die anderen Gestaltwandler des Rudels kennen.

Ich war nervös, als ich mit Réka und Zsófia zum Versammlungsplatz im Wald lief. Was erwartete mich dort? Alle waren mit meiner Ankunft einverstanden waren und erwarteten, dass ich mich offiziell dem Rudel anschloss. Trotzdem stand ich gleich zwanzig Fremden gegenüber, die ab heute meine Familie sein sollten.

Bisher war mir noch keiner von ihnen über den Weg gelaufen und das Rudel kam außerhalb der Vollmondnächte nur zu sehr wichtigen Themen zusammen. Da Réka meine Aufnahme schon vor meiner Ankunft geregelt hatte, war keine weitere Versammlung notwendig. Wir trafen uns heute zwei Stunden vor Mondaufgang. Das reichte, um die anderen etwas kennenzulernen.

»Keine Sorge, wir beißen nicht«, sagte Zsófia aufmunternd. »Alle sind schon sehr gespannt auf dich.«

Ich lächelte. »Geht mir ähnlich. Ich hoffe, dass ich allen Erwartungen gerecht werden kann.«

»Wirst du«, sagte Réka. »Du bekennst dich zu den Werten des Rudels und bist eine Gestaltwandlerin. Dass du eine Exotin bist, macht alles noch etwas leichter, du stehst in keiner Konkurrenz innerhalb des Rudels.« Réka war die Alpha und ich hatte nicht vor, ihr diesen Rang streitig zu machen. Wenigstens diese Klarheit hatte ich.

Wir erreichten den Rand einer Lichtung. Wir waren nicht die ersten, vier Leute waren schon da. Réka stellte mir die Zwillingsbrüder vor, die Hirsche waren. Sie waren beide groß und ich konnte mir vorstellen, was für kapitale Tiere nach der Verwandlung vor mir stehen würden. Das war wahrscheinlich auch der Grund, warum sie als Fluchttiere trotzdem Teil eines Rudels voller Jäger waren.

Nach ihnen lernte ich das Mutter-Sohn-Duo kennen, das sich in Bären verwandelte. Diese beiden waren eher unscheinbar und ich war gespannt darauf, sie in ihrer zweiten Gestalt zu sehen.

Jetzt kam die sechsköpfige Familie an, zwei Schwestern und ihre insgesamt vier Kinder, die der Vollmond zu Wölfen machte. Die Schwestern waren nett und begrüßten mich freundlich, die Kinder hielten sich ein wenig im Hintergrund. Der kleinste Junge verwandelte sich erst seit drei Monaten. Ich fühlte mit ihm.

Dann kam der Mann, der sich in einen Adler verwandelte. Ich wusste sofort, dass Mira sich rettungslos in ihn verknallen würde, sobald sie ihn sah. Er hatte diese mysteriöse Ausstrahlung, die sie so anziehend fand. Er nickte mir ernst zu und schaffte es, den strengen Eindruck noch ein paar Sekunden aufrecht zu erhalten, bis wir ein wenig ins Gespräch kamen. Er war intelligent und scharfsinnig. Mira war so gut wie verloren.

Als letztes kam das junge Mädchen, das zur Wildkatze wurde. Ihr Name war Lili und sie sah mich vorsichtig an. Natürlich, im Vergleich zu ihrer zweiten Gestalt war ich eine Riesin. Ich beschloss, mich mit ihr anzufreunden.

»Damit sind wir vollzählig«, sagte Réka.

»Kein Wildschwein?«, flüsterte ich Zsófia zu, die mir zu jedem Neuankömmling den Namen und die zweite Gestalt nannte wie eine Nachrichtensprecherin.

Sie schüttelte den Kopf. »Jakob ist verreist.«

»Ich hoffe, nicht in eine Großstadt«, erwiderte ich.

Sie lachte. »Wer weiß. Das kannst du ihn ja beim nächsten Mal fragen.«

Réka stellte mich allen vor. »Hier ist sie nun, wie angekündigt. Neelia, auch in diesem Kreis heiße ich dich noch einmal herzlich bei uns willkommen.«

»Danke. Jetzt habe ich auch noch einmal die Möglichkeit, mich bei euch dafür zu bedanken, dass ihr mir buchstäblich das Leben rettet. Ich bin sehr froh, hier bei euch sein zu dürfen« sagte ich in die Runde und schaffte es, dass meine Stimme dabei nicht zitterte.

»Das ist selbstverständlich«, sagte Zsófia. »Dir ist das passiert, von dem wir alle hoffen, dass wir niemals in diese Lage kommen. Wir haben uns geschworen, uns zusammen gegen die *Skinhunter* zu wehren. Du schließt dich uns und unserem Kodex an. Das bedeutet, dass du jedem von uns den gleichen Dienst erweisen würdest.«

Réka hatte mich inzwischen ausführlich über den Kodex informiert und ich unterstützte ihn aus vollem Herzen, deswegen nickte ich. »Das tue ich und ich bin bereit, den entsprechenden Schwur abzulegen.«

Réka winkte alle heran und ich blickte in die Gesichter der Leute, in deren Hände ich mein Schicksal legte. Jeder war anders als der oder die andere. Ich spürte, dass ich es hier mit vielen spannenden Charakteren zu tun bekam. Ich freute mich schon darauf, sie alle kennenzulernen.

Réka reichte mir ihre Hand. Auf der Fläche lag ein Raubtierzahn, in den Runen eingeritzt waren. Ich wusste, dass er keine magischen Kräfte hatte, dennoch kam er mir unendlich kostbar vor.

»Neelia Jacobi, Pantherin. Schließt du dich unserem Rudel an und schwörst uns Treue? Legst du dein Schicksal in die Hände der Gemeinschaft? Unterwirfst du dich der Autorität des Rudels, die auch ich als seine Alpha darstelle? Schwörst du, uns zu schützen, mit allem, was du hast, und gemeinsam mit uns dafür zu sorgen, dass wir in Sicherheit und Frieden leben können? Versprichst du, unsere Regeln zu akzeptieren und dich nie gegen ein Mitglied des Rudels zu wenden?«

»Ja, das tue ich«, sagte ich feierlich und legte meine Hand in ihre. Dabei spürte ich, wie mein Zugehörigkeitsgefühl wuchs. Die anderen Rudelmitglieder kamen zu mir und begrüßten mich ein zweites Mal. Dieses Mal noch herzlicher und zugewandter.

»Ich bin schon gespannt, einen Panther zu sehen«, sagte Lili, die Wildkatze, als sie an der Reihe war. Ich lächelte und wandte mein Gesicht zum Mond, der gerade über den Baumwipfeln aufging. Ich war bereit.

»Wir gehen ein wenig auseinander, damit wir alle Platz haben«, sagte Zsófia und winkte mich mit sich. Auch die anderen zerstreuten sich auf der Lichtung.

Dann ging es los. Ich schloss die Augen und konzentrierte mich darauf, wie sich meine Muskeln anfühlten, als die Verwandlung begann. Meine Sinne schärften sich und meine Knochen passten sich an meine zweite Gestalt an. Obwohl meine letzte Verwandlung erst wenige Tage her war, hatte ich diese Gestalt unglaublich vermisst. Ich konnte es kaum erwarten, diese Nacht zu begehen.

Ich roch die anderen, als sie sich ebenfalls verwandelten. Mein Puls beschleunigte sich. Panther jagten allein, aber diese Gesellschaft wollte ich willkommen heißen.

Ich streckte meinen Körper und gähnte einmal ausgiebig, dann sah ich mich um. Ich erkannte Réka und Zsófia sofort, selbst wenn ich nicht gewusst hätte, dass sie Luchse waren. Es waren ihre Augen, die sie sofort verrieten. Zsófia warf mir ein Katzengrinsen zu, dass ich erwiderte. Hinter ihnen versammelte sich die Wolfsfamilie, daneben die Wildkatze. Die Hirsche standen etwas weiter hinten, sie waren noch größer, als ich es erwartet hatte. Noch weiter abseits tummelten sich die beiden Braunbären.

Über meinem Kopf glitt der Adler elegant durch die Luft.

Wir waren bereit.

Ich schloss zu den Luchsen auf und ließ mich von den anderen beschnuppern. Sie hatten Respekt vor mir, doch das ging mir andersherum genauso. Fürs Erste wollte ich vorsichtig sein, doch später konnte ich dem Vorstoß des kleinen Wolfsjungen vielleicht nachgeben und meine Kraft mit seiner messen.

Jetzt wollte ich rennen und meine Muskeln benutzen. Ich wollte mich frei fühlen. Zum ersten Mal ohne Angst und ohne ständig auf der Hut zu sein. Am Rande meiner Aufmerksamkeit kribbelte es, doch das konnte an den ganzen Eindrücken liegen, die hier auf mich einwirkten.

Réka fauchte und wir setzten uns in Bewegung. Ich nahm Anlauf und folgte ihr mit langen und eleganten Sprüngen.

Nie hatte ich mich besser gefühlt. Ich war genau da, wo ich sein sollte. Meine Entscheidung, herzukommen, war richtig. Sie war es auch schon, bevor das alles mit Cecilia passiert war. Eine Bannung wäre Wahnsinn gewesen. Auf dieses Gefühl, in meiner zweiten Gestalt zu sein, wollte ich nicht verzichten. Der Panther war ein Teil von mir, den ich nie wieder begraben wollte. Ich verdiente es, mich vollständig zu fühlen. Und glücklich zu sein.

Ich war glücklich, das konnte ich mir eingestehen.

Ich war hier richtig.

Die Luchse, die Hirsche, die Wölfe, sie alle liefen mit mir. Der Adler schwebte über uns und die Bären trotteten hinter uns her. Die Wildkatze huschte durchs Unterholz.

Was für eine Dynamik.

Was für ein wunderbares Gefühl.

Ich war gespannt, was sich noch daraus ergab. Welche Möglichkeiten wir gemeinsam hatten.

Ich wünschte, Papa und Mira wären bereits hier.

Ich versuchte, nicht daran zu denken, dass ich mir auch wünschte, Rob wäre hier, um zu sehen, wie Gestaltwandler wirklich waren. Dass keiner von uns es verdiente, gejagt und geschossen zu werden. Wir waren ein wildes Pack, doch keine Bedrohung. Ich wünschte, es gäbe eine Möglichkeit, das den *Skinhuntern* begreiflich zu machen.

Wir nutzten die Nacht, um unsere zweiten Gestalten zu feiern. Ich rannte, ich sprang und kletterte. Ich balgte mich spielerisch mit dem Wolfsjungen und mit den Luchsen. Bei den Bären musste ich aufpassen, doch ich war schnell genug, um den Pranken auszuweichen.

Schließlich gönnte ich mir eine Pause auf der Lichtung, auf der wir uns verwandelt hatten. Ich ließ mich auf meinen Hinterpfoten nieder und sah den Wolfskindern beim Spielen zu. Die Wildkatze strich schnurrend um mich und setzte sich neben mich. Ich sah zu ihr hinunter und spürte ihre Zufriedenheit.

Mit einem Satz landeten Réka und Zsófia neben uns und ließen sich träge auf das Gras der Wiese fallen. Die Katzen hatten langsam genug von der Energieverschwendung und ich spürte auch, dass der Panther protestierte. Der Bewegungsdrang war gestillt, jetzt wollte die Katze tun, was sie am besten konnte: Schlafen und die Welt Welt sein lassen.

Der Adler saß über uns auf einem Ast und ließ seinen Blick über uns schweifen. Ich freute mich schon darauf, wenn er in seiner Menschengestalt auf Mira traf. Nur noch ein paar Wochen, dann war sie hier bei mir. Vielleicht durfte sie mich ja zum nächsten Vollmond begleiten und das Rudel kennenlernen. Ich wusste, dass sie keine Angst hätte. Sie würde mit uns rennen, wenn wir sie ließen.

Die Wölfe heulten im Chor, um der Nacht einen Abgesang zu schenken. Der Mond verschwand langsam hinter den Baumwipfeln und ich spürte, dass es Zeit war, in meine menschliche Gestalt zurückzukehren.

Ich hatte noch nicht wieder ausprobiert, mich ohne den Vollmond zu verwandeln. Ich wusste, dass es funktionierte, doch es kostete mich viel mehr Kraft.

Ich sah hinüber zu Réka und wartete auf ihr Kommando. Das war noch neu für mich, aber ich würde mich daran gewöhnen, mich abzustimmen.

Über mir stieß der Adler einen Warnschrei aus, der mich aufmerken ließ. Die Luchse kamen wieder auf die Beine und die Wölfe hörten mit dem Geheul auf.

Was war los? Ich tauschte einen Blick mit Zsófia. War das normal? Doch sie und Réka sahen beunruhigt aus. Ihre Nasen zuckten und ihre Krallen waren ausgefahren.

Gefahr.

Ich sah mich um und witterte. Ein ungutes Gefühl strich über meinen Rücken, doch ich roch niemanden.

Gegen die Windrichtung.

Den Adler interessierten Gerüche nicht. Seine scharfen Augen waren gnadenlos.

Die Sonne streckte ihre ersten Strahlen auf die Wiese und die Bären verwandelten sich zurück. Dann die anderen.

Neben uns landete der Adler auf dem Boden. Zsófia trat in ihrer Menschengestalt neben mich, also beeilte ich mich, ebenfalls zu wandeln. Es fühlte sich komisch an, wieder auf zwei Beinen zu stehen, doch dafür hatte ich jetzt keine Zeit.

»Was ist los, Alex?«, fragte Zsófia angespannt.

Alex, der Adler, krauste die Stirn. »Da ist jemand am Waldrand. Ein Mann«, sagte er und deutete dorthin.

»Ein Mann?« Beunruhigt drehte Réka sich in die Richtung, in die er zeigte. Ein Knurren sammelte sich in ihrer Kehle. Ein Schauder rann über meinen Rücken.

Die restlichen Gestaltwandler kamen zu uns. Sie hatten den Fremden auch gesehen. Jetzt versammelten wir uns, um uns gegenseitig zu schützen.

Mein Herz pochte. Hatten sie uns gefunden? Hatte ich die *Skinhunter* geradewegs zum Rudel geführt?

Ich trat neben Réka und war bereit, die Konsequenzen als erste zu tragen. Zur Not würde ich den anderen so viel Vorsprung verschaffen, wie ich konnte. Sie sah mich beunruhigt an, dann wurde meine Aufmerksamkeit von einer Bewegung gefesselt.

Der Mann kam auf die Lichtung. Ich erkannte ihn sofort. Am Gang. An seiner Silhouette. Jetzt wurde sein Geruch zu uns geweht. Meine Sinne waren noch scharf genug, um ihn zu erkennen.

Mein Herz machte vor Schreck einen Satz und ich schlug die Hand vor den Mund. »Oh Gott!«

»Neelia?«, fragte Zsófia hinter mir. »Wer ist das?«

»Das ist Rob«, flüsterte ich. Mein Mund war trocken und ich wusste nicht, was ich tun sollte. Mein Herz schlug mir bis zum Hals und mir brach Schweiß aus.

Was jetzt? Was bedeutete das? Warum war er hier?

»Rob?«, fragte Réka angespannt. »Der *Skinhunter*?«

»Ja.«

Hinter uns kam Gemurmel auf, die anderen wurden immer unruhiger. Jemand flüsterte, dass wir von hier verschwinden sollten.

»Wie viele sind es?«, fragte Réka in Alex' Richtung.

»Nur er«, antwortete er.

»Wie hat er uns gefunden?«, fragte Réka mich.

»Ich weiß es nicht. Ich habe ihm nichts gesagt«, flüsterte ich und konnte meine Augen nicht von ihm nehmen. Er kam immer näher. Die Gefahr wuchs auf beiden Seiten.

Réka sah mich forschend an, nickte dann aber. »Ich glaube dir. Dann wird er es uns selbst erklären müssen.«

»Ja, das muss er.« Ich holte tief Luft und ging ihm entgegen. Réka folgte mir. Ich hörte, wie sie den anderen die Anweisung gab, zurückzubleiben.

Wir blieben mit zehn Metern Abstand voneinander stehen. Robs Blick glitt über mein Gesicht. Ich sah Erleichterung darin. Er hatte mich gefunden. Seine Suche war beendet. Ich fühlte mich völlig zerrissen, wusste nicht, was ich davon halten sollte, ihn hier zu sehen.

»Du siehst aus, als hättest du etwas zu sagen«, sagte Réka zu ihm, als sie zu mir aufschloss. »Und ich hoffe sehr, dass du nicht mit deinen *Skinhunter*-Freunden hier aufgetaucht bist, um Ärger zu machen.«

»Ich habe extra bis zum Morgengrauen gewartet, um euch zu beweisen, dass ich keinen Ärger will«, antwortete Rob gelassen. Ich kannte ihn zu gut, um ihm das abzunehmen. »Ich bin hier, um euch ein Angebot zu machen.« Er sah mich an. »Euch und hauptsächlich dir.« Er kam etwas näher. »Es hat mich einiges an Mühe gekostet, dich zu finden. Und sehr viel Überzeugungsarbeit bei deinem Vater.«

Rékas Gesicht verhärtete sich. Wieder lag das Knurren in der Luft.

»Ich habe Hamburg und die *Skinhunter* verlassen. Endgültig«, sagte Rob schnell. »Und ich bin unbewaffnet,
siehst du.« Er breitete die Arme aus und zeigte seine leeren
Jackentaschen. Er drehte sich einmal um sich selbst, um
zu beweisen, dass nirgends eine Waffe versteckt war. »Ich
bin allein hergekommen. Ich musste meine Schwester
laufen lassen. Sie und meine Eltern wissen über Neelia
Bescheid. Meine Eltern versuchen gerade, zu verhindern,
dass diese Information die Runde macht - nicht um Neelia
zu schützen, sondern um den Ruf der Familie zu wahren.
Ich gehe nicht davon aus, dass ihnen das ewig gelingen
wird. Nicht, so lange meine Schwester durchdreht. Cecilia
ist bei meinen Eltern, aber auch dort wird sie nicht ewig
bleiben. Bis es so weit ist, ist meine Spur kalt. Für mich ist
klar, dass ich nicht mehr zu ihnen gehöre. Stattdessen will
ich euch helfen, euch vor ihnen zu schützen. Damit ich bei
dir sein kann, Neelia.«

Ich starrte ihn an. Das waren zu viele Informationen, um
sie auf einmal zu verdauen.

»Warum?«, fragte Réka mit schmalen Augen. »Nichts,
was du gerade gesagt hast, bewegt mich dazu, dir diese
Möglichkeit zu gewähren. Im Gegenteil: Du bringst uns
alle in maximale Gefahr. Warum sollte ich mein Rudel
dem aussetzen?«

»Ich verstehe dich. Und ich kann es dir erklären, Alpha.
Ich will kein Mörder sein, sondern bei der Frau, die ich
liebe. Ich weiß, die Einsicht kam spät, aber sie ist da. Ich
habe lange über deine Worte nachgedacht und du hattest
recht, Neelia. Ich weiß nicht, wie vielen Familien ich
geliebte Menschen entrissen habe. Das kann ich nicht
mehr ändern. Ich kann nur dafür sorgen, dass es nicht noch
mehr werden. Schon gar nicht du.« Er sah Réka an. »Ich
bitte darum, dass ich bei euch bleiben kann. Ich lege

jedweden Schwur ab, der nötig ist, um dich zu überzeugen. Neelias Freundin ist eine Wicca, die den Schwur magisch besiegeln kann, wenn ihr das wünscht. Ich möchte euch helfen, euch besser gegen die *Skinhunter* zu schützen. Ich habe euch gefunden (wenn auch mit Hilfe), also schaffen das andere auch. Bitte lasst mich helfen, dass dieses Rudel unbeschadet bleibt. Und ich biete meine Dienste jedem anderen Rudel an, das sie annehmen möchte.«

Stille senkte sich über uns. Ich sah Réka an, dass sie unsicher war. »Neelia?«, fragte sie.

Ich holte Luft. Der Schock saß tief, aber jetzt musste ich dafür sorgen, dass wir eine Lösung fanden. Und ich musste Rob beschützen, denn er hatte sich in Gefahr begeben. Ich musste nicht zurückblicken, um die Anspannung des Rudels zu sehen. Ich spürte sie. Sie hatten Angst und standen kurz davor, die Nerven zu verlieren. Ich musste unbedingt dafür sorgen, dass Réka sich entspannte. Ein Wort von ihr und hier war die Hölle los.

»Er ist ehrlich«, sagte ich klar und laut. Hoffentlich hörten mich auch die anderen. »Rob hat mich vor seiner Schwester geschützt und mir zur Flucht geholfen. Er hat mir vorher schon versprochen, nicht mehr zu jagen. Und ich glaube ihm ... ich glaube *dir*, dass du es ernst meinst.« Ich sah in sein Gesicht, das ich so liebte.

Ich konnte nicht glauben, dass er dieses Opfer für mich brachte und die Gefahr auf sich nahm. Es war nicht gesagt, dass Réka und die anderen ihm glaubten. Auch nicht, dass sie ihn einfach gehen ließen, wenn sie sein Angebot ablehnten. Rob war eine riesige Gefahr für das Rudel. Und er hatte sich freiwillig in Rékas Hände begeben, um zu beweisen, dass er es ernst meinte.

Ich wollte zu ihm laufen. Ich vermisste seine Berührung.

Ich traute mich nicht, aber ich würde ihn schützen, so gut es ging.

Réka winkte die anderen heran. Diese Entscheidung konnte sie nicht allein fällen. Die Gestaltwandler näherten sich vorsichtig. Ich spürte ihr Misstrauen. Es erstreckte sich nun auch auf mich. Ich war neu und unberechenbar. Trotz des Schwurs trauten sie mir zu, dass es meine Schuld war. Das stimmte ja auch. Rob war meinetwegen hier.

Ich musste mich an den Kodex halten.

Ich musste meinem Herzen folgen.

Ich glaubte nicht, dass sich beides vereinbaren ließ.

»Das ist also Rob«, sagte Zsófia, als sie hinter mir stand.

Réka fasste für die anderen zusammen, was er gesagt hatte. Es war still, obwohl wir so viele Menschen waren. Ich hörte nicht einmal jemanden flüstern.

»Ich weiß, ich komme ohne Einladung«, ergriff Rob das Wort. »Und ich bitte euch um Entschuldigung, dass ich hier einfach so aufkreuze. Ich konnte mich nicht ankündigen, weil ich Neelias Nummer nicht habe und es schwierig war, mich hierher durchzuschlagen, ohne eine Spur zu hinterlassen.«

»Also weiß niemand, dass du hier bist?«, fragte Réka.

»Niemand. Ich wusste grob, wohin Neelia gereist ist, und habe mich mit Zeitungsartikeln an diesen Ort heranrecherchiert. Tiersichtungen und ähnliches. So gehen *Skinhunter* bei der Jagd vor. Ich kenne alle Strategien und weiß, wie man sie umgehen kann. Wenn ihr mich lasst, erhöhe ich eure Sicherheit.«

Réka und Zsófia tauschten Blicke, jetzt tuschelten auch die anderen miteinander.

»Wir beraten darüber«, sagte Réka. »Warte hier.« Sie winkte uns andere zu sich und wir gingen außer Hörweite. Die Alpha sah mich an. »Neelia, du musst etwas sagen.«

»Was denn?«, fragte ich leise. »Ich bin alles andere als unvoreingenommen.«

»Du glaubst ihm?«, fragte Alex.

»Ja, aber was ändert das? Wir können ihn sowieso nicht weglassen, oder?«, fragte ich. »Das Risiko ist zu groß. Irgendwo muss er hin und das wäre Hamburg. Dort sind die *Skinhunter*, die mich suchen. Wir haben zwei Möglichkeiten: Entweder er bleibt hier oder er und ich ziehen weiter. In letzterem Fall bürge ich mit meinem Leben dafür, dass ich alles tun werde, um die *Skinhunter* von diesem Ort fernzuhalten.«

»Du hast recht«, sagte Réka in die Runde, als es still blieb. »Das sind unsere Optionen.«

»Ich möchte das nicht auf einer Wiese im Morgengrauen übers Knie brechen«, sagte Ursula, die Bärin. »Ich bin dafür, dass wir nach Hause gehen und dein Freund unter deiner ständigen Beobachtung bleibt, Neelia, bis wir uns zeitnah treffen, um zu entscheiden.«

Réka dachte darüber nach, dann nickte sie. »Sie hat recht. Wir kommen heute Abend wieder zusammen und treffen die Entscheidung gemeinsam.«

Alle waren einverstanden und wir zerstreuten uns, doch ich sah manchen ihren Widerwillen an. Réka, Zsófia und ich gingen zurück zu Rob.

»Dein Angebot ist interessant, doch das Rudel entscheidet demokratisch«, sagte Réka. »Ich sehe den Mehrwert, den du uns bringen kannst, und glaube dir, dass es dir ernst ist. Ich werde mich für deine Aufnahme aussprechen.«

»Ich auch«, sagte Zsófia kopfschüttelnd. »Verrückt, was alles passiert. Erst ein Panther und jetzt plötzlich ein *Skinhunter*. Das kommt sehr unerwartet.«

»Ex-*Skinhunter*«, korrigierte Rob. »Ich habe die Gilde verlassen. Endgültig. Das solltet ihr unbedingt wissen.«

»Ist angekommen«, sagte Réka und wandte sich zum Gehen. »Sprecht miteinander, Neelia. Es ist deine Aufgabe, alle Zweifel auszuräumen, wenn das Rudel heute Abend zusammenkommt.« Die Schwestern verschwanden zwischen den Bäumen und ich drehte mich zu Rob um.

»Hey«, sagte er leise.

»Hey.« Ich lächelte und meine Augen brannten. »Ich hab nicht damit gerechnet, dass wir uns wiedersehen.«

»Ich auch nicht, aber du kennst mich: Manche Dinge kann ich einfach nicht so stehenlassen.« Das verschmitzte Grinsen, das ich so liebte, stahl sich in sein Gesicht. Ich stellte mich auf die Zehenspitzen und küsste es.

Es fühlte sich so gut an, ihn zu berühren. Jetzt konnte ich mir eingestehen, wie sehr ich ihn vermisst hatte.

»Willst du mich bei dir haben?«, fragte er. »Weißt du, ich kann nicht mehr zurück und das wäre echt unangenehm, wenn du jetzt nein sagst.«

Ich küsste ihn erneut. »Damit du die Möglichkeit hast, hier noch mal unangemeldet aufzutauchen? Du hast es doch gehört: Jetzt hast du mich am Hals. Ich hoffe, dass wir beide bleiben können.«

Er drückte mich an sich und küsste mich erneut. »Das hoffe ich auch. Hätte ich nie für möglich gehalten, dass ich für eine tolle Frau mein ganzes Leben aufgebe und in die süddeutsche Pampa ziehe, um mit ihr und ein paar Wölfen zusammenzuleben.«

»Es ist zu spät, um das zu bereuen, es sei denn, du willst uns alle umbringen«, erwiderte ich.

»Neelia, ich kann nicht zurück«, wiederholte er ernst. »Was glaubst du, wie meine Eltern reagiert haben, als Cecilia ihnen alles erzählt hat? Sie wollen mich zwingen, dich zu finden und deinen Pelz zu holen. Nur die Scham darüber, dass ich mit einer Gestaltwandlerin zusammen war und sie geschützt habe, verhindert gerade, dass sie es allen sagen und ein Kopfgeld aussetzen.«

Furcht fuhr wie ein kaltes Messer durch meine Eingeweide. »Dann werden sie es jetzt, wo du verschwunden bist, sicher tun«, flüsterte ich. Rob drückte mich fester.

»Nein, werden sie nicht. Sie müssen erstmal den Schock verdauen, dass ich weg bin. Als nächstes werden sie mein Verschwinden unter den Teppich kehren, bis es nicht mehr geht. Ich mache mir mehr Sorgen wegen Cecilia. Sie dreht komplett am Rad wegen der Sache.«

»Ich auch«, gab ich zu.

»Bitte lass uns hierbleiben.« Er lächelte schief. »Ich habe sonst auch nichts mehr, wo ich hingehen kann.«

»Ich werde heute Abend alles geben, um die anderen zu überzeugen«, sagte ich. »Aber dass Réka und Zsófia auf unserer Seite sind, ist ein guter Anfang. Wir haben eine Chance. Wenn sie verstehen, dass du ein Freund bist, der für die Sicherheit des Rudels sorgt, darfst du bestimmt bleiben. Ich werde alles dafür tun, dass wir zusammen hierbleiben können«, wiederholte ich.

Die Sonnenstrahlen wärmten meine Haut, als Rob mich wieder in seine Arme zog. »Das hatte ich gehofft«, raunte er in mein Ohr. »Sonst hätte ich dich nicht gesucht, mein Panthermädchen.«

Ich drückte mich an ihn und schloss die Augen. An meiner Wange spürte ich seinen Herzschlag. »Ich bin froh, dass du das getan hast.«

Mein neues Leben konnte also doch noch besser werden. Gleichzeitig wurde es damit auch noch gefährlicher und unsicherer, aber ich nahm das in Kauf.

Für mein neues Leben.

Als Panther. Mit Rob.

Dafür lohnte es sich, mutig zu sein.

EPILOG

Er war weg. Einfach so.

Ich konnte es einfach nicht glauben.

Ich stand in seiner Wohnung. Sie war nicht leer, aber sie fühlte sich so an.

Ich war hergekommen, um einen letzten Versuch zu starten, ihn zur Vernunft zu bringen. Einen letzten Appell zu versuchen, um meinen Bruder davon zu überzeugen, dass er nicht alles wegschmeißen durfte.

Seine Familie. Seine Herkunft. *Mich.*

Ich biss mir auf die Lippe, als ich einsehen musste, was für eine Idiotin ich war.

Er hatte sich längst entschieden.

Schon vor letztem Sonntag, als mein Leben ein riesiger Haufen Scheiße wurde.

Meine Schultern schmerzten immer noch von ihren verdammten Krallen. Ich hasste sie aus vollem Herzen.

Ihretwegen war das alles passiert. Ihretwegen hatte ich jetzt keine Chance mehr, allen zu beweisen, dass ich besser als Rob war. Ihretwegen lastete jetzt die Erwartung meiner Eltern auf mir, alles wieder in Ordnung zu bringen.

Das ließ sich nicht mehr in Ordnung bringen. Wir waren meilenweit davon entfernt.

Ich konnte nur noch eins tun: Ich konnte mich rächen.

Die Jagd würde weitergehen. Ich hatte mit Henry gesprochen, er war an meiner Seite.

Zusammen würden wir den Panther finden und zur Strecke bringen. Und wenn ich dabei meinen Bruder fand und ihm so zeigen konnte, was für einen Fehler er gemacht hatte, umso besser.

Manche Einsicht kam nur zusammen mit Schmerz.

Dann war das eben so. Mir ging es ja auch nicht besser mit der Einsicht, dass er ein Verräter war.

Ich hätte ihn nie für einen gehalten, der sich von einer Frau so den Kopf verdrehen ließ. Anscheinend weichte Sex mit einem Gestaltwandler das Gehirn auf.

Ich ballte die Hände zu Fäusten und sah zu den Einschusslöchern, die ich verursacht hatte. Das kaputte Fenster war noch nicht repariert.

Ich hatte auch Fehler gemacht. Ich hatte überreagiert und vorschnell gehandelt. Ich hätte viel geschickter sein müssen. Das würde mir nicht wieder passieren.

Es war doch ganz einfach.

Ich hatte ein Problem. Ich kannte die Lösung.

Neelia. Kopfschuss.

So einfach war das.

Dass sie sich auch ohne Vollmond verwandeln konnte, machte alles noch einfacher.

Fand ich ihn, fand ich sie.

Ich zwang mich zu einem Grinsen, auch wenn ich mich sterbenselend fühlte.

Ich würde dieses Problem lösen.

Und dann weitermachen, um mein Ziel zu erreichen.

Ganz einfach.

Ich drehte mich um und verließ Robs Wohnung.

Mein Ziel war klar.

Und ganz einfach.

Milton Keynes UK
Ingram Content Group UK Ltd.
UKHW020634180923
428890UK00015B/717

9 783756 884902